De la même autrice

La Dernière Allumette (Charleston, 2024)
Désenchantées (Charleston, 2022, Le Livre de poche, 2023)
Ainsi gèlent les bulles de savon (Charleston poche, 2022)
Le Syndrome du spaghetti (PKJ, 2020, Pocket, 2024)
Ma vie, mon ex et autres calamités (Charleston poche, 2019)
Je peux très bien me passer de toi (Charleston poche, 2017)
Là où tu iras j'irai (Mazarine, 2017, Le Livre de poche, 2018)

76, boulevard Pasteur
75015 Paris – France
www.editionscharleston.fr

ISBN : 978-2-38529-217-1

Maquette : Patrick Leleux PAO

Pour suivre notre actualité, rejoignez-nous sur Facebook (Éditions.Charleston), sur Instagram (@editionscharleston) et sur TikTok (@editionscharleston) !

Charleston s'engage pour une fabrication écoresponsable ! Amoureux des livres, nous sommes soucieux de l'impact de notre passion et choisissons nos imprimeurs avec la plus grande attention pour que nos ouvrages soient imprimés sur du papier issu de forêts gérées durablement.

Marie Vareille

LA VIE RÊVÉE DES CHAUSSETTES ORPHELINES

Roman

POCHE CHARLESTON

À mon Vincent, le grand amour de ma petite vie.

« Il n'y a pas de hasard, il n'y a
que des rendez-vous. »
Paul Éluard

« Le succès, c'est d'aller d'échec en échec
sans perdre son enthousiasme. »
Winston Churchill

Journal d'Alice

Londres, 20 août 2011

Ce matin, j'ai eu mon premier rendez-vous chez le psychologue. J'avais autant envie d'y aller que de me jeter dans la Tamise. J'étais un peu stressée et j'ai fumé une cigarette devant l'immeuble chic de Notting Hill où se trouve son cabinet. Ma première en dix-huit mois. J'ai jeté le reste du paquet et me suis inondée de parfum en rentrant. Je ne voulais pas qu'Oliver sache.

Oliver vient de rentrer du boulot. Je l'entends qui enlève son manteau dans l'entrée. Rien qu'à l'odeur je sais qu'il a rapporté des fish and chips du pub d'en bas. Il prend très au sérieux son intégration à Londres. Depuis notre emménagement, il a décidé de vivre tous les clichés des guides touristiques, il boit de la bière brune, mange des fish and chips trois fois par semaine, des haricots rouges au petit déjeuner et prend son thé avec un nuage de lait, tous les jours à 17 heures. Je m'attends à tout moment à le voir débarquer en uniforme de la garde royale pour m'exécuter la relève de Buckingham Palace...

Moi, les États-Unis me manquent. Je ne lui dis pas, mais je rêve d'y retourner.

Au final, ce n'était pas si terrible, cette séance. Il faut dire que ce n'est pas comme si j'avais vraiment besoin d'une thérapie, mais si ça fait plaisir à Oliver... La psy a très peu parlé, quelques questions seulement sur mon problème, et en conclusion, bizarrement, elle m'a dit d'écrire.

— Écrire quoi ? ai-je demandé les yeux ronds, je ne sais pas écrire...

— Il ne s'agit pas d'écrire un roman, Alice, contentez-vous de tenir un journal, d'y raconter votre vie.

— Pourquoi ?

— Parce qu'écrire soulage, et par ailleurs, cela peut aider à mettre en lumière certains sentiments enfouis ou refoulés.

— Je n'ai rien à écrire, je suis une fille normale.

— Qu'est-ce que vous entendez par « normale », Alice ?

— Il ne m'arrive jamais rien.

— Essayez l'écriture automatique, déversez tout ce qui vous passe par la tête, sans réfléchir. Deux pages, Alice, pour la prochaine séance.

Du coup, j'ai acheté ce cahier. Plus parce que je le trouvais mignon, avec sa couverture turquoise à pois jaunes, que par réelle conviction. Et puis, j'aimais bien la citation sur la couverture : « Il n'y a pas de hasard, il n'y a que des rendez-vous. »

Bref. Tout ça ne change rien au fait que je ne vais pas avoir grand-chose à y raconter, puisque c'est un fait : il ne m'arrive jamais rien d'intéressant.

2018

AUTOMNE

« I'm so tired of playing it nice,
Holding doors and being polite,
I'm not the sweet girl they want me to be
I'm sorry, Baby, but I need to break free »

Scarlett S.R. and the Blue Phœnix, *Set Me Free*

Sur la table de nuit, le réveil passe de 5 h 44 à 5 h 45. Sans allumer, je m'assois dans mon lit. Je m'étire (trois secondes), débranche mon téléphone (quatre secondes), et enlève le mode avion (deux secondes). Je le repose sur la table de nuit, parfaitement aligné avec le bord, à mi-distance entre le flacon de somnifères et le verre d'eau, lui-même à précisément dix centimètres du tube de crème pour les mains. Je tends la main pour saisir le verre… et…

Ma main attrape le vide, une fois, deux fois, trois fois. Pas de verre d'eau. Pas de crème pour les mains.

Plus d'alignement.

Plus d'ordre.

Le chaos.

Respire, Alice.

L'interrupteur n'est pas à sa place. Je tâtonne frénétiquement, allume la lumière. Ce n'est pas mon lit, pas ma table de nuit, pas ma chambre. Mes mains deviennent moites. Je reste un instant tétanisée, incapable de penser. Plus de place pour respirer. Je suis en retard. Pour être au bureau à 7 heures, je dois arriver à la station Wall Street à 6 h 53, ce qui n'est possible que si je suis dans le métro à 6 h 32 au plus tard, et donc partie de chez moi à 6 h 24. Et encore, ce n'est valable que si j'attends moins d'une minute le feu à l'angle de William et Pine Street.

Pour que tout s'enchaîne correctement, je dois impérativement être debout à 5 h 46.

Or, il est 5 h 47.

Du fond de mes souvenirs, la voix d'Angela me revient, douce et rassurante.

Respire, Alice.

5 h 48. La panique dissipe d'un coup les brumes du somnifère. Je ne suis jamais en retard. Jamais. Pour la première fois en quatre ans, six mois, deux semaines et quatre jours, je n'arriverai peut-être pas au travail à 7 heures précises. Peut-être à 7 h 04 ou pire, 7 h 13.

Mécaniquement, ma main gauche enserre mon poignet droit. Le contact des breloques patinées de mon bracelet fait immédiatement remonter dans ma mémoire le bruissement des vagues qui venaient caresser le sable mouillé et l'odeur de la brise salée de la plage de Narragansett. L'odeur du bonheur évaporé de mon enfance. J'entends la mer, le murmure du vent entrecoupé du cri des mouettes et les sirènes des ferries pour Block Island. Je respire en comptant jusqu'à quatre, lentement, profondément.

De nouveau, la voix d'Angela, apaisante, résonne à mes oreilles.

Respire, Alice, ça va aller.

Un. J'inspire.

Deux. Je me souviens. Je suis à l'hôtel.

Trois. Je suis à 3 623 miles de New York.

Non. Ici, on parle en kilomètres.

Je suis à 5 834 kilomètres et des poussières de chez moi : je suis à Paris.

Quatre. Et je ne suis pas en retard au travail. Je n'ai plus de travail.

Le poids sur ma poitrine s'allège. L'air revient dans mes poumons. J'ouvre les yeux. La chambre est impeccable. Tout est net, blanc, aligné, rangé. La chaise devant le bureau, le menu du room service, le bloc-notes et son crayon bien taillé, parfaitement parallèles.

Tout va bien.

Je ne suis en retard nulle part. Je n'ai rendez-vous qu'à 10 heures. Le monde ne s'écroulera pas aujourd'hui.

Trois semaines que je n'avais pas fait de crise d'angoisse. Angela avait raison, ce départ précipité était dangereux, trop d'émotions, trop de nouveautés à gérer. Mais il fallait partir, je n'ai pas eu le choix.

Je fais le lit avec soin en vérifiant à plusieurs reprises qu'il ne reste aucun pli. Je dispose parfaitement les coussins, balaye une poussière microscopique sur le tissu crème. La femme de chambre n'aurait pas fait mieux. Elle va me prendre pour une folle ou une imbécile. Et elle aura raison.

Tu n'as pas besoin de ces rituels, Alice. Je dois gérer les crises d'angoisse. Je dois prendre sur moi pour avoir l'air normale.

Au prix d'un effort inouï, j'écarte les coussins, je tire la couette et défais les draps. Je m'interdis de regarder les plis et ce coin de destruction formé par la couette ouverte dans le carré parfait du lit. Je dois reconstruire une nouvelle vie, c'est pour ça que j'ai traversé l'Atlantique. Ici, je peux être une fille normale. Une fille normale à qui il n'est jamais rien arrivé.

10 h 04. Mon rendez-vous a quatre minutes de retard. 240 secondes de ma vie envolées, mortes, parties dans le néant du monde. Soixante minutes dans une heure. Soixante secondes dans une minute.

Je resserre ma queue-de-cheval pour la dixième fois. Je ne comprends pas. Pour arriver à l'heure, il suffit de partir à l'heure. Je ne vis pas, a priori, dans un espace-temps différent de celui des autres et pourtant, je suis manifestement la seule personne au monde à avoir compris ce grand mystère de la vie que la vaste majorité de l'humanité n'a pas encore réussi à percer :

Temps de trajet = temps de transport + temps de marche + marge de sécurité.

J'ai parfois le sentiment d'être l'unique détentrice de cette terrible vérité : notre temps nous est compté. Je voudrais prévenir ceux qui dilapident en activités futiles le bien le plus précieux que l'univers nous ait donné, le temps : je ne sais pas si tu es au courant, mais un jour, on meurt. La vie est courte, elle ne dure pas, chaque instant compte. Le temps s'évapore et emporte avec lui toute possibilité de retour en arrière, ne laissant que les regrets, des débris de coquillages échoués sur une plage à marée basse.

Stop.

Inspirer.

Penser à autre chose.

Il fait gris, une pluie légère comme un voile de mariée commence à tomber et pourtant j'ouvre mon manteau. Le ciel parisien est bas et couvert, mais la température s'élève à au moins cinquante degrés Fahrenheit. Combien de degrés Celsius ? Je dois apprendre à parler en Celsius.

Un flot d'hommes et de femmes jaillit de la station Belleville, leurs parapluies s'ouvrent comme des fleurs grises qui éclosent les unes après les autres. Une femme pressée trébuche devant moi, je la rattrape de justesse par le bras. Elle est enceinte. Je lui demande, inquiète :

— Vous vous êtes fait mal ?

— Non, ça va, merci !

Paniquée et manifestement en retard, elle se penche pour ramasser le contenu de son sac à main qui s'est répandu sur le bitume. Je me précipite.

— Ne vous baissez pas, je vais le faire.

Je rassemble ses affaires, son téléphone, un paquet de mouchoirs, un stylo et quelques pièces.

— Oh merci, me dit-elle avec un soupir de soulagement, j'ai tellement mal au dos…

Nous échangeons un sourire, et un court instant, son expression chaleureuse me réconforte. Je retiens l'envie instinctive de poser mes mains sur son ventre rond, tendu par la petite vie qu'il contient. Elle disparaît dans la marée humaine après m'avoir souhaité une bonne journée, et je suis seule à nouveau. Je sens les vibrations du métro sous mes pieds. Deux millions deux cent mille habitants. Paris ronronne, s'agite et fourmille. J'ai eu raison de venir ici. C'est l'endroit idéal pour disparaître, pour se fondre dans la foule des corps sans visage, oublier et se faire oublier du monde.

— Alice Smith ?

Une petite femme se tient devant moi dans un imper beige. La cinquantaine très chic, ses cheveux grisonnants sont rassemblés dans un chignon banane figé par la laque. Je lui serre la main.

— Bonjour.

— Marvelous ! Je suis Jane Thompson de l'agence Field & Thompson, me dit-elle dans un anglais parfait, nous nous sommes parlé au téléphone…

— Enchantée.

— Suivez-moi, enchaîne-t-elle d'un ton autoritaire en ouvrant un parapluie écossais au-dessus de ma tête. Comme vous pourrez le constater, c'est à deux pas du métro Belleville.

Je me racle la gorge, ce n'est pas ce que je lui avais demandé.

— Sinon, je pensais peut-être aux quartiers du Marais ou à Montmartre…

Elle s'arrête net et éclate de rire.

— Et pourquoi pas Disneyland, tant que vous y êtes ! Je sais que les Américains adorent le Marais et Montmartre, mais ce sont des endroits horriblement touristiques. Dans le Marais, on ne peut pas avancer dans les rues le week-end tellement les trottoirs sont encombrés ; quant à Montmartre, c'est excentré et bourré de touristes et de pickpockets. Et puis, vu votre budget, pour être honnête, ce n'est même pas la peine d'y penser…

— Oh, d'accord.

Je cache ma déception sous un sourire contrit. Je m'étais naïvement imaginée dans un appartement aux poutres apparentes avec vue sur le Sacré-Cœur, mais je suis gênée d'avoir eu l'air aussi bêtement cliché.

Nous passons devant un restaurant chinois, un lavomatique et un restaurant grec dont la vitrine expose une masse de viande dégoulinante de graisse qui tourne sur une broche. Je me rappelle les photos de la façade illuminée du musée d'Orsay ou du jardin du Palais-Royal bordé d'arcades dont nous parlions en cours de français. J'avais appris le mot « haussmannien ». Je revois, dans mon manuel scolaire américain, la définition du terme sous l'image d'un immeuble majestueux aux balcons filants en fer forgé : « *datant d'une grande série de travaux de rénovation orchestrés par le préfet Haussmann au milieu du XIX*e *siècle* ».

Cela dit, compte tenu de l'état post-apocalyptique de mes comptes bancaires, je peux oublier la rue de Rivoli, Montmartre et le Marais et je décide donc de faire confiance à Jane Thompson.

Elle s'arrête devant la porte cochère à la peinture écaillée d'un immeuble coincé entre une pâtisserie orientale et une école primaire. Elle tape un code et me tient la porte.

— C'est l'ancien étage de service, vous verrez, c'est lumineux et très calme.

Elle secoue vigoureusement son parapluie sur les dalles fissurées du hall. Nous prenons l'ascenseur jusqu'au sixième et dernier étage où nous entrons dans un petit meublé. La pièce à vivre s'ouvre sur une cuisine intégralement équipée, ici, ils appellent ça « cuisine américaine, m'explique-t-elle. Comme ça vous ne serez pas dépaysée. » Tout a été refait depuis le dernier locataire, les meubles sont fonctionnels, des placards intégrés, un canapé, une chaîne hi-fi et deux enceintes… Dans la chambre, un velux laisse entrer la lumière malgré le mauvais temps. La salle de bains réussit l'exploit de contenir une baignoire dans ses trois mètres carrés. L'endroit est petit, impersonnel, blanc et propre.

Dans la pièce principale, j'ouvre l'unique fenêtre et jette un coup d'œil à l'extérieur. L'appartement donne sur l'école primaire voisine, on entend le bourdonnement de la ville et quelques rares coups de klaxon noyés dans le clapotis des gouttes. Je repense au chant quasi permanent des sirènes de Manhattan et au ronronnement des climatisations en été. Je ne sais pas si j'aime cet endroit, sa sobriété me rassure et me glace tout à la fois.

Une sonnerie aiguë retentit et une nuée d'enfants envahit la cour de récréation, en bas. Leurs capuches colorées rabattues sur la tête, ils jouent sous la pluie. La symphonie de cris joyeux qui résonnent jusqu'à moi m'arrache un sourire. Le premier depuis que je suis arrivée. Et l'appartement dégage tout à coup quelque chose de plus accueillant – peut-être est-ce le tintement des rires enfantins dans la cour de récréation, mais j'ai le sentiment qu'il sent le chocolat chaud.

Jane Thompson m'examine du coin de l'œil tandis que je fais de nouveau le tour des deux pièces. Mon strict tailleur noir et ma queue-de-cheval impeccable semblent la rassurer.

— Vous avez visité combien d'appartements pour le moment ?

— C'est le premier. C'est possible de faire enlever la chaîne hi-fi et les enceintes, dans le salon ? Ça prend beaucoup de place.

— Oui, je vais voir avec la propriétaire, mais je ne vois pas pourquoi elle s'y opposerait.

— Et aussi, j'ai un petit chat, ce n'est pas un problème ?

— Oh, non, s'exclame-t-elle avec un grand sourire, la propriétaire adore les animaux et moi aussi ! Comment il s'appelle, votre chat ?

— David, dis-je en refermant la fenêtre.

Ses yeux s'arrondissent, elle doit se demander si c'est une manie américaine de donner des noms de personne aux animaux domestiques.

— OK, je suis prête à le prendre, le plus tôt serait le mieux. Quel est le montant du loyer ?

— Mille cent euros, charges incluses… Je sais que c'est au-dessus de votre budget, mais Paris est une ville très chère et…

— Ça me convient.

Mensonge. C'est horriblement cher et il va falloir que je trouve un travail rapidement, mais je me débrouillerai. Il faut que j'avance. De toute façon, ça me coûterait encore plus cher de rester à l'hôtel et je dois sortir David au plus vite du foyer où je l'ai laissé la veille, parce que l'hôtel n'acceptait pas les chats.

— Très bien, si vous avez votre passeport avec vous, je fais une copie à l'agence, c'est à cinq minutes et je pourrai préparer le contrat d'ici demain…

— Parfait.

— En revanche, en France les contrats de location sont très stricts. J'ai besoin de garanties, vos dernières fiches de paye, des feuilles d'impôts, un extrait de votre compte bancaire et je voudrais contacter vos propriétaires précédents…

Et trois edelweiss, un verre de lait de lama et la bénédiction du pape… je pense avant d'afficher un air compréhensif.

— Oui, je peux vous donner des contacts à New York…

— D'accord, et si vous avez habité plusieurs appartements, n'hésitez pas à me mettre en relation avec un maximum de personnes, plus j'aurai de garanties et plus votre dossier sera solide.

Je réfléchis quelques secondes.

— J'ai habité à Londres, il y a quelques années, je peux aussi vous donner les coordonnées de mon ancien propriétaire.

— Ah oui, Londres, *marvelous*, faisons comme ça.

Elle a l'air soulagée, comme si la proximité géographique de l'Angleterre rendait les garanties plus solides. Pour ma part, la simple évocation de Londres me déchire le cœur, mais je me contente de serrer les dents et de sourire poliment.

Journal d'Alice

Londres, 22 août 2011

7:05 p.m.

Bon.

Si la psy veut que j'écrive un journal, je n'ai qu'à écrire. Il s'agit juste de poser des mots les uns après les autres. Rien d'impossible. Qu'on ne vienne pas me dire que je ne fais pas tout ce qui est en mon pouvoir.

Dilemme : est-ce que je dois m'y atteler en mode « Cher Journal » ? Ou m'inventer une amie imaginaire à qui j'écrirais tout ça ? Auquel cas il faudrait que je trouve un interlocuteur inspirant. Qui ? Tiens, pourquoi pas : « Très chère Professeur McGonagall ».

Bof. Trop intimidant.

Un super beau gosse ? « Cher Ryan Gosling... » ou un acteur connu qui aurait une bonne tête. Une tête qui inspire confiance. « Cher Bruce Willis ... » ?

Est-ce que je pourrais raconter ma vie à Bruce Willis ? Sans doute plus qu'au professeur McGonagall.

Je viens de relire ces premières lignes. Oliver a eu raison de m'envoyer consulter, j'ai clairement besoin d'une psychanalyse.

The End de ce journal.

8:20 p.m.

Cher Bruce Willis,

Pas de panique, me revoilà.

Je suis dans notre lit. Oliver travaille sur son ordinateur, comme tous les soirs, et je me suis fait une tisane. J'ai cherché entre-temps « écriture automatique » sur Wikipédia : « L'écriture automatique est un mode d'écriture dans lequel n'interviennent ni la conscience ni la volonté. »

A priori, il s'agit donc d'écrire n'importe quoi, n'importe comment, ce qui est tout à fait dans mes capacités.

En écriture automatique, donc, sans réfléchir, sans conscience ni volonté, voilà, Bruce (je peux t'appeler Bruce ?) ce qu'est devenue ma vie :

J'ai une consommation de tests de grossesse supérieure à celle d'un planning familial. J'ai affiché un calendrier sur le frigo et j'y ai dessiné des cœurs au feutre rouge sur chacune de mes dates d'ovulation. J'ai honte, mais il faut bien qu'Oliver sache quels jours nous sommes supposés faire l'amour. Rectification, quel jour il faut qu'on fasse le bébé. Maintenant, on ne fait plus l'amour, on fait le bébé. Le sexe est devenu une corvée, un exercice laborieux au résultat toujours décevant. Même le regard de braise de ton collègue Clive Owen, Bruce, n'éveille plus en moi le moindre désir.

Mon temps se répartit en deux activités principales : soit j'attends mon ovulation, soit j'attends mes règles. À force de noter mes divers symptômes sur toutes les applications mobiles disponibles, je suis capable de prédire chacun de ces deux événements à quelques minutes près.

Talent parfaitement inutile, soit dit en passant.

Phase 1 : Les jours qui suivent ce rapport sexuel planifié sont un long calvaire où je vis par procuration la course d'un spermatozoïde remontant jusqu'à mon utérus. Je lui hurle mentalement des encouragements, telle une pom-pom girl sous acide, tout en l'imaginant frétillant avec son dossard « numéro 1 », prenant les virages avec dextérité pour dépasser ses camarades de promo. Pendant ce temps-là, mon imbécile d'ovule rebondit le long de mes trompes avec un sourire niais, à la recherche de ce spermatozoïde-sœur qu'il ne semble jamais réussir à croiser.

Phase 2 : Je m'invente des nausées, de la fatigue, des douleurs ligamentaires et des envies de fondant au chocolat recouvert de chantilly au milieu de la nuit (j'admets que ce dernier point ne constitue pas forcément une preuve irréfutable de grossesse. Quelle personne normalement constituée ne ressent pas une envie quasi-permanente plus ou moins intense de fondant au chocolat recouvert de chantilly ?).

Phase 3 : Je suis persuadée d'être enceinte, deviens insupportable avec Oliver (les hormones), mange pour quatre (au cas où ce seraient des triplés) et ne rachète pas de tampons (je n'en aurai sans doute plus besoin pour les neuf prochains mois), le tout jusqu'au test de grossesse, la veille de la date prévue de mes règles (pour lesquelles, horreur et damnation, je n'ai plus de tampons).

Phase 4 : Le dernier jour de mon cycle, je me lève à l'aube et vais m'enfermer dans les toilettes sans réveiller Oliver. Après avoir répondu poliment au sourire de serial killer du bébé tueur d'espoir imprimé sur la boîte, je m'excuse auprès du test d'être dans l'obligation de lui faire pipi dessus. J'essaye de le séduire, car les tests de grossesse ont l'esprit de contradiction. Ils disent « oui » quand on espère un « non » et « non » quand on voudrait un « oui ». Je m'exécute et attends trois minutes qui durent approximativement deux siècles et demi (et pas les plus fun des siècles, genre le xe et le xiie siècles, mode Game of Thrones*).*

Assise sur les toilettes, sans prendre la peine de remonter ma culotte, j'égraine les secondes, les yeux fixés sur la petite fenêtre blanche, priant tous les dieux de l'univers pour l'apparition d'un « plus ». Même clair, même flou. Je veux juste un petit « plus ».

Pas de « plus ».

Je recompte jusqu'à dix, j'enrage à l'idée de tous les tests de grossesse effectués au même moment dans le monde, les positifs qui font pleurer et les négatifs qui font sauter de joie. La vie est injuste, voire totalement absurde.

Oliver m'attend derrière la porte. Je n'ai pas besoin de lui annoncer le résultat, puisqu'en général, je pleure déjà des hectolitres. Il me prend dans ses bras, m'assure qu'on s'en fout, qu'on est jeunes, qu'on a le temps… Vingt-six ans, après tout, c'est très jeune pour avoir un enfant. Le problème, c'est que lui en a dix de plus.

Parfois, je vais récupérer le test dans la poubelle sous une peau de banane. Juste au cas où le résultat aurait changé.

Toujours pas de « plus ».

Retour à la phase 1.

Alors, je m'autorise une cigarette, une seule (parfois deux, mais jamais trois), pour me consoler et je recommence le cycle. Les tests d'ovulation tous les matins, l'acide folique, le fertility-yoga et le cœur rouge sur le frigo.

Les bilans hormonaux, échographies et autres hystéroscopies (je te passe les détails médicaux, Bruce) n'ont révélé aucune anomalie. Oliver a eu plus de chance que moi : ses examens n'ont nécessité qu'une séance de masturbation devant un DVD porno des années quatre-vingt.

Point positif de cette expérience (Oliver m'encourage à voir le point positif dans toute expérience) : j'ai récupéré une vidéo panoramique de mon utérus qu'on pourra regarder en famille dans dix ans.

Je ne bois plus, je ne fume (presque) plus, j'ai arrêté le café, le thé noir, les fast-foods, je me couche à 22 heures et je me suis mise à la méditation. Je me gave d'huile d'onagre, d'acide folique, de fer, de fruits, de graines diverses et variées. Plus saine que moi, c'est le Dalaï Lama. J'ai vu des kinés, des ostéopathes, un magnétiseur et même un coach d'ovaires qui se prétend la réincarnation d'un prêtre aztèque. J'ai prié, j'ai pleuré. Mais rien n'y fait. Dix-sept mois qu'on essaye et je ne tombe toujours pas enceinte.

Ma candidature pour l'appartement a été acceptée. La caisse de transport de David dans une main et ma valise dans l'autre, je reprends le métro et descends de nouveau à la station Belleville. À New York, les rues sont numérotées, perpendiculaires ou parallèles. Rangées. Ici aucun axe n'est droit, un désordre absurde règne dans les rues emmêlées. Je finis par trouver mon chemin et arrive à l'agence immobilière où mon bail n'attend plus que ma signature.

Jane Thompson m'accueille avec un grand sourire.

— Alice, je vous attendais ! Tenez, je vous rends votre passeport. Je ne savais pas que votre nom entier était Smith-Rivière… Un rapport avec Scarlett Smith-Rivière ?

Mal à l'aise, je détourne les yeux.

— Vous savez, il y a plus de deux millions de « Smith », rien qu'aux États-Unis et « Rivière » est presque aussi commun en français, donc statistiquement, plusieurs milliers d'Américains qui s'appellent Smith-Rivière…

— Ah d'accord… En tout cas, merci de m'avoir envoyé les coordonnées de votre ancien propriétaire à Londres, quel homme *marvelous* ! Je lui ai donné votre nouvelle adresse, il avait du courrier à vous faire parvenir.

Jane Thompson, désormais rassurée à l'idée que je ne compte pas organiser un cartel de drogue dans l'appartement, est adorable. Elle s'extasie sur David qui ronronne de plaisir pendant que je relis et signe le bail. Elle me confie ensuite les trois trousseaux de clés de mon nouveau chez-moi.

Une fois arrivée, je défais rapidement mes bagages. Je n'ai emporté que l'essentiel, la plupart de mes affaires sont encore dans un conteneur sur l'Atlantique. J'installe le coussin de David dans ma chambre, au pied de mon lit et sa litière sous la fenêtre du salon. Il déambule dans le deux pièces, avec sa démarche de danseuse classique, l'air circonspect, et finit par se lover sur le canapé. Je lui gratte la tête, soulagée de son air satisfait.

— J'espère que tu te plairas ici, chaton.

Je descends ensuite au supermarché acheter un plat de lasagnes surgelées que je fourre au micro-ondes. Elles sont prêtes au moment où je sors de la douche en serviette, les cheveux démêlés mais encore trempés. J'enfile mon pyjama, m'assois devant mon ordinateur et commence à lire mes emails.

De : Sophie Henri
À : Alice Smith
Le : 5 septembre 2018
Objet : Votre candidature

Chère Alice,
En dépit des qualités de votre candidature, je suis désolée de vous informer que votre profil ne correspond pas à ce que nous recherchons chez *Brit Finance.*
Je vous souhaite une bonne continuation,
Sophie Henri
Responsable Ressources Humaines
Brit Finance

Je relis l'email quatre fois et j'essaye de chasser le stress qu'il a déclenché. Ce n'est qu'une réponse. J'ai passé d'autres entretiens, j'ai d'autres candidatures en cours. On ne réussit jamais rien du premier coup. Je poursuis la lecture de mes emails. Je lis chaque publicité, chaque spam, même les messages automatiques d'absence du début à la fin. Je vois d'ici Angela lever les yeux au ciel, mais c'est plus fort que moi. Il paraît qu'un battement d'ailes de papillon à Tokyo peut provoquer une tornade au Texas. Alors si on m'a envoyé quelque chose, je dois le lire. Si je loupais une information cruciale, un enchaînement de conséquences pourrait créer un drame affreux quelque part dans le monde. Quand j'estime qu'effectivement, rien de vital n'y a été glissé, je me désabonne des newsletters et je vais me coucher. Sur la table de nuit j'aligne avec soin la crème pour les mains, la boîte de somnifères, le verre d'eau.

Il ne pleut plus et j'ai ouvert le vasistas. Je prends un cachet et, déjà dans les vapes, j'écoute l'écho de l'immeuble monter vers moi depuis la cour, les voix des gens qui vivent ensemble, mangent, se disputent ou s'aiment et la tristesse m'envahit. Puis, comme s'il avait senti ma solitude imprégner la petite chambre mansardée, David vient se rouler en boule contre moi et frotte sa truffe contre ma joue. Reconnaissante, je le prends dans mes bras et lui murmure une berceuse. Le somnifère finit par avoir raison de moi et je m'endors d'un sommeil sans rêves.

Je referme la porte de l'appartement derrière moi et pousse un long soupir. Je ne trouverai jamais de travail en France. J'aligne mes chaussures contre le mur avant de me laisser tomber sur le canapé et prends ma boule de poils ronronnante sur mes genoux pour me réconforter.

Je rentre du dernier des entretiens obtenus suite aux dizaines de candidatures envoyées depuis New York. Ils ne m'ont même pas reçue : ils avaient déjà recruté quelqu'un et oublié d'annuler notre rendez-vous, m'a expliqué la RH avec un sourire désolé. J'ai ravalé ma fierté et les larmes de déception qui enflaient dans ma gorge. Je leur ai dit que ce n'était pas grave, qu'ils n'hésitent surtout pas à me rappeler si jamais un autre poste se présentait, et j'ai attendu d'être dans la rue pour pleurer.

Dix jours que je suis arrivée à Paris et je n'ai eu que des réponses négatives. Cet entretien était mon dernier espoir. J'enfouis mon visage dans le cou duveteux de David et je soupire.

— Tu crois que quelqu'un voudra de moi un jour, chaton ?

La fatigue accumulée au cours des dernières semaines m'assaille. Je dois rassembler toute mon énergie pour me déshabiller et me glisser dans un bain brûlant. Je tente de mettre de l'ordre dans mes pensées, en jouant du bout des doigts avec la mousse parfumée. Je songe à New York le cœur serré et à ma vie laissée là-bas. À toutes mes économies, une petite fortune accumulée en quatre ans de carrière dans la finance, parties en fumée avant mon départ. La fatigue m'obscurcit le moral et le peu d'optimisme qui me reste se dissout dans l'eau savonneuse.

Quand je reviens dans la chambre, enveloppée dans mon peignoir, un son en provenance de mon ordinateur m'indique que j'ai reçu un message. Le mal de tête se fait plus pressant, la douleur localisée entre mes yeux m'envahit les tempes. Je sais que plus je laisserai la fatigue s'accumuler, plus je serai susceptible de faire une crise d'angoisse, mais un email reçu doit être lu. C'est la règle. Et les règles doivent être respectées. Toujours. J'ai un nouveau message sur mon compte LinkedIn, d'un parfait inconnu.

De : Christophe Lemoine
À : Alice Smith
Le : 10 septembre 2018
Objet : Recrutement

Bonjour Alice,
Je vois sur LinkedIn que vous êtes à la recherche d'un emploi à Paris. Je suis le fondateur d'une start-up à très fort potentiel, dont la finalité et le business

model sont encore confidentiels, raison pour laquelle je ne peux vous les expliquer. Votre profil pourrait nous intéresser pour la suite de nos projets.
Si vous êtes toujours disponible, je vous propose de nous rencontrer demain à 9 h 30 à l'espace de coworking The Space, 67 rue du Mail, 75002 Paris.
Bien à vous,
Chris Lemoine

Je relis l'email quatre fois. Aucune information ni sur l'entreprise, ni sur le poste. Mon CV en ligne indique que je travaillais en fusions-acquisitions dans une prestigieuse banque d'investissement. Cela signifie que je n'ai pas la moindre expérience en finance d'entreprise et encore moins sur le fonctionnement d'une start-up. Je ne vois pas pourquoi mon profil attirerait un entrepreneur comme Christophe Lemoine.

Mais il a planifié un rendez-vous.

À une heure précise.

À un endroit précis.

Si je refuse, je vais déranger son emploi du temps. Peut-être qu'en réorganisant sa journée, il va devoir modifier celui d'autres personnes et le bouleversement de l'ordre établi peut entraîner le chaos. Quelqu'un, un père de famille par exemple, pourrait sortir de chez lui plus tôt, pile au moment du passage d'un taxi, simplement parce que le rendez-vous a été décalé, il se ferait renverser ou pire, son enfant dans la poussette…

Stop.

Arrête.

Une légère nausée me prend et la migraine se diffuse dans ma nuque.

C'est dans ma tête, je ne dois pas céder.

Pas de pensée catastrophiste.

J'enserre mon poignet de mes doigts. Mon bracelet n'est pas là. Je l'ai enlevé pour me laver. Je pose mon front dans mes mains tremblantes. Je n'ai pas le droit de déranger l'ordre établi par l'univers. Il faut respecter ce qui est prévu. Toujours. *C'est faux. La vie est faite d'imprévus,* me chuchote, lointaine, la voix d'Angela. Je compte, lentement, en inspirant.

Un, deux, trois, quatre.

Respire.

J'ai besoin d'un travail, n'importe lequel. Sinon je vais être obligée d'emprunter de l'argent à Angela, et elle se fera du souci pour moi. Et la dernière chose que je veux, c'est l'inquiéter et lui pourrir la vie avec mes problèmes, une fois de plus.

De : Alice Smith
À : Christophe Lemoine
Le : 10 septembre 2018
Objet : Re: Recrutement

Bonjour Christophe,
Merci pour votre message. Je serais ravie de vous rencontrer.
À demain,
Alice Smith

Il n'est que 13 h 17, mais je titube de fatigue. Des points noirs et brillants explosent devant mes yeux comme si j'étais en boîte de nuit. Je ferme les rideaux sur la cour où la récréation ne va pas tarder à sonner. Je plie avec soin mes vêtements. Quatre fois de suite pour être sûre qu'aucun pli ne subsiste. Je réaligne la chaise contre le mur, une fois, deux fois… *Stop.* Je me glisse sous la couette, avale un cachet, David se blottit contre moi.

Quand je me réveille, la nuit est tombée. La crise est passée, elle était légère quoique dangereusement proche de la précédente. Je me connecte à Deliveroo et commande un bacon cheeseburger et des frites recouvertes de cheddar fondu. Je pense à Angela qui a passé les quatre dernières années à tenter sans succès de me faire améliorer mon alimentation. Mais je n'ai rien mangé depuis la veille et j'ai envie, le temps d'un repas, de me croire encore aux États-Unis.

N'est-ce pas étrange que ce Chris Lemoine m'écrive juste au moment où j'allais me décourager ? Drôle de coïncidence. Si on croit aux coïncidences. Mais je ne crois pas aux coïncidences. Je ne crois pas aux hasards, ni à la chance. Je crois à l'enchaînement des événements tel que l'univers l'a prévu, à l'ordre implacable du monde où chaque mini-engrenage a sa place et son rôle à jouer et où la moindre poussière peut dérégler le mécanisme. Le battement d'ailes de papillon à Tokyo qui déclenche un cataclysme à l'autre bout du monde. Tout ça.

Je me prépare un thé et recherche Christophe Lemoine sur LinkedIn. Bizarrement, il a mis huit ans à obtenir une licence dans une université, certes très réputée, de Montréal et depuis, il a monté dix-neuf start-up. Je hausse un sourcil devant cette liste impressionnante. Je les google toutes une par une.

Christophe Lemoine est apparemment l'inventeur, entre autres, de la louche de voyage pliable, des draps recyclables et d'une application qui interprète la forme des nuages. Il semble aussi qu'il soit un virtuose de l'échec : ses dix-neuf boîtes ont planté. Problèmes tecÚiques, problèmes financiers, problème de business model, problème juridique, problème de piratage... La seule start-up qui ait réussi à générer quelques articles de presse sérieux proposait une solution de sécurité informatique qui a rendu publique l'intégralité des données confidentielles qu'elle était supposée protéger en les envoyant par erreur et par emails à une dizaine de milliers de contacts en lieu et place de la newsletter publicitaire du jour. Inutile de préciser que les articles en question sont loin d'être élogieux. L'acharnement de cet entrepreneur passionné m'arrache un sourire. J'ai toujours eu une certaine tendresse pour les gens qui ne lâchent jamais rien.

On sonne. Je vais ouvrir, récupère mon burger dans un sac en papier, remercie le livreur et lui glisse un pourboire pour lequel il me remercie avec effusion. Puis, je reviens m'asseoir devant mon écran. J'avale consciencieusement mon plat jusqu'à la dernière frite en faisant défiler les photos du jeune entrepreneur souriant sous le regard curieux de David. Je lui demande :

— Tu penses qu'il a l'air sympa, toi ?

Il se roule en boule sur mes genoux en guise de réponse. Je pousse un soupir. Ce n'est pas comme si j'avais le choix. Le peu d'argent qu'il me restait a servi à payer mon loyer. Quel que soit ce poste, il faut que je l'obtienne.

Les bureaux partagés de The Space, nouvel espace de coworking parisien, ont été installés dans une ancienne manufacture de montgolfières. Les poutres de bois de l'usine, repeintes en blanc, soutiennent une énorme verrière. Avec la déco épurée, ponctuée de plantes vertes et de canapés design, j'ai l'impression d'être à l'intérieur d'un feed Instagram, le bazar en plus.

Une hôtesse souriante d'au moins vingt-cinq ans, un record de vieillesse si j'en crois la fille en trottinette et le jeune homme en jogging qui viennent de passer devant moi, me tend un badge orange fluo en échange de mon permis de conduire américain. Elle le garde en caution au cas où il me viendrait l'idée saugrenue de voler mon badge visiteur pour le revendre sur eBay.

Je resserre ma queue-de-cheval, réajuste la veste noire de mon tailleur-pantalon et essaye de me tenir droite dans un pouf argenté particulièrement inconfortable.

— Alice ?

Je tourne la tête. Un homme se tient devant moi, un large sourire aux lèvres.

— Oui, c'est moi, dis-je en lui serrant la main.

— Enchanté, je suis Christophe, Christophe Lemoine.

Il a une franche poignée de main, des cheveux châtains ébouriffés dans un désordre qui ne doit rien au hasard et il arbore le look du parfait hipster : des écouteurs bluetooth plantés dans les oreilles comme deux petites antennes blanches, des baskets qui doivent coûter le prix d'une paire de Louboutin et un jean probablement délavé à la main par un moine bouddhiste au Népal. Derrière ses lunettes à monture épaisse, son regard brun me semble honnête et amical et son sourire tout aussi ravageur que les photos de lui que j'ai pu voir sur le Net. J'imagine qu'il doit avoir un certain charme, auquel je reste cependant parfaitement insensible, compte tenu de ses onze minutes de retard.

— Suis-moi, tu veux un café ? Un thé vert ? Un Coca Zéro ? Une limonade litchi-paprika ?

— Un verre d'eau, merci.

Je lui emboîte le pas, tandis qu'il tape sur son smartphone. En sentant mes mains se crisper sur la lanière de mon sac à main, je regrette de n'avoir pas pris un calmant. J'ai loupé tous mes entretiens parce que ce genre d'exercice me terrifie et la peur me rend distante. Si j'en crois les retours des ressources humaines, les recruteurs qui m'ont vue « ont eu du mal à cerner ma personnalité ». La froideur et la retenue sont les seuls moyens que j'ai trouvés pour cacher mes angoisses.

— Merci de t'être rendue disponible si vite, Alice. On s'est installés ici il y a trois semaines, sympa, hein ?

Un ascenseur transparent nous emmène au dernier étage et s'ouvre sur un large open space. L'immense baie vitrée offre une vue imprenable jusqu'au Sacré-Cœur. J'ai toujours été fascinée par ce bâtiment. J'essaye de cacher mon enthousiasme de touriste américaine qui n'est jamais sortie de son ranch. Je ne peux toutefois m'empêcher de ralentir pour admirer la vue. La plupart des bureaux ont beau être encore vides, il y règne un désordre indescriptible. Des cartons, des dossiers, des feuilles éparses, une raquette de ping-pong, un tapis de yoga et même une chaussette… Je ne comprends pas pourquoi les gens ne rangent pas. Il suffit de replacer chaque objet à sa place après l'avoir utilisé. Ce n'est pas si compliqué. Face à pareil chaos, je détourne les yeux pour me concentrer sur les montants métalliques des fenêtres droits, parallèles, réguliers, rassurants.

— Bienvenue chez EverDream ! lance Christophe en ouvrant la porte d'une salle de réunion intitulée « Salle Steve Jobs ».

Je pénètre dans la salle où quatre gros canapés encadrent une table basse. Sous un écran plat, un homme, assis dans un des sofas, tape à l'ordinateur à une vitesse vertigineuse, les yeux rivés sur son écran. Mon attention est irrésistiblement attirée par ses mains. Je suis frappée par le contraste entre la force virile qu'elles dégagent et l'élégance avec laquelle elles caressent les touches, comme celles d'un pianiste son clavier. En m'asseyant, je ne peux m'empêcher de jeter un coup d'œil sur son écran où les lignes de code vertes s'alignent sur le fond noir les unes après les autres, fluides et régulières comme le flot d'une partition.

— Jeremy Miller, mon associé, dit Christophe en s'asseyant.

— Bonjour.

— Bonjour. Vous êtes en retard, répond-il sans même lever les yeux.

C'est simple, c'est le reproche le plus injuste qu'on m'ait fait depuis une éternité. Je sens ma gorge se contracter et je m'entends répondre sèchement :

— Je ne suis jamais en retard.

Il arrête de taper, lève la tête et me dévisage pour la première fois, intrigué. Son regard pénétrant me met mal à l'aise. Ses cheveux brun foncé coupés court et une barbe sombre de quelques jours font ressortir le bleu limpide de ses yeux. Il porte une chemise en jean et un pantalon beige beaucoup plus sobres que les vêtements de son associé.

— C'est entièrement de ma faute, intervient Christophe en me tendant une bouteille d'Evian, c'est moi qui ai fait attendre Alice. Tu sais, les créatifs sont toujours en retard, poursuit-il en me faisant un clin d'œil.

Les muscles de mon dos se détendent, je replace une mèche derrière mon oreille et m'assois sur le canapé.

— Au fait, Alice, s'exclame tout à coup Christophe, j'ai oublié de te dire le plus important, ici on a une piscine à boules !

Il me fixe, l'air radieux, attendant manifestement une réaction de ma part. Et comme je n'ai pas la moindre idée de ce qu'il faut répondre à ça, il précise :

— Comme chez Ikea.

Je bois une gorgée d'eau pour me donner une contenance. Je ne vais pas survivre à cet entretien, j'ai besoin qu'il me pose des questions sur mon CV, mes qualités (rigueur, précision, capacité de travail exceptionnelle, ténacité), mes défauts (têtue, introvertie, et, ah oui, tempérament légèrement angoissé et quelques minuscules troubles obsessionnels compulsifs...), des questions normales, habituelles. Les questions que j'ai préparées. Je ne peux pas gérer l'imprévu. Je ne sais pas, je ne sais plus gérer l'imprévu. Je glisse mes doigts dans mon bracelet, caresse les breloques. Je songe au bruit des vagues. J'inspire, le plus doucement possible.

Je revisse le bouchon et pose la bouteille sur la table basse. Christophe parcourt maintenant mon CV. J'en profite pour rétablir le parallélisme entre deux stylos qui traînent. Ce geste m'effraie d'autant plus que j'ai l'impression que Jeremy Miller, l'associé désagréable, l'a surpris. Je dois me contrôler. J'ai besoin de ce travail, pour ne pas, une fois de plus, demander de l'aide à Angela, pour rester active, pour qu'on m'oublie. Je dois avoir l'air normale. Je *suis* normale.

— Tu as travaillé quelques années chez JP Morgan à Londres, puis chez Goldman Sachs à New York pendant...

Sa phrase reste en suspens et machinalement je complète :

— Quatre ans, six mois, deux semaines et quatre jours.

Il écarquille les yeux comme si je venais d'entonner la version rap de l'hymne national américain.

De nouveau, son associé s'interrompt pour m'examiner avec curiosité. Je me mords les lèvres.

— Je plaisante, dis-je très vite, quatre ans.

Et de nouveau mes doigts cherchent le contact rassurant de mon bracelet. Le regard inquisiteur de Jeremy Miller suit mon geste et s'arrête sur ma main crispée sur mon poignet. Je lâche mon précieux talisman, tentant sans succès de cacher ma nervosité.

Fichu pour fichu, je me jette à l'eau.

— Je sais que vous m'avez dit que c'était confidentiel, mais je voudrais savoir ce que fait votre entreprise, monsieur Lemoine.

— Chris, Alice, ici pas de « monsieur », on est cool. L'histoire de la confidentialité, poursuit-il, c'est une tecÚique pour attirer des gens curieux et prêts à prendre des risques. Je veux des gens di-ffé-rents. Des « *EverDreamers* ». Ce qu'il est très important que tu retiennes, Alice, c'est que chez EverDream, on voit grand, très grand même ! Et on n'accepte pas la médiocrité. Est-ce que tu acceptes la médiocrité, Alice ?

— Heu… non…

— Tant mieux ! Car nous avons un grand projet, un projet unique qui va révolutionner la vie de l'humanité ! Nous développons actuellement une solution numérique secrète qui va aider à résoudre un problème universel et améliorer le quotidien de millions de personnes !

Impressionnée par la fougue avec laquelle il parle, je lui demande prudemment :

— Ça a l'air passionnant, de quel problème s'agit-il ?

Je me demande s'il a trouvé comment soigner le cancer, rétablir la paix dans le monde ou supprimer la famine. Ses yeux brillent d'excitation et il y a quelque chose de communicatif dans son exaltation qui me plaît. Sous mon regard stupéfait, il monte sur la table basse, prend une grande inspiration et avec un geste théâtral de la main clame :

— EverDream s'est donné pour mission de réunir les chaussettes orphelines, partout dans le monde !

À ce stade, il est assez difficile de déterminer si Christophe Lemoine est fou, drogué ou sincèrement génial. Je reste un instant sans voix. Il doit prendre ma stupéfaction pour de l'incompréhension, car il précise avec le même sourire triomphant :

— Tu sais, ces chaussettes que tu retrouves seules dans ton sèche-linge à la fin d'une machine ! À l'ère du recyclage et de la lutte contre le gaspillage, il était temps que quelqu'un prenne à bras-le-corps le problème de la chaussette orpheline et de l'enjeu écologique qu'elle représente. Eh bien, imagine ! Sur EverDream, tu pourras prendre une photo de ta chaussette orpheline, renseigner sa taille, la marque et la couleur et l'application te mettra en relation avec quelqu'un qui a une chaussette orpheline compatible et elles pourront ainsi être rassemblées. Plus une chaussette ne sera jamais seule ! Notre base clients ? Le monde entier ! Sauf les unijambistes, certes, mais ça fait quand même un paquet de gens.

Un court instant je me demande s'il plaisante, je cherche une caméra cachée, une explication. Un silence suit cette déclaration, comblé par le bruit des doigts de Jeremy Miller sur les touches. Toujours sur la table basse, Christophe croise ses bras sur sa poitrine avec un grand sourire.

— Alors ? Es-tu prête pour cette grande aventure, Alice ? Acceptes-tu le défi de l'entrepreneuriat ? Refuses-tu la médiocrité ?

J'ouvre la bouche. Je ne sais pas par où commencer. Le fait que le nom *EverDream*, par exemple ne veut rien dire, que la plupart des gens se foutent de perdre ou de recycler leurs chaussettes et qu'il faut arrêter de fumer la moquette, même la moquette bio issue du commerce équitable de The Space. Mais, une petite voix me rappelle que j'ai besoin de ce travail et je me racle la gorge avant de déclarer :

— Ça a l'air très intéressant… un business model très… original… Mais vous êtes conscient que je ne connais rien, ni au secteur du Web, ni aux applications, ni à l'écologie ou… aux chaussettes orphelines ?

— Je sais, mais tu es Américaine et les États-Unis, c'est l'avenir d'EverDream ! Dès le printemps, on devient international ! Et puis, ton CV impressionne, parfaitement bilingue, un diplôme de l'université de Brown, JP. Morgan à Londres, Goldman Sachs à New York… Quand on fera une levée de fonds, très prochainement, on aura besoin de quelqu'un avec ton profil…

— Et vous attendriez de moi que je fasse quel travail exactement ?

— Tout ce qui a trait à la comptabilité, la finance, et… les choses administratives.

— Les choses administratives ?

— Oui, moi je suis le créatif, Jeremy code, on a quelqu'un qui s'occupera du marketing, du

Community Management, etc. Mais on n'a personne pour faire les trucs…

Il s'interrompt et, devinant qu'il hésite à dire « chiants », je propose aimablement :

— Fastidieux ?

— Oui, voilà, fastidieux. Ton français est vraiment excellent, Alice, c'est à peine si tu as un accent !

— J'ai la double nationalité, mère française, père américain.

— Super, j'adore !

Il me pose deux ou trois questions absurdes, notamment quelle est ma couleur préférée. Il me montre des taches d'encre sur son iPad et me demande ce que j'y vois (une mouette, une guitare et un avion) avant de conclure :

— Moi, j'ai fait le tour, Jeremy, tu as des questions ?

Je voudrais qu'il réponde par la négative, mais Jeremy Miller lève les yeux de son écran et demande :

— Sur ton CV, tu ne dis pas ce que tu as fait toute l'année 2013, entre la fin de ton séjour à Londres et le début de ton job à New York.

J'inspire doucement. Je sais que je vais devoir mentir. Et malgré tous les mensonges que j'ai racontés ces dernières années, une partie de moi se révolte toujours à l'idée de ne pas dire la vérité.

— En 2013, j'ai fait un tour du monde, répondis-je doucement, en soutenant le regard bleu glacier qui me scrute.

Une étincelle de curiosité éclaire un bref instant son regard et j'ai la sensation désagréable qu'il ne me croit pas.

— C'est génial ça ! s'exclame Christophe, tout à fait l'esprit des gens qu'on cherche à recruter chez EverDream ! Je vois que tu comprends ce que ça veut dire, Alice, de lutter contre la médiocrité.

— Pourquoi tu as quitté New York ? poursuit Jeremy, et pourquoi est-ce que tu voudrais subitement passer du secteur de la finance à celui du Web ?

— J'ai toujours rêvé de voir Paris… Et pour la finance, j'en avais assez, j'avais envie d'essayer quelque chose de plus… entrepreneurial.

J'imagine les questions qui se bousculent derrière son expression impassible. *Mais tu as déménagé toute seule ? Tu n'es pas mariée ? Divorcée ? Célibataire ? Des enfants ? Tu as de la famille à Paris ? Des amis ?*

— Super, Alice, dit Christophe en sortant de sa poche son téléphone qui vibre, on te tiendra au courant très vite, là j'ai un call avec des investisseurs.

Un instant, j'ai cru que j'avais une chance d'être prise, mais cette façon abrupte de me congédier n'est pas bon signe. Prise de court, je serre mécaniquement la main qu'il me tend et murmure :

— Merci pour votre accueil.

Jeremy Miller se lève et me raccompagne en bas sans prendre la peine de m'adresser la parole. Je cherche désespérément les arguments qui pourraient le faire changer d'avis sur moi. Mais il m'a vue paniquer, triturer le bracelet, replacer les stylos droits et je le comprends, au fond, pourquoi prendre le risque d'embaucher quelqu'un d'aussi bizarre ?

Il demande à l'hôtesse de me rendre la pièce d'identité que j'ai laissée en échange de mon badge visiteur et elle lui tend mon permis de conduire. Au moment où il se retourne vers moi, les mots jaillissent de ma bouche, trop peu assurés pour être réellement convaincants :

— J'ai toujours rêvé de monter une entreprise et je suis réellement motivée par EverDream, j'aimerais vraiment que vous me donniez une chance pour ce poste.

Surpris par cette éruption inattendue, il retient le permis de conduire qu'il allait me rendre et tout en le faisant tourner machinalement entre ses doigts, m'examine attentivement avant de répondre :

— Pour être franc, je ne comprends pas pourquoi tu as répondu au mail de Chris. C'est un poste d'assistante administrative, très en dessous de ton niveau de compétences et de ton expérience. En termes de salaire, on n'est pas capables de te payer le tiers du quart de ce que tu devais gagner avant, tu te retrouverais à régler des factures, à surveiller les stocks de stabilos et de papier pour l'imprimante. Quant à l'aspect comptable que Chris a évoqué, parce qu'il ne fait pas la différence entre la finance et la compta, je ne pense pas que tu connaisses les normes comptables françaises…

J'avale ma salive, resserre nerveusement ma queue-de-cheval avant de répondre avec un enthousiasme trop factice pour dissimuler le désespoir au fond de ma voix :

— J'apprends vite, j'ai conscience qu'il peut y avoir des tâches un peu ingrates au début, mais je compte sur les opportunités de progression à long terme…

— Désolé, mais ce serait du gâchis de t'embaucher et je n'aime pas qu'on gaspille le talent.

Il tient toujours mon permis de conduire entre ses doigts. Il y jette un coup d'œil et une expression de surprise traverse son visage.

— Ton nom de famille entier, c'est Smith-Rivière ?

— Oui, ma mère est française, mais je n'utilise plus que « Smith », il faut que je fasse changer mes papiers.

— Mais Smith-Rivière… dit-il les sourcils légèrement froncés, comme Scarlett Smith-Rivière ?

— Oui… (j'ai un petit rire forcé) Il n'y a aucun lien. Il y a plus de deux millions de « Smith », rien qu'aux États-Unis et « Rivière » est presque aussi commun en français, donc statistiquement, plusieurs milliers de Smith-Rivière aux États-Unis et pourtant, en dépit de toutes les lois sur les probabilités, j'ai droit à cette question depuis la maternelle.

Il reste un instant silencieux tout en me dévisageant de ce regard bleu et scrutateur, beaucoup trop perspicace à mon goût. J'essaye de respirer lentement, de dissimuler l'angoisse que cette question a provoquée.

— Les chiffres, les statistiques, c'est ton truc, non ? Un peu comme aligner les stylos ?

J'ai un haussement d'épaules. Je savais qu'il avait surpris mon geste avec les stylos, mais j'aurais préféré qu'il n'en parle pas.

— J'aime les chiffres, parce qu'ils sont sans ambiguïté. Une formule mathématique ne laisse aucune place au hasard, à la chance ou à l'imprévu. Pas de déception, il n'y a qu'un seul résultat possible. En fait, les chiffres disent toujours la vérité.

— Contrairement aux gens, c'est ça ?

— Voilà.

Il me tend mon permis, le regard de nouveau impénétrable.

— C'est marrant que tu t'inquiètes de la vérité, parce que j'ai beaucoup de mal à croire que tu sois réellement motivée pour ce job, ni même que tu aies fait un tour du monde, ou que tu veuilles subitement changer de secteur.

Sa réflexion, malgré son ton parfaitement calme, me fait l'effet d'un seau d'eau glacée, et après quelques secondes de stupéfaction, la frustration m'envahit. Pour qui se prend-il pour juger mon comportement sans savoir ce qu'est ma vie ? Tous ces entretiens sont des simulacres, l'art de mentir, de se présenter sous un jour meilleur. Plutôt que de perdre ma matinée, j'aurais mieux fait d'envoyer de nouvelles candidatures. Je glisse mon permis dans mon portefeuille, relève la tête et le regarde droit dans les yeux.

— Vous voulez la vérité ? Très bien. Je trouve le concept de votre entreprise absurde et son nom ne veut rien dire en anglais et évidemment que je suis dix fois trop qualifiée pour ce poste, mais malheureusement, je me suis fait virer sans indemnités de mon dernier job et j'ai besoin de trouver un travail très rapidement tout simplement pour ne pas me retrouver à la rue. Mais je doute que ce genre de vérité-là, si je vous l'avais exposée, vous aurait convaincu de me donner un travail. Je suis une fille intelligente et sérieuse, même si c'est vrai, j'aligne les stylos quand je suis angoissée, mais j'apprends vite, je n'ai pas besoin d'un salaire mirobolant et je ne compte pas mes heures. Et si vous aviez pris la peine de me donner une chance, vous n'auriez pas été déçu. Ah oui, et dernière chose : en 2013, je n'ai pas fait de tour du monde, effectivement. Je n'ai pas travaillé, parce que j'ai fait une dépression. Sur ce, bonne journée.

Et je tourne les talons sans attendre sa réponse, satisfaite, à défaut d'avoir réussi mon entretien, de lui avoir coupé le sifflet.

Journal d'Alice

Londres, 1er septembre 2011

Salut Bruce,

Vu le psy ce matin. Je lui ai traduit les premières pages de mon journal, elle a souri.

— Qu'est-ce que vous avez ressenti après avoir écrit tout ça ?

— Je me sens bête… D'écrire sur moi, je veux dire. Je crois que j'ai peur que quelqu'un ne lise et ne juge.

— Oui, c'est terriblement intime d'écrire.

— Et puis je ne vois toujours pas comment ça peut m'aider à tomber enceinte.

— L'écriture thérapeutique permet d'extérioriser les sentiments négatifs. En écrivant ce qui ne va pas, ces choses négatives qui vous minent sortent de votre esprit, elles sont en quelque sorte expulsées sur le papier, en dehors de vous. Vous n'avez pas l'impression que cela vous a défoulé, ce passage sur les tests de grossesse ?

J'ai haussé les épaules.

— Un peu… Je ne sais pas…

Elle a hoché la tête puis a conclu :

— À moins que vous ne le souhaitiez, je ne vous demanderai plus de me lire ce journal. Ainsi, vous serez totalement libre de ce que vous écrirez. Continuez à écrire dix ou vingt minutes par jour, essayez de parler de votre enfance.

J'ai haussé les épaules.

— Il n'y a pas grand-chose à dire, j'ai eu une enfance normale…

— La grossesse ou l'envie d'une grossesse, parce qu'elle engendre beaucoup de questionnements, fait très souvent remonter certains éléments de sa propre enfance.

— Je ne saurais même pas par où commencer…

— Comme la plupart des histoires, Alice : par le début. Vous verrez, c'est comme tirer sur un fil, quand vous aurez commencé, vous ne pourrez plus vous arrêter.

Mon enfance, donc.

Le début.

OK. D'abord, mes parents :

En 1973, le hasard a fait que ma mère, Françoise Rivière, jeune Française en échange universitaire à l'université du Rhode Island, a rencontré Matthew Smith dans un club de fans de cinéma. Au cours d'un débat passionné sur les chefs-d'œuvre des années trente, ils faillirent s'étriper au sujet d'*Autant en emporte le vent*. Françoise déclara qu'il s'agissait incontestablement du plus grand chef-d'œuvre de l'histoire du cinéma et Matthew qualifia le film de niaiserie raciste et *conservatrice. Leur différend était tel qu'il devint indispensable de prolonger la conversation autour d'un milk-shake.*

Ma mère devait rester trois mois aux États-Unis, elle n'a jamais utilisé son billet retour. Ils se sont mariés un an plus tard, ils avaient vingt et un ans.

Mes parents ont passé les onze années suivantes à essayer de faire un enfant (moi). Après moult examens, un gynécologue statisticien a évalué la probabilité pour que Françoise Smith-Rivière (elle avait accolé son nom de jeune fille à celui de mon père afin de lutter contre l'oppression du patriarcat, sans renoncer pour autant au chic incontestable d'avoir un patronyme américain), tombe enceinte à moins de trois pourcent. La première fécondation in vitro *aux États-Unis a eu lieu en 1981. J'ai été conçue trois ans plus tard dans une éprouvette et j'ai vu le jour début janvier 1985. Mes parents n'auraient jamais eu les moyens de s'offrir une fécondation* in vitro *(mon père était garagiste et ma mère traductrice indépendante), mais ils ont eu la chance de faire partie d'un programme de recherche financé par un gros laboratoire pharmaceutique.*

J'aimerais me rappeler les premiers mois de ma vie. J'imagine mes parents, après plus de dix ans d'attente, penchés sur mon berceau à observer, béats, mes premiers gazouillements, mes premiers sourires, mon premier éclat de rire...

Quelque temps plus tard, Maman, étonnée de ne pas avoir eu son retour de couches, est allée consulter son gynécologue. Défiant les médecins et les probabilités, elle était tombée enceinte naturellement.

Ma sœur est née la même année que moi, en décembre. Les convictions politiques de mon père *s'étaient un peu érodées au fil des ans, Maman, en revanche, était toujours aussi fan d'*Autant en emporte le vent.

Ils l'ont appelée Scarlett.

Trois jours que je déprime en attendant une réponse aux candidatures que j'ai envoyées après le fiasco de mon entretien chez EverDream. En plus de mes échecs à répétition pour trouver du travail, je me sens triste parce que Paris m'a déçue. La capitale française est très loin du Paris de carte postale que je rêvais de visiter enfant. Le vrai Paris laisse les crottes de chien salir les trottoirs des Grands Boulevards, ses SDF grelotter toute la nuit sur les grilles d'aération du métro et les rats courir sur les rails. Les arbres y sont aussi rares que les sourires et un expresso coûte le prix d'un sac à main.

Contre toute attente, alors que je joue avec David, allongée sur mon lit, je reçois un appel de Christophe Lemoine. Je le laisse aller sur mon répondeur et écoute ensuite son message vocal :

« Bonjour Alice, Christophe Lemoine à l'appareil. J'ai l'honneur de t'annoncer que nous serions ravis de t'accueillir parmi les EverDreamers, dès lundi si tu peux, car l'aventure n'attend pas ! Rappelle-moi vite, qu'on puisse discuter de ton contrat. À très bientôt. »

Je réécoute trois fois le message, médusée. Il faut croire que j'ai fait suffisamment bonne impression au jeune PDG pour contrecarrer l'opinion forcément négative de son associé. Ou alors ils n'ont tout simplement pas reçu d'autres candidatures que la mienne pour leur projet fantasque. Plutôt que de me torturer les méninges, je décide de le rappeler. Christophe Lemoine est bien décidé à me recruter. J'ai presque envie de lui demander pourquoi, mais je me retiens de peur de tout gâcher. J'ai un travail et c'est la seule chose qui compte.

Comme pour confirmer le fait que ma vie est désormais ici, mon déménagement arrive des États-Unis quelques heures plus tard. J'ai revendu tous mes meubles et une bonne partie de mes affaires. Les déménageurs ne me livrent donc qu'une vingtaine de cartons.

Je passe les jours suivants à récurer, nettoyer, aspirer et à tester diverses méthodes de rangement. J'ouvre la plupart des cartons, il y en a cependant certains auxquels je ne veux pas toucher, notamment tous ceux intitulés « Londres » ou celui, plus grand que les autres, sur lequel j'avais inscrit à l'époque un simple « P » rageur au feutre noir. Je les empile soigneusement contre le mur du salon après avoir débranché et poussé dans un coin les enceintes et la chaîne hi-fi que l'agence n'est pas encore venue récupérer. Puis, je les recouvre d'un grand tissu africain jaune à motifs et pose une lampe sur cette desserte de fortune. L'effet est plutôt joli, même si je sais qu'il faudra plus qu'un tissu coloré pour dissimuler la vérité sur le passé.

Désœuvrée, j'hésite à appeler EverDream pour demander si je peux commencer tout de suite, change d'avis, puis finis par enfiler mes baskets et pars courir.

Malgré le temps gris, les couleurs automnales vont bien à la ville. Je repère un parcours sur Google Maps qui fait très précisément cinq miles (il faut que je me mette à penser en kilomètres) et mes foulées m'emmènent jusqu'au parc des Buttes-Chaumont. Tout en courant, j'observe les pigeons, une vieille dame assise sur un banc leur jette des miettes et me sourit. Je lui fais un petit signe de la main. Si j'osais, j'irais m'asseoir à côté d'elle.

Le tapis de feuilles couleur safran sous mes pieds fait remonter dans ma mémoire les balades que j'affectionnais, petite, quand l'automne venait enflammer les érables du Rhode Island de rouge et de doré. Le vent rosissait mes joues et je m'asseyais sur le sable de la plage de Narragansett, désertée à partir de fin septembre pour regarder l'océan. Je m'arrête. Subitement, j'ai du mal à respirer. Sans m'en rendre compte j'ai accéléré et le souffle me manque. J'ai passé mon adolescence à me battre pour quitter les bords de mer brumeux de mon enfance et pourtant, je donnerais n'importe quoi pour y revenir aujourd'hui. Ma gorge se serre à l'idée que ce n'est plus possible. Pas après ce qui s'est passé.

Pas après ce que j'ai fait.

Journal d'Alice

Londres, 10 septembre 2011

Cher Bruce Willis,

Comment ça va ? Me revoilà. Suite à ma séance de psy, je reprends ce journal. Ce n'est pas comme si j'avais quoi que ce soit de plus constructif à faire.

Je me rends compte qu'instinctivement, j'écris en français. Peut-être que c'est plus simple pour moi d'être sincère en français, la langue de ma mère, qu'en anglais, celle de mon père. Ce qui est absurde, car tu ne comprendrais probablement rien, si ce journal qui t'est pourtant dédié te tombait entre les mains.

Je ne t'ai pas dit grand-chose sur moi, Bruce. Je m'appelle Alice Smith-Rivière, j'ai vingt-six ans et je suis mariée depuis deux ans (sauf si jamais on se croise en vrai, auquel cas, merci de noter que je suis en réalité célibataire, libre comme l'air et que j'ai toujours pensé qu'avoir des cheveux était parfaitement superflu).

Je suis bilingue et j'écris donc en français. Ça me rassure de me dire que si Oliver trouvait ce carnet, il ne comprendrait pas toutes les idioties qui me passent par la tête. Ou peut-être que, tout simplement, le français me manque. Ce qui me rappelle que je dois téléphoner à Maman dès que j'ai fini d'écrire, pour lui annoncer que Dakota est enceinte.

Bref. Nouvelles du front : je ne suis toujours pas enceinte. On se dispute beaucoup avec Oliver. Je n'en peux plus qu'il m'assène ce que tout le monde me répète à longueur de journée, à savoir « arrête de penser à tomber enceinte ». Comme si je ne le savais pas. Mais penser que je dois arrêter d'y penser quand j'y pense, c'est y penser encore plus. Donc merci mais non merci du conseil, maître Yoda.

Il manque clairement sur mon clavier un émoticône qui s'arrache les cheveux de rage tout en notant ses dates d'ovulation. (Parenthèse : il y a sans doute des gens dont le job est d'inventer des émoticônes.)

Hier, donc, Dakota m'a annoncé sa grossesse sur Skype.

— C'était un accident, on l'a fait une seule fois sans protection et tu te rends compte, c'est arrivé direct ! Au début j'ai flippé, tu sais, je n'ai jamais voulu d'enfants, mais maintenant on est super heureux.

— Félicitations, je suis super heureuse pour vous, ai-je dit avec un sourire aussi sincère qu'un politique la veille des élections.

Traduction : mais bien sûr, Dakota, je suis super heureuse que tu sois aussi fertile qu'un champ d'orties dopé aux OGM alors que non seulement tu fumes plus qu'une centrale à charbon, mais en plus la dernière fois que tu as gardé ta nièce, tu l'as oubliée à l'Apple Store l'intégralité de l'après-midi. Vraiment.

Je sais, Bruce, c'est mal. Le fait que je sois probablement la seule femme de l'univers actuellement non-enceinte n'est pas une excuse pour devenir méchante et juger mes copines. Le pire c'est que je m'en veux d'être aussi cynique. Au fond, je suis heureuse pour elle. Je voudrais juste que ça m'arrive à moi aussi, de préférence avant mes soixante-treize ans.

Si j'en crois les bons conseils d'Oliver, plus motivé pour faire la morale que les bébés, je dois voir le côté positif de l'expérience : ça fait plus de vin, de fromage et de charcuterie pour moi.

Il paraît que la plupart des gens passent leurs semaines à attendre le week-end. Moi, je passe mes week-ends à attendre le lundi. Travailler m'occupe l'esprit, n'importe quoi plutôt que de penser. Je n'ai pas trouvé de recours plus efficace à mes crises d'angoisse. Christophe, m'ayant dit d'arriver à 9 heures, j'arrive à The Space à 8 h 20 avec le même niveau d'énergie que si je n'avais pas dormi depuis Noël dernier. J'ai décidé d'économiser mes somnifères. Résultat, je me suis endormie à 3 heures du matin et me suis réveillée à 5 h 45. Très agréable. J'ai eu le temps d'écrire à Angela (pour lui dire que tout allait pour le mieux dans le meilleur des mondes et de ne surtout pas s'inquiéter pour moi), d'aller courir, de passer au Starbucks de République acheter un cappuccino et un muffin pomme-pecan, de rentrer chez moi me doucher, de nettoyer la litière de David et de passer l'aspirateur dans l'appartement. Naïvement, je me dis que plus je serai fatiguée, plus j'ai une chance de réussir à m'endormir ce soir.

La fille de l'accueil, Sarah, ne me reconnaît pas. À sa décharge, personne ne me reconnaît jamais, ce qui me va très bien. J'ai un physique qui appelle des adjectifs comme « commun » ou « ordinaire ». Il y a des visages qu'on remarque, des regards qu'on n'oublie pas. Moi, je ne compte pas le nombre de gens qui m'affirment qu'ils sont enchantés de faire ma connaissance alors qu'ils m'ont déjà rencontrée deux ou trois fois. J'ai trente-trois ans et je fais mon âge, peut-être un an de moins les bons jours. J'ai une jolie voix, paraît-il ; pour le reste : yeux marron, cheveux châtain foncé et souples, mi-longs, toujours attachés dans une queue-de-cheval trop serrée pour être sexy. À une époque, on me disait que j'avais le sourire de Julia Roberts, mais je ne souris plus beaucoup. Je ne me maquille plus ou très peu. Je suis banale. J'ai entendu une fois un collègue dire à propos de moi : « Alice pourrait être pas mal. » « Pas mal », soit pas vraiment bien non plus. Ni jolie, ni moche. En équilibre entre la beauté et la laideur. Et un autre collègue de surenchérir (de toute évidence, ni l'un ni l'autre n'avaient remarqué ma présence, près du buffet des mini-burgers), « elle ne s'arrange pas ». Ou peut-être était-ce « elle ne fait pas d'efforts », je ne sais plus. Par là, ils me reprochaient probablement de ne pas passer quarante-cinq minutes en moyenne par jour (l'équivalent de presque douze jours entiers par an, soit, si j'ai le privilège de vivre jusqu'à quatre-vingts ans, trois ans entiers de ma vie) à modifier mon physique ordinaire à grands coups de fond de teint et autre mascara, pour le seul plaisir d'être qualifiée de « pas mal » par deux collègues masculins bedonnants et à moitié chauves à la fête de Noël de l'entreprise…

En réalité, je ne cherche pas à plaire, je veux juste me fondre dans la masse. Que personne, jamais, ne me reconnaisse. Je voudrais m'effacer, rester dans l'ombre et laisser briller ceux qui le méritent. Je me suis créé des uniformes pour aller travailler. Un tailleur noir ou gris, un chemisier blanc ou bleu. Le week-end, je me lâche et j'enfile un jean et une paire de Converse. Ma description correspond à celle d'un bon tiers de l'humanité. La bonne nouvelle c'est que si j'étais recherchée par Interpol, j'arriverais à leur passer sous le nez sans même avoir à changer de coiffure, ce qui, vu mon passif, peut s'avérer utile.

Sarah m'emmène au dernier étage, dans une salle de réunion préparée pour l'occasion.

— Tu es la première, m'annonce-t-elle.

Je réalise alors que je ne suis pas la seule à commencer aujourd'hui. Sur un paperboard, s'affichent les mots « Bienvenue chez EverDream » et autour de la table, à côté de petites bouteilles d'eau, se trouvent des cartons avec des prénoms. Je m'assieds en face du mien.

À 8 h 55 arrive Victoire Hernandez, vingt-quatre ans et sa trottinette sous le bras. Métisse à la peau caramel, les cheveux coiffés en une multitude de fines tresses noires et rose fluo et l'oreille droite bordée de petits anneaux dorés. Avec son jean délavé parfaitement ajusté et son haut déchiré qui s'arrête pile au-dessus du piercing qu'elle arbore au nombril, elle fait beaucoup d'efforts pour avoir l'air de ne pas en faire. Peine parfaitement inutile soit dit en passant, car elle fait partie de cette catégorie de fille qui, même déguisée en bacon cheeseburger géant pour promouvoir le McDonald's du coin, resterait ravissante.

— Je m'appelle Victoire, m'explique-t-elle, je suis stagiaire webmaster et développeuse informatique.

— Moi c'est Alice.

— Salut, Alice. Je suis sûre que tu es en train de te demander pourquoi j'ai ce nom totalement ringard de bourge versaillaise ?

Ce n'est pas du tout ce que j'étais en train de me demander, mais sa spontanéité m'arrache un sourire. Tout en sortant de sa sacoche militaire taguée au tipex un stylo mordillé et sans capuchon et un cahier à spirale déjà entamé, elle poursuit :

— Parce que figure-toi que ma mère a eu la toxoplasmose quand elle était enceinte de moi et les médecins lui avaient dit que je serais un légume.

— Ah oui ?

— Je ne sais pas si c'est lié, a continué Victoire très sérieusement, mais je te préviens : soit c'est la toxo, soit j'ai été très mal éduquée, mais j'ai beau avoir 138 de QI, je n'ai pas de filtre. Je préfère avertir les gens avec qui je travaille, parce qu'après ils prennent mal mes propos, ce qui peut constituer un obstacle à la construction de liens sociaux et affectifs sains avec mon entourage.

Je la dévisage, surprise et amusée par sa franchise.

— Pas de filtre ? C'est-à-dire ?

— Ça veut dire qu'en théorie je sais qu'il y a des choses que socialement tu n'es pas supposé dire aux gens, mais en pratique je ne sais jamais lesquelles. La logique des codes sociaux, d'une absurdité totale, échappe totalement à mon intelligence supérieure. Par exemple, je sais maintenant que je n'aurais pas dû dire au directeur tecÚique de mon ancienne boîte qu'il serait profitable à sa carrière de fachiste néo-nazi incompétent qu'il ne m'adresse plus jamais la parole.

Elle me fixe avec beaucoup d'attention, les paupières plissées, avant de conclure :

— Et je réalise, à voir ta tête, grâce à mon cours de programmation neurolinguistique qui me permet d'interpréter le langage corporel des gens, que je n'aurais probablement pas dû te raconter cette histoire.

Elle a l'air vraiment inquiète, donc je lui souris de nouveau.

— Au moins, tu dis ce que tu penses.

— Personne ne prend jamais ça comme ça, dit-elle après une seconde de réflexion. J'aime bien ta façon de voir les choses.

À 8 h 58, Christophe débarque, preuve qu'il est plus professionnel qu'il n'en a l'air. Il faut croire que faire échouer dix-neuf start-up d'affilée nécessite un minimum de sérieux et d'implication.

— Salut… hésite-t-il.

— Alice, je lui rappelle en désignant le carton devant moi.

— Alice ! Bien sûr. Comment ça va ? Tu as passé un bon week-end ? Quel temps pourri, arriver à Paris pendant l'automne, tu risques de vite regretter les États-Unis ! Et toi, Victoire ? Comment était ton week-end ?

Il enchaîne direct en nous racontant le sien. J'aime les gens bavards. Ils se chargent toujours de cette tâche épuisante de faire la conversation à ta place.

À 9 h 27, alors que Christophe termine sa présentation d'EverDream sur l'écran plat qui domine la table en verre de la salle de réunion, la porte s'ouvre sur Reda Chabbi, vingt-huit ans, graphiste, webdesigner et community manager. Il se tient un peu voûté, comme s'il voulait faire oublier son bon mètre quatre-vingt-dix et ses membres maigres et dégingandés et porte une casquette des Yankees, l'équipe de baseball de New York. Il s'excuse piteusement, invoquant successivement une panne de réveil, un problème de métro, un oubli de sa carte de transport et un problème de clé avec son colocataire.

Christophe, décontenancé par cette avalanche d'excuses, lui assure que ce n'est pas grave et l'invite à allumer son ordinateur.

— Je l'ai oublié, avoue Reda. Et sinon, à partir de quand on aura le droit de poser des vacances ?

En désespoir de cause, Christophe nous explique alors son parcours professionnel, avec beaucoup de franchise concernant ses échecs à répétition.

— Je suis sûr que vous vous demandez pourquoi je vous embauche alors même que l'application n'est pas encore créée. C'est parce que dès le début, il faut viser grand, voir les choses en petit, c'est accepter la médiocrité ! Croyez-moi, bientôt, EverDream sera une multinationale et nous serons tous millionnaires !

Il s'enthousiasme pendant quelques minutes et veut savoir si nous avons des questions. Reda lève le doigt.

— On a des Tickets Restaurant ici ?

À 11 heures pile, Jeremy Miller fait irruption dans la salle. Il lance un « bonjour » sans chaleur à l'assemblée, puis, les mains dans les poches de son jean, se présente brièvement. Rappelle les chiffres du gaspillage occasionné par les chaussettes orphelines qui finissent systématiquement à la poubelle et les possibilités de recyclage textile qu'elles offrent.

— Des questions ?

Son regard couleur glacier parcourt la petite salle et s'arrête une fraction de seconde sur moi. Est-il étonné de me voir là ? Christophe m'aurait-il embauchée sans même lui en parler ? Victoire laisse échapper un bâillement bruyant.

— Quand est-ce qu'on commence à travailler sur le site ? Parce que là j'ai l'impression que tout ce bla-bla ne fait rien avancer.

— On commence cet après-midi, répond Jeremy, et j'espère que tu es aussi bonne en Python que le prétend ton CV.

Victoire croise les bras et se renfonce dans son siège, l'air crâne.

— Le Python, c'est ma langue maternelle et je suis quadrilingue en Java et Javascript, C++ et PHP. Et pour info, il n'y a pas la moitié de mes compétences sur mon CV.

Contre toute attente, son insolence arrache un bref sourire à Jeremy qui a l'air de parfaitement savoir de quoi elle parle, contrairement à moi qui n'ai pas compris un traître mot.

Le reste de la journée passe vite. Christophe nous voit tous en tête à tête pour répondre à nos questions. Reda veut savoir s'il peut se présenter comme délégué du personnel et à combien de RTT les employés ont droit. En fin de journée, Chris nous propose de trouver une date où nous sommes tous libres pour ce qu'il appelle « la soirée d'intégration surprise des EverDreamers ». Il faut absolument que je trouve une excuse pour sécher ce truc. Je rentre chez moi un peu sonnée par l'intensité de la journée. Même si je ne suis pas là pour me faire des amis, mes collègues m'ont tous semblé plutôt sympathiques. Je me couche songeuse. Après tout, pourquoi pas réunir les chaussettes orphelines. Je commence à voir une certaine poésie dans ce projet un peu fou.

De : Angela Srinivasan
À : Alice Smith
Le : 10 septembre 2018
Objet : News

Hello mon Alice in Wonderland !

Comment vas-tu ? Je suis tellement contente que tu aies trouvé l'appartement idéal dans un quartier qui te plaît et un job qui te passionne. Ta vie de Parisienne me fait rêver. Quelle chance ! En tout cas, je te le répète, si tu as besoin que je t'envoie de l'argent, le temps que tu touches ton premier salaire, n'hésite pas !
Envoie-moi des photos de ton nouveau chez-toi… Comme ça je pourrai t'imaginer avec tes nouvelles copines en train de te siffler des smoothies même pas vegan, alors que tu m'oublies comme une vieille chaussette en coton équitable au fond de la panière à linge sale !
Ça y est, ici, les arbres sont rouge et jaune. Tu sais combien j'aime l'automne à Brooklyn, mais ce n'est pas la même chose sans toi. Abbie est partie dans

le Connecticut soigner ma belle-mère qui s'est autodiagnostiqué une varicelle fatale. Je te raconte pas l'hypocondrie. Elle n'arrête pas de nous envoyer des articles sur les dangers de la varicelle à l'âge adulte. La connaissant, elle a probablement trois piqûres de moustique…

Bref, c'est l'enfer pour déposer les garçons à l'école et enchaîner avec le boulot. Vivement qu'on retrouve une nounou ! Theo a commencé la maternelle et je le trouve plus sociable. Il faut dire qu'avoir deux Mamans à la Montessori School of Brooklyn, niveau coolitude, c'est un peu l'équivalent de débarquer en maternelle avec un walkman dans les années quatre-vingt.

À la banque rien de nouveau, Andrew fait comme si tu n'avais jamais existé. Je le déteste. J'envisage de plus en plus sérieusement de tout quitter pour devenir nutritionniste/prof de yoga freelance, mais j'avoue que je ne sais pas trop si on s'en sortirait sans nos deux salaires réguliers avec l'école, l'appartement, etc.

Comme promis l'adresse email de ma cousine à Paris : saranya.godhwani@kmail.com. Je l'ai prévenue que tu allais la contacter. (Évite de trop parler de moi si tu croises ses parents, je crois que la communauté indienne de Paris est encore moins ouverte sur le mariage gay que celle de New York.)

En PJ, quelques photos des garçons et une recette de quiche lorraine. Pas question que tu retrouves tes mauvaises habitudes parce que je ne suis plus dans les parages et que tu es en France ! Tu remplaces la crème et les œufs par du lait de soja, les lardons par du tofu fumé et le fromage par des épices. Tu verras, quoi qu'en disent les garçons et Abbie, c'est délicieux

et très léger.
J'espère que tu pourras venir passer Noël avec nous. Les garçons vont être horriblement déçus si tu n'es pas là, ce serait leur premier Noël sans toi.
Miss you,
Angela

PS : je te mets en pièce jointe les coordonnées d'une psy américaine installée à Paris. La belle-sœur d'un collègue d'Abbie. Tu devrais la contacter. J'espère que tu ne m'en voudras pas de ce conseil. Tu sais que je t'aime.

— Alice Smith ?

La psychiatre recommandée par Angela est une petite femme ronde maquillée comme un camion volé. Elle a le sourire bienveillant qu'on réserve aux enfants et aux gens comme moi. Un sourire qui arriverait presque à te faire croire qu'on peut réparer le petit tas de cendres qui reste de ton cœur calciné.

— Bonjour.

— Docteur Leroy, enchantée.

Elle me serre la main et me fait traverser la salle d'attente au parquet ciré où tout a été pensé pour mettre les gens à l'aise, les plantes vertes, la musique aseptisée et un parfum d'ambiance à la vanille.

— Asseyez-vous.

Je m'assois sur le canapé. Sur la table basse il y a quelques beaux livres de voyages, probablement décoratifs puisqu'a priori personne ne paye quatre-vingt-dix euros les quarante-cinq minutes pour découvrir les merveilles de l'Andalousie. Une boîte de mouchoirs en papier traîne. Je me demande si vraiment des gens arrivent à pleurer dans ce bureau devant une parfaite inconnue. Par réflexe, je remets droit l'ouvrage du haut de la pile et j'aligne la boîte de Kleenex avec le bord de la table. Quand je relève la tête, je croise ses yeux bruns. Elle me sourit avec gentillesse. Elle a vu. Je n'aurais pas dû.

— Je peux vous appeler Alice ?

— Oui.

— Pourquoi êtes-vous venue me voir aujourd'hui, Alice ?

— Je peux être franche ?

— Je vous en prie.

— Je viens de m'installer en France. J'avais une prescription pour un certain nombre de médicaments aux États-Unis et je voudrais l'équivalent français. Le généraliste n'a pas voulu me les prescrire, c'est la raison pour laquelle je suis là, mais je n'ai pas besoin de faire une thérapie, je vais bien.

Et pour preuve de ma bonne foi, je lui tends l'ordonnance américaine que j'ai pris soin d'apporter. Sans rien dire, elle parcourt la liste des médicaments, puis la repose sur la table de verre et la fait glisser vers moi.

— Je ne peux pas vous prescrire tout ça si vous ne suivez pas une thérapie, Alice.

— J'ai déjà fait une thérapie, je vais bien. Je ne vais pas recommencer.

— Si vous allez bien, pourquoi voulez-vous que je vous prescrive du Lexomil ou du Valium ?

— Je suis insomniaque, je fais des crises d'angoisse de temps en temps. Ce n'est pas si grave. Je vais bien.

— C'est la troisième fois que vous dites que vous allez bien, dit-elle avec douceur, mais les doses prescrites sur cette ordonnance ne sont pas celles de quelqu'un qui va bien, Alice.

Elle me sort à nouveau son sourire rassurant et mes doigts se crispent sur la chaîne à mon poignet.

— Écoutez, j'ai très peu de temps disponible et je viens d'arriver à Paris.

— C'est justement parce que vous êtes dans une période de grands changements qu'il est important que vous soyez suivie. Les crises d'angoisse n'ont pas empiré depuis que vous êtes dans un nouvel environnement ?

Je me mords les lèvres, agacée. Elle ne cédera pas. Je le comprends à son regard compréhensif mais direct, à la fermeté tranquille sous la douceur de sa voix.

— Puisque vous êtes là, je vous propose qu'on discute, d'accord ? Et on verra à la fin ce qu'on fait ?

Je ne lui réponds pas. Je ne veux pas lui parler. Je ne veux pas déterrer et étaler mon chagrin et mes regrets sur la table de verre entre le livre sur l'Andalousie et le bonsaï tourmenté. Je ne peux pas. J'ai appris à fonctionner. Il suffit de s'organiser. J'ai un deal avec l'univers. Je le respecte et il me laisse tranquille. Tant que je n'évoque pas le passé, tout va bien. Tant que je me tais, rien n'est arrivé.

— Je ne peux pas vous prescrire ces médicaments sans comprendre pourquoi vous les prenez Alice, ce serait irresponsable de ma part.

— …

— Vous êtes consciente que vous allez payer cette séance, que vous partiez maintenant ou que vous vous taisiez pendant les quarante minutes restantes ?

Je récupère mon ordonnance, la plie avec soin avant de la ranger dans mon sac, puis je sors mon portefeuille de mon sac à main et murmure :

— C'était une erreur, je vais y aller. Combien je vous dois ?

Elle hésite et me dévisage en silence. Elle n'a pas l'air désemparée, surprise ou vexée, juste pensive.

— Rien.

— Non, vous avez raison, vous avez bloqué ce créneau pour moi. Je vous dois de l'argent, je tiens à vous payer.

— Et moi je tiens à aider les gens qui viennent me voir.

Je me lève précipitamment, consciente que je pourrais céder et raconter ma vie à cette parfaite inconnue, simplement parce qu'elle a l'air gentille. Elle me raccompagne jusqu'à la porte et me tend la main avec un sourire cordial.

— Quand vous serez prête, si vous ressentez le besoin de parler, rappelez-moi.

Journal d'Alice

Londres, 29 septembre 2011

J'ai le moral dans les chaussettes. Et encore, si mes chaussettes étaient enterrées à vingt mille lieues sous les mers, sous cinq tonnes de purin. Je vais arrêter d'écrire ici que je ne suis pas enceinte. On va partir du principe, Bruce, que tant que je ne te dis pas que je suis enceinte, c'est que je ne suis pas enceinte.

Oliver est en déplacement professionnel. Il y a deux jours, j'ai envoyé trois CV. Je n'en peux plus de tourner en rond toute la journée. Une banque m'a rappelée ce matin, très enthousiaste. Je dois y aller demain pour un entretien. Je n'en ai pas encore parlé à Oliver. Je ne sais pas pourquoi. Ce non-bébé prend tellement de place par son absence que j'ai l'impression qu'on ne se parle plus. En ce moment, je me sens plus proche de toi, Bruce Willis, que de lui. Je ne sais pas si tu réalises l'absurdité de la situation. Je crois que je culpabilise. Tout le monde arrive à faire des bébés, parfois même sans faire exprès, alors pourquoi pas moi ?

Psy ce matin.

— C'est la première fois que vous me parlez de votre sœur. Pourquoi ?

J'ai haussé les épaules.

— Scarlett ne me paraissait pas liée au problème qu'on essaye de résoudre, à savoir mon absence de grossesse... Vous pensez que c'est important ?

— Je ne sais pas, mais si vous éprouvez le besoin d'écrire sur elle, écrivez sur elle.

Je ne sais pas si « j'éprouve le besoin » d'écrire sur Scarlett. En fait, Scarlett fait partie intégrante de ma vie et de mon enfance. Écrire sur moi sans parler d'elle me paraîtrait absurde. D'autre part, il n'est pas évident d'expliquer qui est Scarlett et notre relation juste avec les vingt-six lettres de l'alphabet.

Ma petite sœur appartient à ces gens dont on dit « c'est un personnage », ces personnes clivantes, qu'on adore ou qu'on déteste, capables d'alimenter plus de conversations que les présidentielles aux USA ou la prochaine saison de Game of Thrones.

Par où commencer ?

J'entends régulièrement des parents qualifier d'« accident » un bébé inattendu.

Deux définitions d'accident dans le dictionnaire :

1. Ce qui n'est pas essentiel ; fait accessoire.

2. Événement imprévu et soudain qui entraîne des dégâts, met en danger.

Synonymes : incident, malheur, mésaventure, malchance, pépin, vicissitude, catastrophe, calamité.

Scarlett, pour Maman, était un accident.

Un « accident », comme quand quelqu'un se tue en voiture sur la route verglacée qui mène du centre de Queenstown au Walmart.

J'ai une empathie particulière pour ces enfants accidentels, parce que partout où je les croise, ils me rappellent ma sœur. À chaque fois que j'entends un père ou une mère prononcer ce terme en parlant de son enfant, j'ai l'irrépressible envie de serrer le petit dans mes bras et de lui murmurer à l'oreille de ne pas écouter ces bêtises d'adultes, que personne, jamais, n'est un accident. Comme je le faisais avec Scarlett, quand, petite, elle me demandait si j'étais sûre qu'elle n'avait pas été adoptée.

Je crois que Maman, inconsciemment, avait décidé avant même qu'il ne soit né que ce bébé imprévu serait un élément perturbateur. Et peut-être qu'au fond, Scarlett n'a jamais eu d'autre choix que de remplir ce rôle et de se conformer à cette étiquette d'emmerdeuse qui lui avait été collée sur le front dès la première échographie. De la même manière, peut-être me suis-je appliquée à respecter le rôle de fille parfaite, attendue comme le Messie, qu'on m'avait attribué.

Avant que mon père ne nous quitte, mes parents organisaient parfois des dîners à la maison. Scarlett et moi avions le droit de veiller jusqu'à la fin de l'apéritif à condition de faire passer les assiettes remplies de feuilletés saucisse confectionnés par Maman ou de crackers sur lesquels mon père avait disposé de petits morceaux de fromage orange. (Maman, en véritable Française, détestait tout fromage qui n'était pas français, mais mon père adorait le Cheddar.) Je revois Scarlett, discrète dans son pyjama à pois, ses cheveux encore mouillés du bain. À chacune de ces soirées, Maman rappelait la poésie sur une mouette engluée dans le mazout qui m'avait valu les compliments de la directrice de l'école, puis le chaton que j'avais sauvé de la noyade... Elle enchaînait les anecdotes sur moi et toujours sur moi seule, l'air rêveur, oubliant même, face à l'ampleur de mes talents de porter à ses lèvres le verre qui tiédissait dans ses mains. Scarlett, son assiette de petits-fours à la main, buvait le récit de mes exploits avec une admiration béate. Je crois qu'elle était fière, petite, qu'une personnalité aussi remarquable que la mienne fasse partie de sa famille. Elle arborait alors ce sourire, immense et lumineux, qui resplendissait de joie et de sincérité, seule trace du patrimoine génétique de mon père, puisque pour tout le reste, nous étions toutes les deux le portrait craché de Maman.

Parfois, lorsque Scarlett passait devant mon père, l'assiette à la main, il semblait subitement se rappeler son existence. Il lui tapotait la tête et cherchait quelque chose à dire. Sur le ton d'une parenthèse qui se perdait dans le monologue de Maman, il marmonnait d'une voix inaudible avant d'avaler son cracker :

— Scarlett, elle, est bonne en maths.

Pendant une courte période que tout le monde, compte tenu de ce qui s'est passé ensuite, a oubliée, Scarlett a accepté ce rôle de personnage secondaire dans notre structure familiale. J'étais l'aînée, elle me suivait partout, imitait chacun de mes gestes avec dans les yeux l'adoration dévote d'un enfant pour son idole. J'essayais parfois de la semer, la traitant de pot de colle, mais on ne va pas se mentir, ce statut de divinité m'était plutôt agréable. Il m'est même arrivé d'en profiter un peu : je pouvais lui demander de me donner l'unique jouet qu'elle avait eu à Noël, d'aller me chercher des cookies dans la cuisine, juste parce que j'avais la flemme de me lever de mon lit, de terminer mes devoirs sous ma dictée ou de mentir à Maman sur commande.

Après avoir lu dans un roman de pirates français l'expression « sonner la charge » et me l'être fait expliquer par ma mère, j'avais décidé que Scarlett devait sonner ma charge avant que j'arrive à chaque repas. Elle s'exécutait, toujours souriante. Droite comme un i dans l'encadrement de la porte, elle soufflait pompeusement les premières notes du slogan des studios de cinéma Universal dans une trompette imaginaire pour annoncer mon entrée. Maman lui disait sèchement d'arrêter de faire l'imbécile et d'aller se laver les mains, tandis que je pénétrais dans notre petite cuisine, telle Beyoncé sur la scène du Madison Square Garden. J'ai eu une courte période dictateur-mégalomane, Bruce, je te l'avoue, mais ça n'a pas duré.

La situation a changé vers mes huit ans. D'abord il y a eu cette simple réflexion de Scarlett qui m'a perturbée. Assise sur son lit, ses cheveux châtains encadrant son petit visage pâle, elle a levé la tête vers moi, pensive, et m'a dit d'un air triste :

— Mais moi, pourquoi personne ne sonne jamais ma charge ?

— Parce que tu n'es pas l'aînée, ai-je répondu comme une évidence.

Quelque temps plus tard, mon père a eu l'idée brillante de revendre son garage dans le dos de ma mère et de s'enfuir avec tout notre argent et la conductrice du bus scolaire jaune que nous prenions tous les matins pour aller à l'école. Il a laissé une lettre sur la table de la cuisine, où il expliquait à Maman qu'il n'était pas fait pour cette vie conformiste, bourgeoise et étriquée, qu'il avait toujours eu le sentiment qu'il était né pour faire de grandes choses et qu'il ne pouvait pas se permettre de se tromper de vie. Dans sa grande générosité (il avait toujours voté démocrate), il lui laissait la maison (sur laquelle ils étaient endettés pour encore quinze ans) et les enfants.

Scarlett et moi avons trouvé la lettre avant Maman et l'avons lue. Ma sœur m'en a reparlé des années plus tard et elle se souvenait de chaque mot par cœur. Moi, je me souviens juste de sa réaction :

— J'aurais préféré que Papa reste et que Maman parte avec la conductrice du bus.

Maman n'a jamais reparlé de mon père et nous n'avons plus eu de nouvelles de lui. Nous n'avons pas pu aller à l'école pendant une semaine (il fallait bien remplacer la conductrice du bus), ce qui constituait pour moi un point positif non négligeable de la situation. Comme quoi à l'époque j'étais plus douée qu'aujourd'hui pour voir le verre à moitié plein.

Je crois que j'étais consciente que le départ de mon père affecterait Scarlett plus que moi. Moi, j'avais Maman qui m'étouffait de câlins, de bisous et de compliments du matin au soir. Scarlett, elle, avait surtout droit à la main de mon père qui lui tapotait le crâne en rentrant le soir. C'était peu de tendresse pour une si petite fille, et après son départ, elle n'eut plus rien du tout.

Dans les semaines qui ont suivi, quand j'entendais les sanglots que Scarlett étouffait dans son oreiller, j'allais me coucher contre elle et je lui caressais les cheveux dans le noir, jusqu'à ce qu'elle s'endorme.

Un soir, nous mangions des spaghettis à la bolognaise dans la cuisine et Maman était au téléphone avec une de ses amies quand elle s'est exclamée :

— Tu es folle, tu devrais attendre au moins quatre ans entre deux enfants ! Financièrement c'est compliqué, et puis c'est tellement dur, ça risque de détruire ton couple. Regarde, moi : Scarlett n'était pas prévue et résultat, Matt est parti.

Scarlett s'est figée, le spaghetti qu'elle était en train d'aspirer collé sur son menton. Ses joues rondes étaient couvertes de sauce tomate ou peut-être avait-elle rougi. Ses yeux bruns agrandis par ses longs cils se sont remplis d'étonnement. Puis, sans rien dire, elle a débarrassé son assiette et elle est montée dans notre chambre. Maman est revenue à table et c'est à peine si elle a remarqué son absence.

Ce soir-là, Scarlett n'a pas pleuré dans son oreiller. Mais longtemps après l'extinction de la lumière, elle ne dormait toujours pas (quand ça fait huit ans qu'on dort avec la même personne, on reconnaît ses respirations). Je suis allée me glisser dans son lit, je l'ai entourée de mes bras et serrée très fort, puis je lui ai murmuré à l'oreille :

— Si tu veux, demain, on pourra sonner ta charge.

Et je crois que c'est ce jour-là que les rôles ont changé. Que j'ai compris que maintenant, j'allais devoir m'occuper d'elle, parce qu'elle n'avait plus que moi au monde.

Je travaille chez EverDream depuis trois semaines, j'ai retrouvé une routine, organisée et régulière, qui me fait du bien. Comme Jeremy Miller l'avait prédit, mon travail est purement administratif. Christophe me confie des tâches simples, comme trouver une mutuelle pour les employés, ouvrir une ligne téléphonique ou faire le plein de fournitures. Je gère son emploi du temps et ses rendez-vous, tiens les comptes de l'entreprise, réponds au téléphone et paye les factures. Je ne pense pas, je suis occupée et ça me convient parfaitement.

Je garde mes calmants pour les situations d'urgence. Je prends un somnifère un jour sur trois seulement, je dors une ou deux heures les deux jours restants. Pour le moment, je tiens, malgré la fatigue. Moyennant une somme exorbitante, j'ai réussi à me faire envoyer une petite provision d'avance par mon généraliste à New York. En attendant de trouver une solution à Paris, j'économise mes cachets avec la parcimonie d'un écureuil se préparant pour l'hiver.

J'arrive à 9 heures au travail. Je suis toujours la première. J'ai gardé mon uniforme, souvenir de mes années dans la finance : tailleur, chemisier, queue-de-cheval. À 13 heures, je sors m'acheter un sandwich que je mange devant mon écran. Tous les jours, Christophe me propose de déjeuner avec lui, Victoire, Reda et occasionnellement Jeremy, qui a l'air à peu près aussi sociable que moi. Chaque fois, je décline poliment.

Le samedi, je vais au lavomatique, je fais le ménage et les courses, je skype Angela, range l'appartement et m'occupe de David. Le dimanche, j'apprends la comptabilité française à l'aide des quatre livres recommandés par la libraire du Gibert Joseph de Saint-Michel.

J'échoue en revanche lamentablement à esquiver la soirée d'intégration des EverDreamers. J'ai pourtant évoqué successivement un rendez-vous médical, un anniversaire et une pendaison de crémaillère imaginaires. Christophe a décalé la date à chaque fois sans que jamais ses yeux rieurs derrière ses lunettes de hipster ne laissent paraître la moindre trace d'agacement face à mon évidente mauvaise volonté. J'ai fini par céder, gênée que la soirée soit perpétuellement repoussée à cause de moi.

Je suis plongée dans la lecture des contrats constitutifs de la société au moment où il sort de son bureau. Il porte un jean et un sweat-shirt jaune vif sur lequel est écrit en lettres noires « Au lieu de rêver ta vie, vis tes rêves ».

— En route pour la soirée d'intégration, les EverDreamers ! lance-t-il dans l'open space avec enthousiasme.

— Je vous rejoins, dis-je, je finis de lire les statuts.

— OK, ne tarde pas trop, on va boire un verre en bas en t'attendant.

— On te commande quelque chose, Alice ? demande Reda en réajustant la casquette des Yankees qu'il ne quitte jamais.

— Non, merci, c'est gentil, je verrai en arrivant.

Ils s'éloignent et l'écho de leurs conversations enjouées s'atténue peu à peu dans le bâtiment de verre.

Je me replonge dans ma lecture. La structure financière de l'entreprise n'est pas telle que je l'avais imaginée. Jeremy possède la quasi-totalité des parts d'EverDream et Christophe seulement dix-neuf pour cent. Quelques recherches sur Internet m'apprennent que Jeremy Miller, ancien développeur senior chez Google, s'est mis à son compte et a développé des projets et investi dans plusieurs start-up à succès ces dernières années. Un article sur TechCrunch estime qu'il aurait fait une petite fortune en créant une application mobile visant à aider les enfants atteints de troubles autistiques à communiquer. Je ne comprends absolument pas pourquoi Jeremy, développeur manifestement brillant, s'est associé à Christophe, grand loser du monde du Web, ni pourquoi il s'est autant impliqué dans EverDream, projet dont la rentabilité me semble plus qu'improbable. Par ailleurs, sans revenus significatifs ou une nouvelle levée de fonds, la trésorerie de l'entreprise ne nous permettra pas de tenir plus de six ou sept mois. J'ai évoqué le sujet devant Christophe, qui m'a affirmé que d'ici là, nous serions tous millionnaires et qu'il n'y avait donc pas de quoi s'inquiéter…

J'angoisse à l'idée de la soirée qui risque de s'éterniser jusqu'à je ne sais quelle heure, de l'activité surprise promise par Christophe et de tous les imprévus potentiels.

Je ne sais pas gérer les imprévus et encore moins les surprises.

J'éteins mon ordinateur, puis je contemple l'open space silencieux. Chacun a réussi à faire de son coin de table un endroit personnel. Victoire a une photo de son copain entre un tube de crème pour les mains, son chargeur de téléphone et une provision de Twix. Reda a un mug « I love New York », toute une panoplie de thés Kusmi Tea, ainsi qu'un carnet Moleskine décoré d'un autocollant rouge « CGT ». Ils ont beau être partis, ils ont laissé une trace de leur présence. J'ai un pincement au cœur à l'idée que j'ai été ce genre de fille autrefois, avec un vrai but, une vraie vie, une fille désordonnée, en retard, passionnée et créative, capable d'oublier un rendez-vous.

Je repense à l'email d'Angela. Combien de fois m'a-t-elle dit d'aller voir un psychologue ? J'aurais voulu lui expliquer que ce n'est pas d'un psychologue dont j'ai besoin, mais d'un prêtre, voire de Dieu en personne pour me pardonner. Mais même à Angela, je n'ai pu raconter qu'une version très partielle de la vérité. Elle a fini par prendre rendez-vous elle-même chez un psy pour comprendre pourquoi j'avais ces crises d'angoisse et mettre un nom sur mes névroses. Elle a payé trois séances et pris le temps d'y aller, elle, la fille la plus équilibrée que j'aie jamais rencontrée, juste pour savoir comment elle pouvait m'aider. C'est elle qui m'a expliqué que j'avais des rituels quand j'étais stressée et qu'il fallait que j'apprenne petit à petit à vivre sans, elle qui m'a conseillé de choisir un objet qui m'était cher, qui me rappelait des souvenirs apaisants et de l'utiliser pour me calmer quand je sentais qu'une crise arrivait. J'ai choisi mon bracelet. Grâce à Angela, j'allais mieux à New York avant que le passé ne refasse surface et que je sois obligée de fuir à l'autre bout du monde. Angela m'a accueillie à bras ouverts, elle a su me redonner ce que j'avais perdu : l'impression de faire partie d'une famille.

— Il faut que je ferme, tu as fini ?

Je sursaute, Jeremy Miller se tient devant moi, les clés du bureau à la main. Je n'avais pas vu qu'il n'était pas parti en même temps que les autres. Nous ne nous sommes jamais reparlé depuis le jour de l'entretien. Il se dirige déjà vers la sortie et je le rattrape tout en boutonnant mon manteau. Tandis qu'il ferme notre open space, je me racle la gorge, gênée.

— Je voulais te dire… Désolée d'avoir été désagréable le jour de mon entretien. J'avais des problèmes personnels et j'étais à cran… Bref, j'ai conscience que Christophe m'a très certainement embauchée sans ton accord, mais puisqu'on travaille dans le même bureau, je tenais à m'excuser.

— OK.

Il glisse les clés dans sa poche et se dirige vers l'ascenseur. Je le suis, perplexe.

— « OK », comme sans rancune ?

— « OK », comme je n'en veux jamais aux gens d'exprimer ce qu'ils pensent, même quand ils ont tort.

Je comprends mieux comment il arrive à travailler avec Victoire et son absence de filtre. Curieuse, je lui demande :

— Donc toi tu ne mens jamais ?

Il appuie sur le bouton de l'ascenseur et hausse les épaules.

— Je ne triche pas, tout ce que je dis, je le pense.

Son regard clair, impassible, glisse sur mon visage et j'ai le sentiment diffus qu'il sait que moi, contrairement à lui, je triche et je mens.

Nous restons silencieux jusqu'à ce que nous arrivions au bar à vin situé juste en face de The Space. Le fond de l'air est humide, des gens prennent l'apéritif en terrasse aux petites tables rondes dressées sous des chauffages d'extérieur. À l'intérieur, l'équipe nous attend autour d'une planche de charcuterie et de fromage et d'une bouteille de vin posée sur une nappe à carreaux rouges et blancs. Tellement français. Je prends une photo, lui colle un filtre au hasard et la poste sur Instagram. Comme ça, de l'autre côté de l'Atlantique, Angela en déduira que je vais bien et que je m'intègre. Elle ne pensera plus que j'ai besoin de voir un psy.

— Installe-toi Alice, me dit Christophe en tirant un tabouret.

Je tends l'oreille, la chanson qui passe m'est familière. Adolescente, je la connaissais par cœur, pourtant je ne parviens pas à me souvenir du nom du groupe.

— Alice ?

Je sors de mes pensées et réalise que Victoire me tend un verre de vin. J'ai un mouvement de recul, ma main heurte le verre qui se répand sur la planche de fromages.

— Je suis désolée… Je ne bois jamais d'alcool, je…

Je me rends compte que ma réaction est disproportionnée et les regards curieux de mes collègues se tournent vers moi.

— Jamais ? demande Victoire étonnée.

Mutique, je secoue la tête. Reda et Jeremy entreprennent d'éponger le vin avec des serviettes en papier. Je devrais les aider mais j'en suis incapable : sous la table, mes doigts s'accrochent à la fine chaîne à mon poignet comme à une bouée de secours.

— Moi non plus, assure Reda gentiment. Tu veux un Perrier, Alice ?

— Oui, très bien, un Perrier.

Reda se lève et la conversation dévie. J'écoute d'une oreille distraite. Je pose un morceau de comté sur mon pain et croque dedans. C'est délicieux, je me détends. À 21 heures, Christophe se lève.

— Je vais payer, c'est l'heure de la surprise !

— Je crois que je vais rentrer, dis-je quand il revient à la table, je suis un peu fatiguée et…

— Hors de question que tu abandonnes le navire, Alice, partir, ce serait céder à la médiocrité ! On a besoin de toi pour défendre l'honneur d'EverDream.

Il a pris une voix grandiloquente mais ses yeux pétillent comme ceux d'un enfant à Noël. Un quart d'heure plus tard, nous nous retrouvons dans une minuscule salle obscure en sous-sol, prêts à nous lancer dans la pire invention de l'homme après la bombe atomique : le karaoké.

— C'est vraiment une idée de merde, sort Victoire posément.

— Victoire, au lieu de râler, va chercher des cocktails, clame Christophe en montant sur la banquette, j'ai la *saturday night fever*, je vous préviens, ça va swinguer sous les cocotiers ! Jeremy, toi et moi on commence !

— Dans tes rêves, marmonne Jeremy.

Reda, qui râlait mais avec tout de même moins de conviction que Jeremy et Victoire, arrache le catalogue des mains de Christophe.

— OK, je me sacrifie !

Le sacrifice en question n'a pas l'air de beaucoup lui coûter. Ils entament la première chanson, le son à fond et sa casquette à l'envers. Tétanisée, je ne sais plus où me mettre. Il est hors de question que je chante.

Jeremy dans son coin tape sur son téléphone, Christophe et Reda hurlent à la mort *Baby One More Time* de Britney Spears avec un accent français qui rend les paroles proprement incompréhensibles.

— Alice, après c'est à toi ! crie Christophe dont la chorégraphie ressemble maintenant à la danse de séduction d'une poule épileptique sous amphétamines.

— Je chante très mal, je ne peux pas...

Mes propos sont perdus dans la cacophonie ambiante, tout le monde s'en fiche. Tant mieux. Victoire, dont le mépris du karaoké semble avoir subitement disparu depuis qu'elle est revenue avec les boissons, met une nouvelle chanson et me colle le micro dans les mains.

— Oasis, *Wonderwall* ! Ne me dis pas que tu ne connais pas !

Ma main se crispe autour de l'objet, il est chaud et moite de la sueur des chanteurs précédents. La guitare joue les premières notes. Terriblement familières. Une sensation de vertige, comme si j'étais tombée à la renverse dans l'eau. Tout plutôt que cette chanson. Le monde entier pèse sur ma cage thoracique. Ma main laisse tomber le micro.

— Je ne me sens pas bien.

J'utilise le peu de lucidité qu'il me reste pour me ruer en dehors de la salle. Je remonte les escaliers en apnée et me précipite sur la porte qui donne sur l'extérieur. L'air glacé me fait l'effet d'une claque.

— Ça va, mademoiselle ? me demande un passant.

Je m'accroupis par terre sans répondre. Mon visage est inondé de larmes que je n'ai même pas senti couler et je tremble de tous mes membres. Le contact du bracelet ne provoque rien, aucun réconfort. Je n'arrive plus à compter mes respirations.

— Alice ! Qu'est-ce qui ne va pas, Alice ?

La voix de Christophe traverse l'eau dans laquelle je suis en train de me noyer, elle me parvient lointaine et étouffée.

— Je vais mourir, je… je ne peux plus respirer.

Je sais comment ça se passe : il ne va pas me croire, il va me dire que c'est dans ma tête, que je ne vais pas mourir, il va vouloir que je me relève et le sentiment d'être incomprise va empirer la situation. L'air est solide, il n'entre plus dans mes poumons. J'ai mal à la poitrine tellement ils sont contractés. Des taches noires flottent devant mon regard hagard. Et ma dernière pensée est que je vais mourir sur ce trottoir inconnu, seule, à 3 623 miles de chez moi.

Je suis restée dans un état de demi-conscience jusqu'à ce qu'on m'ait fixé un masque à oxygène sur la bouche. Le sac de ciment écrasait toujours ma poitrine, mais par je ne sais quel miracle, un filet d'air parvenait jusqu'à mes poumons. J'étais dans une ambulance, Christophe était assis au fond du fourgon, très pâle dans son sweatshirt jaune fluo.

J'ai un souvenir vague de ce qui a suivi, soit parce que j'étais en état de choc, soit parce qu'on a dû m'administrer des calmants. Je ne me rappelle pas. J'ai vu un psychiatre à l'hôpital, il n'y avait pas moyen d'y couper. J'ai subi un interrogatoire en bonne et due forme. Est-ce que je faisais régulièrement des crises de panique ? Depuis quand ? À quelle fréquence et quelle intensité ? Est-ce que je prenais des médicaments ? Est-ce que j'avais pensé à faire une thérapie ?

J'ai réussi à sortir des réponses plus ou moins vraies, mais suffisamment construites et réalistes pour repartir avec une ordonnance. Je l'ai rangée dans mon portefeuille plus soigneusement qu'un billet de cinq cents euros et j'ai jeté dans la première poubelle le numéro du psy que j'avais promis de contacter. Ils m'ont laissée sortir vers 7 heures du matin. Dans le hall gris de l'hôpital traversé au pas de courses par des blouses blanches et vertes, je tombe sur Christophe. Des cernes bleutés entourent ses yeux hagards et sa tignasse encore plus désordonnée que d'habitude illustre parfaitement son désarroi. Il se lève brusquement en me voyant.

— Alice ! Tu vas bien ?

Je suis à la fois touchée et embarrassée qu'il ait passé la nuit à m'attendre.

— Oui, oui, tu n'aurais pas dû rester. C'était une petite crise de panique… Ça m'arrive très rarement.

— Ah… OK…

Il a l'air de ne pas du tout savoir quoi répondre. Il passe une main nerveuse dans ses cheveux, les hérissant encore un peu plus sur son crâne.

— Tu as quelqu'un… Quelqu'un qui peut venir te chercher ?

— Je vais prendre un taxi, ça va aller.

— …

— Je suis désolée, dis-je, pour ces complications. Je serai au bureau à 9 heures.

Il hésite, cherche manifestement ses mots et l'angoisse assèche ma gorge. Je suis en période d'essai, il peut tout à fait me demander de ne pas revenir. Qui voudrait travailler avec quelqu'un qui devient dingue en entendant une chanson d'Oasis ?

— On est vendredi, réplique-t-il, tu dois avoir besoin de te reposer, tu n'as pas besoin de venir au boulot. Je vais te raccompagner chez toi.

— Oh, non, vraiment, ce n'est pas la peine, je…
— C'est un ordre, Alice, coupe-t-il.

Le lundi suivant, j'arrive au travail en premier. Précaution parfaitement inutile, puisque je suis trop anxieuse à l'idée d'avoir fait une crise d'angoisse devant tous mes collègues pour faire quoi que ce soit. La seule fois où j'ai fait une crise dans un contexte professionnel, j'ai perdu mon travail. En dehors de ma relation d'amitié avec Angela, ma voisine de bureau à l'époque, j'ai toujours séparé strictement vie personnelle et professionnelle.

Jeremy, Christophe et Reda arrivent les uns après les autres, chacun avec un « Bonjour, ça va ? », comme tous les matins. Sauf que la courte pause et le regard appuyé qui suivent laissent suggérer que la question, pour une fois, n'est pas purement rhétorique. J'acquiesce, comme si rien n'était arrivé. Victoire, évidemment, est un peu plus intrusive.

— Ça va Alice ? interroge-t-elle en repliant sa trottinette. T'es sortie quand de l'hôpital ?

— Vendredi.

— J'ai une copine qui faisait des crises d'angoisse comme ça, c'est violent. Tu veux le numéro de son psy ? Ça l'a vachement aidée et en plus, il est canon. Il ressemble à Jon Snow dans *Game of Thrones.*

Le temps que je réfléchisse à comment expliquer à Victoire que je n'ai aucune envie d'aller raconter mes problèmes à un sosie de Jon Snow dans *Game of Thrones*, Jeremy est sorti de son bureau et lui lance :

— Victoire, tu n'as pas du tout fait ce que je t'avais dit pour le module d'upload photo.

Un court instant, je me demande s'il n'a pas fait exprès pour mettre fin à cette conversation embarrassante. Victoire répond avec nonchalance :

— Oui, j'ai voulu essayer à ma façon, mais ça ne marche pas, j'aurais dû t'écouter.

— En effet, soupire-t-il. Viens voir, je vais te montrer.

Elle se lève, son ordinateur portable sous le bras et, à mon grand soulagement, disparaît dans le bureau aux murs de verre de Jeremy.

— Je vais proposer à Chris de mettre en place un formulaire de contacts en cas d'urgence, dit Reda très sérieusement. Il a accepté que je sois délégué du personnel, puisque j'étais le seul candidat. Je dois dorénavant veiller à ce que chacun se sente en sécurité.

Puis il se penche vers moi et continue sur le ton de la confidence :

— Et si tu as des problèmes liés au travail, burn-out, harcèlement moral, n'hésite pas à m'en parler, je le ferai remonter à la direction, j'ai déjà exigé un rendez-vous sur le sujet.

Je le remercie et, comme d'habitude, il me propose de déjeuner avec eux. Je refuse gentiment. Je vais acheter mon sandwich, le mange à mon bureau en écrivant un email à Angela. Je me garde bien de lui parler de mon passage à l'hôpital.

Un peu plus tard, sur les conseils de Reda, Chris me charge de constituer un fichier avec les numéros des personnes à contacter en cas d'urgence pour chacun des membres de l'équipe.

— Reda a raison, déclare-t-il, c'est une excellente initiative.

Sans rien dire, j'envoie un email à tout le monde, pour récupérer leur numéro d'urgence. Je crée un tableau avec nos noms dans la première colonne. La rapidité avec laquelle ils me répondent tous me serre le cœur. On ne réalise pas à quel point il est précieux de savoir sans se poser la moindre question qui est sa personne à contacter en cas d'urgence. Je contemple la ligne vide en face de mon nom. Elle me nargue. J'ai conscience qu'il est absurde d'inscrire le nom d'Angela, dans la mesure où elle habite à des milliers de miles de Paris, mais qui ai-je d'autre dans ma vie désormais ?

Pathétique.

Avant, j'étais entourée. Mon téléphone sonnait, je sortais le soir et j'allais à des brunchs le week-end. Quand j'oubliais mes clés, j'avais quelqu'un chez qui dormir. C'était un acquis. Personne ne m'avait prévenue que je pouvais perdre mes proches. Je referme le tableau, décide de reporter le problème. Puis je sors quelques pièces de monnaie de mon sac et me dirige vers la machine à café, où je tombe sur Reda en contemplation devant le menu des boissons.

— Je me suis enrhumé après le karaoké, m'explique-t-il en se décidant à appuyer sur la touche « cappuccino », je pense poser un congé maladie vendredi.

Il porte un col roulé foncé qui fait ressortir le noir de ses yeux. Je désigne la casquette des Yankees qui ne le quitte jamais et demande :

— Fan de base-ball ?

Il faut bien faire la conversation et sa casquette déclenche toujours chez moi une nostalgie des États-Unis. Il me dévisage sans comprendre.

— Non… Je suis plutôt basket…

— Mais… et ta casquette ? Tu sais que le N et le Y entremêlés sont le logo de l'équipe de base-ball de New York : les Yankees, non ?

— Pas du tout, répond-il avec étonnement, je pensais que ça voulait juste dire « New York » !

Puis il éclate de rire et je ne peux m'empêcher de sourire. Je glisse une pièce dans la fente de la machine.

— J'ai toujours rêvé d'aller à New York, avoue-t-il, en fait j'ai toujours rêvé d'habiter aux States. Les États-Unis te manquent ?

Je devrais retourner à mon bureau, terminer ce que j'ai à faire, mais je laisse échapper un soupir involontaire.

— Oui, beaucoup.

— Qu'est-ce qui te manque plus ?

Je saisis mon gobelet, avale une gorgée le temps de réfléchir quelques secondes, puis je sens les mots sortir tout seuls, comme si mes émotions n'attendaient que cette question pour se manifester :

— Parler et entendre de l'anglais, le son si caractéristique des sirènes de New York… La nourriture me manque beaucoup, le café-filtre qu'ici vous appelez du « jus de chaussettes », les hot-dogs à un dollar que tu peux acheter au coin de chaque rue, le bagel du matin avant d'aller au boulot ou les mac and cheese Kraft en boîte… Ce n'est pas vraiment bon, mais ça te rappelle ton enfance.

— Tu trouves des bagels ici…

— Pas les vrais bagels new-yorkais cuits à l'eau que tu manges avec du cream cheese, et la plupart du temps ils sont nature ou au pavot. Moi qui adore les bagels cannelle-raisins, ici je n'en ai pas trouvé.

Il jette son gobelet vide dans la poubelle et je réalise que j'ai moi aussi terminé mon café.

— Est-ce que… Est-ce que ça t'embêterait, demande-t-il subitement, qu'on parle un peu en anglais ensemble ? Je sais que tu travailles toujours pendant ta pause déjeuner, mais si on pouvait juste prendre un café, dix minutes par jour et discuter en anglais… Je doute que ça te rappelle les US, parce que j'ai un accent horrible, mais j'ai vraiment besoin de progresser et je n'ai pas les moyens de me payer des cours… Ce serait comme une pause clope… sans clope.

Je devrais sans doute sortir mes barbelés, mettre une barrière tout de suite entre lui et moi. Mais parler anglais me manque, et après un silence, je m'entends lui répondre :

— OK, si tu veux.

Son visage s'éclaire comme celui d'un enfant à qui on annonce que c'est l'heure du goûter.

— Génial ! Quelle heure t'arrange ?

Je hausse les épaules.

— Je ne sais pas… 16 heures ?

— Nickel ! *High Five !*

Il lève la main, et un peu surprise je tape dedans. Puis, il conclut avec une phrase en anglais absolument incompréhensible qui m'inquiète un peu pour nos futures conversations en VO…

Journal d'Alice

Londres, 29 novembre 2011

Salut Bruce,

Ça fait un moment que je n'ai pas écrit ce journal. Je n'ai plus beaucoup de temps depuis que j'ai repris le travail. Je dois admettre que c'est plutôt agréable de ne plus passer mes journées seule à parler à mes tests d'ovulation. Je vais t'avouer un secret honteux, Bruce : j'aime bien la finance. Évidemment, j'évite de dire ce genre de trucs trop fort, c'est à peu près aussi sexy que si je hurlais sur tous les toits que j'adore manger des onion rings au petit déjeuner, mais il y a quelque chose de rassurant dans le fait de placer des chiffres dans des cases Excel.

Je t'écris depuis Green Park. J'imagine que tu connais. Parfois, je vais m'y promener le samedi après-midi après mon cours de fertility-yoga. Je regarde les enfants courir dans les feuilles mortes, tandis que Céline

Dion hurle All by myself *dans mes oreilles. Oliver refuse catégoriquement de m'accompagner à ces séances d'auto-apitoiement sous prétexte que ça ne m'aide pas à voir le côté positif des choses.*

Oliver est le genre de personne qui, si tu lui annonçais que tu t'es cassé les deux jambes et les deux bras en glissant sur une crotte de chien, te répondrait avec un grand sourire :

— Génial, tu vas pouvoir griller toutes les files d'attente avec ton fauteuil roulant !

L'optimisme, c'est bien en théorie. En pratique, j'avoue que ça commence à me gonfler.

J'observe les enfants se disputer, jouer, tomber par terre, puis courir raconter à leur maman qu'ils se sont fait mal. Parfois, une balle roule jusqu'à mes pieds et un bambin rieur s'élance vers moi pour la récupérer. Je lui rends et une maman me remercie d'un sourire.

Je sais ce que tu penses, Bruce, tu penses que je suis ridicule, ce en quoi il est possible que tu n'aies pas tout à fait tort.

Maman m'a appelée sur Skype hier soir. Elle s'était disputée avec Scarlett à je ne sais quel sujet et elle avait l'air fatiguée sur l'écran. Elle m'a dit cette phrase étrange :

— Peut-être que je n'ai pas fait ce qu'il fallait, mais elle a toujours été tellement pénible et toi tu étais si facile… Et puis, son sourire me remémorait continuellement ton père, toutes ces années, elle a été un rappel quotidien de mon abandon. C'était dur pour moi aussi.

Les choses sont rarement aussi simples qu'elles le paraissent, Bruce. Scarlett a été en échec scolaire depuis le CP et jusqu'à ses dix-sept ans, âge auquel elle a arrêté le lycée. Je n'ai jamais compris pourquoi, parce qu'elle a toujours été plus intelligente que la plupart des enfants de son âge. Nous n'avions même pas onze mois d'écart et Maman, sans se poser de questions, nous a toujours traitées comme si nous avions le même âge.

On dit souvent que les enfants dont on s'occupe beaucoup ont plus de facilités que les autres. Je crois au contraire que le fait que Maman s'investisse beaucoup moins dans l'éducation de Scarlett que dans la mienne a rendu ma sœur particulièrement vive et débrouillarde. Elle a passé son enfance à essayer d'apprendre ce que je savais déjà, à vouloir se maintenir à mon niveau. J'ai parlé avant elle, mais elle a dit son premier mot à neuf mois, elle a fait ses premiers pas cinq mois seulement après les miens et nous avons été propres en même temps à quelques semaines près. Elle savait lire avant l'âge de quatre ans. Maman n'a eu aucun mal à convaincre la maîtresse de l'école maternelle de Queenstown de prendre Scarlett en même temps que moi, alors qu'elle aurait dû, théoriquement, attendre l'année suivante pour commencer sa scolarité. Mais Maman travaillait jour et nuit pour tenter de joindre les deux bouts et il était plus pratique de nous mettre toutes les deux à l'école en même temps.

Scarlett a grandi entourée d'enfants plus âgés qu'elle, toujours stimulée plus que ce que son âge ne nécessitait. Elle était extraordinairement curieuse et s'intéressait à tout. Elle a toujours eu plus de liberté que moi. Elle partait parfois à vélo des heures durant. Elle « allait explorer », disait-elle. Dès le primaire, elle séchait l'école pour aller étudier les heures des marées ou observer les pêcheurs de homards qui rentraient au port. Elle bravait les interdits et faisait un certain nombre de bêtises dont elle se sortait toujours grâce à ce qu'elle appelait « un fucking good plan » (une des rares expressions qu'elle utilisait en anglais, car nous parlions toujours français entre nous).

Elle était nulle en dictée mais capable de retenir un nombre incalculable d'informations parfaitement inutiles, comme la durée de vie d'un coléoptère, la recette du pad thaï ou l'âge de Patrick Swayze au mois près.

Elle s'intéressait brièvement à certaines activités, s'y adonnait avec passion pendant quelques semaines, puis les abandonnait et n'y revenait jamais. Maman m'a toujours présentée comme la grande créative de la famille, alors que Scarlett se montrait bien plus naturellement douée que moi dès qu'il fallait utiliser son imagination.

Jusqu'à huit ou neuf ans, je dessinais beaucoup. Maman m'y encourageait, et je crois que j'avais un petit talent pour le dessin. Aujourd'hui encore, je n'ai aucune difficulté à reproduire une image ou à faire un croquis de paysage en quelques traits de crayon à papier. Scarlett n'aimait pas dessiner. Elle n'avait pas la patience. La plupart des samedis après-midi, quand il faisait beau, je mettais mon matériel de dessin dans mon sac à dos et nous pédalions jusqu'à la plage de Narragansett, située à quelques kilomètres (c'était l'époque où les enfants avaient encore le droit de faire du vélo tout seuls, sans envoyer un texto de géolocalisation toutes les trois minutes à leurs parents, au cas où ils se seraient fait kidnapper par un psychopathe). Je m'installais avec mes carnets et mes crayons à la terrasse du Beach Café, une grosse cabane en bois incongrue posée tout au bout de la plage parmi les rochers noirs et les coquillages. Son propriétaire, Jimmy (aujourd'hui encore, j'ignore son nom de famille), un homme aussi haut que large au doux visage de nounours, repeignait la baraque d'un turquoise flamboyant chaque année bissextile. La couleur s'usait sous les assauts successifs du soleil, des bourrasques salées et des hivers vigoureux du Rhode Island, jusqu'à devenir au bout de quatre ans, d'un joli bleu pastel qui s'écaillait en particules de peinture, comme des petits morceaux de ciel sur le sable blanc.

À l'exception des mois de juillet et d'août, quand le Beach Café ne désemplissait pas de baigneurs en maillots de bain, Jimmy me laissait m'asseoir à une table libre, même si, faute de moyens, je ne consommais jamais rien. Pendant que je dessinais, Scarlett, quelle que soit la saison, allait tremper ses pieds dans l'eau et ramasser des coquillages. Elle tenait rarement en place, mais elle était capable de rester des heures assise sur le sable, le regard perdu dans les remous de l'océan Atlantique. Parfois, je l'accompagnais et j'observais attentivement les vagues, me demandant ce qu'elle pouvait bien y voir de si fascinant. Je n'ai jamais su.

La pluie ne nous empêchait pas de sortir, il suffisait de mettre un K-Way et de pédaler moins vite dans les descentes, car les freins fonctionnaient moins bien. Un jour de fin octobre, alors qu'il s'était mis à pleuvoir un vrai déluge, Jimmy m'a forcée à rentrer à l'intérieur et est allé chercher Scarlett sur la plage. Il a dû lui promettre un chocolat pour la convaincre de se mettre à l'abri.

Le café était vide et dans deux grands mugs rouges, Jimmy nous a servi des chocolats chauds, avec de la crème Chantilly et des mini-marshmallows flottants, à trois dollars pièce sur la carte.

— Offerts par la maison ! a-t-il annoncé de sa grosse voix caverneuse qui n'a jamais effrayé personne tant on y entendait sa gentillesse.

J'ai prêté mes crayons et un de mes blocs de dessin à Scarlett et nous avons dessiné jusqu'à ce que la pluie se calme en sirotant nos boissons chaudes. Je revois son sourire émerveillé et ses longs cils humides battre de plaisir alors qu'elle approchait ses lèvres de la tasse rouge, ses cheveux gouttaient sur un pull rose dont l'encolure bâillait. Scarlett n'a jamais porté autre chose que mes anciens vêtements. Elle a toujours été un peu plus petite que moi et lui en acheter de neufs aurait été du gaspillage, selon Maman.

Un peu plus tard, Scarlett m'a montré son dessin. Elle avait représenté la plage de Narragansett, le ciel était rose, rempli de cerfs-volants et le sable était bleu. Elle avait dessiné une majestueuse maison avec une tour et une véranda, là où se trouvait en réalité une minuscule bicoque abandonnée.

— C'est quoi, cette maison ? ai-je demandé, surprise.

Mon dessin respectait scrupuleusement la réalité, il ne m'était pas passé par l'esprit de représenter autre chose que ce qui existait.

— C'est la maison que je construirai sur la plage quand je serai très riche pour la donner à Maman. Il y aura une salle de jeu immense, on aura une piscine à boules dans notre chambre, un toboggan qui mènera directement à la cuisine et on mangera des pancakes tous les jours.

— On pourrait avoir chacune notre chambre, dans une maison aussi grande, ai-je fait remarquer…

Pensive, Scarlett a mordillé le bout d'un crayon de couleur avant de répondre, catégorique :

— Non, je veux toujours dormir avec toi.

Le soir, quand nous sommes rentrées, trempées par le trajet à vélo, Maman nous a envoyées prendre une douche chaude. Quand je suis redescendue dans la cuisine où flottait une odeur alléchante de macaronis au fromage, elle était en train d'examiner attentivement le dessin de Scarlett.

— Il est magnifique, ce dessin, Alice, a-t-elle dit l'air sincèrement impressionnée, ce ciel rose et ce château sur la plage... C'est un des plus beaux que tu aies jamais faits, je crois que je vais l'encadrer.

Je suis restée interdite, puis je lui ai arraché le dessin des mains.

— Non, je ne préfère pas !

Je l'ai glissé dans le bloc avec le mien auquel ma mère n'avait pas jeté un regard et je suis montée à l'étage, vexée comme un pou.

Quand je suis arrivée dans notre chambre, Scarlett était en train de peigner ses cheveux mouillés.

— Est-ce que tu ne trouves pas que c'était la meilleure après-midi du monde, Alice ? Moi je préfère la mer quand il pleut.

En voyant son sourire radieux, j'ai eu honte de ma mesquinerie.

— Oui, c'était bien. Et Maman a dit que ton dessin était très beau.

Son visage s'est illuminé, et de contentement, elle a lâché la mèche qu'elle tentait de démêler.

— C'est vrai ? Tu lui as dit que la maison était pour elle ? a-t-elle questionné, pleine d'espoir.

— Non, je ne savais pas si tu voulais lui faire la surprise, ai-je marmonné en rougissant.

J'ai rangé les dessins et les crayons de couleurs sur l'étagère et je n'ai plus jamais dessiné. Je crois que je voulais me punir d'avoir empêché ma mère d'encadrer le dessin de Scarlett. Et aujourd'hui encore, je m'en veux d'avoir privé ma petite sœur de cette miette de tendresse que Maman, par inadvertance, lui avait pour une fois accordée.

J'attends depuis maintenant quarante-trois minutes. Heureusement, j'ai emporté mon ordinateur ; je tape nerveusement sur le clavier en essayant de ne pas fixer mon attention sur l'heure qui tourne. J'ai fini par céder face à l'insistance d'Angela et j'ai rendez-vous pour un café avec Saranya, la cousine dont elle m'a envoyé les coordonnées. De toute façon, essayer de s'opposer à Angela une fois qu'elle a une idée en tête, c'est un peu comme vouloir enseigner le ukulélé à un chêne centenaire. Tu peux essayer, mais il y a peu de chances que tu y parviennes. Mon objectif est de lui demander l'autorisation de la désigner comme contact en cas d'urgence si j'ai un problème au travail. Rien de plus. J'ai besoin d'une vie organisée et rangée, d'une vie discrète, pas de me faire de nouveaux amis. Je ne dois pas m'attacher, aux gens, aux endroits, au passé. Je dois me protéger, imaginer que je m'entoure de fil barbelé, pour dissuader tous ceux qui voudraient s'approcher. David me suffit ; au moins, il ne me juge pas et n'a pas prévu de m'abandonner. Si jamais Saranya propose qu'on se revoie, je lui dirai que j'ai beaucoup de travail en ce moment. Problème réglé.

La cousine d'Angela m'a donné rendez-vous dans un petit salon de thé rue des Rosiers, en plein cœur du Marais. Je suis venue à pied. J'ai fait un détour pour longer les rives colorées du canal Saint-Martin, et comme j'étais en avance, j'ai pris le temps de me promener dans les rues étroites aux pavés de guingois du quartier le plus romantique de Paris où, en bonne touriste américaine, j'avais rêvé d'habiter si j'en avais eu les moyens.

Je suis attablée à l'intérieur du salon de thé, Le rêve sucré, depuis une bonne demi-heure. La rue piétonne est animée et depuis ma place, je vois les passants s'arrêter devant les vitrines des petites boutiques. Autour de moi, de gros fauteuils de cuir côtoient des chaises de cuisine dépareillées, pas une table ne ressemble à sa voisine. Les murs sont tapissés d'anciennes publicités ou de pages jaunies de *ELLE* des années cinquante. Le tout, terriblement désordonné, confère probablement à l'endroit un charme bordélique et vieillot qui, évidemment, m'angoisse plus qu'autre chose.

Je concentre mon attention sur la table centrale, recouverte de gâteaux appétissants dans des plats de porcelaine fleuris. Je lorgne une tarte au citron couronnée d'une couche de meringue épaisse comme un nuage pour laquelle je vendrais mon âme en solde sans hésiter. Sur une petite ardoise suspendue par un ruban en liberty au-dessus du buffet, on a écrit à la craie : « Tous nos gâteaux sont faits maison » et en dessous : « La vie est courte, on devrait toujours commencer par le dessert. » Un homme d'une cinquantaine d'années en tablier rose, armé d'un couteau et d'une pelle à tarte, vient présenter chacune des pâtisseries chaque fois qu'un client se lève. Il coupe ensuite la part sélectionnée, puis explique la recette à son interlocuteur avec un enthousiasme débordant.

La porte s'ouvre sur une jeune femme vraisemblablement d'origine indienne, annoncée par le tintement d'une clochette. L'homme à la pelle à tarte, d'un geste particulièrement fougueux, éjecte une pluie sucrée de pâte sablée et de meringue sur un monsieur au téléphone qui ne remarque rien.

— Bonjour, mon ange !

— Salut, Léon !

Je m'apprête à faire un signe discret à la jeune femme, mais elle s'exclame, faisant sursauter l'intégralité des clients :

— Je cherche une Alice !

Prise de court par cette entrée en matière, je mets quelques secondes à lever la main telle une élève de CM1. J'ai été devancée par une jeune fille de moins de vingt ans, encore plus surprise que moi, qui a fait signe à Saranya à l'appel de son prénom. Cette dernière fonce vers elle. Elle est toute petite malgré ses talons hauts, et pourtant, le sourire qui éclaire son visage réchauffe tout l'espace alors qu'elle se fraye un passage jusqu'à la jeune fille en s'excusant gaiement auprès des clients.

Elle déboutonne son manteau et entreprend de dérouler les trois kilomètres d'écharpe en grosses mailles beiges qui lui ligotent le cou tout en parlant à toute vitesse à l'adolescente.

— Ravie de faire ta connaissance, Alice. Est-ce que je suis en retard ? Je suis probablement en retard, j'ai totalement oublié l'heure à laquelle on avait rendez-vous. 10 heures ? 11 heures ? Je suis *hopeless*, je ne sais pas ce que t'a dit Angela sur moi, mais c'est sans doute vrai, ou *maybe not*, qui sait ? Ça dépend, elle t'a dit quoi ?

Je me lève et me dirige vers elle, pour lui signifier son erreur tandis qu'elle se laisse tomber sur la chaise en face de la jeune fille en soupirant bruyamment.

— Mais je suis bête, tu préfères parler en anglais bien sûr (elle continue à parler en français), figure-toi que j'avais un « date » hier, avec un Français. Je te raconte pas, enchaîne-t-elle alors qu'elle est précisément en train de lui raconter, les Parisiens sont fous. Il me donne rendez-vous à 19 h 30 ! Qui donne des rendez-vous à 19 h 30 un vendredi soir ? Qui ?! Je vais te le dire : un loser ! Voilà. J'ai une vie, moi je ne peux pas sortir à 19 h 30, c'est quoi 19 h 30 ? C'est l'heure du goûter ! Est-ce que quand tu dragues une fille tu l'invites à goûter ? Non. News flash, chéri : on n'est plus en grande section de maternelle. Le niveau de goujaterie du mec, tu ne devineras jamais, (elle ne lui laisse pas une seconde pour deviner et ignore totalement ma présence à ses côtés, malgré trois raclements de gorge successifs), il ne m'a pas attendue ! Et quand j'arrive et que je lui demande où il est, tu sais ce qu'il me répond ? Tu sais ce qu'il me répond, Alice ?!

Elle renverse son sac à main sur la table, son smartphone tombe au milieu d'un bazar indescriptible que seule Marie Poppins pourrait faire rentrer dans un si petit contenant. Je tente de l'interrompre :

— Pardon…

— Je vais prendre un chocolat chaud s'il vous plaît, répond-elle me prenant pour la serveuse tout en brandissant son téléphone, je vais te dire ce qu'il m'a répondu, ce gros con !

Elle déverrouille l'appareil d'un geste rageur et lit d'un air triomphant :

— « Il est 22 h 17 »... Il est 22 h 17, trois petits points. Clairement, il est fou ! Quel est le rapport ? Il me pose un lapin et il me donne l'heure ? Est-ce que je lui ai demandé l'heure ? Non. Un psychopathe, c'est sûr. Sur Tinder, vingt-trois pourcent des mecs sont des psychopathes. C'est statistique, j'ai fait mon enquête !

Je resserre machinalement ma queue-de-cheval et une partie de moi me souffle qu'il est encore temps de m'enfuir. Puis je me souviens que j'ai promis à Angela.

— Je suis Alice, dis-je un peu plus fort, l'amie d'Angela.

Elle s'interrompt brutalement, me dévisage de haut en bas, puis se retourne vers l'adolescente qui montre la tête d'un lièvre paralysé dans la lumière des phares d'un trente-trois tonnes. Saranya éclate alors d'un rire très gai, ce qui semble traumatiser un peu plus l'adolescente.

— Mais, enfin pourquoi tu ne m'as rien dit, toi ! Où es-tu assise ? me demande-t-elle en se tournant vers moi.

Elle se réinstalle en face de moi, non sans avoir d'abord empilé derrière elle son manteau, son pull et son écharpe.

— C'est vrai qu'elle avait l'air un peu jeune pour être toi !

Je ne peux m'empêcher de sourire. L'absurdité de la scène m'a décrispée. Elle porte une robe pull rouge vif très courte et des bottes de cuir noir à talons hauts. Ses longs cheveux noirs aux reflets brillants ondulent dans une queue-de-cheval impeccable, l'éclat de son regard de faon est renforcé par la vague de khôl noir qui entoure ses yeux immenses. Ou peut-être est-ce le reflet du minuscule diamant dans son nez qui leur donne ces reflets pailletés.

— Il faut absolument que tu goûtes les gâteaux, ajoute-t-elle, moi je ne peux pas je suis au régime. Je prépare le semi-marathon de Paris en mars. Tu voudrais le faire avec moi ? Je peux t'inscrire. On pourrait s'entraîner ensemble.

— Non, merci, les courses, ce n'est pas trop mon truc.

— Parfait, je vais t'inscrire.

— Non, non, je…

— Écoute je te conseille la tarte au citron, vraiment unique, mais ce serait dommage que tu ne goûtes pas le fondant au chocolat : qui n'aime pas le fondant au chocolat ? Et la tarte poire-chocolat est extraordinaire aussi, zut, je n'avais pas vu que le crumble était à la rhubarbe aujourd'hui. Attends, ne bouge pas, je vais voir.

Avant que je n'aie le temps d'exprimer le moindre désir, elle se lève et discute avec l'homme à la pelle à tarte qu'elle a appelé Léon un peu plus tôt. Au moins, je n'ai pas de souci à me faire en ce qui concerne la conversation, manifestement, elle a pris cette responsabilité en charge… Elle revient quelques minutes plus tard avec une gigantesque assiette dans laquelle elle a réussi à négocier une petite part de chacune des pâtisseries disponibles et deux cuillères. Elle attaque aussitôt, son régime relégué aux oubliettes, et commente la bouche pleine :

— Je vais te confier un truc : je suis française, née et élevée en France, pure Parisienne, la preuve, j'ai envie de décapiter les gens qui restent plantés à gauche dans les escalators. Et malgré tout, je ne comprendrai jamais cette manie occidentale de commander chacun son entrée, son plat, son dessert. C'est tellement plus sympa de tout mettre au milieu de la table et de partager… Et puis comme ça, tu peux goûter à tout !

Pour goûter à tout, il faudrait qu'elle m'en laisse un peu, ce qui n'est pas gagné, compte tenu de l'efficacité redoutable avec laquelle elle s'est attaquée à l'assiette. Je parviens à attraper une bouchée de crumble et laisse le sucre fondre dans ma bouche.

— Alors ? me lance-t-elle avec un large sourire.

— Délicieux…

Le serveur nous apporte les boissons que nous avons commandées. Un chocolat recouvert de crème Chantilly maison pour Saranya qui craint manifestement l'hypoglycémie et un déca crème pour moi. Elle me demande ensuite des nouvelles d'Angela, puis me bombarde de questions sans me laisser le temps d'y répondre, tout en se plaignant que je ne lui raconte rien. J'arrive quand même à lui expliquer que j'ai rencontré Angela au travail et que je viens d'emménager à Paris. Au bout d'une heure, je connais à peu près toute la vie de Saranya. Avec ses sœurs, elle habite encore chez ses parents qui tiennent un restaurant indien dans le Xe arrondissement et elle travaille dans une maison de retraite.

Elle m'invite successivement à venir prendre un thé avec sa famille, courir avec elle tous les dimanches matin et à la célébration de Divali, la fête des lumières, qui aura lieu début novembre. Elle hoche la tête sans m'écouter tout en piochant avec énergie dans l'assiette de gâteaux qui, à force, se retrouve vide. Désœuvrée, elle consulte alors l'heure sur son téléphone.

— Il ne va pas falloir que je tarde, j'ai un rendez-vous à midi à l'autre bout de Paris (il est 12 h 14), un type rencontré sur Happn ou sur adopteunmec, je ne sais même plus, tu n'as pas idée du temps nécessaire pour gérer tous ces sites et applications ! Franchement, j'hésite à prendre un consultant, parce que c'est limite s'il ne faudrait pas que je pose une année sabbatique pour trouver un mec.

— Un consultant ?

— Oui, un mec qui te gère les différentes relations que tu as en ligne. Je chatte parfois avec une dizaine de mecs différents. Je les confonds tous, c'est une cata.

— Au fait, dis-je brusquement, je ne connais personne à Paris, ça t'embête si je mets tes coordonnées comme contact en cas de problème au travail ?

— Mais bien sûr ! Tu es une amie d'Angela, tu fais partie de la famille. Et si tu fais une crise cardiaque, j'essaierai même d'arriver à l'heure.

Sa gentillesse me touche et immédiatement je repense à mes barbelés. J'ai obtenu ce que je voulais, je ne dois pas laisser la relation aller plus loin. Saranya oublie qu'elle doit partir et s'enquiert de ma vie sentimentale. Je réponds de manière évasive, ce qui la relance. Elle insiste pour payer l'addition, me redemande mon numéro de téléphone, m'ajoute sur Facebook et Instagram et s'étonne que je ne sois pas sur Twitter et Snapchat. Elle continue de me parler tandis qu'elle s'enrubanne le cou de son écharpe avant de m'embrasser affectueusement sur les deux joues.

— Ravie d'avoir fait ta connaissance, Alice, à très vite. Je m'occupe de ton inscription au semi-marathon ! On va courir ensemble dimanche, il faut qu'on s'entraîne. Rendez-vous aux Tuileries à 14 heures, à côté du Carrousel.

Je n'ai pas le temps de lui expliquer que j'ai beaucoup de travail et que je ne vais malheureusement pas pouvoir la revoir… Elle est déjà repartie, en trottinant sur ses talons hauts, laissant derrière elle un subtil parfum de lilas et l'impression qu'une tornade m'est passée dessus. Saranya, manifestement, est immunisée contre les barbelés.

Journal d'Alice

Londres, 30 novembre 2011

6 h 05 a.m.

Yo Bruce,

J'ai très peu dormi cette nuit. Je n'arrêtais pas de penser à cette phrase de Maman : « Scarlett a toujours été tellement pénible et toi si facile. » Je crois que c'est très injuste d'affirmer ça, surtout de la part de Maman, et je ne voudrais pas que tu aies une mauvaise image de ma petite sœur, Bruce. Pendant longtemps, Scarlett a été une petite fille très sage. Sage ou insupportable, je crois de toute façon qu'elle s'est toujours efforcée d'attirer l'attention de Maman d'une manière ou d'une autre. Elle a juste changé de stratégie aux alentours de ses neuf ans.

Je sais ce que tu penses, Bruce. Tu penses que maintenant que je vais chez le psy, je me prends pour Freud, mais figure-toi qu'à force de me retourner dans mon lit cette nuit, je me suis rappelé un épisode qui, je crois, marque précisément le jour où ma sœur a commencé à « être pénible », comme dit Maman.

Scarlett détestait le poisson. Nous habitions près de l'océan, on pouvait acheter directement sur le port ou dans les restaurants alentour, quantité de poissons frits ou grillés, de fruits de mer pêchés le jour même, voire des homards ou des crabes entiers pour un prix dérisoire. J'avais à cette époque une passion pour le lobster roll, spécialité locale qui consiste à glisser dans un pain à hot-dog quelques morceaux de homard avec quantité de mayonnaise, en général industrielle, et deux feuilles de laitue. Maman nous en préparait tous les mercredis soir et, le visage verdâtre, Scarlett mettait des heures à manger le sien, elle l'inondait de mayonnaise et chaque bouchée semblait lui donner un haut-le-cœur. Elle n'avait pas le droit de sortir de table tant qu'elle n'avait pas terminé.

— Il faut apprendre à manger de tout, disait Maman.

Le dimanche soir, elle préparait des lasagnes et nous adorions ça toutes les deux. Jusqu'au jour où ma meilleure amie Dakota, une petite fille noire de ma classe à l'imagination débordante, m'a affirmé que les lasagnes étaient faites à partir de viande de rats du métro de Boston. Scarlett a eu beau me dire que c'était absurde : Maman faisait les lasagnes maison avec de la viande de bœuf achetée chez le boucher, je suis rentrée ce jour-là et ai déclaré que je ne voulais plus manger de lasagnes de ma vie.

Le dimanche soir suivant, au lieu des lasagnes traditionnelles, Maman a préparé du poisson pané. Devant son assiette, Scarlett a froncé les sourcils.

— Pourquoi est-ce qu'on ne mange pas des lasagnes ? On est dimanche…

Maman remplissait des mots croisés sur un coin de la table, ses lunettes au bout de son nez et elle a répondu d'un air distrait :

— Alice n'aime pas ça.

— Mais moi, je n'aime pas le poisson, a répliqué Scarlett après un silence, son petit visage crispé par l'incompréhension, et on mange quand même des lobster rolls le mercredi.

— Il faut apprendre à manger de tout.

— Alors pourquoi Alice ne mange pas de lasagnes ?

Maman a soupiré, toujours plongée dans ses mots croisés.

— Ne sois pas pénible, Scarlett.

Sur le visage de Scarlett, la confusion a laissé place à un mélange de chagrin et d'étonnement. Je mangeais mon poisson pané en silence sans comprendre sa réaction. L'injustice ne me choquait pas, j'étais l'aînée, j'avais toujours eu droit à un traitement de faveur et Scarlett elle-même était la première à me l'accorder.

Peut-être que si Maman avait choisi de faire du poulet, Scarlett n'aurait pas réagi. Mais je crois qu'elle avait réellement le poisson en horreur. Elle a alors pris son assiette, et sans un mot, elle l'a retournée et écrasée sur le journal de Maman. Puis, sous nos regards sidérés, elle s'est levée de table et est partie dans sa chambre. Et c'est à partir de ce jour-là, Bruce, que Scarlett a commencé à poser des problèmes.

Alors que je suis concentrée sur mon écran d'ordinateur, la vibration de mon téléphone me fait sursauter.

Saranya Godhwani
Aliiiiice ! Tu peux me rendre un service ?
Question de vie ou de mort.

Un footing hebdomadaire avec Saranya s'est ajouté à ma routine bien réglée. Je n'ai pas su comment l'éviter. Cette fille a une capacité exceptionnelle à n'entendre que ce qui l'arrange. Et puis, courir me fait du bien, je dors un peu mieux quand j'y vais et je me suis habituée au joyeux babil de ma compagne de course.

J'observe en me retenant de rire la litanie de smileys désespérés et suicidaires qui suivent ce premier texto avant de répondre un sobre :

Alice Smith
Oui, bien sûr.

Saranya Godhwani
Tu as une voiture ou quelqu'un
qui a une voiture et
qui pourrait te la prêter samedi ?

Saranya Godhwani
(Désolée pour le charabia,
J'ai bu tellement de Pastis hier,
je me suis réveillée avec
l'accent marseillais.)

Saranya Godhwani
Ma tête va exploser.
J'ai juré à ma mère que
j'irais faire les courses pour Divali,
Je me suis fait larguer par ma date Tinder
qui avait une voiture
Soi-disant, je suis trop bavarde.
Bref. HELP !!!!!!!!!!!!!

Je repense aux fois à New York où Angela m'a invitée à la célébration de Divali, la fête des lumières en Inde. Et je sais à quel point cette fête était importante pour la communauté indienne de New York. Mais je ne connais personne à Paris, alors quelqu'un qui a une voiture… Chris. Chris a une voiture, je l'ai entendu dire qu'il était allé en Normandie pour rencontrer les parents de sa copine en voiture. Évidemment, demander à mon boss de me prêter sa voiture est un peu gênant, mais avec tous ces discours sur « la grande famille des EverDreamers », j'ai peu de doutes sur le fait qu'il n'hésiterait pas à me rendre ce service.

Alice Smith
Je ne te promets rien,
Mais je vais essayer de trouver.

Saranya Godhwani
OMG, tu es géniale Alice !!!
I love you !!!

Suivi d'une ribambelle de cœurs multicolores, de smileys sanglotant de reconnaissance et d'une incompréhensible émoticône « pieuvre », probablement une faute de frappe.

De toute façon, je me suis juré de parler à Chris aujourd'hui. Les comptes de l'entreprise sont une véritable catastrophe et il doit impérativement réduire les dépenses.

Je vais me chercher un café pour me donner du courage, puis je passe la tête par la porte entrouverte du bureau de notre jeune PDG. La pièce ressemble à un temple bouddhiste après une attaque nucléaire : un bonsaï posé sur une pile branlante de livres de développement personnel, une chaussette à pois (orpheline, évidemment) accrochée à un cactus, les fils emmêlés de chargeurs destinés aux différents appareils électroniques enroulés autour du cou d'un bouddha souriant.

Chris est assis pieds nus et en tailleur sur son tapis de yoga, une note vibrante sort de ses lèvres entrouvertes. Il est en pleine séance de méditation. Je m'apprête à rebrousser chemin quand il ouvre un œil et m'aperçoit.

— Rentre, Alice, j'ai terminé ! Namasté.

— Namasté, je réponds sans savoir s'il s'adresse à moi ou à la moquette équitable.

Le temps qu'il retrouve et nettoie ses lunettes dissimulées dans un jardin zen miniature écrasé sous un iPad, j'ai tout le loisir d'examiner les citations plus ou moins inspirantes sur fond de montagnes enneigées dans les cadres accrochés aux murs : « Ceux qui rêvent le jour auront toujours un avantage sur ceux qui rêvent la nuit », Edgar Allan Poe. « Ceux qui ne savent pas où ils vont sont surpris d'arriver ailleurs », Pierre Dac.

— J'ai une bonne nouvelle ! s'exclame-t-il. J'ai organisé une séance de méditation hebdomadaire le jeudi midi pour toute l'entreprise !

— Chris, je ne sais pas si tu as vu les onze emails que je t'ai envoyés la semaine dernière pour valider le devis du fiscaliste que j'ai trouvé ? Tu n'as répondu à aucun…

— Ah, ça… marmonne-t-il comme si je lui parlais de quelque chose de très secondaire, écoute, plus personne ne lit d'emails, on n'est plus en 1990, si tu as une question, pose-la-moi sur Slack. Mais je te fais confiance, Alice : tu connais ton métier.

Justement, ce n'est pas mon métier, et il le sait, mais il y a quelque chose de touchant dans sa naïveté. J'essaye de lui expliquer gentiment :

— C'est le problème, Christophe, tu ne peux pas dire OK à tout sans même avoir vérifié le prix des choses. Tu sais qu'avec le montant que Jeremy et toi avez investi dans EverDream, compte tenu de nos frais fixes actuels, nous avons seulement quelques mois devant nous avant de mettre la clé sous la porte. On risque de devoir fermer l'entreprise avant même d'avoir une application qui fonctionne…

— Jeremy m'a promis que l'application serait sur les stores d'ici un mois.

Je ne sais pas comment lui faire comprendre que sans application, l'entreprise n'existe pas. Reda qui est supposé s'occuper du marketing n'a aucun produit à défendre, il s'ennuie et passe ses journées sur Facebook à chatter ou à jouer à Candy Crush.

— Il faudrait que tu parles à Jeremy. Tant que l'application n'est pas finie, on ne gagnera pas d'argent et il faut absolument qu'il se mette à travailler sérieusement.

Il me répond par une grimace d'enfant à qui on fait la morale.

— Mais arrête de t'inquiéter Alice, on aura dix mille téléchargements le premier mois, tu as vu le business plan ! Viser autre chose, c'est accepter la médiocrité, et chez EverDream, on n'accepte pas la médiocrité : on la combat !

Cette déclaration ne me rassure pas dans la mesure où ce que Chris appelle le business plan est une présentation où il a inscrit des chiffres au hasard sur un graphique illisible. Inutile de préciser qu'aucun investisseur ne le prendra au sérieux.

— Ce n'est pas de la médiocrité, c'est du bon sens, Chris… Il faut absolument limiter les dépenses, au moins jusqu'à la sortie officielle de la première application sans bug, OK ?

— Oui, Maman, répond-il en se moquant gentiment. Tu voulais autre chose ?

J'hésite, pas très à l'aise.

— Un service… Tu n'aurais pas une voiture à me prêter samedi prochain ? Une copine organise une fête et elle a des courses encombrantes à faire…

— Désolé, je n'ai pas de voiture. J'aurais pu demander à ma copine qui en a une, mais elle est en Normandie en ce moment…

Puis Chris tapote deux fois son écouteur bluetooth droit, signe qu'il répond à un appel.

— Allô, Chris Lemoine à l'appareil.

Je comprends que la conversation est terminée et je m'éclipse.

En fin de matinée, Jeremy arrive au bureau comme une fleur. Il est accompagné d'une fillette de cinq ou six ans, ses yeux exactement du même bleu limpide que ceux de son père. Il traverse l'open space, une main enfoncée dans les poches d'un blouson aviateur et l'autre dans celle de la fillette qui babille gaiement. Il l'installe dans un coin avec un livre et rejoint son bureau.

Puisque Chris refuse de faire le nécessaire, je n'ai pas le choix. Je me lève et alors que j'arrive devant le bureau de Jeremy, je réalise qu'il est au téléphone. Sans le vouloir, j'entends la conversation par la porte ouverte, sa voix grave au timbre habituellement posé résonne, sèche et contrariée :

— Ce n'est pas le problème, tu ne peux pas lui faire des promesses en l'air. Elle a sept ans, merde ! Essaye de comprendre que quand tu lui jures que tu vas l'emmener en vacances et que tu pars deux semaines sans même nous prévenir, ça lui fait de la peine !

Sous l'ombre de barbe brune, sa mâchoire est crispée de colère et ses yeux clairs ont pris une teinte plus sombre. C'est la première fois que je le vois exprimer autant d'émotion et je fais un pas en arrière, gênée d'entendre cette conversation privée, mais il se retourne et m'aperçoit à travers la paroi vitrée.

— Tu veux me voir ? demande-t-il en éloignant le téléphone de son oreille.

— Ce n'est pas urgent, je reviendrai plus tard.

— Non, attends (il continue dans le téléphone), laisse tomber, je dois y aller, j'ai du travail.

Il raccroche sans plus de préavis et laisse tomber son téléphone sur son bureau.

Je m'avance et il me dévisage de ce regard direct qui me met toujours un peu mal à l'aise. Consciente que j'arrive pile au mauvais moment, je me racle la gorge et lance :

— J'ai absolument besoin de savoir si l'application sera réellement prête d'ici un mois.

— J'ai eu Chris au téléphone ce matin qui m'a dit que tu lui avais expliqué « qu'il fallait que je me mette à travailler sérieusement ».

L'ironie de son ton m'indique qu'il a mal pris ma démarche et en y réfléchissant, j'ai sans doute été maladroite. Je me mords les lèvres.

— Je ne voulais pas agir dans ton dos, mais je ne sais plus quoi faire : on dépense beaucoup trop d'argent et tant qu'il n'y a pas d'application, il n'y a pas de revenus. On n'a pas les moyens de faire des soirées karaoké ou des cours de yoga à la pause déjeuner…

— Je comprends ta frustration, Alice, mais on n'est pas à la minute près. La culture est différente dans une start-up et dans une banque d'investissement.

Il est manifeste qu'il prend sur lui pour garder son calme, mais sa mâchoire a toujours l'angle dur que sa conversation téléphonique y a dessiné. Je me force à sourire.

— Peut-être, mais que ce soit dans une banque ou une start-up, quand il n'y a plus d'argent, la boîte coule. Chris me répète d'être patiente, mais…

— Chris est ton boss, coupe-t-il, tu devrais faire ce qu'il te dit, en général c'est comme ça que ça marche.

Je serre les poings pour contenir mon irritation.

— Peut-être que Chris et toi vous pouvez financièrement vous permettre de planter une entreprise de plus, et j'en suis ravie pour vous, mais qu'est-ce que Reda et Victoire vont devenir s'ils se retrouvent de nouveau au chômage dans six mois ?

Vexée par son ton autoritaire, je lui ai parlé plus durement que je ne l'aurais voulu. Il hausse un sourcil agacé, l'argument semble toutefois avoir porté car son ton se radoucit.

— C'est Victoire qui bosse sur l'application, elle a moins d'expérience que ce qu'elle prétendait et ça lui prend du temps.

— Et tu ne peux pas t'en occuper, toi ?

— J'ai autre chose à faire.

Il saisit son téléphone et fait défiler quelque chose sur l'écran, un pli contrarié barre son front. Je laisse échapper un rire incrédule, choquée par son flegme.

— Mais tu es payé pour faire quoi exactement ?

C'est sorti tout seul. Je sens mes poings se serrer malgré moi. Je sais que cette conversation va mal finir, que je devrais sortir tant qu'il est encore temps et m'écraser, mais je suis terrifiée à l'idée de perdre ce travail. Il repose son téléphone et lève les yeux au ciel.

— Alors pour un as de la finance, tu ne m'as pas l'air bien informée. Je suis associé ; le principe, c'est que j'ai des parts dans la boîte, mais en attendant que ça marche, je ne suis pas payé. Tu m'excuseras donc d'avoir d'autres projets à côté.

— Jeremy, dis-je en tentant de canaliser ma colère, ce n'est pas mon métier, mais créer une application capable de rassembler deux chaussettes, ce n'est pas non plus trouver le remède contre le cancer, ça devrait être terminé depuis longtemps.

— Et quand es-tu devenue experte en développement d'applications mobiles ?

— J'ai demandé à droite et à gauche.

Il me dévisage, impassible, puis il joint les mains sur son bureau et reprend calmement, sans me lâcher des yeux :

— Le jour de ton entretien, tu m'as dit que cette idée d'entreprise était complètement stupide, pourquoi est-ce que subitement tu t'es mis en tête de sauver le navire ?

Je reste un instant interdite, et l'évidence me frappe : Jeremy se fiche de la réunification des chaussettes orphelines. Quelle que soit la raison pour laquelle il a investi dans l'entreprise, ce n'est certainement pas parce qu'il croit au projet. Sa question est légitime : théoriquement je m'en fiche aussi. J'ai accepté ce poste parce que j'avais besoin d'un travail. N'importe lequel. Et la première fois que j'ai entendu cette idée d'application, je l'ai trouvée totalement absurde. Mais à présent, je connais Chris, Reda et Victoire, je me sens responsable. Sans même m'en rendre compte, je me suis impliquée dans cette histoire bien plus que je ne l'aurais pensé. Mes sentiments viennent sans doute de défiler sur mon visage, car il m'observe attentivement, comme s'il essayait de comprendre ce qui se passe dans ma tête.

— Je ne sais pas faire les choses à moitié, je rétorque, donc maintenant que je suis là, je voudrais que ça marche. Et puis, ce n'est peut-être pas si idiot cette idée : en ce moment tout le monde s'intéresse au gaspillage, à la lutte contre la surconsommation. On achète de plus en plus de vêtements d'occasion, on recycle… Je ne comprends pas, c'est toi l'actionnaire majoritaire d'EverDream, toi qui as le plus à perdre si on se plante, alors si tu ne crois pas à ce projet, qu'est-ce que tu fais là ? J'espère que tu ne fais pas ça simplement parce que ça t'amuse de ruiner tous les espoirs de Chris !

Je croise mes bras sur ma poitrine, décidée à ne pas me laisser faire. Une étincelle traverse son regard, semblable à celle que j'ai vue un peu plus tôt alors qu'il défendait sa fille au téléphone et j'ai le sentiment d'avoir touché un point sensible.

Quand il reprend la parole, sa voix est cependant parfaitement neutre :

— Tu es donc consciente que d'une part, c'est moi et non Chris qui ai décidé de te donner la chance que tu me demandais en t'embauchant ici et que d'autre part, je pourrais revenir à tout moment sur ma décision si l'envie m'en prenait ?

Sa phrase me glace, et soudain je perds ma vindicte, écrasée par le poids sur ma poitrine. Je ne peux pas me permettre de perdre à nouveau mon travail. J'enserre mon poignet, à la recherche du bracelet et j'essaye de retrouver ma respiration. Il a dû voir que je ne me sentais pas bien, car il poursuit immédiatement avec une réelle inquiétude :

— Je plaisantais, Alice, je n'ai aucune intention de te virer.

Je balbutie quelque chose d'incompréhensible et me précipite hors de son bureau.

— Alice, on fait notre pause *coffee* ? me demande Reda alors que je passe en trombe.

— Plus tard, ai-je la force de lui lancer.

Je me rue dans les toilettes, claque la porte de la première cabine derrière moi et m'appuie contre le mur. Je compte, j'inspire, lentement.

Un. Inspire.

Deux. Expire.

Trois. Respire.

Quatre. Tout va bien.

Un son inattendu me détourne alors de mon angoisse. Par réflexe, je tends l'oreille. Quelqu'un pleure silencieusement dans la cabine voisine. J'hésite et je lance à la cloison :

— Il y a quelqu'un ?

Seul le silence me répond, suivi d'un sanglot étouffé. Un sanglot d'enfant. Aussitôt, le tremblement de mes mains cesse, comme si la nécessité d'agir prenait le pas sur mes propres émotions.

— Ça va aller, dis-je le plus doucement possible, qu'est-ce qui se passe ?

Un reniflement puis :

— Je suis coincée.

— Tu n'arrives plus à ouvrir la porte, c'est ça ?

— Oui.

— Comment tu t'appelles ?

— Zoé.

Ça ne peut être que la fille de Jeremy. Parfait. Et maintenant je vais devoir retourner le chercher, pour lui expliquer que sa fille est coincée dans les toilettes. Pas gênant du tout, vu la conversation que nous venons d'avoir.

— OK, Zoé, je m'appelle Alice, ne t'inquiète pas, je vais aller chercher ton papa.

— Non !

Le mot est sorti avec tant de conviction que j'ai sursauté. Après une seconde de silence, je demande :

— Pourquoi ?

— Parce que quand il m'arrive des problèmes, Maman dit que c'est trop compliqué de s'occuper de moi et après elle s'en va.

J'ouvre la bouche, je voudrais trouver les bons mots, mais rien ne sort. La triste mélodie d'un autre chagrin d'enfant me revient. Inconsolable. *Maman préfère s'occuper de toi que de moi. Maman ne m'aime pas. Maman ne me voit pas.* Et sans prévenir, la tristesse envahit mes yeux. Dans la cabine, Zoé s'est remise à pleurer. Je prends une grande inspiration.

— OK, Zoé, ne t'inquiète pas, j'arrive !

J'enlève mes escarpins, les aligne contre le mur et plie ma veste de tailleur en quatre, avant de la déposer avec soin sur mes chaussures. Puis je referme la cuvette des toilettes, grimpe dessus et entreprends, en m'appuyant sur la chasse d'eau, d'escalader le panneau entre ma cabine et la voisine avec l'idée de me faufiler entre le haut de la cloison et le plafond. En équilibre sur la chasse d'eau, j'ai vue dans la cabine voisine. Zoé est assise sur le carrelage, la tête posée sur ses genoux. Ses cheveux bruns s'étalent sur ses frêles épaules secouées de sanglots.

— Zoé ?

Elle lève vers moi ses grands yeux clairs aux longs cils humides à moitié dissimulés par sa frange trop longue. L'étonnement causé par l'apparition de ma tête stoppe ses larmes quelques secondes.

— Mets-toi dans le coin, dis-je, histoire que je ne te dégringole pas dessus.

— Mais tu vas tomber ! s'exclame-t-elle, et elle se remet à pleurer de plus belle.

— Pas du tout, n'aie pas peur, je… je suis championne d'escalade !

Et ne sachant plus quoi inventer pour la calmer, je poursuis :

— Mon père était gardien du zoo de Central Park et quand j'étais petite, mon meilleur ami était un chimpanzé, il m'a tout appris.

Tout en parlant, je passe une jambe au-dessus de la cloison. L'espace est étroit et mes hanches bloquent. Zoé a arrêté de pleurer. La stupéfaction se peint sur son petit visage alors qu'elle m'observe tortillant des fesses pour essayer de passer. Elle est trop étonnée pour songer à pleurer.

J'entends un craquement plus qu'inquiétant.

— Et merde !

R.I.P. ma jupe de tailleur.

— Tu as dit « merde », fait remarquer Zoé.

— C'est vrai, excuse-moi.

— Ne t'inquiète pas, je ne le répéterai pas, ajoute-t-elle, rassurante.

— Merci.

— Tu parles bizarrement, tu as un accent ?

Deuxième éraflure : mes collants.

— Fuck !

— Tu as dit quoi ? « Feuque » ?

Je suis maintenant officiellement à califourchon sur la cloison.

— Non, non, c'est… oublie ça ! C'est de l'anglais.

— Tu es anglaise ?

— Américaine.

— « Feuque », c'est de l'américain alors ? Ça veut dire quoi ?

Je me laisse glisser le long de la cloison en soupirant et pose précautionneusement un pied de chaque côté de la cuvette.

— Ça veut dire « coucou », répondis-je, mais c'est un mot que très peu de gens connaissent, donc c'est mieux de ne pas l'utiliser, d'accord ?

— D'accord.

J'atterris enfin sur le carrelage. Zoé ne pleure plus du tout, elle me dévisage, contente de ne plus être toute seule.

— Ça va ? je demande.

— Oui. Tu ne diras pas que j'étais coincée dans les toilettes, d'accord ?

— D'accord.

— Promis ?

— Promis.

Le verrou est effectivement très dur à ouvrir, mais après trois tentatives, j'arrive à le débloquer. Je sors de la cabine, suivie de Zoé, au moment où Jeremy, Victoire, Chris et Reda font irruption dans les toilettes.

Ils s'arrêtent net en nous apercevant.

— Zoé ! s'exclame Jeremy pâle d'inquiétude, je t'ai cherchée partout ! Qu'est-ce qui s'est passé ?

Tous les regards se tournent vers moi. J'ouvre la bouche pour expliquer la situation, puis je sens dans la mienne la pression de la main de la petite fille. J'ai promis.

— Désolée, j'étais coincée dans les toilettes, Zoé m'a aidée à sortir.

Un silence suit cette déclaration absurde, tout le monde me dévisage avec des yeux ronds. Pour la première fois, je tourne la tête et croise mon reflet dans la glace. Ma queue-de-cheval est à moitié défaite, mon collant est filé jusqu'en haut des cuisses, ce qu'il est aisé de constater puisque ma jupe est elle-même déchirée jusqu'à la taille.

— Oh, on voit tes fesses, murmure la petite voix de Zoé derrière moi.

Puis elle éclate de rire. Et contre toute attente, je sens un frisson agiter mes lèvres, je suis prise moi aussi d'une irrépressible envie de rire.

— OK, Zoé, viens ici, gronde Jeremy, qui visiblement ne trouve pas ça drôle du tout.

Elle sautille vers lui et attrape la main qu'il lui tend. Avant de sortir, elle se retourne vers moi :

— Comment il s'appelait, ton meilleur ami au Zoo, Alice ?

— Heu… Abraham Lincoln ! je lance au hasard, déclaration qui n'arrange rien à l'incompréhension générale.

— Un chimpanzé qui s'appelle Abraham Lincoln ! répète Zoé d'une mine réjouie avant de disparaître derrière son père.

Un peu plus tard, vêtue d'un pantalon de yoga et d'un sweat trop grand prêtés par Chris, je vais me rasseoir à mon bureau. Reda me fait un sourire, manifestement, la situation l'amuse beaucoup. Je jette un coup d'œil au bureau de Jeremy. Derrière la porte vitrée, les sourcils froncés par l'inquiétude, il est en train de parler très sérieusement à Zoé qui fixe la moquette d'un air boudeur.

— Je pense que Jeremy enquête pour savoir si tu n'es pas en réalité une pédophile qui veut kidnapper son enfant, analyse Victoire avec grand sérieux.

Je me mords les lèvres.

— Merde, tu crois ?

— C'est sûr, confirme Victoire.

— C'est possible, admet Reda.

Et ils éclatent de rire tous les deux.

— Tu veux déjeuner avec nous aujourd'hui ? demande soudain Victoire.

Je suis étonnée, contrairement à Chris ou Reda, Victoire n'a jamais fait particulièrement d'efforts pour créer un contact avec moi.

— Désolée, j'ai du travail…

— N'importe quoi, coupe-t-elle, ça fait trois mois que tu travailles en face de nous et pas un seul midi, tu n'as eu le temps de manger avec nous ? C'est statistiquement plus qu'improbable. Reda prétend que tu es cool, mais personnellement, je ne pense pas que tu sois cool, encore moins maintenant que tu es peut-être une pédophile… Ce qui est loin d'être socialement cool, pour ton information, même moi je le sais.

— Laisse-la, intervient Reda avec un haussement d'épaules. Elle est timide, c'est tout.

Mais Victoire l'ignore totalement et continue :

— Pourquoi tu ne dis pas tout simplement ce que tu penses ? « Non, je n'ai pas envie de passer du temps avec vous, je vous trouve chiants et/ou ridicules et je préfère regarder des vidéos de chats toute seule devant mon ordi que de perdre mon temps à déjeuner avec deux losers comme vous. »

Je reste quelques secondes bouche bée par sa véhémence avant de répondre, en toute sincérité :

— Je ne regarde pas de vidéos de chats et ce n'est absolument pas ce que je pense de vous.

— Selon mon cours de programmation neurolinguistique, tous les signaux que tu envoies démontrent pourtant le contraire.

Elle me dévisage, le visage encadré de ses tresses, attendant une réponse crédible. Je ne vois qu'un seul moyen de m'en sortir et je me suis suffisamment fait remarquer en mal pour aujourd'hui. Je soupire.

— OK, ça me ferait plaisir de déjeuner avec vous.

Un bref sourire apparaît sur son visage.

— Parfait, réplique-t-elle, le mardi c'est pizza, on part à midi, ne sois pas en retard. Et si tu es timide, tu n'es pas obligée de parler, de toute façon Reda monopolise toujours la conversation.

— C'est faux… commence Reda.

— C'est un fait, l'interrompt-elle. J'ai chronométré, tu occupes en moyenne quatre-vingt-trois pour-cent du temps de parole. Et tu me dois dix euros, je t'avais dit que je réussirais à la faire venir.

Reda me fait une petite grimace contrite. Je ne sais pas si c'est une bonne chose que je sois l'objet d'un pari entre eux. Je me remets au travail sans ajouter un mot.

Le déjeuner me coupe dans ma journée. Effectivement, Reda monopolise la conversation avec son sujet préféré après le droit du travail : les États-Unis, dont il me parle aussi en continu lors de nos « pauses *coffee* ». Son niveau d'anglais est d'ailleurs vraiment catastrophique.

En fin d'après-midi, alors que Jeremy passe devant mon bureau en tenant Zoé par la main, elle agite la main vers moi et crie joyeusement dans tout l'open space :

— Fuck, Alice !

Jeremy s'arrête net, l'air interdit, je fais une grimace d'incompréhension, je ne sais pas si je dois lui expliquer, m'excuser ou prétendre que ça n'a aucun rapport avec moi. Zoé, en voyant l'expression de son père, l'éclaire avec obligeance :

— Ça veut dire « coucou » en américain, c'est Alice qui m'a appris. Mais il n'y a pas beaucoup de gens qui le savent.

Jeremy pousse un long soupir et me lance un regard noir.

— On rentre, ma puce, dit-il, et tu ne peux pas utiliser ce mot.

Planqués derrière leur écran, Victoire et Reda pleurent de rire. Et je songe que, décidément, mes relations avec Jeremy Miller ne sont pas près de s'améliorer.

Journal d'Alice

Londres, 8 décembre 2011

Salut Bruce,

La forme ?

Je suis sûre que tu seras ravi d'apprendre que j'ai eu mes règles hier matin. Deux jours de retard. En quarante-huit heures, j'ai probablement dépensé en tests de grossesse l'équivalent du PIB de la Chine. Je les ai cachés dans la poubelle pour éviter qu'Oliver les voie. Tous négatifs, évidemment.

— Qu'est-ce que ça vous fait ressentir ? m'a demandé la psy.

J'ai failli lui faire un doigt d'honneur.

Je préfère parler de mon enfance que de grossesse. Honnêtement, je n'en peux plus. J'ai lu tellement d'articles et de livres sur la grossesse que je pourrais m'autoproclamer gynécologue.

Au fait, j'ai eu une grosse promotion et une belle augmentation. Je devrais être contente, mais je m'en fous. J'aurais largement préféré me faire virer et tomber enceinte. J'ai dit ça à Oliver qui m'a répondu :

— Pense que tu aurais pu non seulement ne pas être enceinte, mais en plus te faire virer.

Fucking pensée positive de merde.

Parlons de Scarlett. Je suis sûre que Scarlett t'intéresse plus que moi, Bruce. De toute façon, Scarlett intéresse tout le monde plus que moi.

Parlons du moment où la vie de Scarlett a basculé. C'était en novembre 1995, son destin a pris un tournant imprévu : pour la première fois, elle est tombée amoureuse.

Je ne sais pas pourquoi, j'avais la sensation qu'il allait arriver quelque chose. Thanksgiving approchait et Scarlett s'ennuyait. J'avais onze ans et ma petite sœur était devenue une pré-ado rebelle, en guerre permanente contre tout ce qui, de près ou de loin, pouvait constituer une contrainte, à commencer par les adultes. Elle collectionnait les heures de colle et les notes catastrophiques.

Nous étions toujours dans la même classe et j'avais beau adorer ma sœur, il était difficile d'imaginer élève plus insupportable. Elle était perpétuellement en retard. C'était d'autant plus absurde que nous faisions le trajet ensemble et que j'étais toujours parfaitement à l'heure. Mais elle papillonnait jusqu'à la sonnerie, passait par la cafétéria, ou elle allait provoquer des élèves de troisième qui faisaient trois têtes de plus qu'elle. Elle répondait aux professeurs, interrompait le cours pour faire des réflexions impertinentes, s'endormait sur son pupitre. Elle était aussi le pitre de la classe. Elle terrorisait tout particulièrement notre professeure de français. Nous étions parfaitement bilingues et Scarlett corrigeait les fautes de Mme Gervais à voix haute, retirant toute crédibilité à cette pauvre femme, dont la lèvre s'agitait d'un tic nerveux incontrôlable à chaque fois que ma sœur, faussement studieuse, levait le doigt en cours.

C'est autour de cette époque que Scarlett s'est mise à parler beaucoup de notre père. Elle s'inquiétait de savoir s'il avait réussi « les grandes choses » qu'il évoquait dans sa lettre de rupture.

— Moi aussi, disait-elle avec l'arrogance de l'enfance, je quitterai Queenstown et je ferai de grandes choses, je dois simplement décider lesquelles.

Elle manifestait une grande impatience, il était temps que sa vie avance. Ce d'autant plus qu'autour de nous, nos amies plongeaient dans l'adolescence. Carry passait ses week-ends à New York chez son père divorcé et parlait d'organiser une boum à la fin de l'année, Dakota avait eu ses règles pour la première fois et Ashley prétendait avoir embrassé un grand de quatrième dans les douches du gymnase. Chez nous, il ne se passait rien, ou tout du moins, rien d'autre que la routine : collège la semaine, macaronis au fromage et location d'une cassette vidéo au vidéo-club Blockbuster du centre commercial le samedi soir.

Un matin, Scarlett s'est levée et m'a annoncé avec le plus grand sérieux :

— Alice, mon temps pour faire de grandes choses étant limité, j'ai un fucking good plan pour réussir ma vie.

— C'est quoi ?

— Déjà, j'ai décidé d'arrêter de perdre mon temps et de commencer ma crise d'adolescence.

Et comme Scarlett ne fait jamais les choses à moitié, elle s'est lancée dans une crise d'adolescence plus explosive qu'un bâton de dynamite. À compter de ce jour, elle s'est mise à errer dans la maison comme une âme en peine, un pli contrarié au-dessus de son nez retroussé, comme si elle était en permanence écœurée par une mauvaise odeur : celle de la médiocrité de notre petite vie. Elle s'énervait tout le temps pour rien ou sanglotait en regardant les informations à la télévision. Même moi, je n'arrivais plus à la dérider. Selon elle, tout était pathétique, risible, petit, notre vie n'avait aucun sens. Elle ne supportait plus personne, partait dans des colères extravagantes où elle cassait de la vaisselle en hurlant à Maman qu'elle aimait mieux mourir que finir comme elle, dans une vie pitoyable et sans ambition et autres idioties assenées comme des slogans publicitaires avec, par ailleurs, tant de sincérité que personne ne savait quoi lui répondre. Et plus Maman l'ignorait, plus elle en rajoutait.

Un samedi où Scarlett avait qualifié dès le petit déjeuner notre quotidien de « minable » (parce qu'il n'y avait plus de cream cheese), Maman, qui venait de toucher un chèque important pour la traduction d'une série de romans érotiques, a décidé de nous emmener au restaurant pour fêter mon dernier bulletin de notes où ne figuraient que des « A » et des « A+ ». Elle avait gardé de ses origines françaises un amour de la bonne cuisine. Tout Queenstown nous enviait les somptueux dîners de Thanksgiving qu'elle nous préparait tous les ans en dépit de notre budget serré. Sévère critique culinaire de la malbouffe américaine, elle n'avait jamais honoré de sa présence aucun des fast-foods du centre commercial et n'acceptait de qualifier de « restaurants » que quatre établissements à Queenstown : un italien qui avait plutôt bonne réputation, un restaurant de fruits de mer sur le port, un steak house dans le centre-ville et Bob's Burgers sur la nationale juste à l'entrée de la ville, un « diner » typiquement américain qui avait gagné sa place dans cet intransigeant classement uniquement parce que Bob était amoureux de Maman en secret (ce qui signifie bien entendu que tout Queenstown était au courant).

Maman nous a donc emmenées dîner chez Bob's. Le restaurant rappelait le diner où les héros du film Grease buvaient des milk-shakes, il y avait même un juke-box. Bob avait hérité de l'établissement de son grand-père, les banquettes de cuir rouges usées qui se faisaient face dans les box dataient des années cinquante et la télévision au-dessus du comptoir était allumée en permanence. Je me souviens que devant l'entrée, ce soir-là, un jeune homme-sandwich (au sens propre du terme, puisque chacun des panneaux publicitaires fixés à ses épaules représentait un pain à hamburger) agitait une flèche rouge géante afin de signaler aux voitures qui passaient sur la nationale l'emplacement du restaurant. Nous nous sommes assises dans un box et avons étudié le menu. Maman a commandé une salade et Scarlett un bacon cheeseburger sans oignon avec des frites de patates douces et un milk-shake à la fraise. C'est étrange que je me rappelle encore sa commande, car je n'ai aucun souvenir de la mienne.

La télévision était allumée sur MTV, le son était suffisamment fort pour que la musique nous parvienne. Il y eut un moment clé où la voix de Joan Osborne a laissé place au silence et nous avons tourné la tête vers l'écran, étonnées que la musique s'arrête. L'image était passée en noir et blanc, une platine vinyles était posée sur le sol de béton d'un hangar désert puis, le regard clair et le blouson noir, un musicien britannique avec un faux air de Beatles, a commencé à gratter sa guitare. Liam Gallagher n'était pas particulièrement beau, un air d'ado un peu paumé en chemise à carreaux, mais même en noir et blanc, ses yeux, remplis d'une indéfinissable tristesse, étaient si bleus qu'on avait l'impression de voir l'océan au travers.

À chaque fois que j'entends Wonderwall depuis, je revois le soleil se lever sur le visage de Scarlett, ses grands yeux écarquillés d'admiration et ce sourire éblouissant d'enfant au matin de Noël qui rappelait tant mon père. Cette chanson, pour moi, sera à jamais liée à ma sœur et à tout ce qui s'est passé par la suite. Liam Gallagher, le chanteur d'Oasis, avait alors vingt-trois ans, le groupe qui avait déjà construit sa petite réputation en Angleterre n'était pas encore connu aux États-Unis et c'était la première fois que nous entendions parler d'eux. Ce fut un coup de foudre, une évidence, l'amour au premier regard. Scarlett est tombée éperdument amoureuse et c'est ce jour-là, la bouche ouverte et son burger dégoulinant à la main, que ma petite sœur, en toute simplicité, a décidé qu'elle deviendrait une star du rock.

Et en écrivant ça, je l'entends d'ici lever les yeux au ciel et soupirer :

— C'est pas du rock, Alice, c'est du punk.

Nous sommes rentrés de chez Bob's Burgers un peu avant 20 heures (on dînait toujours vers 18 heures). Scarlett était restée silencieuse pendant tout le dîner, et pendant le trajet du retour, Maman nous a raconté son enfance en France. Elle avait grandi en Bretagne, puis fait ses études à Paris avant de partir en échange aux États-Unis. Cette conversation m'a marquée, parce *qu'elle nous parlait rarement de sa jeunesse. J'avais parfois l'impression que sa vie avait commencé quand elle était arrivée aux États-Unis, peut-être parce qu'elle avait coupé tout contact avec sa famille en France qui désapprouvait qu'elle parte s'installer à l'autre bout du monde avec un homme dont ils se méfiaient (sur ce dernier point, l'histoire a démontré qu'ils n'avaient pas tout à fait tort).*

Comme la soirée ne faisait que commencer, Maman a proposé que nous regardions un film. En vue de la soirée télé hebdomadaire, elle avait préparé de la pâte à cookies aux noix de pécan, mes préférés. Scarlett a décrété qu'elle voulait dormir et est partie s'enfermer dans notre chambre.

Nous vivions dans une maison en bois peinte en bleue, typique de la Nouvelle-Angleterre. L'hiver, la neige pouvait monter jusqu'au milieu des fenêtres à guillotine du rez-de-chaussée ; l'été nous passions des après-midi entiers avec Scarlett, assommées par la chaleur, tête-bêche dans le hamac suspendu à l'ombre du porche où flottait le drapeau américain. Malgré l'épaisse moquette qui recouvrait le sol du premier étage, les murs étaient si fins qu'avant sa fugue avec la conductrice du bus scolaire, on entendait mon père ronfler de l'autre côté du couloir.

Maman m'a demandé de choisir une cassette parmi celles que nous avions à la maison pendant qu'elle mettait les cookies au four et j'ai regardé Flashdance *blottie contre elle, l'assiette de cookies posée sur mes genoux recouverts du plaid à carreaux.*

Scarlett n'est pas descendue, pourtant nous l'entendions s'agiter au-dessus de nos têtes, preuve qu'elle ne dormait pas du tout. Elle est passée à un moment dans le salon, a demandé depuis la cuisine où étaient les ciseaux et est remontée aussi sec, sans même jeter un coup d'œil à l'écran où Jennifer Beals tournoyait comme une maniaque.

Quand j'ai rejoint Scarlett dans notre chambre après la fin du film, elle était assise sur son lit, devant la fenêtre mansardée, entourée de chutes de carton. J'ai baissé les stores, et j'en ai profité pour épier ce qu'elle pouvait bien fabriquer.

— Qu'est-ce que tu fais ?

— Je vais apprendre la musique, m'a-t-elle répondu sans lever la tête.

Elle avait dessiné des rectangles sur des morceaux de cartons scotchés ensemble, et confectionné un clavier de fortune en s'inspirant d'un dessin dans un vieux livre de solfège pour enfants qui avait dû appartenir à Maman, puisqu'il était en français.

— Tu vas faire du piano ?

— Pour commencer, parce qu'il y a un piano dans la salle de musique du collège et puis après, quand j'aurai assez d'argent de côté pour m'en acheter une, j'apprendrai la guitare et à chanter pour devenir une star comme le chanteur d'Oasis. C'est pas un fucking good plan ?

Je ne savais pas quoi répondre et je suis donc allée sagement me laver les dents. Quand je suis revenue dans la chambre dans mon pyjama rayé, elle était occupée à colorier les dièses en noir, concentrée, un bout de langue rose pointant entre ses dents. Elle a levé les yeux vers moi, les sourcils froncés comme si elle me voyait pour la première fois et m'a demandé très sérieusement :

— Ou alors, tu préfères qu'on fasse un groupe toutes les deux ? Mais ce sera moi le chef, même si tu es l'aînée, parce que c'est mon idée.

— Non, moi je serai danseuse, ai-je décrété.

J'étais certes enthousiasmée par les performances de Jennifer Beals dans Flashdance*, mais surtout vexée que Scarlett remette en cause mon droit d'aînesse et me propose un poste de subalterne.*

— Cool, a-t-elle dit en se remettant au travail. Tu pourras danser dans mes clips.

La vie est faite de minuscules décisions. À chaque pas, chaque action, chaque choix, nous avançons un peu plus sur un chemin plutôt qu'un autre. On sait ce qu'on accepte, mais on ne sait jamais ce à quoi on renonce. La simple réponse à une question en apparence enfantine peut changer le cours d'une destinée. Aujourd'hui encore, je me demande ce que serait ma vie si, ce soir-là, j'avais accepté sa proposition.

Les premiers temps, personne, moi y compris, n'a pris Scarlett au sérieux. Comme la plupart des passions passagères qu'elle s'était inventées jusque-là, ce brusque engouement pour la musique aurait dû être aussi éphémère que soudain. Le piano en carton aurait fini par moisir sur une étagère du garage et elle serait passée à autre chose. Mais il suffisait de dire à Scarlett que quelque chose n'était pas possible pour qu'elle s'y attelle. Or, Maman, dès le début, a trouvé cette passion absurde et ne s'est pas privée de le lui dire. Ma petite sœur était rebelle dans l'âme, championne des causes perdues et des défis insensés. C'est parce que rien ne laissait supposer qu'elle était prédestinée à faire de la musique qu'elle a décidé que ce serait la seule issue possible pour elle.

La salle de musique de la Junior High School de Queenstown, mettait un piano à disposition des élèves. Scarlett s'est donc rendue à l'administration et a demandé à y avoir accès. On lui a répondu que la salle de musique était réservée aux élèves du lycée. Toutefois, elle pouvait toujours essayer de voir avec Mme Hamilton, la professeure de musique, pour obtenir une dérogation.

Mme Hamilton était une vieille fille passionnée de Bach au chignon gris et strict, qui semblait être née avec ses lunettes. Elle était très énergique et passait ses cours à arpenter les allées en faisant de grands gestes vigoureux. Elle était obsédée par la musique classique qui, bien entendu, n'intéressait personne. Surtout, elle détestait cordialement Scarlett depuis que cette dernière avait trouvé malin, à peine trois semaines plus tôt, de recouvrir son siège de superglue.

Je revois encore Mme Hamilton tentant de se lever de sa chaise par petits à-coups discrets qui faisaient tressauter les perles qu'elle portait aux oreilles avant de comprendre que sa jupe en laine écossaise était collée au bois.

— Qui a fait ça ? avait-elle demandé froidement.

Scarlett avait alors levé le doigt et répondu avec désinvolture :

— Désolée, mais, vous me donnez le tournis à bouger dans tous les sens.

Tout le monde avait éclaté de rire, sauf Mme Hamilton, évidemment.

— Je suis ravie de constater, mademoiselle Smith-Rivière, que vous faites preuve du même manque d'intelligence et d'imagination dans vos plaisanteries que dans vos devoirs scolaires. Au lieu de viser d'exceller dans la bêtise et la nullité, vous feriez mieux de prendre exemple sur votre sœur qui, contrairement à vous, a une chance de réussir dans la vie.

J'étais assise à côté de Scarlett. J'ai vu sa mâchoire se crisper et son sourire insolent se figer. Mme Hamilton avait repris son cours, assise sur sa chaise, et j'avais posé ma main sur le bras de ma petite sœur.

— C'est une conne, avais-je murmuré.

Elle s'était dégagée sans répondre et j'avais détesté Mme Hamilton.

Trois semaines plus tard, Scarlett, courageusement, est quand même allée demander à Mme Hamilton une dérogation pour accéder à la salle de musique non sans s'excuser d'abord, platement et sur mes conseils, de l'histoire de la superglue. Mme Hamilton, sans surprise, a refusé. Je n'ai jamais su ce qu'elle lui avait dit précisément, mais Scarlett, ce soir-là, a longuement sangloté dans son oreiller.

Elle a continué à s'entraîner sur son piano en carton. YouTube n'existait pas encore, et nous n'avions pas de connexion Internet à la maison. Scarlett empruntait donc des livres de solfège à la bibliothèque du collège et travaillait quotidiennement à sa musique sans jamais entendre la moindre note.

Pendant le mois qui a suivi, tous les soirs, allongée sur ma couette, je révisais mes contrôles ou lisais les vieux romans en français de ma mère (à cette époque-là, je voulais, comme elle, être traductrice) tout en écoutant d'une oreille distraite le bruissement régulier des doigts de Scarlett sur le carton et les notes qu'elle scandait à voix basse, encore et encore. Il me paraissait horriblement ennuyeux de taper sur du carton en rythme, d'autant que Scarlett ne chantait pas les notes, elle les disait entre ses dents, aussi sérieuse et concentrée que si elle était en train de désamorcer une bombe.

Je m'attendais à tout moment à ce qu'elle abandonne ce projet étrange, mais elle n'en a rien fait.

Un jour, je lui ai demandé :

— Tu apprends quoi ? Un vrai morceau ?

— Oui, La Lettre à Élise*.*

— C'est quoi ?

— Ma seule partition, je l'ai piquée dans un carton du garage des voisins.

— Mais comment tu peux savoir que tu ne te trompes pas, si tu n'entends pas ?

Elle avait levé la tête, ses yeux bruns stupéfaits et elle m'avait répondu :

— Mais bien sûr que j'entends, dans ma tête, ça joue vraiment.

Elle avait ajouté, déçue :

— Je pensais que tu entendais, toi aussi.

Je n'entendais pas, mais je voulais entendre. Raison pour laquelle, le lendemain, je suis allée voir Mme Hamilton dans son bureau. Elle m'a accueillie comme une bonne nouvelle, avec un sourire et des cookies aux raisins.

— Madame Hamilton, il faut que vous laissiez Scarlett jouer sur le piano de la salle de musique.

— Je suis désolée, Alice, mais la salle de musique est réservée aux élèves du lycée.

— Mais vous pouvez faire une exception.

— Scarlett est trop dissipée, je ne lui fais pas confiance. À toi, j'aurais pu confier les clés, mais elle, on ne sait jamais ce qu'elle est capable d'inventer.

J'ai réfléchi quelques secondes.

— Alors, donnez-les-moi, je resterai toujours avec elle, je vous le promets et je vous les rapporterai après chaque séance.

— Alice, c'est touchant que tu veuilles défendre ta sœur mais Scarlett est dissipée et immature, les exceptions pour la salle de musique sont rares et…

— C'est une question de vie ou de mort, madame Hamilton !

J'avais parlé très sérieusement en la regardant droit dans les yeux avec une intensité dont j'ai souvent fait preuve quand il s'agissait de défendre Scarlett et que j'ai rarement été capable d'utiliser pour moi-même. J'avais onze ans, j'étais une élève studieuse et fiable, les adultes m'appréciaient autant que les enfants me trouvaient ennuyeuse. Mme Hamilton a enlevé ses lunettes en demi-lune, attachées au bout d'une chaînette, les a essuyées dans la manche de son chandail vert anis avant de les replacer sur son nez. Elle a tenté de lire sur mon visage suppliant le fond de ma pensée, peut-être a-t-elle imaginé une tragédie familiale quelconque, peut-être simplement a-t-elle été touchée par ma détermination à aider ma petite sœur. Toujours est-il qu'elle a poussé un long soupir :

— S'il y a le moindre problème…

— Il n'y aura pas de problème, madame Hamilton.

Le mardi suivant, j'ai dit à Scarlett de m'attendre à la sortie du cours d'histoire. Je suis allée chercher les clés dans le bureau de Mme Hamilton et j'ai entraîné ma sœur, qui râlait, arguant qu'elle n'avait pas de temps à perdre, jusqu'à la salle de musique. Devant la porte fermée, elle s'est tue et j'ai sorti, triomphante, les clés de la poche de mon jean. Sa bouche s'est ouverte et son visage s'est illuminé, presque autant que ce jour, un mois plus tôt, où elle avait vu le clip de *Wonderwall*.

— Comment tu as fait ?!

— J'avais un fucking good plan, ai-je dit en souriant.

Elle s'est jetée à mon cou et m'a serrée très fort contre elle.

— Merci Alice, tu es la seule qui me comprenne, a-t-elle chuchoté à mon oreille.

J'ai ouvert la porte et Scarlett est rentrée dans la salle. Elle est restée immobile un instant. Les stores étaient baissés à cause du soleil, nous étions en mai et il faisait déjà chaud dehors. Des rais de lumière tombaient sur le piano fermé. C'était un vieux piano droit, sans la moindre valeur. Pourtant, Scarlett s'en est approchée avec déférence, comme on s'approche d'un autel dans le silence d'une église.

Je suis rentrée derrière elle et j'ai posé mon sac à dos sur une chaise. J'ai sursauté quand l'ombre de Mme Hamilton s'est découpée dans la porte que je n'avais pas refermée. Elle m'a souri et elle a repris son air sévère pour se tourner vers Scarlett. Elle a ouvert la bouche, comme si elle allait lui dire quelque chose, la mettre en garde probablement. Puis elle a paru changer d'avis et s'est contentée de l'observer. Scarlett affichait l'expression d'un enfant qui voit la mer pour la première fois. Un émerveillement absolu. Elle a fait glisser ses doigts sur le couvercle du piano, elle s'est assise devant et l'a ouvert. Son visage affichait un mélange de respect et de timidité tout à fait inhabituel.

— Je suis désolée, j'ai oublié ma partition, a-t-elle murmuré.

Il était évident qu'elle ne s'adressait ni à moi, ni même à Mme Hamilton dont elle n'avait pas remarqué la présence, mais à l'instrument. Elle s'est assise sur le tabouret trop bas pour elle et elle a commencé à jouer La Lettre à Élise, lentement, mais, comme l'a fait remarquer plus tard Mme Hamilton, sans une fausse note. Elle *s'est arrêtée abruptement et s'est tournée vers moi, l'air interrogateur.*

— C'est sympa, ai-je dit, mais ça finit un peu brutalement.

— Je me suis arrêtée au milieu de la vingt-et-unième mesure ; après, les pages ont été arrachées.

Trois mardis de suite, Mme Hamilton est venue écouter Scarlett jouer La Lettre à Élise *jusqu'au milieu de la vingt-et-unième mesure. J'avoue que pour ma part je n'en pouvais plus d'entendre éternellement les mêmes notes. Le troisième mardi, Mme Hamilton est restée jusqu'au bout. Scarlett n'a pas eu l'air étonnée de sa présence quand elle a rangé avec soin sa précieuse partition dans son sac à dos.*

— Tu as vraiment appris La Lettre à Élise *toute seule ? Tu voudrais prendre des cours ? a demandé Mme Hamilton.*

Scarlett a hésité, se demandant quel genre de piège la professeure pouvait bien lui tendre.

— Je voudrais apprendre la guitare, a-t-elle finalement répondu, et à chanter, pour monter un groupe de rock.

— Le rock c'est pour les voyous, mais l'un n'empêche pas l'autre, a dit Mme Hamilton d'un ton autoritaire. À partir de mardi prochain, je te donnerai des cours de piano et de chant.

J'ai alors été libérée de mon devoir de surveillance. J'ai éprouvé un mélange de soulagement et de tristesse quand, le mardi suivant, la porte s'est refermée derrière Scarlett et Mme Hamilton pour leur première leçon. Je me suis sentie exclue.

Au bout de six mois, Mme Hamilton est passée à la maison après les cours. Elle a longuement discuté avec

Maman, à voix basse dans la cuisine. Nous avons eu beau coller l'oreille à la moquette de notre chambre, nous n'avons jamais su ce qu'elles se sont dit. Le samedi suivant, nous sommes allées en car jusqu'à Providence, et Scarlett a eu droit à sa première guitare. Maman a pris soin de lui signaler que ce serait son cadeau de Noël et d'anniversaire pour les trois années suivantes et qu'elle serait punie pour l'avoir mise dans l'impossibilité de refuser en faisant passer sa réclamation par notre professeure. C'était une guitare classique assez bas de gamme. Scarlett l'a baptisée Hamilton. Et avec l'argent de poche qu'elle économisait depuis des mois pour s'acheter l'instrument de ses rêves, elle a acheté un gigantesque bouquet de fleurs à notre professeure de musique.

Le lendemain du fiasco des toilettes avec Zoé, comme d'habitude, j'arrive la première au bureau. Jeremy se pointe vers 10 heures, les mains dans les poches. Victoire se lève, prête comme tous les matins à aller faire un point dans son bureau, mais il lui fait signe de se rasseoir.

— Alice, tu peux venir deux minutes, s'il te plaît ?

Je sursaute et je croise son regard aussi bleu qu'illisible, comme d'habitude.

— Oui, dis-je d'une voix neutre.

J'ai un frisson d'inquiétude. Le bureau de Jeremy est beaucoup plus sobre que celui de Chris. Le seul objet personnel est une photo de sa fille dans un cadre en pâte à modeler où a été écrit en coquillettes incrustées dans la pâte « Bonne fête Papa chéri ». Si nous n'avions pas commencé sur un si mauvais pied, je me dis que son caractère de papa attentif me l'aurait sans doute rendu sympathique.

— Assieds-toi.

Il enlève son blouson et le laisse tomber sur le dossier de la chaise, puis il va fermer la porte, chose que je ne l'ai jamais vu faire avec Victoire. Une bouffée d'anxiété m'envahit et mes doigts cherchent le bracelet à mon poignet. Il s'assoit en face de moi et me dit :

— Je pense qu'on est parti sur de mauvaises bases, toi et moi. Je voulais m'excuser.

Je reste silencieuse, trop surprise pour parler. Je m'attendais à tout sauf à des excuses et il doit prendre ce silence pour une invitation à continuer :

— Zoé m'a raconté ce qui s'est réellement passé dans les toilettes, merci de l'avoir aidée. C'est une petite fille très sensible.

J'hésite avant de répondre d'une voix hésitante :

— OK… Je suis désolée aussi, je n'aurais pas dû aller voir Chris dans ton dos, je n'ai pas réfléchi. C'est juste (je soupire), c'est juste que quand je commence quelque chose, je ne me pose pas de question, je le fais à fond.

— C'est une qualité d'être entière, je peux difficilement te le reprocher. Et si tu veux savoir la vérité, l'application de base est prête depuis longtemps.

— Pourquoi on ne la sort pas, alors ?

— Parce que Chris demande continuellement de nouvelles fonctionnalités qui ne servent à rien, des gadgets comme le fait de pouvoir rentrer un souvenir lié à une chaussette, ou l'obtention d'une médaille pour les chaussettes rares ou anciennes…

— Et on ne peut pas sortir l'application de base et ajouter les fonctionnalités au fur et à mesure ?

— Si, mais Chris ne veut pas.

— Pourquoi ?

Il hausse les épaules.

— Peur de l'échec, ou du succès, aussi improbable que cela puisse paraître, je ne sais pas… Cette histoire de chaussettes orphelines est très personnelle pour lui ; cela dit, si tu arrives à le convaincre de la lancer, l'application peut être disponible immédiatement.

— Il ne m'écoute pas…

— Il prétend ne pas t'écouter, mais il sait très bien quelle est la situation financière de l'entreprise… Au fait, il m'a dit que tu avais besoin d'une voiture ?

— Heu… oui, pour faire des courses ce week-end avec une copine qui fait une soirée.

— Je peux vous emmener, toi et ta copine, samedi matin.

J'hésite. Je ne m'attendais pas du tout à cette proposition. Il me paraît un peu absurde de passer une matinée à faire des courses avec Jeremy, mais d'un autre côté, compte tenu du SMS désespéré que Saranya m'a envoyé hier soir, ce serait particulièrement déloyal de refuser.

— OK… dis-je après une hésitation. C'est sympa…

— En échange, j'aimerais que tu évites d'apprendre à ma fille des obscénités en anglais.

Son ton est sérieux, mais j'ai l'impression qu'il retient un sourire.

— Je vais essayer de me contrôler…

— Passez samedi vers 10 heures chez moi, je t'envoie mon adresse.

Journal d'Alice

Londres, 5 janvier 2012

Hello Bruce,

Plusieurs choses à te raconter.

D'abord, soit j'ai pris trois kilos pendant les fêtes, soit une âme mal intentionnée a subrepticement échangé la glace de l'entrée par un miroir grossissant (je penche pour cette deuxième option).

Ensuite, je suis ulcérée, Bruce, raison pour laquelle je reprends ce journal. Je ne sais pas si je vais retourner chez la psychologue. Elle m'a posé une question hier qui m'a totalement perturbée. Depuis, ça tourne dans ma tête comme un manège à la fête foraine. Et pour couronner le tout, je me suis disputée avec Scarlett. Elle m'a appelée hier soir à minuit passé. La notion de décalage horaire est manifestement trop compliquée à appréhender pour ma petite sœur. J'ai pris son appel, en dépit du soupir exaspéré d'Oliver qui avait déjà éteint la lumière. Depuis trois semaines, je n'avais pas eu la moindre nouvelle, pas un texto, rien.

Enfermée en pyjama dans la salle de bains, je me suis assise sur le carrelage pour lui parler. Des cernes bleutés marquaient ses yeux en amande aux longs cils. Elle n'était pas maquillée, ses cheveux décolorés en blond platine avaient été rassemblés à la hâte en une boule de mèches mi-chignon, mi-queue-de-cheval à l'esthétique douteuse. J'ai été touchée de constater qu'elle portait un vieux sweat à capuche bleu marine « Brown University » que je lui avais offert quand j'étais encore à l'université.

— Tu as maigri, ai-je fait remarquer en voyant son visage apparaître à l'écran. Tu manges assez ?

— Je suis en train de manger, a-t-elle répondu en riant.

Elle a agité devant la caméra une boîte en carton, contenant des nouilles de riz baignant dans une sauce maronnasse, elle a enfourné une bouchée à l'aide de baguettes chinoises et j'ai levé les yeux au ciel.

— Tu ne peux pas faire la cuisine au lieu de te bourrer de fast-food ?

— Pas le temps, je bosse jour et nuit.

— Sur quoi ?

— Un album entier et figure-toi que j'ai décroché un job régulier, dans un bar du Meatpacking District. J'y chante tous les mercredis, c'est eux qui sélectionnent les chansons et c'est pas très rock, voire plutôt de la merde, mais ils me payent trois cents dollars la soirée au black…

— Cool…

— Et puis, c'est en train de devenir tendance, alors je pourrais peut-être y rencontrer quelqu'un qui connaît quelqu'un, tu vois…

— Je vois, ça va sinon ?

En réalité, Bruce, je ne voyais pas grand-chose. Ashley et Dakota sont persuadées que Scarlett fout sa vie en l'air avec cette obsession pour la musique et que je devrais lui faire abandonner ce rêve d'enfant. J'avoue que je ne sais plus trop quoi penser de tout ça. Concentrée, Scarlett enroulait ses pâtes autour de ses baguettes avec une dextérité qui laissait supposer qu'elle était une habituée du restaurant chinois en bas de chez elle.

— Oui, oui, ça va... Je vois un mec.

— Il s'appelle comment ? Ça fait combien de temps ?

— Alejandro, un Espagnol... Ça fait trois semaines.

Depuis qu'elle a quinze ans, Scarlett « voit des mecs ». Elle ne sort pas vraiment avec eux. Elle les fréquente, passe quelques nuits dans leur lit et les largue afin d'éviter à tout prix toute forme de relation qui se compterait en mois plutôt qu'en jours, raison pour laquelle il n'est pas nécessaire que je fasse l'effort de me souvenir de cet Alejandro qui va, malheureusement pour lui, probablement atteindre très prochainement sa date de péremption.

— Tu ne vas pas me croire, s'est-elle soudain exclamée. J'ai pris un chat aussi !!

— Un chat ? Vraiment ?

Elle s'est penchée et a placé devant la caméra un chaton à poil roux. Elle a frotté sa joue contre sa fourrure douce et il s'est mis à ronronner. Un sourire de pur bonheur a illuminé son visage, et m'a rappelé un court instant la petite fille de Queenstown qu'elle était autrefois.

— Il s'appelle David Bowie.

— Moi, je ne pourrais jamais avoir un chat.

— Ne dis pas ça ! Si je meurs il faudra que tu l'adoptes.

— Tu ne mourras pas.

— Si, et à vingt-sept ans, comme Kurt Cobain et toute rock star qui se respecte, j'ai tout prévu.

Elle avait l'air très sérieuse et réellement inquiète de l'avenir de David Bowie, aussi ai-je promis solennellement de prendre le chaton à charge après sa mort. Elle paraissait tellement soulagée que je n'ai pas osé lui dire que la durée de vie de son chaton risquait d'être légèrement inférieure à la sienne et qu'un chat représentait une responsabilité, qu'elle ne pourrait pas le plaquer dans trois jours comme ce pauvre Alejandro.

— Le boulot, ça va ?

— Mon job au Café Why ? C'est terminé, a-t-elle répondu la bouche pleine.

— Oh zut, pourquoi ?

— J'ai démissionné, parce que ça tuait ma créativité. Ces nouvelles chansons, elles sont... (Elle a froncé les sourcils sur l'écran, comme si elle cherchait ses mots.) Jusqu'ici je m'entraînais, toutes les démos que j'ai faites, elles n'étaient pas tout à fait sincères. Cette fois, je crois que ça pourrait être la bonne et je dois vraiment tout donner.

J'étais consternée, Bruce. Scarlett travaillait au Café Why comme serveuse depuis presque deux ans, elle bénéficiait d'horaires flexibles et d'un salaire suffisant qui lui permettaient non seulement de garder du temps pour jouer, mais aussi de s'offrir une chambre en colocation à Brooklyn, plutôt que de squatter à droite à gauche et de revenir chez Maman quand plus personne ne voulait l'héberger. Et voilà qu'elle avait laissé tomber ce travail stable pour « tout donner à son album ». J'entendais déjà les remarques que ne manquerait pas de me faire Oliver sur l'immaturité de ma sœur et *son incompréhension totale de la réalité de la vie, pour conclure qu'il refusait de l'avoir sur les bras quand elle serait devenue clocharde.*

— Tu n'aurais pas dû, ai-je soupiré. Comment vas-tu faire pour payer ton loyer ?

— Justement… Je suis un peu juste en ce moment, je voulais savoir si tu pouvais m'avancer de l'argent ?

Elle m'a sorti sa carte sourire à la Julia Roberts et battement des cils. D'habitude, je m'en fiche. Je gagne suffisamment d'argent, sans même parler d'Oliver, pour aider ma sœur quand elle est en difficulté, mais j'étais fatiguée et énervée et elle ne m'avait pas donné de nouvelles depuis trois semaines.

— Écoute, Oliver prend de plus en plus mal que je te donne de l'argent, et si on doit avoir un enfant, on doit faire attention à ne pas dilapider nos économies dans des bêtises.

— Mais je te rembourserai, quand…

— Quand tu auras fait fortune, oui, je sais. Le problème, c'est que ça fait des années que tu me dis ça et des années que je fais des virements sur ton compte et j'ai un peu de mal à le convaincre que tu vas réellement nous rembourser un jour.

Je ne sais pas trop ce qui m'a pris, je ne parle jamais comme ça à Scarlett. Peut-être la fatigue ou cette séance de psy qui m'a tapé sur le système.

J'ai continué :

— Tu sais ce que m'a dit la psy aujourd'hui ?

Scarlett a levé les yeux au ciel.

— Tu n'as pas besoin de voir un psy, Alice, je ne sais pas pourquoi tu te laisses influencer par Oliver…

— Elle m'a demandé, ai-je coupé, si peut-être, je ne tombais pas enceinte parce que j'avais

inconsciemment peur de te trahir et que tu te sentes abandonnée.

Silence. Sur l'écran, Scarlett a froncé les sourcils et elle a reposé ses baguettes dans la boîte en carton.

— Mais pourquoi tu parles de moi avec la psy ?

— Ce n'est pas la question ! La question, c'est pourquoi, alors que tu ne m'as pas appelée depuis trois semaines, tu réapparais comme une fleur pour me demander de l'argent ?

Le visage de Scarlett s'est décomposé, mais dans ma tête, revenait perpétuellement à la charge cette idée que peut-être tout était de sa faute, ou tout du moins, de la faute de cette relation de dépendance, dans laquelle j'étais obligée de m'occuper de Scarlett, d'une part parce que ma mère avait abandonné et d'autre part parce qu'elle était totalement irresponsable.

— Combien d'années ça va durer, ces enfantillages, Scarlett ? Pendant combien de temps tu vas perdre ta vie à courir après ce rêve ? Et pendant combien de temps je vais devoir me soucier de toi au lieu de m'occuper de ma famille ?

— OK, Alice, a-t-elle répondu très calmement. Je ne pensais pas être un poids à ce point, je ne te demanderai plus d'argent, je me débrouillerai.

J'ai senti que je l'avais blessée et aussitôt je me suis radoucie.

— L'argent n'est pas la question, Scar, je te parle de ta vie, tu dois construire des choses réelles : une carrière, un foyer, une famille. Tu ne crois pas que si tu avais dû devenir une star du rock, ce serait déjà arrivé ? Tu n'as plus douze ans, tu ne peux plus te permettre d'agir comme une gamine, tu dois avoir des ambitions plus…

— Des ambitions ? a-t-elle coupé, incrédule, et un éclair de colère a traversé ses yeux bruns. Toi, tu vas me donner des leçons d'ambition ?! Tu n'aspires qu'à être la gentille petite femme de ton mari et à pondre des gosses, ce n'est pas vraiment ce que j'appelle de l'ambition ! Et je ne fais pas du rock, je fais du punk !

— Ce n'est pas parce qu'Oliver est une des rares personnes à ne pas tomber sous ton charme que tu dois toujours dire du mal de lui ! Et même si demain tu deviens Joan Jett, est-ce que tu t'es déjà demandé si ça te rendrait heureuse ?

— Et toi, de quel droit est-ce que tu juges mes ambitions sous prétexte qu'elles sont différentes des tiennes ? Ça fait des années que je me bats ! Que je me donne tous les moyens pour atteindre mes objectifs, que je sacrifie tout, alors ne viens pas me dire que je ne suis qu'une gamine irresponsable, simplement parce qu'Oliver avec sa foutue cuillère en argent dans la bouche le pense, alors qu'il n'a jamais fait le moindre effort pour obtenir quoi que ce soit !

J'ai explosé d'un seul coup :

— Il n'y a pas que toi qui te bats pour arriver à tes objectifs, figure-toi ! Tu ne me demandes même pas comment je vais, alors que tout le monde tombe enceinte sauf moi. Moi aussi, ça fait des années que je me bats pour un objectif, autrement plus important que de jouer de la guitare, et tu t'en fous parce que tu ne penses qu'à toi !

Sur l'écran, le visage de Scarlett s'est fermé. Elle m'a laissé vider mon sac, sans rien dire tandis que les mots sortaient tout seuls de ma bouche. Le pire, c'est que je crois tout à fait au talent de Scarlett. Tous les *commentaires d'Oliver, les remarques de ma mère sur Scarlett prenaient soudain vie dans ma bouche à cause de cette question de ma psy. Quand enfin j'ai eu terminé, Scarlett a repris la parole, très calmement.*

— Je ne t'emprunterai plus d'argent, mais sache que jamais je ne t'en aurais demandé si ça avait dû te priver de quoi que ce soit. Et d'autre part, ne réécris pas l'histoire, Alice, je ne me fous pas du tout de tes problèmes, mais la réalité c'est que tu ne veux rien entendre de constructif et que tu t'énerves dès qu'on aborde le sujet de cette grossesse.

— C'est faux !

— Très bien, donc figure-toi que je me suis renseignée, parce que la situation t'affecte et que ça me fait de la peine. J'ai pas mal lu sur l'infertilité et les difficultés à concevoir, et depuis le temps, je suis vraiment étonnée que tu n'aies jamais eu recours à l'aide médicale... Insémination artificielle, ce genre de truc... Tu n'en parles jamais ? Pourquoi ?

— Je veux un enfant naturellement !

— Qu'est-ce que ça peut faire ? Soit tu veux vraiment un enfant, soit tu n'en veux pas, mais même avec un coup de pouce de la médecine, ce sera toujours ton enfant et celui d'Oliver. Manger des graines de soja germées et faire du yoga, ce n'est pas le maximum que tu puisses faire et tu le sais aussi bien que moi !

— Tu ne peux pas comprendre, me suis-je exclamée furieuse, de toute façon tu ne veux pas d'enfants, pas de famille, alors je n'ai pas besoin de tes conseils !

Et j'ai raccroché.

Elle a essayé de me rappeler. Trois fois. Je n'ai pas décroché.

Depuis hier, je n'arrête pas d'y penser. J'en ai pleuré ce matin. Oliver m'a demandé en buvant son café :

— Qu'est-ce qui s'est encore passé avec ta sœur, ma chérie ?

Je lui ai rapporté la fin de notre conversation. Il a eu l'air étonné, a bu une gorgée avant de lâcher après une hésitation :

— Elle n'a pas tort : c'est vrai qu'on pourrait regarder les méthodes d'aide à la procréation.

Je suis partie folle de rage et j'ai claqué la porte de notre chambre tellement fort que la poignée m'est restée dans la main. Et je vais te dire ce qui m'énerve le plus, Bruce, ce qui me met hors de moi et pourquoi je les déteste tous les deux autant à cet instant précis. C'est que je suis arrivée à la conclusion horripilante qu'il était possible qu'ils aient raison.

Tout ça me déprime. Je ne sais pas comment qui que ce soit me supporte actuellement. Je vois bien que ma capacité à épeler hystérosalpingographie et spermocytogramme à l'envers n'amuse plus personne. Avant je n'étais pas comme ça. J'étais drôle, fun, généreuse. Le bonheur des autres me rendait heureuse. Aujourd'hui je suis aigrie, triste, jalouse. Les bébés dans les poussettes ne me font plus sourire, les femmes enceintes m'exaspèrent. Comment se fait-il que tout le monde y arrive sauf moi ?

La seule chose que je continue, c'est ce journal. Pas de chance pour toi, Bruce, mais je préfère te saouler toi plutôt que le reste de l'humanité, avec mes histoires d'infertilité.

En sortant du métro, je vérifie l'adresse que Jeremy m'a envoyée la veille par texto. Je trouve sa rue rapidement et sonne à l'interphone. Il habite au dernier étage d'un bel immeuble, son ascenseur est en panne et je monte les six étages à pied. J'ai dit à Saranya que nous avions rendez-vous à 8 h 45, histoire d'avoir une chance qu'elle arrive avant midi et demi et j'appuie sur la sonnette à 9 h 58 en priant pour qu'elle soit déjà là. L'idée de me retrouver en tête à tête avec le développeur taciturne ne m'enchante pas.

— Alice, rentre, dit-il en m'ouvrant grand la porte.

— Salut…

Il sort manifestement de sa douche, ses cheveux bruns sont encore mouillés et il termine d'enfiler un tee-shirt à la hâte. L'entrée donne directement sur le salon et il m'indique le canapé d'un vague signe de main.

— Assieds-toi, désolé, j'en ai encore pour deux minutes.

L'appartement est grand et ensoleillé. Je me souviens des articles que j'ai lus sur les investissements de Jeremy. Si j'en juge par son logement, il n'a en effet pas l'air de manquer d'argent. Reste à savoir pourquoi il a investi autant dans une start-up aussi fantaisiste qu'EverDream. Je m'assieds sur le canapé en cuir et étudie mon environnement. Une étagère, pleine de bandes dessinées et de livres de code portant des noms pour moi incompréhensibles : *Programmation : html, CSS et javascript, Java et C++...* Çà et là, quelques dessins d'enfant exposés, une platine vinyle, une caisse de disques posée à même le sol.

Une légère odeur de café et de nicotine flotte dans l'atmosphère et sur la table basse, des marques rondes de verres sur le bois brut laissent supposer qu'elle a été débarrassée précipitamment après une soirée tardive. Je retiens mon envie de la nettoyer et tourne mon attention vers un pêle-mêle, posé sur l'étagère. Il est rempli de photos de famille. Jeremy, sa fille Zoé et une jeune femme blonde au style un peu grunge, la mère, j'imagine. Des photos de vacances, qui respirent le bonheur et les rires d'enfant.

Je ne peux m'empêcher de m'approcher de la caisse de trente-trois tours. Je m'agenouille et passe les disques en revue. Des classiques, Nirvana, Led Zeppelin, les Rolling Stones... Et puis, un léger choc au cœur : *Sisters,* Scarlett Smith-Rivière. Les mèches roses qui se mêlent aux cheveux blond platine, les yeux lourdement maquillés de noir, un bras recouvert de tatouages levé vers le ciel pour brandir la guitare électrique et ce sourire triomphant si puissant qu'il était capable d'illuminer la scène du Madison Square Garden. Une émotion idiote me prend à la gorge.

— Tu veux un café en attendant ta copine ?

Je sursaute et le disque m'échappe des mains. Jeremy a enfilé un pull noir par-dessus son tee-shirt, il m'observe et j'ai l'impression fugace qu'il a remarqué mon trouble.

— Je suis désolée, je ne voulais pas être indiscrète…

Il hausse les épaules.

— J'étais un grand fan… dit-il en désignant le vinyle du menton.

Puis, il ajoute, à la manière détachée dont on parle des gens célèbres, comme s'ils n'étaient pas vraiment des êtres humains, comme si la réalité de leur existence et de leurs émotions se limitait aux photos imprimées sur le papier glacé des magazines people :

— C'est dommage, elle est morte trop jeune.

Je ramasse le trente-trois tours pour le remettre à sa place. Je lui tourne le dos, contente d'avoir une excuse pour dissimuler mon visage et reprendre une contenance. Je range le disque entre *Highway to Hell* d'AC/DC et *Dark Side of the Moon* des Pink Floyd, histoire qu'il repose en bonne compagnie.

Quelques minutes plus tard, Jeremy revient, un mug à la main.

— Et toi alors, tu es fan de rock ? demande-t-il en avalant une gorgée.

Je me force à sourire.

— Non, la musique, ce n'est pas trop mon truc.

— C'est vrai, ton truc, c'est les maths et les statistiques.

— Voilà. Et aligner les stylos aussi.

Une étincelle amusée éclaire ses yeux bleus et un court instant, je le trouve presque sympathique. La sonnette de l'interphone retentit et il va ouvrir. Quelques minutes plus tard, Saranya fait irruption dans l'appartement.

— Bonjour ! J'imagine que tu es Jeremy, s'exclame-t-elle en lui claquant deux grosses bises sur les joues, c'est tellement gentil de nous emmener, mais six étages sans ascenseur, franchement, c'est cher payé le trajet chez Metro ! Oh Alice, tu es déjà là ! (Elle me prend dans ses bras, comme si j'étais sa meilleure amie perdue de vue depuis dix ans et son affection me fait chaud au cœur.) J'ai dix mille trucs à te raconter, tu n'imagines pas !

— Allons-y alors, dit Jeremy.

Il pose sa tasse de café, attrape ses clés de voiture et les glisse dans la poche de son jean.

— Tu ne prends pas de manteau ? demande Saranya, je te préviens il fait un froid atroce. Et après ça ils essayent de nous faire croire au réchauffement climatique !

— Ça n'a rien à voir, rétorque-t-il, le réchauffement climatique global se traduit justement par une baisse de la température en Europe.

— Je ne veux pas que tu t'enrhumes à cause de moi. Après, mon sentiment de culpabilité m'obligera à monter de nouveau ces six étages à pied pour t'apporter de la soupe et du chocolat chaud.

Sans la moindre gêne, elle attrape une écharpe accrochée à un portemanteau et la lui enroule d'autorité autour du cou.

— Voilà. On peut très facilement attraper froid par le cou, tu sais.

Un peu étonné, Jeremy ne réagit pas. Accompagnés par le bavardage volubile de la jeune femme, nous descendons à pied jusqu'au garage.

— Alice m'avait dit que tu étais du genre « geek » et que tu passais tes journées à aligner des lignes de code, commente Saranya en examinant Jeremy comme elle regarderait un fondant au chocolat dans la vitrine d'une pâtisserie. J'avais imaginé un petit chauve à lunettes ; comme quoi, il faut vraiment faire attention aux clichés.

Je me sens mortifiée qu'elle lui répète mes propos. Le demi-sourire qui s'esquisse sur les lèvres de Jeremy laisse pourtant supposer qu'il est plus amusé que choqué par ce commentaire.

Je m'installe à l'arrière et, comme je m'y attendais, dès que la voiture démarre, Saranya se charge d'animer quatre-vingt-dix-neuf pourcent de la conversation. Elle explique à Jeremy qu'elle travaille dans une maison de retraite.

— C'est terrible, dit-elle, le vrai problème de la vieillesse, ce n'est pas la vieillesse, c'est la solitude. Je vois des gens se laisser mourir parce que leur famille ne vient plus les voir, parce qu'ils ont l'impression d'être un poids pour ceux qu'ils aiment. Je ne comprends pas ces enfants qui ne s'occupent pas de leurs parents, ça me scandalise !

J'ai envie de répondre qu'elle ne connaît pas leur histoire et j'ai une pensée fugitive pour ma mère, à qui je n'ai pas adressé la parole depuis plus de cinq ans. Je me demande si elle continue d'aller s'asseoir sur la plage tous les dimanches matin pour contempler les vagues, de se servir un verre de vin quand elle travaille tard sur une traduction ou de se mordiller l'ongle du pouce quand elle réfléchit au mot juste. Je me demande si, contrairement à moi, elle arrive à survivre.

— Ce n'est pas trop déprimant au quotidien ? je demande depuis la banquette arrière pour échapper à mes idées noires.

— C'est dur, mais c'est gratifiant aussi parce que tu peux les aider à ton niveau. Moi par exemple, j'arrange des coups entre les résidents.

Saranya sort du fond de teint de son sac à main, tourne le rétroviseur central et commence à se maquiller tout en expliquant :

— J'ai un questionnaire très détaillé, plus de cent vingt questions sur ce que tu aimes, ce que tu n'aimes pas, si tu es plutôt chien ou chat, salé ou sucré, si tes petits-enfants t'insupportent ou illuminent ta vie, ce genre de truc. Je le fais remplir à tous mes petits vieux, puis je croise les résultats. C'est beaucoup de travail. Quand je vois que deux d'entre eux peuvent s'entendre, je passe en mode action. Par exemple, je dis à Robert qu'Yvette trouve qu'il ressemble à Marlon Brando et à Yvette que Robert n'arrête pas de me parler de la finesse de ses chevilles.

Jeremy remet le rétroviseur en place.

— Utilise la glace du pare-soleil, on va avoir un accident.

— Le tout, c'est d'être spécifique et un peu imaginatif dans les compliments, poursuit Saranya en déréglant à nouveau le rétroviseur comme si elle n'avait pas entendu Jeremy. À leur époque, tu ne séduisais pas quelqu'un en lui balançant « t'es bonne » sur Snapchat. Au début, ils prétendent être indifférents, mais je vois bien qu'ils sont flattés, plus personne ne te fait de compliments après soixante-dix ans. Ensuite, ils se jettent des regards en coin, ils se tournent autour, comme deux ados à une boum, ils se débrouillent pour être dans la même équipe de bridge, et bingo ! J'ai un taux de succès de quatre-vingt-dix pourcent, douze couples formés en cinq ans, dont trois couples gays.

Elle joue de son pinceau sur sa peau brune dans le rétroviseur que Jeremy a remis à sa place trois fois en quinze secondes.

— Au fait, demande-t-il, c'est quoi cette soirée que tu organises ?

Saranya lui donne un grand coup sur le bras avec son poudrier et prend un air de reproche.

— Mais enfin, ce n'est pas une soirée ! C'est Divali, la fête des lumières. Bravo le multiculturalisme ! C'est comme si tu me disais que tu ne connais pas Noël ! Divali, la fête des lumières et de la joie, correspond au nouvel an hindou. Elle dure cinq jours, et chaque jour a une signification et ses propres traditions. Le premier jour, c'est grand ménage, et tu es supposé t'acheter de nouvelles affaires, une façon de célébrer un nouveau départ. Tu dois accueillir Lakshmi, la déesse de la prospérité, vêtu de nouveaux vêtements et bijoux. Pour résumer, c'est open shopping. Ensuite, on dessine des traces de pas sur le sol en son honneur. Le deuxième jour, tu décores la maison avec des *rangolis.*

Jeremy hausse les sourcils.

— Des quoi ?

— Des *rangolis,* des dessins indiens de fleurs plus ou moins complexes réalisés avec de la poudre, du sable, du riz séché ou de la semoule colorée. Et puis on allume des *diyas*, des petites lampes à huile qu'on dispose entre autres devant la porte d'entrée pour accueillir Lakshmi. On accroche des guirlandes lumineuses un peu partout, on prépare de la nourriture indienne en quantité industrielle, et tu invites tous tes proches à faire la fête. Le quatrième jour, c'est *Padwa*, le jour officiel de la nouvelle année, tu échanges des cadeaux et des vœux avec toute ta famille et enfin le cinquième et dernier jour de Divali, *Bhai-dooj*, est consacré aux frères et sœurs, les frères rendent visite à leurs sœurs et ils s'offrent des cadeaux. Vous avez des frères et sœurs, vous ?

— Un frère, répond Jeremy, plus jeune que moi.

Un silence et Saranya se retourne vers moi avec un immense sourire. Je suis pétrifiée. Pour une fois que Saranya semble écouter quelqu'un, il fallait non seulement qu'elle pose cette question, mais en plus qu'elle attende la réponse plus de trois secondes. Les fourmis envahissent mes mains et l'air se dissout dans mes poumons. Ma main s'accroche à mon poignet, attrape les breloques. Le disque et maintenant cette question, c'est beaucoup pour la même journée.

— Pas vraiment…

Les mots sont sortis d'un coup, ils me déchirent la gorge comme la pire des trahisons. Un jour je serai punie pour toutes les fois où j'ai joué avec la réalité, où j'ai fait une fiction du monde réel. Mes mensonges m'étoufferont peu à peu à coups de petites phrases anodines, de gestes insignifiants et je me noierai dans la vérité distordue que je me suis inventée. Ou pire, je ne serai plus capable de distinguer ce qui est vrai de ce qui est faux. J'effacerai les souvenirs pour ne plus avoir à assumer ma culpabilité. Dans le rétroviseur, je croise le regard clair et inquisiteur de Jeremy.

— Ça va ? demande-t-il. Tu es toute blanche.

J'ai la gorge trop serrée pour lui répondre. *Ça va ?* Je hais ces deux petits mots, cette question, purement rhétorique en français comme en anglais, question qui n'en est pas une, qui appelle le « oui » systématique et irréfléchi et qui, par sa fréquence, te rappelle constamment que non, ça ne va pas et que ce n'est pas près d'aller mieux.

Un klaxon retentit, suivi d'un brusque coup de frein. Saranya pousse un petit cri de surprise. Un chauffeur de taxi à qui nous avons coupé la route nous fait un geste furieux du bras.

— Sérieusement, râle Jeremy, j'ai besoin du rétroviseur, on a failli se prendre le mec de derrière.

L'attention se détourne de moi et je peux fermer les yeux à nouveau, me concentrer sur la sensation des breloques sous mon pouce. Le murmure des vagues me revient, je revois la trace d'eau brillante que les vagues laissaient sur le sable en se retirant, l'empreinte des pieds de ma sœur gravée devant les miennes dans le sable humide et le son mat de nos pas alors que je lui courais après. Je passe ma langue sur mes lèvres desséchées et je savoure le goût du sel et du vent. Je m'excuse en silence pour mon manque de loyauté. Pour cette nouvelle trahison. Puis, me souvenant qu'elle me pardonnait toujours tout, je respire à nouveau.

Saranya parle maintenant de ses sœurs avec volubilité. Elle s'est beaucoup occupée d'elles. Elle aime prendre soin des autres, de ceux dont plus personne ne se soucie, raison pour laquelle elle travaille dans une maison de retraite. Sa voix m'apaise petit à petit.

Contre toute attente, Jeremy et Saranya paraissent s'entendre plutôt bien. Ils sont complémentaires : Jeremy écoute et Saranya parle. Et ce, jusqu'à ce que nous arrivions chez Metro, ce qui me permet de reprendre mes esprits.

Les courses sont chaotiques, Saranya semble déterminée à acheter l'intégralité du magasin. Elle nous a confié un chariot à chacun et il lui faut moins de vingt minutes pour qu'ils débordent de victuailles. Jeremy, imperturbable, l'aide à attraper les aliments haut placés. Saranya l'appelle désormais « Jerem » et lui tape familièrement dans le dos tout en balançant des quintaux de riz dans son chariot, le tout sans arrêter de parler une seule seconde.

— C'est à se demander comment elle fait pour respirer, commente-t-il avec perplexité en suivant des yeux Saranya qui fonce sur un employé pour savoir où se trouve la vaisselle jetable. J'aime bien les gens bavards, ajoute-t-il, pensif. Tu n'es jamais stressé par l'idée de n'avoir rien à dire.

Sa remarque me surprend, je pense exactement la même chose. Quand nous avons terminé, il nous faut un bon quart d'heure pour charger la voiture qui déborde de toutes parts. Saranya s'empare du téléphone de Jeremy pour y rentrer son adresse tout en pestant sur le fait qu'il pourrait avoir, comme tout le monde, un iPhone. Le restaurant des parents de Saranya, Les jardins du Taj Mahal, se trouve dans le Xe arrondissement. Nous l'aidons à décharger à l'arrière. Puis elle nous propose un café. J'accepte et Jeremy refuse poliment.

— Je dois aller chercher ma fille chez sa mère.

Cette simple phrase lui vaut dix-sept questions à la mitraillette, quel âge a-t-elle, son prénom, est-il divorcé, séparé, pourquoi, etc. ?

— Il faut que je file, s'excuse-t-il manifestement désireux d'éviter le sujet.

Il se tourne vers moi.

— Si tu veux que je te dépose, Alice…

— C'est bon, je vais rentrer en métro.

— OK, bon week-end.

Il remonte dans sa voiture.

— Jeremy ?

Il lève la tête, l'air interrogateur et je lui souris, pour la première fois tout à fait sincèrement.

— Merci.

— De rien, répond-il.

Je propose ensuite à Saranya de l'aider à déballer les courses, puis elle m'invite dans son studio au-dessus du restaurant pour boire un café. Le désordre monstre qui y règne pourrait me donner une attaque cardiaque, mais je commence à m'habituer aux lubies de Saranya. Avec elle, je laisse désormais mes barbelés de côté. Elle écarte une pile de fringues qui traînent sur son lit, rajuste une couette à fleurs à la hâte et m'indique son lit.

— Assieds-toi.

Elle déniche une boîte de capsules de café sur la commode entre un pot rempli de crayons à maquillage et une pile de livres de poche.

— Tu viendras pour Divali ?

— Oh, je ne sais pas trop…

— Si, si, j'insiste, ça me ferait vraiment plaisir.

À quatre pattes par terre, elle essaye désormais de brancher la machine à café dans une multiprise coincée derrière une armoire dont les portes laissées grandes ouvertes laissent dégouliner des montagnes de vêtements colorés empilés en dépit du bon sens. Elle trouve deux mugs ébréchés qu'elle passe sous l'eau dans la minuscule salle de douche attenante.

— Ce n'est pas très grand, me crie-t-elle pour couvrir le bruit de l'eau, mais j'ai un semblant d'indépendance. De toute façon, avec mon salaire, impossible de payer un loyer dans Paris et plutôt mourir que d'habiter en banlieue ! Paris te plaît ? Tu es contente d'être venue ? Tu veux du sucre ?

Elle me tend le mug dans lequel elle a enfin réussi à faire couler un café. J'attends qu'elle poursuive, comme d'habitude sans attendre ma réponse à ses questions, mais elle porte sa tasse à sa bouche et me fixe de ses grands yeux de biche.

— Ma mère était française, dis-je après un silence en soufflant sur ma tasse, alors j'ai toujours rêvé de voir Paris, je lisais les guides touristiques, je mettais de côté pour pouvoir me payer un billet… Mais je pensais que j'irais dans de meilleures conditions. Bref… le problème, c'est que tu crois que tu as tout le temps du monde et le jour où tu te réveilles, il est trop tard.

Saranya boit une gorgée, les sourcils froncés.

— Tu sais à force de travailler avec mes petits vieux, j'ai appris deux choses essentielles. La première, c'est qu'on se prend la tête toute la journée pour des trucs dont on ne se souviendra même pas dans un an, alors à l'échelle de toute notre vie, autant te dire que ça n'aura plus la moindre importance. Et la deuxième, c'est que vivre vieux, c'est une chance que tout le monde n'a pas, alors les choses qu'on veut vraiment faire dans sa vie, les projets qui nous tiennent à cœur, il ne faut pas attendre avant de les entreprendre parce qu'on ne sait jamais quand ça s'arrête.

Je ne peux pas m'empêcher d'attraper un pull roulé en boule sur le lit et de le plier avec soin.

— Tu veux pas que je t'aide à ranger ? Ça me stresse un peu, tout ce désordre.

Elle éclate de rire.

— Si ça te fait plaisir, ne te gêne pas !

Je pose mon café et me mets à plier et ranger le linge qui traîne, je fais le lit, aligne les livres qui s'empilent sur sa table de nuit et ramasse les chaussures éparses sur la moquette. Saranya participe mollement tout en faisant la conversation, puis, à un moment, se retourne et me fixe intensément de ses yeux qui paraissent presque noirs sous l'ombre charbonneuse de son khôl.

— Alice, je voulais m'excuser : je suis désolée pour cette question sur les frères et sœurs, je n'ai pas d'excuses, Angela m'avait prévenue que tu avais perdu ta sœur…

Choquée, je ne réponds pas. Je me fiche que Saranya ait relevé mon mensonge dans la voiture, mais j'ai un sentiment de trahison à l'idée qu'Angela lui ait raconté ma vie.

— Je ne voulais pas te mettre mal à l'aise ou te rappeler de mauvais souvenirs, poursuit-elle, je parle souvent sans réfléchir.

Elle me sourit avec bienveillance, elle a l'air vraiment inquiète. Je ne lui en veux pas, cependant je me lève brusquement.

— Ce… ce n'est pas grave. Je… je viens de me souvenir… J'ai un truc, je dois y aller.

Elle m'accompagne à la porte de son studio, j'ai conscience qu'elle est sincèrement désolée, mais je ne veux pas poursuivre cette conversation, je ne veux pas qu'on rentre dans l'intimité de ma vie passée. Juste avant de refermer la porte, elle semble se rappeler quelque chose :

— Au fait, ça t'embêterait de me donner le numéro de Jeremy ?

— Oh… Non, bien sûr, aucun problème.

Je sors mon téléphone et ouvre l'unique texto que Jeremy m'a envoyé pour me donner son adresse. Je dicte son numéro à Saranya, elle m'envoie un baiser du bout des doigts et referme la porte derrière moi.

Je rentre à pied. Le jour tombe et je déambule dans les rues de Paris jusque chez moi. Je respire l'odeur des marrons chauds, m'arrête pour faire quelques courses et me laisse tenter par une tartelette aux framboises particulièrement appétissante dans la vitrine d'une pâtisserie. Pour la première fois depuis longtemps, j'ai passé une bonne journée. Mais la trahison d'Angela me laisse un goût un peu amer. Elle qui me connaît si bien, comment a-t-elle pu raconter ce qu'elle sait à Saranya, sans même m'en parler ? Je vais lui écrire pour clarifier les choses.

En arrivant chez moi, je trouve dans ma boîte aux lettres une grosse enveloppe kraft en provenance de Londres.

Surprise, je l'ouvre. À l'intérieur une autre enveloppe sur laquelle « Courrier Alice Smith » est écrit au feutre noir et un mot que je parcours dans l'ascenseur. Il est griffonné en anglais, d'une écriture hâtive et à peine lisible :

Chère Alice,

J'ai appris par votre agent immobilier que vous étiez de retour en Europe. Ayant récupéré votre appartement à Londres pour y habiter après votre déménagement, j'ai reçu un peu de courrier pour vous. Il se trouve qu'une lettre est arrivée à votre nom pas plus tard que la semaine dernière, je me permets donc de vous faire parvenir tout cela.

J'espère que vous allez bien et vous souhaite un bon séjour à Paris,

JoÚ Foster, votre ancien propriétaire

Je rentre et pose l'enveloppe sur la table de verre. David s'étire sur le canapé et miaule, en demande d'attention.

— Je n'ai pas très envie d'ouvrir, chaton, lui dis-je en le prenant sur mes genoux.

Il grogne, signe qu'il s'en fout et je vais remplir son bol de lait. Je mets la bouilloire en route, attends quelques minutes et verse l'eau sur mon sachet de thé. Je pose ma tasse à côté de l'enveloppe que j'observe en me mordillant les lèvres. Quand j'ai rompu le bail de l'appartement de West Hampstead, j'ai coupé la ligne Internet, l'électricité, l'eau, mais j'ai refusé le transfert du courrier.

Je pourrais la jeter, j'ai vécu jusqu'ici sans connaître son contenu. Mais si elle contenait une information capitale ? Et comment une lettre a-t-elle pu arriver la semaine dernière, si longtemps après le déménagement ? Je ne crois ni au hasard, ni aux coïncidences. Si ce courrier est arrivé jusqu'à moi, c'est que je dois le lire.

J'avale une gorgée de thé. Trop chaud. Je découpe soigneusement l'emballage marron et en sors une poignée de lettres. Une facture d'électricité, une publicité qui récapitule les promotions chez Sainsbury's à l'occasion du Black Friday, deux ou trois faire-part, et une enveloppe blanche, barrée de la mention « confidentiel » dont le tampon indique qu'elle a été postée récemment.

Quoi que contienne cette enveloppe, son contenu est forcément lié au passé. Et le passé fait mal. Le passé est insupportable. Pourtant, je l'ouvre. D'une main je tiens ma tasse, soufflant sur la fumée qui s'en échappe et de l'autre, je déplie la feuille A4 pliée en trois. À la seconde où je déchiffre l'entête, le sang quitte mon visage. Je pose précipitamment le mug sur la table. Le thé brûlant déborde sur ma main tremblante, mais je ne sens pas la douleur. Malgré moi, mes yeux parcourent les lignes tandis que mon cœur s'effrite en petits morceaux dans ma poitrine comprimée.

Chère Madame Smith-Rivière,

Je vous écris pour vous annoncer que votre gynécologue au Queen Victoria Private Hospital, Dolores Taylor, a pris sa retraite. Vous pouvez désormais vous adresser à moi pour toute information ou si vous souhaitiez lancer une nouvelle procédure de procréation médicalement assistée.

Je profite de ce courrier pour vous rappeler que les embryons congelés au Queen Victoria Private Hospital le 28 mars 2012 en vue d'une fécondation in vitro *seront détruits, conformément à la loi britannique et à notre politique de conservation, le 28 mars 2022, dix ans après leur congélation.*

Au nom du Queen Victoria Private Hospital, je vous remercie pour votre confiance et vous prie d'agréer, Madame, l'assurance de mes meilleures salutations.

Dr Timothy Stone

Je relis la lettre trois fois de suite, sans respirer, puis ma vision se remplit d'eau et je me mets à pleurer si violemment que même le ronronnement triste de David que je serre contre moi n'arrive pas à me consoler.

De : Angela Srinivasan
À : Alice Smith
Le : 10 octobre 2018
Objet : News

Hello ma merveille au pays des Alices,

Je trouve ton email injuste, voire blessant, raison pour laquelle je te réponds immédiatement, au risque de faire refroidir ma salade avocats-graines de chia ! Oui, j'ai donné quelques informations personnelles sur toi à ma cousine. Je l'ai fait non pas « pour le plaisir de raconter des potins » comme tu me le reproches, mais pour la prévenir – pardonne ma franchise – de ton austérité au premier abord.
Je n'aime pas te savoir seule à l'autre bout de la planète, même si c'est, théoriquement, dans la plus belle ville du monde et que je sais que tu as toujours rêvé de vivre à Paris. Je suis convaincue que Saranya et toi pouvez très bien vous entendre, mais ça fait presque cinq ans que je t'observe et tu dresses tellement de barrières entre les autres et toi, tu as tellement peur de t'attacher ou qu'on s'attache à toi,

que j'ai redouté que tu aies du mal à te faire de nouveaux amis. Voilà. Je voulais être sûre que tu aies au moins une alliée en arrivant et le moyen le plus efficace m'a semblé de donner un peu de contexte à Saranya. Non pas pour qu'elle ait pitié de toi, comme tu le prétends dans ton email, mais simplement pour qu'elle comprenne ton manque de sociabilité. Tu es comme un film d'auteur ou un bouquin très littéraire, mon Alice : complexe et géniale, mais tu demandes un petit effort sur les premiers chapitres pour qu'on commence à t'apprécier vraiment.

C'est vrai que tu m'avais demandé de ne pas évoquer les événements, et depuis que je te connais, je n'en ai pipé mot à personne en dehors d'Abbie, tu as ma parole. Personne au travail n'est au courant. (Tu seras ravie d'apprendre d'ailleurs que la mère d'Abbie n'est pas décédée de la varicelle à l'âge adulte. Il s'agissait bien de piqûres de moustique, du coup elle est désormais persuadée d'avoir attrapé Zika.)

Andrew a donné ton bureau à cette enflure de Tom. J'ai un petit coup au cœur à chaque fois que je passe devant et que je vois son crâne chauve à la place de ta jolie bouille concentrée. Central Park a enfilé ses couleurs d'hiver, je suis sûre qu'il neigera bientôt. Désormais, je vais y déjeuner seule le mardi midi. Je m'assois sur notre banc et je pense à toi en regardant les écureuils. La semaine dernière, j'ai même acheté un de ces ignobles hot-dogs à un dollar recouverts de ketchup au marchand ambulant comme tu le faisais parfois, simplement pour parler de toi à quelqu'un. (Je ne l'ai pas mangé, je l'ai donné à un clochard.) Le vendeur se souvient parfaitement de toi, il m'a dit de te transmettre ses amitiés.

Voilà voilà. Je sais que tu ne m'en voudras pas longtemps. Qui est ce collègue qui t'a accompagnée pour les courses de Divali ?
Prends soin de toi.
Love,
Angela

PS : Ci-joint une recette de fondant au chocolat vegan sans gluten : tu remplaces les œufs, le beurre et la crème par du lait d'amande et la farine blanche par de la fécule de maïs. C'est délicieux et très léger.

Journal d'Alice

Londres, 15 janvier 2012

Hello Bruce,

Pas de nouvelles de Scarlett depuis notre dispute. Oliver m'a offert un massage dans un spa (probablement parce qu'il pense que j'ai besoin de me détendre). Nous avons reparlé d'organiser un week-end à Paris en amoureux.

J'aimerais vraiment aller à Paris. Et si Oliver ne peut pas, je crois que j'irai seule. On rêvait tellement d'y aller avec Scarlett quand on était petites… Nous avions développé à une époque une obsession pour Paris. Nous n'avions pas droit aux vêtements de marque de certaines de nos copines, aux vacances de printemps en Floride ni aux sorties dans les restaurants branchés de Boston ou Providence, mais nous avions la nationalité française, ce qui était bien plus chic que toutes les nuisettes Victoria's Secret d'Ashley. Nous avons donc décidé que notre nationalité française serait notre carte popularité à jouer dans cette jungle sans pitié des années collège. Je me suis mise à lire tous les romans français de Maman, tandis que Scarlett apprenait des chansons en français. Nous avons usé les pages du vieux guide de Paris de Maman à force d'imaginer les trajets de nos balades dans la capitale française. Nous n'avions pas encore Internet à la maison, alors nous allions sur l'ordinateur de la bibliothèque pour faire des recherches, dépensant le crédit photocopies destiné aux exposés de biologie pour imprimer le plan du métro parisien, des photos floues en noir et blanc du Sacré-Cœur ou de Notre-Dame que nous affichions au-dessus de nos lits, dans la chambre mansardée.

Maman n'avait pas gardé contact avec sa famille. Ses parents sont décédés quelque temps après ma naissance ; déjà bien enceinte de Scarlett, elle n'a pas pu aller à leur enterrement. Elle était fille unique et nous n'avions donc ni cousins, ni oncles et tantes en France à qui nous aurions pu espérer rendre visite un jour, c'était un de nos grands regrets.

Puis Scarlett a arrêté de s'intéresser à la France et à Paris pour se concentrer sur un unique sujet : sa musique. Elle jouait de la guitare dès qu'elle avait une minute de libre. La musique était devenue une obsession, la seule chose qui comptait. Après deux ans à étudier avec Mme Hamilton, celle-ci a estimé que ma sœur devait prendre des cours avec un vrai professeur de guitare tandis qu'elle-même se contenterait désormais de lui apprendre le chant. D'autant plus que Mme Hamilton avait fini par admettre à regret qu'elle n'arriverait pas à convaincre Scarlett de se consacrer à la musique classique, et plus précisément au piano pour lequel elle avait apparemment un vrai talent. Notre professeure de musique a donc de nouveau rendu visite à Maman, elles ont de nouveau délibéré à voix basse dans la cuisine et elle lui a laissé le contact d'un jeune professeur de guitare. Cette fois, en dépit de l'insistance de Mme Hamilton, Maman a refusé de payer des cours particuliers à Scarlett. Celle-ci avait quatorze ou quinze ans, elle a donc négocié avec un restaurant de fruits de mer sur le port des heures de service le soir et le week-end pour gagner de quoi payer ses leçons. Elle qui ne supportait pas le poisson rentrait le soir, empestant la marée.

C'était l'époque où on enregistrait sur des cassettes audio les chansons qu'on aimait dès qu'elles passaient à la radio. Il fallait parfois réenrouler la bande avec un crayon à papier quand elle se faisait la malle dans le lecteur. Scarlett en avait toute une collection, soigneusement étiquetées et rangées par ordre alphabétique. Elle écrivait les paroles sur un petit carnet bleu à spirales qui ne la quittait jamais. Elle était capable de passer des nuits entières à écouter la radio, à attendre qu'un tube qu'elle avait particulièrement aimé repasse pour pouvoir l'enregistrer.

Pour tout ce qui touchait à la musique, Scarlett a toujours été d'une rigueur et d'une discipline tout à fait surprenante. Pour le reste, c'était une artiste, Bruce, comme toi. Traduction : sa moitié de la chambre ressemblait à un souk après le passage d'un typhon, elle était incapable d'arriver à l'heure, oubliait les cours, son emploi du temps, changeait d'avis plus souvent que de culotte et faisait preuve d'un caractère aussi tumultueux que l'océan au mois de décembre.

Pour ma part, je ne faisais à l'époque partie ni des cheerleaders et autres filles populaires, ni des élèves rejetés qui se faisaient bousculer dans les couloirs et dont les casiers taggés d'insultes révélaient un manque de créativité de la part de leurs bourreaux qui, aujourd'hui encore, me laisse songeuse. Mes nombreux efforts pour ne pas me faire remarquer m'avaient classée dans la zone de neutralité de ceux à qui on fiche la paix parce qu'on ignore leur existence, contrairement à Scarlett qui avait adopté vers treize ans un style rockeuse qu'elle n'a plus quitté depuis : les yeux lourdement maquillés de noir, le jean déchiré au cutter par ses soins et le blouson en cuir pour lequel elle avait travaillé tout un été sur le port comme femme de ménage sur les yachts de passage. Petites, nous nous ressemblions, raison pour laquelle je gardais les cheveux attachés et elle toujours lâchés, mais à partir de l'adolescence et de ce changement de style, plus personne ne m'a plus confondue avec Scarlett.

Quand nous étions deux, nous étions toujours trois. Elle, moi et sa guitare, Hamilton. Nous passions la plupart du temps ensemble. Avec le recul, je me dis que nous étions une paire particulièrement mal assortie. Moi, avec ma queue-de-cheval bien sage et mes lunettes de première de la classe et elle avec ses Dr. Martens d'occasion et sa guitare perpétuellement attachée à son corps comme un organe vital supplémentaire.

Scarlett bénéficiait d'un statut à part. Sous la dictature violente des années lycée où tout ce qui se distingue de la masse est condamné à une mort sociale immédiate, elle n'aurait, en toute logique, pas dû survivre. Mais elle avait le joker absolu : elle s'en foutait. D'ailleurs, elle se foutait éperdument de tout ce qui n'était pas la musique. Elle s'en foutait tellement qu'elle forçait l'admiration. Elle ne m'a jamais paru aussi charismatique que quand elle avançait dans les couloirs du lycée, son baladeur vissé aux oreilles sans jamais accorder la moindre attention aux moqueries ou aux insultes que son style atypique provoquait. Évidemment, elle avait ses failles et ses doutes, mais aujourd'hui encore, en y repensant, je suis admirative de son indépendance d'esprit.

Avec Dakota et Ashley, nous perdions une bonne partie de notre temps libre à comparer les garçons et les crèmes anti-acné. En troisième, mon expérience amoureuse se limitait à des promenades main dans la main avec un certain Will. Nous avons fini par rompre, une fois que j'ai abandonné l'espoir qu'il ose un jour m'embrasser. Comme l'intégralité des filles du collège (et probablement quelques garçons), je me suis alors entichée de Joshua Richardson. Je suis sûre, que tu avais toi aussi un Joshua Richardson dans ton lycée, Bruce : le prototype de l'abruti fini dont toutes les filles tombaient amoureuses comme on tombe d'une falaise. Un mètre quatre-vingt-cinq de débilité pure dissimulée derrière un sourire plus ravageur qu'une épidémie de grippe A en milieu confiné et des abdominaux qui méritaient d'être classés au patrimoine mondial de l'Unesco. Il avait dix-sept ans et ce simple fait lui conférait auprès de moi, gourdasse de treize ans et demi, un statut d'homme mûr terriblement attirant.

Hormis son physique, ses qualités étaient au nombre de trois : 1/ il était en terminale, 2/ il était capitaine de l'équipe de football américain et 3/ il était en terminale. J'avais beau penser à lui jour et nuit, jamais je n'aurais pu imaginer qu'il s'intéresse à moi. C'est donc avec la précision avec laquelle on se rappelle les faits marquants d'une vie que je me souviens du jour où Joshua Richardson est descendu de son piédestal de lumière (i.e. les escaliers qui menaient aux toilettes des terminales) pour m'adresser la parole. J'étais devant mon casier à l'interclasse et j'échangeais mon livre de biologie contre mon livre d'histoire en fredonnant Truly, Madly, Deeply *du groupe Savage Garden. Ma chanson préférée du moment, principalement parce que le clip, que je connaissais par cœur, se déroulait à Paris et accessoirement aussi parce que j'avais des goûts de chiottes. Les photos des Backstreet Boys scotchées sans complexe sur l'intérieur de la porte de mon casier en attestaient on ne peut plus clairement.*

— Alice ?

Il m'a bien fallu quinze secondes pour réagir, quinze longues secondes de réflexion intense et de pure concentration pour arriver à sortir quatre mots d'une voix à la fois aiguë et étranglée dont je n'ai pas réalisé tout de suite qu'elle était la mienne :

— Tu connais mon prénom ?

La question, à défaut de me donner l'air intelligent, était tout à fait légitime et elle ne l'a pas surpris.

— Apparemment. Tu veux aller boire un verre chez Bob's après les cours ?

(Dix secondes de réflexion, transpiration excessive.)

— OK.

— 17 heures ? On se retrouve devant le gymnase, je t'emmène.

(Quinze secondes de réflexion, graves troubles respiratoires.)

— OK.

Sur quoi il a tourné les talons. Il était 10 heures du matin, j'avais donc sept heures pour me préparer au rendez-vous qui allait probablement changer ma vie. L'heure était grave. Il fallait réunir un conseil de guerre dans les plus brefs délais. Faute de téléphone portable ou d'Internet (on était encore au XX*e siècle), j'ai été obligée d'attendre le déjeuner pour retrouver à la cantine Dakota, Ashley et Scarlett à notre table habituelle.*

Ashley et Dakota m'ont paru légèrement sceptiques :

— Tu es sûre qu'il n'était pas bourré ou drogué ?

— Tu es sûre qu'il ne t'a pas confondue avec une autre ?

Scarlett ne disait rien, elle grignotait son sandwich au beurre de cacahuètes en silence pendant que nous discutions de la nécessité éventuelle de sécher les cours de l'après-midi pour passer chez moi me changer. Sachant que s'il remarquait que je m'étais changée, il saurait que j'étais intéressée, or se montrer intéressée quand on était intéressée était une erreur de débutante (Dakota). Mais d'un autre côté, mon Levi's 501 et mon tee-shirt jaune poussin criaient un peu trop que je n'étais pas intéressée, ce qui est une erreur stratégique encore plus dramatique (Ashley).

Perdue entre les conseils contradictoires de mes amies et subissant un stress tel que j'avais probablement perdu dix ans d'espérance de vie depuis 10 heures du matin, je me suis tournée vers Scarlett.

— Tu en penses quoi, toi ?

Scarlett a passé une main dans ses cheveux. C'était avant qu'elle expérimente toutes les couleurs de l'arc-en-ciel sur sa chevelure châtain. Je n'ai jamais réussi à avoir l'air coiffée les cheveux lâchés. Elle, en revanche, avait une façon d'y passer les doigts et de laisser les mèches retomber naturellement de chaque côté de son visage qui la rendait particulièrement sexy.

— Je pense que Joshua Richardson est un pauvre abruti et que tu ne devrais pas y aller.

Un silence a accueilli cette déclaration dont le non-sens n'avait d'égal que la mode des baskets à semelles compensées.

— Un pauvre abruti ne serait pas capitaine de l'équipe de foot, ai-je répondu, sur la défensive.

Scarlett a eu un ricanement méprisant.

— Je te rappelle que l'année dernière, il sortait avec Jessica. Ils ont couché ensemble et il l'a larguée le lendemain en racontant à tout le monde que c'était parce qu'elle n'avait pas les aisselles épilées.

Évidemment, je connaissais cette histoire. Tout le monde avait entendu parler de la pilosité de Jessica Becker. Tout le monde avait trouvé hilarant que Joshua, les semaines suivantes, lui glisse divers rasoirs, crèmes dépilatoires et bandes de cire dans son casier au cas où elle n'aurait pas compris le message. Et personne ne s'était inquiété quand elle avait changé de lycée en cours d'année.

— Mais il suffit qu'Alice s'épile, a répondu Dakota, à qui le cœur du problème échappait manifestement, soutenue par Ashley, que sa conscience féministe n'étouffait pas non plus.

— N'y va pas, a dit Scarlett.

Puis elle a ajouté après une hésitation :

— S'il te plaît.

— Ce serait l'erreur de sa vie de ne pas y aller, a affirmé Dakota.

— Si tu n'y vas pas, j'y vais à ta place, a déclaré Ashley.

— Je vais y aller, ai-je décidé. Ne serait-ce que par curiosité.

Scarlett a levé les yeux au ciel et a refermé sa lunch box avec un claquement sec.

— Il n'est pas intéressé par toi, a-t-elle lâché.

— C'est dégueulasse de dire ça ! s'est exclamée Ashley, horrifiée.

Scarlett a haussé les épaules.

— C'est la vérité.

— Et comment tu le sais ?

— Je le sais, c'est tout. Et si tu me faisais confiance, tu n'irais pas.

Une partie de moi pensait qu'elle avait raison, mais une autre, celle qui avait passé des journées entières à projeter sur le plafond en soupente de notre chambre des scénarios d'amour improbables avec Joshua Richardson en écoutant Savage Garden, voulait désespérément y croire. Dakota et Ashley ont échangé un regard, mais n'ont rien dit. Soit parce qu'elles pensaient au fond que Scarlett avait raison, soit parce qu'elles savaient qu'il ne servait à rien de critiquer ma petite sœur en ma présence.

Joshua est venu me chercher devant le gymnase avec une demi-heure de retard. Il m'a accompagnée jusqu'à sa voiture, dont il m'a tenu ouverte la portière passager. J'ai failli m'évanouir face à tant de galanterie. Nous avons bu un milk-shake chez Bob's. À mon grand soulagement, il ne m'a pas laissé en placer une et m'a longuement parlé de son sujet de prédilection : lui-même. J'ai bu religieusement ses paroles et mon milk-shake à la vanille. Il m'a proposé de retourner dans sa voiture, ce que nous avons fait. Il a sorti de sa boîte à gants une bouteille de vodka bas de gamme dont il a bu plusieurs gorgées au goulot avant de me la tendre.

— J'ai une fausse carte d'identité, a-t-il expliqué pour justifier la bouteille alors qu'il n'avait pas atteint l'âge légal de vingt et un ans.

J'ai bu, l'alcool m'a brûlé la gorge et je me suis étranglée tout en toussant. C'était la première fois que je buvais autre chose qu'une gorgée de bière. Comme je ne voulais pas passer pour une gamine mais que j'en étais une, j'ai porté de nouveau la bouteille à mes lèvres et j'ai bu une autre gorgée. Pour une fois, c'était moi la rebelle. Je n'avais plus peur de rien. La tête me tournait, il a passé un bras autour de mes épaules et il m'a embrassée. C'était nouveau, donc intéressant, mais il y avait trop de salive pour que cela soit vraiment agréable et par ailleurs, j'avais le frein à main planté dans les côtes, ce qui était atrocement douloureux. Je l'ai tout de même laissé glisser ses mains sous mon tee-shirt et malaxer mes seins avec la délicatesse d'un pétrisseur industriel. Je commençais à sérieusement paniquer à l'idée de ne pas réussir à sortir de cette voiture quand, à mon grand soulagement, il s'est détaché de moi pour se renfoncer dans son siège.

— Je voulais te parler d'un truc, a-t-il dit.

Comme je ne répondais pas, il a poursuivi :

— Je voudrais sortir avec ta sœur.

Je n'aurais pas été plus choquée si une benne à ordures s'était brutalement déversée sur ma tête et, pour me donner une contenance, j'ai réajusté mon tee-shirt. Je me suis fait la réflexion qu'il était vraiment très beau, ce qui était vraiment très bête. Il m'a dévisagée, attendant ma réponse.

— Pourquoi tu pleures ?

— Allergie à l'alcool, ai-je balbutié.

— Ah, OK.

J'étais en état de choc : pour la première fois, quelqu'un préférait Scarlett à moi. Joshua m'a raccompagnée chez moi en silence. Arrivée devant notre maison, il m'a répété :

— Tu lui parleras ?

Et, sans doute pour être sûr de s'attirer mes bonnes grâces, il s'est penché par la fenêtre alors que je m'éloignais et a crié :

— Et si jamais elle veut pas, je suis OK pour sortir avec toi !

Quand je suis rentrée à la maison, j'ai ignoré Maman qui me demandait depuis la cuisine pourquoi je rentrais si tard et je suis montée directement dans ma chambre. Scarlett, assise en tailleur sur son lit, apprenait un nouveau morceau à la guitare. Elle a levé la tête vers moi, l'air vaguement inquiet.

— Alors ?

— Alors Joshua Richardson veut sortir avec toi.

Elle n'a manifesté aucune surprise. Elle le savait probablement déjà et elle avait essayé de me prévenir. Elle a continué à jouer, l'air ailleurs. Je me suis laissée tomber sur son lit et j'ai observé ses ongles de guitariste coupés ras et au vernis bleu écaillé pincer les cordes. Au bout d'une longue minute, je l'ai interrogée :

— Qu'est-ce que tu veux que je lui réponde ?

Elle a souri et a essuyé du bout du pouce les larmes qui roulaient sur mes joues.

— Que c'est OK à une condition : qu'il s'épile tout le corps à la cire chaude, y compris les cheveux et les sourcils.

Nous avons été prises d'un tel fou rire que j'en suis tombée du lit.

Et en écrivant tout ça je me demande, Bruce, si Joshua Richardson, malgré sa stupidité, n'avait pas vu bien avant tout le monde ce que moi je voyais en Scarlett et ce que beaucoup de gens, j'en suis certaine, verront un jour à leur tour : qu'il n'y avait pas plus cool que Scarlett Smith-Rivière dans tout l'État du Rhode Island.

De : Erika Spencer
À : Alice Smith
Le : 10 octobre 2018
Objet :

Alice,
Vous n'avez répondu à aucun de mes emails. Je suis passée à votre travail et j'ai appris avec étonnement que vous ne travailliez plus à Wall Street. Une de vos collègues m'a même affirmé que vous aviez déménagé en France.
Je souhaite vous parler. Comme vous le savez, vous ne pouvez pas réellement vous permettre de refuser et vous auriez tort de croire qu'il vous suffit de changer de pays pour vous débarrasser de moi.
Appelez-moi.
Erika Spencer

2018

HIVER

« They say time heals everything,
But it's been many years now, and I am still not healing.
I smile, I sing, I dance, I flirt,
And every time I think of you, it hurts. »

Scarlett S.R. and the Blue Phoenix, *Mother*

J'applique soigneusement mon mascara et m'examine dans la glace. Je ne me maquille presque jamais, mais pour aller à la fête des lumières de Saranya, j'ai promis à Angela de faire un effort. J'enfile une robe noire achetée pour l'occasion et j'exhume du fond d'un carton une paire de chaussures rouges à talons hauts. Le genre de tenue que je pourrais mettre à Noël. J'enfile mon manteau et me dirige vers le métro.

Décembre ne va pas tarder à chasser la fin novembre, les arbres sont nus sur les boulevards et les trottoirs rendus glissants par les dernières feuilles tombées. J'arrive au restaurant des parents de Saranya à 19 heures, comme elle me l'avait indiqué. La lumière est allumée et je discerne de l'agitation derrière les voilages qui recouvrent la vitrine, mais la porte principale est fermée. Je dois frapper à plusieurs reprises pour qu'on m'ouvre.

— Ah tu dois être Alice !

La femme qui m'a ouvert porte un magnifique sari orange brodé d'or et d'argent. Elle ressemble trait pour trait à Saranya, avec trente ans et trente kilos de plus. Elle me serre sur son opulente poitrine.

— Bienvenue, Alice, ma chérie ! Saranya m'a tellement parlé de toi !

Je réponds timidement à son étreinte chaleureuse que je n'attendais pas et lui tends mon bouquet de fleurs.

Les lumières sont éteintes, des bougies par centaines et des guirlandes accrochées un peu partout éclairent la salle du restaurant d'une jolie lumière chaude et tamisée. Les tables, transformées en buffet, ont été poussées contre les murs pour laisser la place à ce qui deviendra plus tard une piste de danse. Une douce odeur d'épices se mélange à celle de la viande grillée.

Quelques invités, pour la plupart des femmes en costumes traditionnels, disposent sur les buffets recouverts de nappes blanches une profusion de plats colorés. Je suis la seule blanche, la seule en vêtements occidentaux. Je ne sais pas trop où me mettre, tout le monde a l'air très occupé.

— Je peux vous aider ?

— Sûrement pas, déclare la mère de Saranya, tu es notre invitée. Où est Saranya ?

Elle sort un iPhone comme par magie d'un pli de son sari et entreprend d'appeler sa fille, à qui elle parle dans une langue inconnue. Je me souviens qu'Angela m'a dit un jour qu'il y avait plus de cent vingt langues parlées en Inde, je ne m'aventure donc pas à supposer que c'est de l'hindi.

— Elle descend !

Effectivement, quelques minutes plus tard, Saranya se matérialise devant moi en princesse des *Mille et Une Nuits.* Elle porte un sari bleu turquoise sur lequel sont brodées de larges fleurs argentées. Le pan de tissu bleu translucide qui part de sa hanche pour venir recouvrir son épaule gauche révèle en partie son ventre. Son bras droit, laissé à l'air libre, est chargé de bracelets d'argent incrustés de pierres bleues qui lui montent presque jusqu'au coude, assortis à ses boucles d'oreilles, si longues qu'elles viennent frôler ses épaules. Son maquillage encore plus chargé que d'habitude, la ligne impeccable de ses épais sourcils et le diamant sur sa narine font ressortir l'intensité de ses yeux sombres comme deux pierres précieuses dans son visage mat.

— Tu es magnifique, je la complimente en toute sincérité.

— Je sais ! Et j'aimerais pouvoir en dire autant de toi, me réplique-t-elle en me prenant par la main, mais apparemment, tu te crois à un enterrement.

Je n'ai pas le temps de me défendre que déjà elle m'entraîne vers l'arrière-boutique et me fait monter les deux étages qui mènent à son studio.

Je contemple, horrifiée, la pile de tissus moirés effondrée sur son lit défait et le maquillage épars qui recouvre chaque centimètre carré des quelques meubles de la chambre.

— Tu as démoli tout ce qu'on avait rangé ensemble !

Saranya regarde autour d'elle, l'air sincèrement perplexe.

— Je n'ai fait que sortir ce dont j'avais besoin. Trêve de balivernes, on va te trouver une tenue.

J'essaye de protester, mais c'est peine perdue. Elle tente de me déshabiller de force, je résiste et elle accepte que j'aille me planquer dans la minuscule salle de douche plus exiguë qu'une cabine téléphonique pour retirer ma robe. Comme d'après elle, je ne ressemble vraiment à rien, elle appelle ses sœurs à la rescousse. La première m'enrubanne telle un nem dans des mètres de soie jaune et dorée, la deuxième brosse, tire, lisse, puis boucle mes cheveux châtains, et Saranya, armée d'une quantité de maquillage et d'instruments équivalente à celle de l'étage beauté de Bloomingdale's entreprend de me repeindre le visage.

— S'il te plaît, ne charge pas trop les yeux, je la supplie, en panique. Je déteste avoir les yeux maquillés. Et je n'aime pas avoir les cheveux lâchés, je préfère quand ils sont attachés.

— Fais-moi confiance, s'exclame-t-elle, un recourbe-cils dans une main et une rangée de faux cils dans l'autre qui laissent supposer au contraire qu'il ne faut surtout pas que je lui fasse confiance et que je ferais bien de prendre mes jambes à mon cou.

Mais rien ne sert de lutter contre Saranya et sa ténacité de maman pitbull. J'abandonne donc la lutte et me laisse transformer en princesse indienne.

— Tin-tin ! crie-t-elle quand elle a terminé.

Ses sœurs me scrutent en hochant la tête.

— Pas mal, approuve l'une.

— Ça manque d'un petit quelque chose, réfléchit l'autre en accrochant sur mon front un bijou doré assorti aux boucles qu'elles m'ont suspendues d'autorité aux oreilles.

Quand je croise mon regard dans la glace, je mets bien trois secondes à réaliser que c'est mon reflet que je contemple. Voilà pourquoi je ne me maquille jamais. Exception faite de ma peau trop claire, j'ai l'air indienne. Et aussi d'un sapin de Noël. Le sari brodé d'or, les bijoux, les cheveux détachés et bouclés, le *bindi*, point rouge sur le front, et surtout les yeux. Malgré sa promesse, Saranya m'a entouré les yeux de noirs, le khôl et le fard à paupières très sombres les ont rendus immenses et beaucoup plus intenses.

— Ça te plaît ?

Non, ça ne me plaît pas. La fille dans la glace n'a rien à voir avec moi. Et le maquillage outrancier me rappelle trop quelqu'un que j'essaye d'oublier. Elle a cependant l'air tellement heureuse de ma transformation que je préfère mentir.

— Merci, c'est très beau.

— Super ! On peut descendre maintenant.

L'opération ravalement de façade a bien pris quarante-cinq minutes et quand nous redescendons, le restaurant est bondé. La musique bat son plein, les invités mangent et discutent gaiement, le visage éclairé par la lumière douce des guirlandes et des bougies. Je remarque pour la première fois les *rangolis* sur le sol, ces dessins colorés de fleurs géométriques que Saranya avait évoqués.

— Sers-toi ! me crie Saranya en me tendant une assiette en carton.

Elle me fait un rapide inventaire du buffet : le daal à base de lentilles, les pois chiches masala, parfumés au curry et au cumin, le poulet tandoori et sa sauce coriandre, les différents types de naans, ces crêpes indiennes qui servent de pain et des dizaines de samossas, aux crevettes, aux légumes ou à la viande. Je ne comprends pas tout, mais je remplis mon assiette au fur et à mesure qu'elle m'énumère chaque plat et goûte avec gourmandise. Je refuse le verre de vin qu'elle me propose discrètement et accepte une tasse de thé.

— Une partie de ma famille ne boit pas d'alcool, dont moi… officiellement, m'explique-elle avec un clin d'œil tout en se versant un verre.

Nous nous asseyons à un coin de table. Saranya me présente ses cousins, je ne retiens pas tous les noms. Je trempe un morceau de naan dans une sauce rouge et crémeuse. Le goût est incroyable, mais mon palais n'est pas habitué aux épices et je sens mon visage rougir.

— Si c'est trop épicé, il y a du fromage blanc dans le frigo du restaurant, me dit une des cousines en riant.

— Merci, c'est délicieux.

J'ai toujours bien aimé la nourriture épicée. Angela m'invitait souvent à dîner chez elle, mais elle ne cuisinait jamais indien. Et la seule recette que je l'ai jamais vue réussir était celle d'un thé chai au lait et aux épices. Une tuerie. Pour le reste, j'espérais toujours que ce soit Abbie qui cuisine quand elles m'invitaient chez elles, tellement les expériences de cuisine vegan d'Angela pouvaient s'avérer catastrophiques.

— En Inde, on a un proverbe, me dit Saranya la bouche pleine : « Fais du bien à ton corps pour que ton âme ait envie d'y rester. »

— Je ne suis pas sûre que dans ce contexte, « faire du bien à son corps » signifie s'engloutir cinq kilos de poulet tikka masala, commente en riant une des cousines.

— Tu as tort, mon âme adore le poulet tikka masala, rétorque Saranya, et mon corps est parfait comme il est !

Je ne vois pas le temps passer. J'ai trop mangé et la musique est trop forte. Je me penche à l'oreille de Saranya :

— Je reviens.

Je me dirige vers les toilettes en me faufilant entre les danseurs en sueur. Alors que je me lave les mains, mon reflet dans la petite glace me fait de nouveau sursauter. J'hésite à me rattacher les cheveux, mais j'ai laissé mon élastique en haut. Je détourne les yeux. En sortant, j'aperçois une porte entrouverte au bout du couloir. Je ne peux m'empêcher de la pousser. Pas tant par curiosité que pour trouver un peu de calme. C'est un débarras où sont entassés des cartons. La famille de Saranya a dû créer les *rangolis* qui décorent leur maison dans cette petite pièce. Sur une table pliante, des sacs de poudre de toutes les couleurs côtoient des pochoirs de cartons. Des cercles ont été dessinés à la craie sur des planches, des débuts de dessins géométriques de fleurs, d'arbres et d'oiseaux. Je jette un coup d'œil à une pile de modèles imprimés depuis un site internet. J'hésite. Mais impossible de résister. Je m'assois sur la chaise pliante, prends une planche et je commence à dessiner. J'ai laissé la porte ouverte. La musique et le son des rires me parviennent assourdis. Je pars d'un modèle de paon, puis j'improvise. Du bout des doigts je saupoudre les sables colorés à l'intérieur des pochoirs pour dessiner les plumes. Je suis si concentrée sur ma tâche que j'oublie où je suis et ne me rends pas compte du temps qui s'écoule.

Un raclement de gorge me sort de ma torpeur.

— Excusez-moi, je cherche…

Je lève la tête et quand il voit mon visage, mon interlocuteur s'interrompt. L'étonnement envahit brièvement ses yeux bleus et familiers d'ordinaire imperturbables.

— Salut Jeremy, je ne savais pas que tu venais.

— Excuse-moi, je ne t'avais pas reconnue, dit-il après un silence.

Tout à coup, j'ai ce sentiment étrange que, malgré le maquillage, les bijoux, le sari et la coiffure inhabituelle, il me voit pour la première fois. Il me dévisage avec une telle intensité que, par réflexe, je réajuste le sari. Mon malaise ne se dissipe pas pour autant.

— Je cherchais les toilettes, reprend-il.

— Au bout du couloir à droite.

Il hoche la tête, mais ne bouge pas. Je me demande s'il n'a pas un peu trop bu, il y a une hésitation dans son attitude que je ne lui ai jamais vue. Je me souviens que Saranya m'a demandé son numéro. Était-ce juste pour l'inviter ce soir et le remercier ou pour lui proposer un verre ? Est-ce qu'ils sortent ensemble ? Je réalise que depuis quelque temps elle me parle moins de ses rendez-vous Tinder.

— C'est très beau, lance-t-il soudain en désignant du menton le dessin presque terminé. Je ne savais pas que tu étais une artiste.

— Non, non, je ne suis pas du tout une artiste… C'est juste un paon.

— Hmmm, j'avais plutôt l'impression que c'était un phœnix.

— Pas du tout, c'est un paon.

— OK… À plus tard, alors.

Il sort de la petite pièce et je baisse les yeux sur le dessin. Force est de constater qu'il a raison. Je me suis éloignée du dessin d'origine. L'oiseau bleu aux ailes ouvertes, entouré de flammes rouges, jaunes et orange, ressemble bien à un phœnix. Je hausse les épaules et pose mes mains en plein milieu du *rangoli.* En quelques gestes, je détruis le dessin que j'ai mis si longtemps à faire et l'oiseau bleu se dissout dans un magma de sable coloré. Des contes pour enfants. Le phoenix ne renaît pas de ses cendres. Je regarde avec satisfaction mes paumes recouvertes de poudre. Voilà ce qui arrive vraiment au phoenix. Il se consume dans sa propre grandeur ; aveuglé par sa propre lumière, il meurt de s'être cru immortel, dévoré par les flammes avec lesquelles il a brûlé les autres.

Quand je reviens dans la salle, tout le monde est sur la piste. Y compris Jeremy qui s'est fait accaparer par les cousines de Saranya. Elles dansent autour de lui, leurs mains jointes et ondoyantes font scintiller les bracelets à leurs poignets. Il n'a pas l'air très à l'aise, mais tente tant bien que mal d'imiter leurs pas. Cette vision m'arrache un sourire. Saranya m'attrape subitement par la main.

— Alice ! Mais où est-ce que tu étais ?

— Je faisais un *rangoli.*

Elle lève les yeux au ciel et me tire sur la piste. J'essaye de résister, mais c'est peine perdue. Je lui crie à l'oreille pour couvrir le bruit de la musique :

— Tu as invité Jeremy ?

— Bien sûr !

— Mais tu l'as revu depuis la fois où on a fait des courses ?

— Une fois, oui. J'avais besoin de quelqu'un pour conduire un de mes petits vieux à La Comédie-Française pour son anniversaire et je ne connais personne d'autre qui a une voiture ! Il est super sympa.

Sans me laisser le temps de réfléchir à ce que j'en pense, elle m'entraîne dans une chorégraphie endiablée sur un rap indien dont tous les invités reprennent le refrain en chœur. Je me concentre sur les mouvements compliqués à reproduire que tout le monde semble maîtriser parfaitement. Une boule à facettes habille de taches de lumière les saris multicolores. J'ai l'impression d'être dans une comédie musicale. J'observe les visages autour de moi et suis frappée par la joie qui semble habiter les sourires. Depuis combien de temps n'ai-je pas eu ce sentiment de légèreté ? Cette envie de danser ?

— Jerem ! crie Saranya, arrachant Jeremy à ses cousines pour le ramener dans notre cercle, tu fais n'importe quoi ! Concentre-toi un peu !

— Tu m'as trop fait boire, râle-t-il, ça tangue !

Saranya entreprend de lui montrer les mouvements de la chorégraphie au ralenti. Il l'observe attentivement, avec un sourire gentiment moqueur qui plisse le coin de son regard tout en étirant à peine ses lèvres.

Au bout d'un moment, la musique s'adoucit et quelqu'un lance un slow. Je baisse le regard sur ma montre, surprise. Il est 4 heures du matin. L'excitation de la soirée retombe et je me sens vidée de toute énergie. Je m'éclipse discrètement, monte me changer dans le studio de Saranya et laisse le sari jaune soigneusement plié sur son lit. Je récupère mon manteau et redescends. Je cherche Saranya des yeux dans la foule pour lui dire au revoir, mais elle danse avec Jeremy et ne me voit pas. Je préfère ne pas les déranger et me faufile à l'extérieur. Le froid me prend à la gorge et je boutonne mon manteau jusqu'au col en frissonnant. Je sors mon smartphone pour commander un Uber. Treize minutes d'attente. Je soupire et un peu de vapeur blanche s'échappe de ma bouche. Si j'avais anticipé, je l'aurais commandé à l'intérieur et j'aurais évité cette perte de temps inutile. Les minutes s'écoulent avec une lenteur angoissante. La porte claque derrière moi et Jeremy me rejoint. Il a les mains enfoncées dans les poches de son blouson d'aviateur. Il tient un casque de moto à la main.

— Alice ? Tu rentres ?

— Oui, j'attends mon Uber.

— Je suis à moto. Tu veux que je te dépose ?

— Certainement pas, tu as trop bu et tu ne devrais pas conduire.

Il a un rire léger.

— Oui, Maman…

— Je suis sérieuse, c'est dangereux. Tu n'as qu'à prendre mon Uber.

— Hors de question que je laisse ma moto toute la nuit sur le trottoir.

Je pousse un soupir et jette un coup d'œil à l'écran de mon téléphone. Le Uber arrive dans trois minutes.

— Tu es garé où ?

— En face, pourquoi ?

J'ouvre l'application et annule la course.

— Parce que je te ramène.

Mi-amusé, mi-surpris, il demande :

— Tu me ramènes comment ?

— À moto, puisque tu ne veux pas la laisser ici.

Il me dévisage, interloqué, puis il se met à rire doucement.

— Tu as ton permis moto, toi ?

— Oui, donne-moi tes clés.

Je lui tends ma main ouverte. Il hésite, puis y dépose ses clés. Ses doigts effleurent ma paume et je retire ma main, gênée du frisson que ce contact inattendu a provoqué. Je préférerais quand on se détestait.

— OK, boss, dit-il, mais tu mets le casque. Et sois prudente ! Je te rappelle que le sort des chaussettes orphelines repose entre mes mains et si tu me tues à moto, c'est sûr que je n'arriverai jamais à sortir cette application…

Je souris, enfourche la moto et il s'installe derrière moi.

Je baisse la visière du casque et fais rugir le moteur. Il s'accroche aux poignées à l'arrière de l'engin. Je démarre en trombe. Les rues sont vides, les lumières floues des lampadaires et la vitesse me grisent. Ma fatigue s'est envolée, je n'ai plus envie de rentrer. Nous remontons le canal Saint-Martin, Jeremy me donne les instructions, mais je ne les suis pas et je me perds dans un dédale de ruelles.

Il se penche vers moi et me crie pour couvrir le bruit du moteur.

— OK, alors si tu penses que c'est l'heure de visiter Paris, prends à gauche à la prochaine, on va rejoindre les quais.

Je suis son conseil et j'arrive au bord de la Seine. Dépourvue des péniches et des bateaux qui troublent sa surface pendant la journée, elle paraît aussi lisse qu'un miroir, illuminée par les lumières des réverbères antiques. Jeremy m'indique Notre-Dame, sa rosace et ses deux tours illuminées, la conciergerie, le Pont-Neuf et le pont des Arts. J'écoute le sourire inhabituel dans sa voix grave, sans répondre. Et pour la première fois, je vois le Paris des amoureux, sans la foule des touristes et des Parisiens moroses, comme si la ville était vide avec ses immeubles haussmanniens, ses grandes avenues bordées d'arbres et ses panneaux à l'ancienne où « Métropolitain » est écrit en vert sur fond jaune, la tour Eiffel, majestueuse et scintillante dans la nuit froide, et la coupole illuminée du Grand Palais. Le vent s'engouffre dans mon manteau, mais je me contrefiche du froid. Je sillonne les rues vides avec la même sensation de liberté que si j'étais sur un voilier au beau milieu de l'océan. Puis la croix verte d'une pharmacie me rappelle l'heure et je me retourne vers mon passager :

— Désolée pour le détour, on rentre, maintenant !

Je reprends à regret la direction du IXe arrondissement guidée par Jeremy et m'arrête devant l'immeuble qu'il m'indique.

— La limite en ville, c'est cinquante kilomètres-heure pas cent vingt, fait-il remarquer en descendant, un sourire au coin des lèvres.

Je pouffe, retire le casque et secoue mes mèches brunes, les belles boucles faites par les sœurs de Saranya ne doivent plus ressembler à grand-chose. Il plante son regard dans le mien.

— Si je résume, tu as proposé de me raccompagner, tu m'as emmené faire une balade romantique sur les quais de Seine, je crois que c'est le moment où je suis supposé te proposer de monter pour un dernier verre…

Je laisse tomber les clés de sa moto dans le casque et le lui tends.

— Mais comme je ne bois pas, que tu habites au sixième étage sans ascenseur et que je suis sûre que tu es trop bien élevé pour inviter tes collègues à monter chez toi au milieu de la nuit, je vais commander un Uber et tu vas aller te coucher après avoir bu trois grands verres d'eau. Demain, tu me remercieras.

— Mon ascenseur est réparé, j'ai une bouteille de Perrier dégazée au frais, voire un verre d'eau du robinet premier cru.

— Tu me fais rêver…

— Et sache que je suis beaucoup moins bien élevé que j'en ai l'air.

Il ne plaisante plus. Ses yeux se sont assombris et ne lâchent pas les miens. Je reste un instant sans voix en comprenant qu'il est réellement en train de me proposer de monter. Pas si asocial que ça, finalement, ou alors l'alcool le rend téméraire.

— Tu es sérieux, là ?

J'ai dû baisser la garde, me détendre, laisser croire que j'étais une fille normale, capable de passer la nuit avec lui simplement parce qu'il me plaît. Je n'aurais pas dû.

— On a déjà eu cette conversation, répond-il. Je ne dis jamais rien que je ne pense pas.

— Et Saranya ?

Il hausse un sourcil, surpris par la question.

— Saranya est une fille super, mais si elle prévoyait qu'il se passe quoi que ce soit entre nous, elle ne me demanderait pas autant de conseils pour draguer. Elle m'a d'ailleurs officiellement décerné ce soir le poste de « coach-rencontres » et accessoirement, elle est depuis trois semaines avec un paysagiste qui lui écrit des poèmes sur Instagram…

Le poète-paysagiste… Elle m'en a parlé, mais je ne savais pas que ça durait encore.

Je hoche la tête et sors mon téléphone de mon sac à main.

— Tu n'as pas répondu, constate-t-il, laconique.

Il s'adosse à la porte cochère, manifestement sans la moindre intention de monter chez lui, et je me sens terriblement nerveuse.

— C'est non.

Un silence.

— Par principe ou parce que tu n'en as pas envie ?

— Parce que je n'en ai pas envie, parce qu'on travaille ensemble et que je… je ne fais pas « ça ».

— « Ça » ?

Je voudrais qu'il arrête de me regarder.

— La drague, dis-je plus sèchement que je ne l'aurais voulu, les rencontres, les relations amoureuses, la vie de couple…

Il a un léger sourire.

— Pour clarifier, ce n'était pas une demande en mariage, mais c'est comme tu veux.

Il reste impassible, tandis que je commande ma voiture. Il n'a même pas l'air vraiment déçu. Je me dis qu'il est ivre, il a tenté parce que j'étais la seule fille disponible. Demain, il sera soulagé de mon refus.

— Dans combien de temps arrive ton chauffeur ?

— Quatre minutes, mais tu peux monter.

— Je vais attendre avec toi.

— Tu n'es pas obligé.

J'ai un sentiment de déception absurde, une boule dans la gorge, comme si c'était lui qui venait de refuser de passer la nuit avec moi et non l'inverse.

— Ne t'inquiète pas, ce n'est pas mon genre d'insister et il ne reste plus que trois minutes trente, fait-il remarquer.

Il enfonce les mains dans les poches de son blouson et nous attendons, sans parler. S'il avait insisté, est-ce que je serais montée ? Peut-être, oui. Juste une fois. Juste pour ne pas avoir à m'endormir seule. Mais je deviens folle. Je ne devrais même pas penser à ça, même pas l'envisager. Il ne me plaît pas. Plus personne ne me plaît depuis longtemps. Et peut-être qu'il me plaît un peu, mais ce n'est qu'un désir passager, demain tout sera oublié. Même cette envie de passer ma main sur l'ombre de barbe brune qui recouvre ses joues, de respirer l'odeur de savon au creux de son cou, de plonger dans ses yeux, si profondément bleus, qu'on ne sait plus si on a peur ou envie de s'y noyer. Mais non, c'est Paris, la nuit, cette soirée. Demain, je n'aurai plus du tout envie de tout ça. Pas plus que d'entendre sa voix grave murmurer des choses indécentes au creux de mon oreille ou de passer mes mains sous le cuir de son blouson pour étudier la chaleur de sa peau.

— À quoi tu penses ? demande-t-il en bâillant, tu me regardes bizarrement.

Je sursaute, puis rougis.

— À rien. À mon Uber.

— Le voilà.

Une voiture noire s'arrête devant nous. Jeremy m'ouvre la porte et je m'engouffre à l'intérieur.

— Ça te va bien, les cheveux lâchés, dit-il. Bonne nuit, Alice.

Il referme la porte sans attendre que je réponde et la voiture démarre.

Je sors un élastique de mon sac et, avec de grands gestes furieux, j'attache mes cheveux dans une queue-de-cheval bien serrée. Pour une raison qui m'échappe, je suis à la fois terriblement en colère et horriblement triste. Je m'enfonce dans le cuir du siège et pousse un long soupir.

Aussi incompréhensible, irrationnel et ridicule cela soit-il, évidemment qu'il me plaît.

J'aurais dû dire oui.

Journal d'Alice

Londres, 2 février 2012

Salut Brubruce,

Un moment que je n'ai rien écrit. Pas la motivation. Pas de nouvelles de Scarlett, elle me manque. Je devrais l'appeler, mais c'est toujours elle qui fait le premier pas quand on se dispute. J'ai arrêté d'aller chez le psychologue. Ça ne sert à rien. Je suis allée chez la gynécologue à la place et je lui ai demandé comment je pouvais faciliter le processus. J'ai commencé à prendre des hormones en cachets avec mon café au petit déjeuner pour stimuler mon ovulation.

Il y a clairement un effet, même si pour le moment, ce n'est pas celui escompté : mes poils ont poussé treize fois plus vite, j'ai pris trois kilos et j'ai plus d'acné qu'un adolescent atteint de la varicelle. Accessoirement, je suis d'une humeur massacrante et épuisée alors que je croule sous le travail.

En parallèle, j'ai tout arrêté. Le psy, le fertility-yoga, l'huile d'onagre et mon coach d'ovaires.

Je reviens t'écrire ici, Bruce, parce que j'ai l'impression qu'écrire me permet de mettre de l'ordre dans mes idées. Non pas que tu sois d'une grande aide, honnêtement, mais je fais avec les moyens du bord.

Hier, nous avons discuté avec Oliver de la possibilité de faire une fécondation in vitro. *Il l'avait déjà évoquée et j'avais déjà refusé. Ce n'est pas ce que j'imaginais pour mon bébé. Je voulais qu'il soit conçu dans l'amour, pas dans une éprouvette. Peut-être parce que je suis moi-même issue d'une FIV... Je ne sais pas. Je viens d'avoir vingt-sept ans, ce n'est pas comme si j'en avais soixante-trois. Mais, il faut se rendre à l'évidence, je ne tombe pas enceinte et Oliver, lui, va sur ses trente-sept ans... Je lui ai donc promis d'y réfléchir.*

Je n'aime pas mon corps, Bruce, j'ai l'impression qu'il me trahit, qu'il ne fait pas ce qu'il devrait faire, qu'il est incapable de réussir ce que tout le monde réussit facilement depuis la nuit des temps. Je ne me suis jamais posé la question de savoir si j'étais capable de faire des enfants avant d'en vouloir un. Vu l'historique de mes parents, j'aurais peut-être dû, mais depuis que je suis avec Oliver, je me suis toujours imaginée avec des enfants. Je les ai toujours aimés. Dès treize ans, j'ai multiplié les baby-sittings dans le quartier, plus par plaisir que pour cumuler de l'argent de poche. Les bébés surtout, avec leur amour gratuit, leur air confiant et leur blablatage enthousiaste me faisaient fondre, leurs cris ne m'ont jamais dérangée et j'étais capable de les bercer pendant des heures.

J'ai attendu mes règles avec impatience. Plus, d'ailleurs, parce qu'elles annonçaient la fin de l'enfance que la possibilité d'une maternité dont l'idée, à quatorze ans, ne m'avait pas encore effleurée. Maman ne nous parlait pas de ces choses : ça ne se faisait pas. J'avais cependant acheté chez Walmart avec l'argent de mes baby-sittings un paquet de serviettes hygiéniques (les moins chères à deux dollars et dix cents le paquet) et je m'étais entraînée à plusieurs reprises, planquée dans les toilettes, à fixer une serviette sur ma culotte. Depuis mes onze ans, je trimballais partout avec moi dans mon sac à dos une trousse bleu ciel contenant une culotte propre, un paquet de mouchoirs et deux serviettes (Dakota affirmait que quand on était encore vierge, les tampons ne passaient pas, ce qui faisait lever les yeux au ciel à Ashley.) Régulièrement, je sortais ce nécessaire à futures règles et le réorganisais méticuleusement en imaginant le jour où enfin, je l'utiliserais. On est vraiment con quand on a quatorze ans, Bruce, parce que depuis que j'ai eu mes règles, je donnerais toute ma collection de romans français et mon ovaire droit pour ne plus les avoir.

En janvier 1999, j'ai eu quatorze ans et toujours rien. Au mois de mai, ma trousse bleu ciel a enfin servi à quelqu'un : Scarlett. Le monde entier a été au courant de cette évolution du corps de Scarlett, puisqu'elle avait décidé qu'elle n'avait aucune raison de se cacher d'un événement parfaitement naturel qui arrivait tous les mois à la moitié de l'humanité. Je ne l'ai jamais vue prendre la peine de dissimuler un tampon dans sa manche ou dans sa poche, comme nous le faisions toutes, ou même d'inventer des excuses quand elle avait mal au ventre. Elle s'est pris une heure de colle et un sermon du proviseur sur la nécessité de la décence pour avoir levé la main en cours d'histoire et demandé haut et fort *si elle pouvait aller changer sa serviette. Notre classe avait éclaté de rire et sur le moment, j'avais eu honte d'elle. Aujourd'hui, j'ai honte d'avoir eu honte.*

De la même façon que c'était toujours moi qui lui procurais les mouchoirs en papier, les stylos manquants ou le déodorant après le cours de sport, je me suis mise à la fournir en serviettes hygiéniques et en tampons. Longtemps sur mon agenda, il y a eu une croix bleue pour la date prévue de mes règles et une croix verte pour les siennes qu'elle était incapable de se rappeler. J'imagine qu'aujourd'hui, elle a un rappel dans son téléphone et j'ai eu beau, toutes ces années, lui reprocher son manque d'organisation, maintenant qu'elle est loin, l'idée qu'elle n'a plus besoin de moi me rend un peu triste.

Je me rappelle aussi que l'année 1999 a été marquée par un événement majeur : Maman a accepté de prendre une connexion Internet à la maison. Officiellement parce qu'elle l'utilisait pour communiquer avec ses clients, officieusement parce que je la tannais depuis plus de six mois à ce sujet et que Maman ne m'a jamais rien refusé. Nous avions un modem clignotant qui sifflait et grésillait à chaque connexion. Surfer sur le Web coûtait cher, et pas seulement en temps perdu. Nous étions autorisées à nous connecter quinze minutes par jour, une fois que nos devoirs étaient faits et la table mise. Ma mère posait à côté de l'ordinateur le minuteur de la cuisine, une antiquité en forme de pomme en plastique délavé qui crépitait jusqu'au ding fatidique annonçant la fin de la récréation.

Scarlett n'allait sur Internet que pour rassembler des informations nécessaires à sa carrière de future star du rock (enfin, de punk). À cette époque, elle pouvait parler pendant des heures des spécificités du mouvement punk, des Sex Pistols et des Dead Kennedys. De mon côté, j'attendais toute la journée ces quinze minutes d'Internet. J'avais une boîte mail que je consultais une fois toutes les deux ou trois semaines histoire qu'elle ne se désactive pas et je passais mes quinze minutes à chatter en ligne avec Dakota, Ashley et surtout Harry, un garçon de ma classe timide, qui ne me parlait presque jamais au collège, mais qui m'avait ajoutée sur MSN Messenger. Je jonglais entre les fenêtres de la messagerie. Nous nous envoyions des smileys rougissants, des cœurs parfois brisés et toujours pixelisés, sans oublier l'étrange et occasionnelle émoticône « part de pizza ».

C'est à cette époque aussi que Scarlett a décidé de composer ses propres chansons.

— Quel genre de chanson tu veux faire ? lui ai-je demandé un jour.

Le Beach Café était fermé pendant une semaine pour cause de travaux. Nous étions allongées sur le sable de Narragansett. Le mois d'octobre avait chassé les touristes et la plage était vide. La mer reflétait le gris du ciel et les mouettes tournoyaient au-dessus de notre tête, portées par un vent d'automne. Je jouais du bout des doigts avec ses mèches châtains étalées sur le sable blanc. Je m'attendais à ce qu'elle me réponde qu'elle voulait écrire des chansons dans le style de Joan Jett, Alanis Morissette ou même d'Oasis, AC/DC ou Nirvana. Mais elle a répliqué très sérieusement, en faisant couler le sable entre ses doigts :

— Je veux écrire des chansons qui commencent doucement et qui s'accélèrent ensuite.

— C'est un style de musique, ça ?

— C'est mon style de musique.

Je n'ai pas vraiment reparlé à Jeremy depuis l'épisode Divali, il s'enferme dans son bureau avec Victoire et ils codent toute la journée, écouteurs sur les oreilles.

S'il me croise dans un couloir, il me dit :

— Salut, Alice.

Exactement de la même manière qu'il le faisait auparavant. Impossible de savoir s'il est gêné, indifférent ou si, tout simplement, il ne se souvient pas de notre fin de soirée. Mais au fond, que s'est-il réellement passé ? Une minute d'alchimie éphémère, j'ai peut-être même tout imaginé, une réaction chimique à la moto et au poulet masala qui a dégénéré en malentendu. J'ai toutefois du mal à oublier son expression quand il m'a trouvée en train de dessiner mon phœnix, comme s'il voyait exactement qui j'étais.

Je suis en train de m'ennuyer ferme devant un tableau Excel récapitulant les dépenses somptuaires de Chris d'un côté et nos revenus inexistants de l'autre (une seule case contenant un « 0 »). Je lève la tête au moment où Zoé et sa mère traversent l'open space.

— Fuck Alice ! me lance-t-elle en agitant la main, tandis que sa mère la tire par le bras, sans s'arrêter.

— Coucou Zoé, dis-je avec un sourire.

Je ne peux m'empêcher d'observer la femme qui l'accompagne. C'est la première fois que je la vois en vrai. On ne pourrait pas imaginer plus différente de moi. Non pas que j'aie la moindre raison de me comparer à elle. Elle doit avoir quelques années de plus que Jeremy. Blonde platine, mais des racines noires, les cheveux courts et en désordre, les yeux vert clair, très maquillés. Son débardeur laisse apparaître un oiseau tatoué sur son épaule droite. Elle est sculptrice, Victoire me l'a rapporté l'autre jour.

Elle dépose une fois de plus Zoé en milieu de journée. Manifestement, ce n'était pas prévu. Je les observe du coin de l'œil, tout comme Reda et Victoire qui assistent à la scène tels des spectateurs sur les gradins d'un cirque. Jeremy installe la petite fille dans un coin de son bureau et lui donne un livre. Puis, il prend son ex par le bras et l'entraîne dans une salle de réunion. Dès qu'il a refermé la porte, son visage se ferme. Ils se disputent. Ou plus exactement, il a l'air furieux et elle rit en haussant les épaules avec désinvolture, lui caressant parfois la joue du bout de ses doigts aux ongles vernis d'un rouge sombre.

— Il va encore se faire niquer, analyse Victoire avec clairvoyance.

— Avec un peu de bol, dans tous les sens du terme, complète Reda en hochant la tête.

— Étonnant à quel point les hommes sont dirigés par leurs instincts biologiques, répond la jeune fille. C'est un homme intelligent et doué, probablement capable de trouver facilement une partenaire sympa et honnête, mais il réitère la même erreur à l'infini, à savoir, faire confiance à cette personne qui le maltraite, en pensant à chaque fois que le résultat sera différent.

— Je crois surtout qu'il veut recoucher avec elle, répond Reda. Elle est canon.

Victoire a un grognement méprisant.

— La beauté n'est qu'une question de normes sociales dépendantes de ton époque, de ton milieu social et de tes origines géographiques, normes que la société te fait intérioriser dès ta naissance. Par ailleurs, toute apparence physique est éphémère. Choisir un partenaire sexuel pour sa beauté est par conséquent complètement con.

— OK, fait Reda en riant, comment choisir ses partenaires sexuels alors ?

— En s'appuyant sur des critères utiles, objectifs et quantifiables. Pour devenir mon partenaire, par exemple, il te faudrait être un humain de sexe masculin entre vingt-quatre et vingt-six ans, avec une expérience sexuelle d'au minimum deux partenaires distincts sans dépasser cinq cependant afin de limiter les risques de MST, pas de maladies génétiques dans la famille, un QI minimum de 120, un indice de masse corporelle sain afin d'éviter les accidents cardio-vasculaires et la volonté de fonder un foyer puisque c'est notre première fonction sociale. Et enfin, de toute évidence, être abonné à Netflix.

— J'ai vingt-huit ans, dit Reda, mais j'ai un compte Netflix.

— J'ai le regret de t'informer que tu ne remplis pas les critères pour être mon partenaire sexuel.

Reda réajuste sa casquette des Yankees, ses yeux noirs pétillent de malice.

— Je n'ai pas vraiment candidaté…

— Toi non plus, Alice, tu ne remplis pas les critères, juge bon de me préciser Victoire, puisque tu n'es pas un humain de sexe masculin.

— Dommage, je marmonne, toujours en train d'espionner la discussion entre Jeremy et son ex.

Comme Victoire l'a prévu, Jeremy se calme et sa femme part en lui envoyant un baiser.

— Ils sont censés être en garde partagée, explique Victoire comme si elle entendait les questions silencieuses qui me traversent l'esprit, mais elle lui laisse toujours Zoé à l'improviste. L'autre jour, il était furieux, parce qu'elle lui avait demandé de l'argent pour payer la cantine et il s'est rendu compte qu'elle n'avait jamais payé l'école avec.

— Il devrait demander la garde complète, fait remarquer Reda au bout d'une minute.

Manifestement, il n'a aucune motivation pour travailler et très envie de partager les potins du bureau.

Victoire lève la tête de son écran et hausse les épaules.

— Il l'a fait, mais elle ne veut pas et il ne tient pas à régler ça devant les tribunaux. D'autant qu'il est toujours amoureux d'elle.

— Comment tu le sais ?

— Je travaille avec lui. Afin de construire une relation professionnelle saine, je fais attention à lui, j'écoute ce qu'il dit au téléphone, je l'observe, je lis ses emails et ses textos.

Je la dévisage avec de gros yeux :

— Tu lis ses emails et ses textos ?!

— Oui, j'ai piraté sa boîte. Il est très important d'apprendre à connaître les gens avec qui on travaille pour tisser des liens sociaux durables.

— Tu ne peux pas lire les emails des gens, c'est indiscret.

— Alice n'a pas tout à fait tort, dit Reda.

— Oh... Je n'étais pas au courant de cette convention sociale, répond Victoire les sourcils froncés. Dans ce cas, je ne lirai plus les vôtres, et de toute façon ils n'étaient pas très intéressants, conclut-elle.

Journal d'Alice

Londres, 27 février 2012

Bruuuuuuuce !!

Je me suis réconciliée avec Scarlett !!!!! Je ne sais pas s'il y a assez de points d'exclamation pour te transmettre mon euphorie actuelle.

Elle m'a appelée hier vers 19 heures. Oliver n'a rien dit, je crois qu'il savait très bien que son silence me déprimait.

— Je te dérange ? m'a demandé Scarlett quand j'ai décroché.

— Non, pas du tout.

Sur l'écran, ses yeux semblaient immenses et remplis de paillettes, elle arborait un maquillage noir et bleu de déesse égyptienne grunge. Ses cheveux lâchés n'étaient plus blond platine mais rose pâle et elle portait un blouson en cuir noir sans manches que je ne lui avais jamais vu et qui laissait visible l'entrelacs de roses et d'épines tatoué sur son bras.

— C'est nouveau, le rose ? ai-je voulu savoir.

— Oui, tu aimes ?

J'ai jeté un coup d'œil à ma montre. Il était 13 heures aux États-Unis.

— Ça te va bien. Tu sors ?

— J'ai un rendez-vous, a-t-elle murmuré.

Je me suis alors rendu compte qu'elle paraissait angoissée. Sa main droite remontait et descendait nerveusement la fermeture Éclair de son blouson et elle évitait mon regard.

— Je ne veux pas t'embêter, a-t-elle continué, c'est juste… Juste que je suis super stressée et j'avais besoin d'entendre ta voix.

— Tu ne m'embêtes jamais, Scar. Excuse-moi pour la dernière fois, j'étais hors de moi, c'est toutes ces histoires de grossesse qui me rendent dingue. Je ne sais même pas comment Oliver fait pour me supporter…

— Non, tu as raison, je me repose trop sur toi, je ne devrais pas. Tu as ta vie et je comprends. C'est juste…

Elle s'est interrompue et son menton a tremblé imperceptiblement. Scarlett n'a peur de rien d'habitude, ai-je pensé. Qu'est-ce qui se passe ?

— C'est juste que quoi, ma chérie ?

— C'est juste que si même toi, tu n'y crois plus, je ne sais pas pourquoi je continue, je…

— Arrête… Je ne pensais pas tout ce que je t'ai dit, bien sûr que j'y crois, Scarlett, tu es la fille la plus talentueuse, déterminée et forte que je connaisse. Tu y arriveras un jour, je l'ai toujours pensé. C'est quoi, ce rendez-vous ?

— Un mec… rencontré au bar dont je t'ai parlé l'autre fois, celui où je chante le mercredi. Il travaille pour un label et il m'a demandé si j'avais une démo. Je lui ai filé

les quatre premières chansons de l'album sur lequel je travaille sur une clé USB.

— C'est génial, ça !

— Je ne sais pas... Il m'a rappelée le lendemain matin, il n'a pas parlé de ma musique, je ne sais même pas s'il l'a écoutée. Et il ne m'a donné aucun détail, même pas le nom de sa maison de disques, la discussion a duré dix secondes. Alejandro pense qu'il voulait juste une excuse pour boire un verre avec moi.

— Alejandro est toujours dans le paysage ?

— Oui... je... je l'aime bien, j'ai repensé à ce que tu m'as dit sur le fait de construire et j'ai décidé de prendre cette relation un peu plus sérieusement.

Il m'a fallu quelques secondes pour digérer cette surprenante nouvelle. Ma petite sœur avait un homme dans sa vie... Une relation qu'elle prévoyait de prendre « un peu plus sérieusement ». J'étais heureuse pour elle, même si j'avais un pincement au cœur à l'idée que pendant ces semaines de silence, c'était à lui et non à moi qu'elle avait raconté ses espoirs, ses craintes et ses rêves.

— Je suis contente pour toi, j'espère que ça va durer.

— Tu crois que je devrais aller à ce rendez-vous ?

— Il t'a donné rendez-vous où et quand exactement ?

— Au bar de l'hôtel Waldorf, à 15 heures.

J'ai hésité. Je ne connais rien à l'industrie de la musique, un bar d'hôtel évidemment, ce n'est pas très bon signe, mais d'un autre côté, 15 heures, c'est plutôt rassurant. Je crois, en toute objectivité, que Scarlett a un vrai talent. Même Oliver l'a admis un jour, bien qu'il ait conclu que « des tas de gens ont un talent, et si le talent suffisait pour réussir dans ce genre de milieu, ça se saurait ». Je sais cependant aussi que, pour je ne sais quelle raison, elle attire toujours des mecs tordus.

— Tu ne peux pas y aller avec Alejandro ? ai-je proposé. Et tu prétends que c'est ton manager ?

— Il ne voudra pas, déjà qu'il refuse que j'y aille…

Je n'ai pu m'empêcher de hausser un sourcil.

— Ce n'est pas vraiment à lui de décider, non ?

Je n'aurais jamais cru que Scarlett puisse s'enticher d'un homme qui lui donne des ordres et je dois avouer que ça m'a déplu.

— Oui, c'est pour ça que je t'appelle, pour avoir un autre avis.

— Bon, ai-je dit prudemment, alors moi, je pense que tu devrais y aller, en revanche, quoi qu'il arrive, n'accepte pas de monter dans une chambre et ne bois pas d'alcool. OK ?

Elle n'a pas répondu, elle a mordillé ses lèvres recouvertes de gloss.

— Tu veux y aller, Scar, ai-je repris doucement, sinon tu ne serais pas déjà prête deux heures avant l'heure du rendez-vous… Si tu restes dans un lieu public, il ne peut rien t'arriver…

— Oh, je n'ai pas peur de ça, a-t-elle répliqué en plaçant une mèche rose derrière son oreille, les connards qui te font miroiter monts et merveilles pour te sauter, j'en ai géré suffisamment pour savoir m'en sortir… Mais il n'y a que quatre chansons sur cet album pour le moment… Et pour moi, il est très spécial. J'ai fait tous les accompagnements seule, au synthé, je n'ai pas dormi pendant des nuits, chaque chanson je lui ai tout donné, et il n'y a que ce type inconnu qui les a écoutées et il n'a fait aucun commentaire au téléphone. Et si je devais me planter sur celui-là, je ne sais pas si j'aurais l'énergie de recommencer une énième fois.

J'étais blessée, normalement, je suis la première spectatrice-test de Scarlett. Elle me fait toujours écouter ses chansons au fur et à mesure qu'elle les compose, elle me les joue et je commente. J'essaye d'être objective, constructive et de l'aider du mieux que je peux. Je savais que ce n'était pas le moment de me montrer vexée. C'était la première fois que je voyais s'afficher sur le visage de Scarlett quelque chose qui s'apparentait à du découragement et je ne pouvais pas laisser ce sentiment l'emporter sur son indéfectible volonté.

— Vas-y, Scarlett. Et s'il n'est pas sérieux, ce n'est pas grave, tu en trouveras un autre. Je te connais, ça fait des années que tu te bats, tu te relèveras comme les autres fois, comme toujours. Je ne crois pas que quoi que ce soit puisse t'abattre.

— Moi je ne connais personne d'aussi forte que toi, a-t-elle dit doucement.

Et une émotion absurde m'a prise à la gorge.

— J'ai commencé un traitement hormonal, ai-je sorti abruptement.

— Oh… OK… et… tu te sens comment ?

— Ça fait deux cycles et pour le moment ça n'a pas marché. Si au cycle suivant ça plante encore, on tentera l'insémination artificielle.

Elle a hoché la tête, lentement.

— J'espère que ça va marcher, Alice.

— Oui, moi aussi, mais dans tous les cas… Tu avais raison, au moins j'ai l'impression de faire quelque chose de concret, d'avancer.

— Je suis sûre que bientôt tu seras enceinte et tu seras chiante, tu crieras sur tout le monde et tu voudras manger des lobster rolls au milieu de la nuit.

Son optimisme m'a fait sourire.

— Et toi, tu seras devenue une star et tu pourras m'offrir des cadeaux de naissance Burberry tous les jours.

— Pas moyen que je mette les pieds dans une boutique aussi snob ! Je lui offrirai l'intégrale des Beatles pour sa naissance.

J'ai ri, je voyais en effet mal Scarlett aller choisir des layettes à l'étage luxe de Bloomingdale's.

— Je dois y aller, Oliver a préparé le dîner et ça va être froid, mais tu m'écris pour me dire comment ça s'est passé ?

— Oui, promis.

Elle m'a envoyé un baiser du bout des doigts.

Ma petite sœur rockeuse aux cheveux roses... Je ne sais pas pourquoi, j'avais les larmes aux yeux.

Hormones à la con.

À force de m'arracher les cheveux sur les comptes, je vais finir chauve. L'argent ne fait que sortir et bien entendu, nous n'avons toujours pas d'application. Chris croit manifestement que l'argent pousse sur les plantes vertes de son bureau *new age*. Il dépense sans compter, quand je parle de budget, de rentabilité, de chiffre d'affaires, il prend l'air ennuyé et ahuri d'un écolier à la ramasse à qui je serais en train de lire le manuel d'utilisation d'un réfrigérateur en serbo-croate.

Une fois de plus, je vais voir notre PDG-poète pour lui expliquer qu'il faut limiter les dépenses et qu'à ce train-là, sa boîte ne durera pas six mois. Pour une fois, il m'écoute attentivement, les sourcils froncés derrière l'épaisse monture de ses lunettes en écailles, tout en jouant avec une boule anti-stress qui ressemble à s'y méprendre à un testicule.

Quand j'ai terminé mon laïus, il reste un instant silencieux, le menton dans ses mains, les sourcils froncés, très « penseur de Rodin du Web », puis, il tape dans ses mains et s'exclame avec un air triomphant :

— J'ai une idée !

— C'est super, parce que moi j'avoue que je ne sais plus quoi inventer pour nous faire faire des économies.

— On va organiser un séminaire d'entreprise et sortir l'application.

Il se lève, réajuste ses lunettes de hipster au-dessus de son sourire triomphant tandis que je le dévisage bouche bée, me demandant en quoi dilapider des milliers d'euros dans un séminaire d'entreprise pourrait bien réduire nos dépenses.

— Je vais l'organiser ! poursuit-il. Il faut trouver un endroit sympa en région parisienne ou dans le Sud, peut-être avec un spa, oui, ce serait pas mal un spa ! Le samedi soir, soirée ! Trouver un thème. Je veux que ce soit comme chez Google, ça va remotiver tout le monde.

— Mais, Chris, nos contraintes budgétaires…

— Non ! Pas de contrainte budgétaire ! La contrainte budgétaire, c'est la médiocrité ! On stagne parce qu'on ne voit pas assez grand. Voilà la réalité, Alice. J'ai un bon feeling concernant Ever-Dream. Très bon même.

Je suis tellement désespérée que je le laisse s'enthousiasmer tout seul. Puis son téléphone sonne. Parce que le téléphone de Chris sonne tout le temps. Nous n'avons ni clients, ni partenaires, ni rien du tout, puisque nous n'avons pas d'application, mais son téléphone sonne en permanence. Incompréhensible. Il me met gentiment dehors et je me retrouve seule dans l'open space. J'ai envie de baisser les bras, après tout, qu'est-ce que ça peut me faire si la boîte coule ? Mais mon regard tombe sur Reda et Victoire qui travaillent studieusement et, soudain, la réalité me frappe. Moi, Reda, Victoire. Quelle était la probabilité que nous trouvions du travail ailleurs ? Est-ce que nous travaillons ici parce que nous n'avons rien trouvé d'autre ou est-ce que Chris nous a embauchés, justement, parce qu'il savait que nous ne trouverions rien ailleurs ? Au final, il n'aide peut-être pas les chaussettes orphelines, mais il nous aide, nous.

Je jette un coup d'œil à Chris qui parle au téléphone avec de grands gestes emphatiques et au souvenir de la fois où il m'a accompagnée à l'hôpital, je ne peux retenir une bouffée de tendresse pour lui. Malgré sa désorganisation et son incapacité à réussir quoi que ce soit, c'est une belle personne entière et sincère et je lui dois de m'investir au maximum parce que sans me connaître, il m'a donné une chance de construire une nouvelle vie et je ne lui serai jamais assez reconnaissante pour ça.

Je pousse un soupir et tape « comment organiser un séminaire d'entreprise » dans la barre de recherche.

Journal d'Alice

Londres, 5 mars 2012

Cher Bruce,

Contre toute attente écrire dans ce journal me manque. Je crois que je m'y suis habituée. Ça ne sert pas à grand-chose, mais peut-être que je serai contente, un jour, de retrouver ces souvenirs quelque part, notamment quand je décrépirai seule dans une maison de retraite puisque je n'aurai jamais eu d'enfants et qu'Oliver, compte tenu de ses horaires de travail et de son obsession pour le fish and chips, sera probablement mort depuis longtemps.

Comme tu peux le constater, je ne travaille pas très sérieusement mes capacités à voir l'aspect positif des choses.

Comme je sais que tu te poses la question, tu seras ravi d'apprendre que le rendez-vous de Scarlett s'est bien passé. Le type travaille pour Origin Records. Je crois qu'il est directeur artistique. Il est venu avec un autre type qui sera l'agent artistique de Scarlett. Scarlett a un agent artistique, Bruce !!! Je trouve ça dingue. Peut-être que bientôt elle te rencontrera en vrai. Elle doit écrire d'autres chansons pour finir l'album, ce qui lui prend tout son temps.

Apparemment je suis la seule surexcitée par cette nouvelle. Scarlett me dit prudemment qu'elle préfère ne pas s'emballer, ce n'est pas parce qu'elle va sortir un disque qu'il va marcher et Origin Records n'est pas Universal. Maman n'a pas du tout l'air de s'intéresser à la question, elle a dit à Scarlett que ce serait probablement un énième espoir qui partirait en fumée et qu'elle ferait mieux de trouver un vrai travail.

Scarlett me manque. J'ai beau l'avoir sur Skype au moins une fois par semaine et recevoir régulièrement des nouvelles par texto, du genre « Ça y est, j'ai signé mon contrat ! » ou « Harry veut qu'on commence la préproduction le mois prochain... », « C'est parti au mixage » et autres informations dont j'ignore totalement la signification, j'ai du mal à la savoir si loin de moi à un moment qu'elle attend depuis si longtemps.

Je la revois à l'adolescence, elle passait une partie de ses week-ends à travailler pour se payer des cours de guitare et l'autre partie dans le garage où elle s'était aménagé un coin pour jouer. Toutes ces années, ses ongles, souvent vernis en noir ou en bleu, étaient coupés ras. Elle avait des ampoules au bout des doigts, les cordes y laissaient des marques coupantes et douloureuses. Il lui arrivait même de saigner. Elle ne se plaignait jamais mais, sous mon regard horrifié, elle désinfectait les plaies en grimaçant le soir avec de l'alcool à quatre-vingt-dix degrés.

J'avais appelé une boutique de guitares dans l'East Village trouvée dans l'annuaire et je leur avais demandé ce qu'on pouvait faire pour éviter ces blessures. Puis je leur ai fait parvenir un chèque afin qu'ils m'envoient des protège-doigts depuis New York. Scarlett n'a jamais voulu les mettre : il fallait qu'elle sente la musique. Il faut souffrir pour être artiste, affirmait-elle.

Maman travaillait alors beaucoup. Elle qui avait débuté comme traductrice de romans érotiques était dorénavant spécialisée en traduction comptable et financière. Maintenant que j'y pense, cette évolution de carrière est pour le moins étrange. Elle consacrait ses journées et une partie de ses nuits à traduire des comptes et des rapports annuels d'entreprises de l'anglais vers le français. C'était moins amusant que les mésaventures de la secrétaire qui tombait amoureuse de son patron milliardaire aux pectoraux en béton armé, mais ça payait beaucoup mieux. Sans doute un peu soulagée par cette baisse de pression financière, elle nous consacrait plus de temps. Elle vérifiait mes devoirs, m'encourageait et me félicitait pour mes notes. Elle a même décidé, à cette époque, de me verser trois dollars d'argent de poche toutes les semaines. Elle m'avait demandé de ne pas en parler à Scarlett, situation qui m'avait mise horriblement mal à l'aise. J'étais suffisamment âgée pour comprendre que la vérité blesserait ma sœur. Pas pour l'argent, Scarlett a toujours été désintéressée, mais parce que ma petite sœur, qui se fichait de l'opinion de tout le monde, accordait, et accorde encore aujourd'hui, une grande importance à celle de Maman.

Scarlett a commencé à gagner de l'argent très jeune. Elle mentait sur son âge et acceptait tous les jobs qui pouvaient lui rapporter quelques dollars : elle servait *dans les bars du port, repeignait les bateaux l'été, jardinait occasionnellement pour les parents d'Ashley et aidait les producteurs locaux le samedi matin sur le marché fermier, le tout dans l'unique but de payer ses cours de guitare et de mettre de l'argent de côté pour s'acheter un jour une guitare électrique, un ampli et éventuellement quelques vêtements qui lui auraient appartenu en propre, plutôt que de toujours récupérer les miens. Tout ce qu'elle gagnait, elle le rangeait dans une boîte à cookies rouillée qu'elle laissait sur son étagère. Pour compenser l'injustice de l'argent de poche, je partageais systématiquement en deux toutes les sommes que me versait ma mère, j'attendais que Scarlett touche un salaire quelconque et je glissais discrètement la moitié de mon argent de poche dans sa boîte. Elle n'était pas du genre à compter son argent et elle ne s'en rendait jamais compte. Sauf une fois, où je l'ai trouvée en tailleur sur son lit, les sourcils froncés en train d'examiner le contenu de la boîte.*

— Pourquoi tu fais cette tête-là, il t'en manque ? avais-je demandé prudemment.

— Il y a beaucoup plus que ce que je pensais.

— Tu as dû mal compter.

Elle avait secoué la tête, contrariée, puis son visage s'était illuminé et malgré le khôl autour des yeux et le blouson de cuir noir, elle avait retrouvé subitement le ravissement enfantin de ses huit ans.

— Peut-être que c'est Maman qui me le donne en cachette, avait-elle dit d'un ton plein d'espoir.

Je n'avais pas démenti.

Dès qu'elle a pu rassembler la somme nécessaire, elle s'est acheté sa guitare électrique. Elle avait repéré l'instrument un an et demi plus tôt dans une boutique de

Providence. Après l'avoir essayée, elle lui avait promis de revenir. Depuis, elle me parlait d'elle tous les jours. Elle l'avait baptisée « Star » et elle l'évoquait avec tendresse, comme un enfant qu'elle allait adopter et qui ferait bientôt partie de la famille. Un samedi matin, nous avons pris toutes les deux le car jusqu'à Providence. C'est une des rares fois où j'ai vu Scarlett intimidée, voire angoissée. Elle ne parlait pas beaucoup, ses grands yeux perdus dans le paysage qui défilait devant la vitre. On aurait dit qu'elle allait à un blind date avec le grand amour de sa vie.

Le propriétaire de la boutique se souvenait très bien d'elle.

— Tu es revenue la chercher, alors ? a-t-il demandé avec un sourire bonhomme.

— Oui, vous ne l'avez pas vendue ?

Il a ri et il est parti dans l'arrière-boutique. Brusquement, Scarlett m'a pris la main et l'a serrée très fort, comme si c'était un peu trop d'émotion à supporter pour une personne seule, comme quand on arrive en haut de la plus grande pente d'un grand huit ou qu'on s'apprête à remonter l'allée le jour de son mariage.

Il est revenu avec la guitare. Elle était bleu foncé, brillante comme une boule de Noël et des flammes de strass argentées scintillaient sous les cordes. Je revois Scarlett, plus vraiment enfant, mais pas encore tout à fait adulte, singulièrement menue dans son blouson en cuir trop grand. Elle ressemblait à un moineau. Son visage affichait cette même expression de timidité et de respect qu'elle avait eue la première fois qu'elle avait joué sur le piano de la salle de musique du collège. Les premières secondes, elle n'a pas osé la prendre. Elle m'a ensuite lâché la main et, avec une douceur infinie, elle a attrapé la guitare et l'a tenue face à elle. L'homme l'observait en silence, les bras croisés sur sa poitrine. La douceur de son sourire contrastait avec son apparence de motard endurci : il avait les tempes dégarnies et de longs cheveux gris attachés en queue-de-cheval.

— Alors, ai-je demandé intriguée au bout d'un long silence, elle te plaît toujours autant ?

Elle a hoché la tête, doucement, puis ses lèvres se sont déformées en une moue contrariée.

— Qu'est-ce qui ne va pas ?

— Je me suis trompée, a-t-elle répondu, elle ne s'appelle pas Star, elle s'appelle Phœnix.

Le propriétaire du magasin lui a offert une bandoulière imprimée léopard pour accrocher sa guitare, et nous avons repris le car pour Queenstown. Scarlett à côté de moi, son ampli tout neuf à ses pieds et Phoenix sur les genoux qu'elle serrait contre elle avec le visage d'une Maman sortant de la maternité son bébé dans les bras.

À partir de ce moment-là, sa guitare classique, la pauvre Hamilton, a pris la poussière sous le lit de ma petite sœur. À la rentrée des classes suivante, Scarlett a posté une annonce sur le tableau à côté des bureaux de l'administration, expliquant qu'elle était chanteuse et guitariste et qu'elle montait un groupe. Elle était ouverte à tout type d'instrument, mais elle voulait surtout recruter un batteur et une guitare basse.

Elle a fait passer des auditions très sérieuses, tout un samedi dans le garage, ce qui s'est traduit, pour nous, pauvres mortels insensibles à la beauté de la musique expérimentale, par un vacarme insupportable depuis 9 heures du matin jusqu'à 20 heures. Maman, furieuse, n'arrivait pas à travailler et a privé Scarlett de sorties jusqu'à sa majorité. N'en pouvant plus, je suis partie à vélo à la plage.

Le soleil brillait. Bêtement, je n'avais pas pensé à prendre mon maillot et je me souviens avoir passé l'après-midi assise sur le muret devant le Beach Café, à regarder, maussade, les gens batifoler dans les vagues miroitantes et les enfants construire des châteaux branlants entre les serviettes rayées. C'est la première fois que j'ai ressenti une forme de nostalgie de mon enfance, que j'ai compris que Scarlett allait partir, s'éloigner de moi. Je ne doutais plus qu'elle était destinée à une vie plus grande que la mienne, qu'à côté d'elle, je ne serais jamais rien d'autre qu'un personnage secondaire destiné à la mettre en valeur. Mais jusqu'ici, je n'avais jamais vraiment réfléchi à ce que cela signifiait concrètement, et l'évidence m'a frappée pour la première fois : j'allais rester seule à Queenstown, pendant qu'elle parcourrait le monde, en tournée. Elle se marierait avec Liam Gallagher et passerait à la télévision et moi j'épouserais un voisin, un copain d'enfance ou de lycée, je serais probablement traductrice, comme Maman, mes enfants prendraient le même bus scolaire jaune pour aller dans la même école primaire, puis le même collège et le même lycée que moi. Je ferais de la tarte aux pommes le dimanche midi et notre sortie du mois consisterait à aller sur le port manger un lobster roll. Je repensais à la grosse maison de bois, avec sa tour et sa véranda sur la mer que Scarlett avait dessinée des années plus tôt dans ce même café. Reviendrait-elle vraiment la construire quand elle serait riche ? Pourquoi revenir ici quand on peut vivre à New York, à Paris ou à Sydney ? Est-ce que les chocolats chauds du Beach Café lui manqueraient quand elle pourrait boire à Paris ceux du Café de la Paix ?

Je suis rentrée déprimée et avec un énorme coup de soleil. Scarlett était surexcitée, elle avait sélectionné trois musiciens pour son groupe. Une batteuse, un joueur de guitare basse et une pro du synthétiseur. Elle avait même trouvé un nom, ils s'appelleraient les « Blue Phoenix ». Ses yeux brillaient d'excitation, comme chaque fois que quelque chose l'enthousiasmait, il y avait une intensité électrique dans sa voix et dans chacun de ses gestes, des éclairs de passion dans ses yeux qui remplissaient tout l'espace. La musique donnait du charisme à Scarlett. Quand elle ne jouait pas ou ne parlait pas, si on regardait au-delà du maquillage outrancier, des cheveux qui changeaient de couleur d'une semaine sur l'autre et des collants de Nylon déchirés sous les shorts en jean délavés, elle était plutôt effacée, les épaules un peu courbées par la pratique de la guitare sous son blouson en cuir usé. Mais la musique allumait une lumière dans son regard, son sourire un feu brûlant dans son corps entier, et d'un seul coup, elle était captivante, magnétique et elle éclipsait tous ceux qui l'entouraient.

— Tu te rends compte, a-t-elle dit en se laissant tomber sur son lit ce soir-là, les bras en croix. Je vais avoir mon groupe. Comme Oasis.

Assise à mon bureau, je prétendais lire mon livre de grammaire française. Elle ne voyait que mon dos.

— Pourquoi tu ne dis rien ? Tu n'es pas contente pour moi ?

— Bien sûr que si.

Ça a semblé lui suffire. Elle s'est mise à me raconter par le menu détail ses auditions de l'après-midi. Et à aucun moment, elle ne s'est enquise ni de ce que j'avais fait de mon après-midi, ni de mon coup de soleil, ni de mon absence de réponse à son monologue. Je n'ai pas su comment lui dire que j'étais profondément heureuse pour elle, mais que je ne pouvais pas m'empêcher d'être triste pour moi.

À partir de la naissance des Blue Phœnix, les notes de Scarlett dans la plupart des matières ont dégringolé de médiocres à lamentables. Elle s'en sortait sans redoubler, parce que je lui faisais tous ses devoirs et que je la laissais copier sur moi et relire mes cours, toujours pris avec beaucoup d'application. Elle avait pourtant beaucoup de facilités, étonnamment d'ailleurs dans les matières scientifiques plus que dans les littéraires. Tout ce qu'il fallait apprendre par cœur la rebutait. Les maths, je n'ai jamais vraiment compris pourquoi, l'amusaient et elle s'en sortait correctement sans beaucoup travailler alors qu'elle était toujours dans les dernières en anglais et d'une impressionnante nullité en histoire ou en géographie.

Scarlett a passé l'année de troisième à essayer de monter un concert des Blue Phœnix dans le gymnase du lycée. Pour diverses raisons, notamment son absentéisme, son insolence et ses notes déclinantes, le proviseur ne l'y a jamais autorisée. Comme elle n'était pas du genre à se laisser décourager, dès la rentrée en seconde, elle est revenue à la charge. Le proviseur, qui commençait à s'agacer de la voir passer dans son bureau plusieurs fois par semaine, soit parce qu'elle s'était fait renvoyer de cours, soit parce qu'elle était en retard, soit parce qu'elle voulait négocier son concert, se mit à refuser systématiquement tous les rendez-vous qu'elle demandait à son secrétariat.

Un jour, Scarlett est rentrée furieuse à la maison et elle a balancé son sac à dos par terre avant de se jeter sur son lit.

— Ce gros con de proviseur dit que je le harcèle avec mes histoires de musique et de concert ! Sa secrétaire a interdiction formelle de me donner un rendez-vous ou de me laisser entrer dans son bureau.

J'ai levé la tête de mon roman du moment. Elle réfléchissait intensément en tirant sur une mèche de ses cheveux en désordre, les sourcils froncés au-dessus de ses yeux noirs de colère.

— Il faut absolument trouver une solution, ça fait plus d'un an qu'on s'entraîne ! Si on ne peut pas jouer, ça ne sert à rien.

— Peut-être que tu devrais abandonner l'idée de jouer au lycée, attendre d'avoir un ou deux ans de plus et essayer de te produire ailleurs, à l'université ou au…

— Arrête, tu sais pertinemment que je n'irai jamais à l'université, a-t-elle coupé.

— D'un autre côté, le proviseur te déteste depuis la sixième, comment veux-tu le faire changer d'avis ? Si j'étais toi, je m'adapterais…

— Non, quand on veut un truc on se donne les moyens de l'obtenir. Je te jure que j'y parviendrai, même si toute l'administration se ligue contre moi.

Confrontée à son air d'enfant triste, j'ai refermé mon livre avec un soupir.

— Alors tu peux peut-être lui écrire, mettre tes arguments proprement par écrit… Parfois, à l'oral, tu es un peu trop… véhémente.

— J'aime pas écrire, je suis nulle en rédaction. Ça va juste le convaincre un peu plus que je ne mérite pas qu'il fasse des efforts pour moi.

— Si ce n'est que ça, je peux la rédiger pour toi, cette lettre.

Son visage s'est illuminé et elle s'est redressée d'un coup sur sa couette défaite. Scarlett, contrairement à moi, ne faisait jamais son lit le matin. Selon elle, c'était une perte de temps puisqu'il fallait qu'elle le défasse le soir pour se coucher.

— Oh mais oui, ce serait génial ! Tu ferais ça pour moi ?

— Il y a beaucoup de choses que je ne fais pas pour toi ?

Elle s'est jetée à mon cou et m'a renversée sur le matelas.

— Merci, merci, merci ! Je ne sais pas ce que je ferais sans toi, mon Alice.

J'ai passé plusieurs heures à écrire cette lettre. J'y ai parlé de l'intérêt culturel que représentait ce concert pour le lycée, j'ai souligné le fait que les artistes ne demandaient pas à être rémunérés et que les bénéfices seraient intégralement reversés à une association. Je promettais aussi de faire valider au préalable le choix des chansons par l'administration (Scarlett m'a fait intégralement réécrire le texte juste pour supprimer ce point précis qui allait « à l'encontre du principe de créativité et de liberté des Blue Phœnix »). Elle a ensuite signé la version finale avec enthousiasme en m'affirmant qu'elle était parfaite et que j'étais la meilleure sœur au monde.

Une semaine plus tard, j'ai croisé le proviseur dans un couloir et il m'a simplement dit :

— Mademoiselle Smith-Rivière, votre lettre était très convaincante, je comprends pourquoi vous êtes première de votre classe en anglais.

— Quelle lettre ? ai-je demandé en rougissant.

— C'est surprenant, a-t-il répondu en ignorant ma question, que quelqu'un d'aussi sérieux et appliqué que vous ait une sœur aussi immature et vulgaire.

Puis il s'est éloigné tranquillement, dans son costume à carreaux mal coupé, les mains derrière le dos, pensant sans doute m'avoir fait un compliment. J'aurais voulu lui arracher les petites lunettes rondes à monture métallique qui glissaient toujours sur la peau grasse et luisante de son nez pour lui enfoncer dans les narines.

Je n'ai jamais répété cette conversation à ma sœur et sa lettre n'a jamais reçu de réponse. Quelques jours plus tard, j'ai appris que le lycée organiserait une fête pour le passage à l'an 2000 le 31 décembre. À cette occasion, un groupe professionnel de Queenstown avait été engagé pour animer la soirée. Je pensais que cette nouvelle porterait le coup de grâce à Scarlett et je n'ai donc pas osé la lui annoncer.

Janvier s'est installé sans prévenir avec ses bonnes résolutions éphémères et ses journées grises. Malgré l'insistance d'Angela, je ne suis pas rentrée à New York pour Noël. J'ai fêté la fin d'année dans la famille de Saranya. Ce n'était pas un Noël traditionnel, mais un repas de famille animé et joyeux qui m'a fait oublier cette période que je déteste tout particulièrement. Reda m'a invitée à une soirée chez lui pour le réveillon du 31 décembre, j'y suis restée au moins deux heures et je suis rentrée à pied avec Victoire un peu avant minuit. J'ai toujours besoin des somnifères pour m'endormir, mais je ne prends presque plus d'antidépresseurs et je n'ai pas fait de crises d'angoisse depuis deux mois aujourd'hui.

C'est étrange, aux États-Unis, je me suis toujours sentie un peu française. Et ici, tout semble me rappeler que je suis américaine. Mes prises de tête sur les degrés Celsius et les degrés Fahrenheit ou les miles et les kilomètres ne sont que la partie visible de l'iceberg culturel qui me sépare parfois de mes collègues. Pourtant, à force de prendre des cafés en anglais avec Reda, je me suis rapprochée de lui. Je l'ai même invité avec Saranya à faire un brunch chez moi un dimanche matin. Il est venu avec Victoire et je me suis demandé si, peut-être, je pouvais avoir des amis ici.

Je traîne ma valise à travers la gare Montparnasse. Il est 14 h 32. Le train pour Brest est à 16 h 35. Forte de mon expérience avec Saranya en ce qui concerne les gens qui vivent dans un espace-temps où dix minutes durent une heure et demie, j'ai jugé prudent d'affirmer à Reda que nous partions à 14 h 45 afin d'éviter qu'il débarque à la gare au moment où nous arriverons à Brest.

Je le vois justement débouler en courant l'air totalement paniqué, traînant derrière lui une énorme valise.

— Alice ! On est en retard, bégaye-t-il terriblement essoufflé, on va louper l'avion !

Je le dévisage calmement en me retenant de rire.

— L'avion est un train, Reda, et on ne va rien louper du tout. On a même le temps d'aller boire un café.

Chris a refusé de nous révéler en quoi consisterait exactement le séminaire d'entreprise, mais il répète depuis trois semaines, plus survolté qu'un tableau électrique, qu'il a trouvé l'endroit parfait.

Nous nous attendons donc officiellement au pire.

J'ai vérifié, il pleut des cordes à Brest pour les trois jours que durera notre séjour. Évidemment, je suis la première installée dans le train et Chris, malgré la situation financière catastrophique d'EverDream, n'a pas pu s'empêcher de prendre des billets en première.

À notre arrivée à Brest, un minibus nous attend. Le temps de jeter nos valises dans le coffre, nous sommes tous trempés jusqu'aux os. Je laisse monter les autres qui essayent de se protéger la tête avec des journaux. Je rentre en dernier, mes cheveux trempés gouttent sur mon fin imper que la pluie a transpercé en quelques minutes.

— On dirait que tu es totalement insensible à la pluie, Alice, commente Reda.

J'ouvre la bouche d'aération au-dessus de ma tête pour sentir le chauffage sur moi et j'essore ma queue-de-cheval.

— Non, je suis frigorifiée, mais la pluie ne me dérange pas plus que le vent ou le soleil, j'ai grandi au bord de la mer et chez moi quand il pleuvait, tu faisais la même chose que les autres jours, simplement tu mettais une capuche…

Victoire, tout en étendant son blouson sur le fauteuil devant elle, se tourne vers moi :

— Je croyais que tu venais de New York.

— J'y habitais, oui, mais je n'y suis pas née.

— Tu es née où exactement ? demande Chris. J'ai des copains dans le Michigan !

— Un bled, personne ne connaît, dis-je, gênée. Et vous ?

Je voudrais que la conversation se détourne de moi. Qu'est-ce qui m'a pris de raconter que j'avais grandi au bord de la mer ?

— Paris, répondit Chris. Dans quel État est ton bled ?

— Le Rhode Island.

— C'est où ça ? s'enquiert Reda.

— Au nord, sur la côte est, c'est le plus petit État des États-Unis, raison pour laquelle personne ne connaît…

Pour me donner une contenance, je détache mes cheveux et les agite sous la bouche d'aération du chauffage. À mon grand soulagement, le chauffeur vient involontairement à mon secours en annonçant le départ.

Je remarque que Jeremy, qui n'a pas pris part à la conversation, me fixe d'un air pensif et je détourne les yeux, mal à l'aise. J'aurais dû répondre que j'étais née en Californie, au fin fond du Texas ou dans un ranch au Wyoming. Le plus loin possible de Queenstown, Rhode Island, village de naissance de Scarlett Smith-Rivière, comme l'indique très publiquement Wikipédia. N'importe quoi plutôt que la vérité. Mais plus j'en dis et plus je me trahis. C'est le problème de trop se rapprocher des gens : on finit par baisser la garde et on révèle peu à peu ce qu'on voulait cacher.

— Je vais essayer de dormir un peu, je déclare pour échapper aux questions.

— Tu es trempée, tu vas attraper la mort, fait remarquer Victoire.

Et spontanément, elle me tend son sweat à capuche.

Le geste me touche plus qu'il ne le devrait et je reste un instant interdite avant d'accepter et de la remercier avec un sourire. Il faut vraiment que je retrouve mes barbelés protecteurs et que j'arrête de créer des liens.

Seule au premier rang, je me tourne vers la vitre où la pluie ruisselle. Le chauffeur allume la radio. Oasis. *Don't Look Back in Anger.* Je ne peux retenir un frisson. Je jette un coup d'œil derrière moi, Jeremy et Reda sont concentrés sur leurs ordinateurs, Victoire dort et Chris pianote sur son téléphone. Depuis le premier rang où je suis assise, je me penche vers le chauffeur et, discrètement, lui demande d'éteindre la radio. On n'entend plus que le claquement des gouttes par-dessus le ronronnement du moteur. Nous quittons la route principale et bifurquons sur une petite nationale. Les essuie-glaces paniqués tentent sans trop de succès de dégager le rideau d'eau qui s'abat sur le pare-brise du minibus.

Et puis, d'un seul coup, la mer apparaît. Je me redresse, c'est plus fort que moi et par réflexe, ma main tente d'essuyer sur la vitre les gouttes qui brouillent la vue. La main crispée sur le bracelet à mon poignet, je ne peux détacher les yeux du paysage. Terrorisée à l'idée de faire une crise de panique et désespérée à l'idée de ne pas pouvoir m'arrêter pour sentir le sel dans le vent chargé d'eau, si violent qu'il plie à l'horizontale les hautes herbes qui bordent la plage. La route longe la côte. La marée est basse. Je ne peux m'empêcher de penser que c'est la même eau qui, à quelques milliers de kilomètres de là, vient caresser le sable de Narragansett. Au loin, les vagues bleu sombre bordées de blanc viennent s'écraser sur la plage déserte qui s'étend sur des centaines de mètres. Je n'ai pas vu la mer depuis cinq ans. Je ne l'avais pas réalisé avant d'avoir face à moi cet océan furieux d'avoir été abandonné. Je suis restée dans la ville, je me suis noyée dans son bruit, sa pollution, son agitation permanente, j'ai troqué les gratte-ciel de New York pour les immeubles parisiens, sans penser, surtout sans réfléchir. Et il m'apparaît évident que ce n'est pas un hasard, tous ces étés à New York où je restais au bureau, dans la climatisation, plutôt que d'accompagner Angela et sa famille sur les plages de Long Island… J'ai fui la mer, comme j'ai fui tout le reste, la réalité, ma vie et mes responsabilités.

Je ne sens pas de crise de panique monter, ni de stress, juste une tristesse immense, comme un gouffre dans ma poitrine qui remplit de larmes mes yeux hagards. Je me blottis un peu plus contre la vitre et rabats la capuche de Victoire sur ma tête, pour dissimuler mon visage. Quelques minutes plus tard, nous nous éloignons de la côte pour rejoindre un paysage plus forestier. Partagée entre tristesse et soulagement, je fixe la mer grise dans le jour qui tombe, alors qu'elle disparaît derrière nous.

Journal d'Alice

Londres, 10 mars 2012

Bruce, my love,

J'ai une grande nouvelle à t'annoncer : nous avons pris une décision avec Oliver, on va se lancer dans une fécondation in vitro, *FIV pour les intimes.*

Oui, parce que, après l'échec de la stimulation ovarienne, j'ai vécu l'échec de l'insémination artificielle. Si tu savais, Bruce, le nombre de gens devant lesquels j'ai écarté les jambes, tout ce qu'on m'a enfoncé dans les parties intimes ces derniers mois, les cachets, les piqûres d'hormones… Rien que d'y penser je suis épuisée. Mais cette fois, c'est décidé.

Je suis désormais suivie au Queen Victoria Private Hospital. Ma gynécologue s'appelle Dolores – compte tenu de la connaissance approfondie qu'elle a de mon vagin, je me permets de l'appeler par son prénom. Les rides de Dolores dessinent des pointillés autour de son regard vert, tacheté de doré. Elle a le sourire calme et patient d'une grand-mère fiable et expérimentée qui inspire le courage dont j'ai besoin à chacun de ces rendez-vous. En d'autres circonstances, je lui pardonnerais presque de passer nos rendez-vous la tête entre mes jambes. Mais de la même manière qu'on a du mal à aimer son dentiste pendant un détartrage, je ne peux pas m'empêcher de lui en vouloir.

Peut-être que le succès de Scarlett m'a incitée à sauter le pas. Oui, c'est officiel, Scarlett est en train d'enregistrer un disque. Je n'y connais rien, mais « ça peut être le début de tout », m'a-t-elle dit l'autre jour d'une voix prudente. Je ressens un soulagement immense, comme si le poids d'une responsabilité m'avait subitement été enlevé. La psy avait peut-être raison, après tout. La même sensation d'apaisement que la première fois que je l'ai vue en concert. Parce que malgré moi et même si j'ai toujours eu une admiration débordante pour ma petite sœur, j'ai eu des périodes de doutes, Bruce. D'ailleurs, si je réfléchis, les rares moments où j'ai douté de Scarlett ont toujours précédé un succès retentissant pour elle. Juste après l'échec de Scarlett à organiser son concert au lycée, je me souviens qu'Ashley lui avait lancé à la cantine :

— On rêve toutes d'être actrice ou chanteuse, mais en réalité, personne n'y arrive jamais, tu ferais mieux de bosser tes SAT pour avoir une place à l'université.

Scarlett avait haussé les épaules et englouti la moitié de son sandwich.

— Il y en a bien qui y arrivent, avait-elle répondu la bouche pleine, et ce n'est pas ceux qui perdent du temps à étudier à l'université des choses qui ne les font pas progresser dans leur domaine.

— Tu n'as pas peur de finir comme une loseuse ? À faire la manche et à chanter dans le métro de New York ?

Scarlett avait penché la tête sur le côté, pensive.

— J'ai bien plus peur de laisser tomber et de passer le reste de ma vie à me demander si j'y serais arrivée. Il n'y a rien de pire que les regrets.

Ma sœur entendait régulièrement ce genre de discours moralisateur, assené par Maman et les quelques rares professeurs qui n'avaient pas totalement abandonné l'idée de faire quelque chose d'elle, et je suis persuadée qu'elle avait bien réfléchi à la question. Derrière le look grunge, les éclats de voix, les lubies d'artistes, le désordre et les expressions bruyantes de son mauvais caractère, Scarlett a toujours été une fille excessivement intelligente et organisée. Quand elle me faisait réciter mes cours de finance à Brown, il est arrivé qu'elle comprenne mieux que moi certains concepts et qu'elle me les réexplique avec une surprenante clarté. Je ne l'ai jamais vue prendre une décision au hasard. Aujourd'hui encore, j'ai tendance à penser qu'elle aurait pu apprendre très vite n'importe quel métier, que son intelligence et sa ténacité lui auraient permis de faire n'importe quoi, à partir du moment où elle aurait décidé de s'y appliquer.

Pour la première fois, toutefois, après cette conversion avec Ashley, j'ai eu des doutes. Je la voyais travailler jour et nuit depuis trois ou quatre ans, et pourtant cela faisait dix-huit mois qu'elle essayait en vain d'organiser son premier concert. Personne ne voulait l'accueillir et sa batteuse, avec qui elle s'était disputée, venait de quitter les Blue Phœnix. Trop d'obstacles, trop de difficultés. Et puis, qu'est-ce que Scarlett *connaissait à l'industrie de la musique ? J'ai eu peur qu'elle échoue.*

Ces pensées m'ont beaucoup plus angoissée que l'idée qu'elle puisse me quitter un jour parce qu'elle était devenue une star. J'y pensais le soir et la potentialité de son échec m'empêchait de m'endormir. Je crois que je me suis toujours sentie un peu responsable du bonheur de Scarlett. Peut-être parce que j'avais conscience de prendre trop de place dans le cœur de Maman et de ne pas en avoir laissé assez pour ma petite sœur.

Il nous fallait un plan B. Il fallait une solution alternative pour que Scarlett puisse s'offrir sa grande maison sur la plage, même si elle ne devenait jamais la chanteuse et musicienne qu'elle avait prévu d'être. Il fallait que je travaille dur et que je gagne de l'argent. Juste au cas où. Pour la protéger.

Jusqu'ici j'avais prévu d'être traductrice, comme notre mère. J'étais parfaitement bilingue et j'avais un excellent niveau en français écrit du fait des romans que je dévorais par dizaines depuis des années. Mon amour de la France, de sa littérature, de ses coutumes et de son histoire faisait des cours de français un moment de pur plaisir. Mais combien de rapports annuels ou de romans érotiques faudrait-il traduire pour faire construire la maison sur la plage dont rêvait Scarlett ? J'ai songé à Maman qui travaillait tard le soir, le week-end et ne prenait jamais de vacances et à notre petite maison de bois où l'on devait économiser le chauffage en hiver. Je ne pouvais pas être traductrice et devenir riche, il fallait trouver autre chose. Je ne connaissais qu'une personne vraiment riche : le père d'Ashley. J'ai donc décidé de me renseigner sur les origines de sa fortune.

J'avais été invitée la première fois au traditionnel dîner du vendredi soir chez Ashley parce que nous préparions un exposé sur l'histoire des parcs nationaux américains et elle avait proposé que je dorme chez elle. Malgré notre évidente différence de milieu social, ses parents ont dû me trouver fréquentable, ou peut-être ont-ils été séduits par ma nationalité française, car j'ai ensuite été ré-invitée à plusieurs reprises. J'étais flattée et consciente de l'honneur qui m'était fait, d'autant plus que Dakota n'a jamais mis les pieds chez Ashley (Scarlett a prétendu récemment qu'il était évident que c'est parce qu'ils étaient racistes, j'avoue que je n'avais jamais pensé à cette explication). Quant à Scarlett, elle a été invitée une seule fois avec moi, un après-midi et plus jamais par la suite. Je n'ai jamais su pourquoi.

Ashley habitait une grande maison de style colonial dans le quartier chic de Queenstown. Son hall d'entrée était plus vaste que notre salon. Sur les murs tapissés de posters de sa chambre, Mariah Carey faisait face à Buffy et ses vampires. Elle avait la télévision dans sa chambre, un lit deux places recouvert d'une courtepointe rose et de coussins à fleurs. Pour ses treize ans, ses parents lui avaient offert un téléphone portable à peu près aussi encombrant qu'une cabine téléphonique, comme on les faisait à l'époque. Il ne lui servait pas à grand-chose si ce n'est à nous appeler sur notre ligne fixe, puisque les possesseurs de portables étaient encore rarissimes.

Ashley avait une sœur, Kelly, et un frère, Oliver. Kelly avait douze ans de plus qu'elle et travaillait à Boston dans un grand groupe de cosmétiques. Oliver, de dix ans notre aîné, venait de terminer sa dernière année à l'université de Brown à Providence et avait trouvé un travail dans la banque, comme son père, dans une tour miroitante de Wall Street. Il travaillait tout le temps et rentrait rarement à Queenstown.

Ces dîners m'ont beaucoup marquée, leur vie était radicalement différente de la nôtre. Pas tant à cause du délicieux repas servi dans la salle à manger sur la table vernie, des couverts en argent ou même du tailleur impeccablement coupé de Susan, la mère d'Ashley. Mais plutôt à cause de l'organisation de leur famille par rapport à la nôtre. Le père d'Ashley, Richard, était un très bel homme, ses tempes grisonnantes lui donnaient un air de George Clooney, et jusqu'à ce qu'il abandonne sa femme pour une fille de l'âge de sa fille aînée et parte s'installer en Californie, je le considérais comme une sorte de demi-dieu. Je l'admire nettement moins aujourd'hui qu'il est mon beau-père. Il faut dire qu'entre-temps, il a changé deux fois de femme (la dernière en date est plus jeune que moi) et il s'est fermement engagé auprès du parti Républicain et de la NRA pour défendre le droit au port d'arme aux États-Unis. Toujours est-il que c'est lui qui pilotait la conversation et il distribuait le temps de parole équitablement entre les différents membres de sa famille. On parlait d'actualité, de politique, chacun racontait sa journée, chacun avait droit à des questions et des commentaires des autres membres de la famille. Il n'y avait pas de préférence, pas de sujet plus intéressant que d'autres, pas de hiérarchie entre les enfants.

Les parents, gentiment, discutaient avec moi de mes projets d'avenir, de mes envies d'aller à l'université, de mes hobbies, des livres que je lisais ou des jobs d'été auxquels j'avais postulé. Autant de thèmes que Maman, malgré ses tentatives pour me soutenir *dans mes études, maîtrisait mal. Quand j'ai commencé à m'inquiéter de l'avenir de Scarlett, j'ai donc pris la décision de devenir aussi riche que le père d'Ashley, Richard Thornton. J'avais seize ans et je l'ai interrogé sur son métier à un des dîners familiaux du vendredi. C'est aussi après ce même dîner qu'Oliver, en visite pour le week-end, a demandé mon numéro à Ashley. Et j'avais beau être très concentrée sur mon objectif, le sourire charmeur et le sens de la repartie du grand frère d'Ashley ne m'avaient pas laissée totalement indifférente.*

— Je travaille en fusions-acquisitions, a répondu Richard Thornton, j'aide les entreprises qui veulent racheter une autre entreprise ou fusionner entre elles à organiser la transaction, fixer leur prix, leurs exigences, rédiger les contrats, etc.

— Et c'est comme ça que vous êtes devenu aussi riche ?

Il a ri.

— Oui. Pourquoi ça t'intéresse ?

— Oui.

— Tu es douée avec les chiffres ?

— Je me débrouille et j'ai besoin de gagner de l'argent, beaucoup d'argent.

Je priais pour qu'il ne me demande pas pourquoi. Outre le fait qu'il trouverait sans doute mon projet puéril, formuler à voix haute ma peur que Scarlett échoue aurait sonné comme une trahison. Il ne m'a rien demandé. Manifestement, être riche, pour lui, constituait une fin en soi. Je l'ai bombardé de questions pendant tout le dîner et il m'a répondu très sérieusement avant de conclure :

— Si tu veux, on peut en parler. Viens dans mon bureau après le dîner.

À partir de ce jour-là, je me suis destinée à une carrière dans la finance. Le père d'Ashley, Richard, est devenu mon mentor. Régulièrement, il m'invitait à venir discuter dans son bureau, je repartais la tête farcie de formules de finance et les bras chargés des exemplaires du Wall Street Journal *qu'il m'encourageait à lire. Je mettais un point d'honneur à les décortiquer de la première à la dernière page. Je lisais beaucoup moins de romans français, mais j'étais soulagée : j'avais un plan B pour Scarlett.*

Au final, Scarlett, qui passait un temps non négligeable avec la secrétaire de l'administration où elle était régulièrement convoquée pour indiscipline, s'est liée d'amitié avec elle. Elle a ainsi récupéré les coordonnées du groupe qui devait animer la soirée du passage à l'an 2000 au lycée. Elle a rencontré le chanteur, qui se trouvait être le neveu du proviseur, et a réussi à le convaincre de venir voir jouer les Blue Phœnix dans notre garage.

Quelques jours plus tard, le neveu en question a rappelé le proviseur et lui a proposé de faire venir un groupe de jeunes musiciens prometteurs en première partie de soirée, pour la modique somme de cent dollars. Le proviseur, sans faire le rapprochement entre Scarlett et les Blue Phœnix, a accepté que ce jeune groupe recommandé par son neveu joue un morceau.

Un grand nombre de théories fantasques sur ce qui allait se passer lors du passage à l'an 2000 faisaient alors rage dans la cour du lycée. On attendait le bug du millenium, la fin du monde, une attaque nucléaire… Les parents de Dakota, dans le doute, avaient stocké dans leur cave suffisamment d'eau et de conserves pour nourrir un régiment pendant une décennie. Le mois de décembre était particulièrement clément. La neige n'avait pas encore recouvert la plage et l'étang bordé d'arbres nus, sur la route du lycée, n'était pas encore gelé. Le Beach Café était encore ouvert mi-décembre. Je m'en souviens car nous étions allées y boire un chocolat chaud avec Scarlett pour son anniversaire. Elle était surexcitée à l'idée de son concert qui approchait. Elle ne voulait rien me révéler. Ni l'unique morceau qu'elle avait prévu de jouer sur sa Phœnix, ni la tenue qu'elle avait confectionnée à l'aide de la vieille machine à coudre que Maman avait bien voulu lui prêter en échange d'un peu de tranquillité. Depuis des jours, j'entendais depuis mon lit le tac-tac régulier de la machine à coudre dans la cuisine jusqu'à tard le soir.

— Tu verras, ce sera une surprise, me disait-elle les yeux brillants de bonheur, ses mains serrées autour du chocolat qu'elle avait oublié de boire tant elle était excitée.

Le 31 décembre 1999 était un vendredi. Je cachais mon angoisse du nouveau millénaire derrière des plaisanteries cyniques. Avec le manque de modestie qui la caractérisait à l'époque, Scarlett, elle, ne voyait dans cette date qu'un symbole : sa carrière commencerait ce jour-là, sur la scène de fortune installée dans le gymnase de notre lycée, à l'aube du troisième millénaire, comme celle du Christ, deux mille ans et quelques jours plus tôt.

Je revois encore les guirlandes accrochées aux espaliers de bois, la banderole « Welcome 2000 – Happy New Year » au-dessus de l'estrade. Le buffet (sans alcool évidemment), avec sa nappe en papier aux couleurs du drapeau américain et ses verres rouges en plastique. J'ai retrouvé, il y a quelques années, une photo décolorée de Scarlett et moi, juste avant que Maman ne nous emmène. Boudinée dans une robe longue en satin rose, je ressemble à une chipolata. Scarlett n'était pas encore habillée, puisqu'elle ne voulait pas que qui que ce soit voie sa tenue de scène avant le spectacle. Sur la photo, elle portait un jean déchiré et un tee-shirt Aerosmith trop court. Elle arborait fièrement au nombril un piercing tête de mort qu'elle venait de se faire poser, ce qui avait exaspéré Maman.

Je me souviens comme si c'était hier de ce premier concert de Scarlett. Je dis « concert », car c'est toujours comme ça qu'elle l'évoque, mais en réalité, elle n'avait eu droit qu'à une chanson. Elle portait un blouson argenté qui s'ouvrait directement sur son soutien-gorge (ce qui lui valut quatre heures de colle pour indécence la semaine suivante et un accrochage particulièrement agressif avec le proviseur qui n'avait pas du tout apprécié l'entourloupe dont il avait été l'objet), un pantalon en Skaï noir ultra moulant qui faisait penser à celui d'Olivia Newton-John dans Grease *et des Converse montantes jaune fluo. Ses cheveux étaient lâchés sur ses épaules et ses paupières étaient violemment maquillées de noir, de violet et d'argent.*

Quand elle est arrivée sur scène avec sa Phœnix et son groupe constitué de trois adolescents dégingandés et intimidés, personne ne l'a regardée, sauf moi. Elle n'était qu'une adolescente qui avait réussi à s'incruster à la fête du lycée pour jouer une chanson. Elle n'impressionnait pas plus, son micro à la main, qu'une petite cousine qui se prépare à chanter au karaoké. J'aurais voulu dire à la foule de se taire, de la laisser jouer. Je les aurais payés pour qu'ils l'applaudissent. Mais les quelques personnes qui ne l'ont pas ignorée l'ont huée et lui ont dit de « remballer et d'aller chercher le vrai groupe ».

Elle n'avait pas peur, elle a souri, confiante, certaine qu'elle était à sa place. Puis ses doigts ont effleuré les cordes de la guitare et elle a commencé à jouer. Elle a chanté Wonderwall *d'Oasis et tout a changé. J'ai su ce soir-là, en voyant toute la salle, adultes compris, se taire au fur et à mesure que sa voix chaude montait sous les guirlandes illuminées, en sentant la chair de poule nous envelopper et l'excitation monter comme un soir de Super Bowl. À la façon dont ils ont crié pour qu'elle continue à la fin de la chanson, alors que, en guise de réponse, elle laissait tomber le micro à ses pieds et quittait la scène avec l'arrogance d'une super-star, sans saluer ni se retourner dans le bruit du larsen, j'ai eu la certitude que ce n'était pas une bêtise de gamine, une passade ou un rêve trop grand pour elle. C'était son unique vérité, sa vocation et que jamais elle n'accepterait les plans B.*

Nous arrivons à la tombée de la nuit dans un parking délimité par des rondins en plein cœur de la forêt. Je sors du minivan et les talons de mes bottines s'enfoncent dans la terre détrempée.

— Je ne peux pas vous conduire jusqu'au château, le sol est trop boueux, mais la réception est par là, nous indique le chauffeur.

Dans la lumière blafarde des phares, nous apercevons un sentier forestier bordé de fougères qui s'enfonce dans la nuit. Chacun récupère sa valise, vaguement inquiet.

— Qu'est-ce que tu as encore inventé, Chris ? soupire Jeremy.

— Certes, je ne m'attendais pas à ça, déclare Chris, son enthousiasme de moniteur de colo légèrement entamé, mais maintenant que nous sommes ici, reculer serait accepter la médiocrité, alors en avant !

Le visage serré dans sa capuche de K-way et ses verres de lunettes dégoulinants, il s'engage d'un pas décidé sur le sentier terreux. Vu le budget de ce séminaire, je m'attendais à un spa de luxe en Tunisie, pas à du camping sauvage… Trempés jusqu'aux os, nous n'avons d'autre choix que de le suivre, d'autant plus que le chauffeur du minibus vient de claquer la portière et de redémarrer son véhicule après avoir crié un : « Je reviens vous chercher vendredi ! », ce qui, vu les circonstances, sonne un peu comme le début d'un *Projet Blair Witch* 4.

En silence, nous remontons le sentier, tirant tant bien que mal nos valises à roulettes entre les racines et les ornières et nous ne tardons pas à apercevoir une lumière tremblotante. Elle provient d'un bâtiment haut et sombre dont les contours flous se profilent derrière le rideau de pluie. Une sorte de château fort aux fenêtres éclairées, perdu au milieu des bois. Arrivé à l'entrée, Chris soulève le marteau qui retombe sur la porte de bois avec un bruit caverneux. Une bonne minute plus tard, alors que nous commençons à nous résigner à dormir dehors avant de rentrer à Paris avec une broncho-pneumonie en guise de motivation post-séminaire, la porte s'ouvre et un homme d'une cinquantaine d'années nous ouvre les bras comme si nous étions de la même famille.

— Bienvenue à l'éco-lodge du château de Plouderec ! s'exclame-t-il, je suis Jehan d'Aiglemont de Montalemberg dit Le Preux.

— Je doute que ce soit votre vrai nom, rétorque Victoire, toujours perspicace.

Jehan d'Aiglemont de Montalemberg dit Le Preux est habillé comme Lancelot du Lac version militant Greenpeace, en gentilhomme du Moyen Âge, mais en vert des pieds à la tête. Il nous fait entrer dans un vaste vestibule où une armure rouillée fait le guet au pied d'un escalier de pierres monumental. Un feu brûle dans une cheminée plus grande que le studio de Saranya et des tapisseries aux couleurs passées recouvrent les murs.

— Le château date du XIIe siècle, explique notre hôte, en nous emmenant vers le comptoir en acajou sculpté qui sert de réception, nous sommes ravis d'accueillir EverDream à Plouderec !

Il nous indique que le dîner (que nous avons raté) est servi à 19 h 30 dans la salle des gardes, car l'électricité est coupée après 21 heures, le petit déjeuner à 8 h 30 au même endroit et que nous commencerons les activités prévues pour le séminaire à 10 heures.

— Des questions ?

— Oui, répondent d'une seule voix Jeremy, Victoire et Reda.

— Le code wifi ? demande Jeremy.

— Même question, acquiescent Victoire et Reda.

— Alors, à Plouderec, il n'y a ni wifi, ni réseau, répond Jehan d'Aiglemont avec beaucoup de fierté. C'est un endroit pour se ressourcer et se concentrer sur les choses qui ont de la valeur : comme la nature, par exemple.

Je pense que Jeremy et Victoire n'auraient pas fait une autre tête s'il leur avait expliqué qu'à Plouderec, on décapitait des bébés dauphins avec des couteaux à beurre.

— Je vous avais dit que ce serait atypique, s'exclame Chris, ravi.

— J'allais atteindre le monde quatre mille deux cent trente-sept dans Candy Crush ! s'exclame Victoire, furieuse.

— Mais nous mettons un fixe à destination des *guests*, enchaîne Jehan en désignant d'un geste théâtral le téléphone à cadran des années soixante qui trône sur le comptoir de la réception, comme si l'appareil au fil entortillé allait aider Victoire à progresser dans Candy Crush.

— C'était vraiment de la merde, le Moyen Âge, constate Victoire.

— J'espère qu'il y a un truc bien à la télé, soupire Reda.

— Les tentes ne sont pas équipées de télévisions, dit Jehan comme s'il venait de faire une blague hilarante qui ne fait pas du tout rire qui que ce soit.

— Les tentes ? demande Reda, l'air très inquiet.

Personne ne lui répond et alors que nous nous apprêtons à monter l'immense escalier, Jehan d'Aiglemont éclate de nouveau de rire.

— Non, non, non, c'est par là, les amis !

Chris arbore un air mystérieux qui ne me dit rien qui vaille. Notre hôte rouvre la lourde porte principale et la pluie portée par le vent salé s'engouffre dans le hall de pierres grises.

Alors que nous passons la porte, il nous distribue à chacun une sorte de lanterne de pirate à piles. Nous voilà repartis sous la pluie qui s'est entre-temps transformée en un désagréable crachin. Quelques minutes plus tard, nous arrivons au pied d'un arbre et je remarque un petit panneau de bois planté dans le sol indiquant un numéro de chambre.

— Chambre 7, c'est ici !

— C'est moi, constate Reda, avec la voix de quelqu'un qu'on appelle à monter sur la chaise électrique.

Jehan d'Aiglemont dirige le faisceau de la lampe vers une échelle de bois qui monte vers la cime de l'arbre. Reda reste un instant immobile.

— Vous êtes sérieux, là ?

— Ce sont des bulles dans les arbres ! s'exclame Chris, ne pouvant maîtriser plus longtemps son excitation. Nous allons vivre trois jours en harmonie avec la nature, coupés de l'agitation de la ville !

— J'y crois pas, le mec nous a emmenés en camp scout ! s'écrie Victoire, atterrée.

Dans la semi-obscurité, il me semble entendre Jeremy étouffer un rire.

— Bon il fait froid, dis-je, donc si tu n'y vas pas, j'y vais.

En râlant, Reda grimpe à l'échelle, tirant derrière lui sa valise beaucoup trop lourde.

— J'avais dit, bagages légers, fait remarquer Chris, tu veux que je t'aide ?

— Certainement pas ! répond le jeune homme l'air furieux.

— Les bulles sont chauffées et il y a l'électricité, déclare Jehan, mais tout est écologique, nous produisons notre propre électricité, grâce aux panneaux solaires sur le toit du château. Il y a une douche, mais en revanche, les toilettes sont sèches.

— Je veux même pas savoir ce que ça veut dire, soupire Victoire.

Un peu plus loin, c'est à mon tour. Jehan nous raconte que mon chêne est plusieurs fois centenaire, et que le roi Arthur aurait dormi sous son ombrage. Dans la mesure où il doit y avoir cinq cents chênes dans cette forêt, je me demande bien comment il peut être sûr de cette information, mais ce n'est pas vraiment le moment de discuter botanique.

— On se retrouve au petit déj à 8 h 30, me rappelle Chris et soyez à l'heure : le retard, c'est la médiocrité.

Je ne réponds pas. Je trouve qu'il aurait pu nous prévenir de ce plan farfelu. Je monte l'échelle de bois, j'ai eu beau respecter à la lettre les consignes de Chris et ne prendre que le strict nécessaire, ma valise pèse le poids d'un âne mort. J'arrive avec soulagement sur une plateforme de bois calée entre les branches monumentales du chêne. À ma droite, une sorte de tente arrondie, complètement transparente ; à ma gauche, un abri en bois dont j'ouvre la porte : c'est la salle de bains. J'allume la lumière. C'est sobre et propre. J'éteins et rentre sous la bulle. Effectivement, il y a du chauffage. Un matelas confortable recouvert d'une couette douillette est posé à même la moquette épaisse. Une étagère basse sur laquelle traînent quelques livres permet de ranger ses affaires. C'est petit, mais très cosy, la version luxe du camping. Avec un soupir, j'enfile le jogging et le tee-shirt qui me servent de pyjama et étends mon tailleur mouillé sur l'étagère.

Je dispose soigneusement sur la table de nuit ma plaquette de somnifères et mes calmants, ainsi que ma bouteille d'eau. Je vide mes bagages, replie tous mes vêtements et les place sur l'étagère, bien alignés. Je referme ma valise et la cale dans un coin.

Puis je m'assieds sur le lit, désœuvrée. Pas de réseau pour traîner sur Instagram ou chatter avec Angela sur Facebook. Apporter un livre ne m'a même pas traversé l'esprit. Il reste quarante-cinq minutes avant l'extinction des feux. En désespoir de cause, j'allume mon ordinateur et commence à travailler sur les comptes d'EverDream, mais au bout d'une dizaine de minutes, il s'éteint. Je ne l'ai pas chargé et il n'y a aucune prise sous la bulle. Je soupire, m'allonge sur le lit. Nerveuse. La lanterne dessine une auréole de lumière jaune sur la moquette. Je ne sais pas ce que je vais pouvoir faire. Je n'aime pas l'inactivité, ni le silence. Ils m'obligent à penser. Machinalement, je caresse les breloques de mon bracelet. Étrangement, je ne me sens ni en danger, ni angoissée, comme si le chêne centenaire me protégeait de ses branches immenses. Je jette des coups d'œil à la plaquette de somnifères sur la table de nuit. J'hésite. Je ferme les yeux et j'écoute le clapotis de la pluie, les hululements des chouettes et le frou-frou des branches que le vent agite.

Journal d'Alice

Londres, 12 mars 2012

Hey Bruce,

Ça fait un moment que je ne t'ai pas écrit… Scarlett m'appelle tous les soirs complètement paniquée par ce qui est en train de lui arriver (à savoir qu'elle réalise le rêve de sa vie, ce qui apparemment est plus stressant que tout ce qu'elle a vécu jusqu'ici). Elle a presque terminé d'enregistrer son album. La démo de ses quatre chansons sur clé USB enthousiasme tous les États-Unis et Origin Records a décidé de miser sur elle. Je pensais que les appels à répétition de Scarlett énerveraient Oliver, mais figure-toi qu'il m'a dit il y a quelques jours :

— Au moins, depuis que ta sœur est une star en devenir, tu parles d'autre chose que de grossesse.

Maman, elle, n'y croit pas du tout. Elle pense que cet album sera un feu de paille et elle ne s'est pas privée de le lui dire. Pour ma part, Bruce, je pense tout le contraire. Et si tu connaissais ma petite sœur comme je la connais, tu serais d'accord. Ne sois pas jaloux, mais je suis sûre que bientôt son nom sera plus connu que le tien. De toute façon, Maman a toujours considéré Scarlett comme incapable de réussir quoi que ce soit.

Preuve en est cette soirée que je n'ai jamais oubliée. Je terminais mes études à la prestigieuse université de Brown où j'avais fait partie des rares étudiants à obtenir une bourse intégrale. Grâce à mon stage d'été dans une banque d'investissement à Boston, j'avais gagné un peu d'argent. Aussi, avant de repartir à Providence pour effectuer ma rentrée en dernière année à Brown, j'avais décidé d'inviter ma mère et Scarlett au restaurant. À l'époque, Scarlett travaillait sans relâche, elle tenait la caisse au supermarché Target de Queenstown de 7 heures du matin à 16 heures et enchaînait avec des jobs de serveuse le soir et le week-end. Elle passait une bonne partie de ses nuits sur sa guitare, à jouer ou à composer, plus déterminée que jamais. Je n'avais pas vu Scarlett depuis le printemps. J'avais moi-même travaillé d'arrache-pied tout l'été et j'avais peu de nouvelles d'elle en dehors de celles que je demandais à Maman. Celle-ci se plaignait souvent du poids financier que constituait ma sœur, de son rêve trop grand, de son caractère de cochon et des garçons qu'elle ramenait à la maison, toujours différents et qu'on revoyait rarement plus de trois fois. Comme je n'arrivais pas à joindre Scarlett, j'avais demandé à Maman de la prévenir que je rentrais pour que nous puissions dîner toutes les trois, mais elle m'avait répondu que Scarlett n'était pas disponible.

J'ai alors décidé d'inviter Ashley à la place de ma sœur. Ashley étudiait la littérature française, elle adorait parler français et Maman adorait la corriger. Elles étaient donc parfaitement complémentaires. J'avais prévu de les emmener à l'italien sur le port, mais à la dernière minute Maman a absolument voulu aller chez Bob's Burgers. J'ai supposé que c'était pour ne pas me laisser trop dépenser et j'ai cédé.

Quand nous sommes arrivées au restaurant, Scarlett était en train de replacer le ketchup et la moutarde à côté du distributeur de serviettes, sur une table qu'elle venait de nettoyer.

— Je ne savais pas que Scarlett travaillait ici, ai-je dit à Maman, surprise.

— Je ne sais jamais ce que fait ta sœur, a rétorqué ma mère, puisqu'elle ne daigne pas m'en informer et de toute façon le temps que je retienne le nom de l'endroit où elle travaille, elle se débrouille pour se faire licencier.

Les jambes de Scarlett paraissaient amaigries dans sa jupe d'uniforme trop courte, ses yeux étaient cernés malgré le fond de teint et le fard à paupières noir qui agrandissait son regard brun. Elle m'a dévisagée d'un air étonné, puis son visage enfantin s'est illuminé de ce sourire immense et rare qui, comme on allume un interrupteur, remplissait soudainement ses yeux de lumière.

— Alice !

Elle s'est jetée à mon cou, son chiffon humide toujours à la main. Elle sentait les frites chaudes et j'ai enfoui mon visage dans ses cheveux détachés pour retrouver l'odeur familière de camomille de son shampoing.

— Tu m'as manqué ! s'est-elle exclamée, en s'écartant pour me regarder.

Elle a réajusté sur sa poitrine le badge qui indiquait son prénom, juste en dessous de la broderie « Bob's

Burgers » sur son chemisier et j'ai remarqué le début d'un nouveau tatouage à la naissance de son décolleté.

— Tu m'as manqué aussi, Scar.

Puis, j'ai réalisé que nous n'étions pas seules et après un silence gêné à peine perceptible, Ashley a fait une accolade à Scarlett et a affirmé que cela faisait trop longtemps qu'elles ne s'étaient pas vues. J'ai toutefois surpris son regard déconcerté. Je me doutais bien que ce n'était pas ce à quoi elle s'attendait quand je lui avais expliqué que Scarlett continuait sa carrière dans la musique. J'ai alors compris que, même pour Ashley, qui connaissait Scarlett depuis la maternelle, ma sœur renvoyait désormais l'image d'une gentille loseuse un peu paumée.

Maman a fait remarquer :

— Alice m'invite au restaurant, tu vois, ce n'est pas toi qui ferais ça !

J'en ai déduit qu'elles s'étaient une fois de plus disputées et je me suis même demandé si elle avait réellement transmis mon invitation à dîner à Scarlett. Cette dernière n'a rien répondu et nous a accompagnées à une table avant de déposer devant nous les menus et une carafe d'eau.

— Je reviens dans cinq minutes prendre la commande, a-t-elle dit alors qu'un groupe d'hommes rentraient dans le restaurant.

Je l'ai suivie des yeux alors qu'elle les installait à leur tour pas très loin de nous, ignorant les lourdes tentatives de drague d'un barbu à la carrure de bûcheron en chemise à carreaux qui la dévorait des yeux. L'idée que Scarlett allait devoir nous servir et ne pourrait pas se joindre à nous m'était particulièrement désagréable. J'étais cependant contente d'être chez moi, de retrouver le goût unique de la sauce burger de Bob et la bière locale.

— Scarlett a vraiment un beau sourire, a fait remarquer Ashley, elle a une certaine élégance naturelle et puis… je ne sais pas, une sorte de présence peut-être…

Elle observait Scarlett qui voguait entre les tables, souriante et terriblement sexy dans son uniforme rouge. Le compliment était sincère, Ashley l'avait d'ailleurs prononcé non sans un certain étonnement et je la connaissais suffisamment pour savoir que ses propos signifiaient en réalité : « malgré son maquillage vulgaire, ses habits atroces, ses piercings et ses tatouages immondes, bizarrement, ta sœur est jolie ».

— Oui, elle a beaucoup de charisme, ai-je approuvé non sans une certaine fierté, et encore, tu ne l'as pas entendue chanter.

— Elle est surtout très provocante, a rétorqué Maman, elle ferait n'importe quoi pour se faire remarquer.

— Arrête, Maman, ai-je soupiré.

— C'est vrai, tu sais. Toi tu ne me fais aucun souci, mais Scarlett… Tu ne te rends pas compte ! J'espère qu'elle va trouver un travail stable, je ne pourrai pas l'héberger toute sa vie.

J'avais haussé les épaules.

— C'est juste le temps que sa carrière décolle et puis, l'année prochaine je travaillerai, je pourrai vous aider.

Depuis presqu'un an je sortais avec Oliver. Nous ne nous voyions alors qu'un week-end sur deux et il me manquait beaucoup. J'avais prévu d'emménager avec lui à New York dès l'obtention de mon diplôme. Avec mes notes et mon CV, je savais que je trouverais facilement un poste d'analyste financière dans n'importe quelle banque d'investissement de Wall Street.

— Toi, tu as toujours été facile, et tu réussis tout, a soupiré Maman. Scarlett, elle…

— Elle n'est pas si difficile à vivre, Maman, ai-je coupé.

Notre discussion s'est arrêtée là, car une altercation a explosé à la table voisine. Je me suis retournée et ai eu le temps de voir Scarlett renverser sur la tête du barbu qui la draguait un peu plus tôt l'intégralité d'un milk-shake à la fraise. Il s'est levé en la traitant de tous les noms et elle lui a balancé un coup de pied dans l'entrejambe en guise de réponse.

Bob est sorti de la cuisine et a attrapé violemment Scarlett par le bras. Il lui a chuchoté quelque chose à l'oreille, l'air furieux et elle s'est éloignée, non sans se retourner une dernière fois pour balancer froidement au type à qui Bob et une autre serveuse tendaient maintenant des serviettes en papier en s'excusant :

— La prochaine fois, je te crève les yeux.

Maman et Ashley avaient assisté à la scène avec l'air médusé. Je me suis levée d'un bond :

— Je reviens !

J'ai profité de l'agitation pour me glisser dans la cuisine où Scarlett avait disparu. Elle n'y était pas et j'ai emprunté l'issue de secours pour la rejoindre dehors, à l'arrière du restaurant. Elle était appuyée contre le mur de béton et fumait à côté des poubelles, les yeux fixés sur le parking. Je lui ai mis mon gilet sur les épaules.

— Tu vas attraper froid.

— Je m'en contrefous, a-t-elle marmonné, les mâchoires contractées.

— Je croyais que tu ne fumais jamais, que ça abîmait ta voix.

Elle a eu un haussement d'épaules exaspéré et a écrasé la cigarette à peine entamée contre le mur avant de la jeter dans la benne à ordures.

— J'ai juste piqué une cigarette dans un paquet qui traînait.

— Qu'est-ce qui s'est passé, Scar ?

Elle s'est tournée vers moi, son regard brun lourdement maquillé de noir plus intense que jamais, elle allait parler quand la porte métallique s'est ouverte avec fracas et Bob a fait irruption dans l'arrière-cour. La petite toque blanche qu'il portait en cuisine était de travers, tout comme son tablier blanc de chef cuisinier, ce qui lui aurait donné l'air ridicule si chaque particule de son mètre quatre-vingt-dix n'exhalait pas une colère noire absolument terrifiante.

— Scarlett !

Celle-ci ne semblait pas impressionnée le moins du monde. Elle a interrompu Bob d'une voix glaciale :

— Il m'a mis une main aux fesses, Bob. Au lieu de lui essuyer sa chemise de beauf, tu aurais dû le mettre dehors.

— Ça m'est égal ! C'est un client, tu ne peux pas renverser des milk-shakes sur la tête des clients !

— Tu voulais que je fasse quoi ?

— Que tu le remettes à sa place calmement, comme n'importe quelle fille bien élevée !

Scarlett s'est tournée brutalement pour lui faire face, il faisait une bonne tête de plus qu'elle. Elle a planté son regard féroce dans le sien :

— Je suis pas sûre de comprendre, tu es en train de me dire quoi exactement ? Que je dois me laisser tripoter par tous les vieux porcs de ton restaurant de merde pour ne pas risquer de te faire perdre vingt dollars de chiffre d'affaires ?

Bob, qui au fond n'était pas un méchant homme et avait une fille de dix-huit ou dix-neuf ans, a poussé un soupir.

— Bien sûr que non, mais pourquoi est-ce que c'est toujours toi qui t'attires ce genre de problème ? Peut-être que si tu étais moins… exubérante…

— Exubérante ?! Donc je me fais agresser et c'est de ma faute !

— Ce n'est pas ce que je dis, a grommelé Bob. Écoute, la prochaine fois envoie quelqu'un d'autre s'occuper de la table à ta place et ne frappe plus les clients, OK ?

— Non.

— Comment ça, non ?

Scarlett a défait le lien de son tablier blanc, a arraché sa petite toque et les a balancés par terre.

— Je démissionne, tu n'auras qu'à te trouver une autre gamine pour amuser les pervers de ton bordel.

— Ne fais pas l'enfant : tu as besoin de ce job, Scarlett, a dit Bob d'un ton calme, il faut vraiment que tu apprennes à accepter la critique.

Scarlett lui a souri, puis elle a retiré le gilet que j'avais mis sur ses épaules un peu plus tôt et me l'a tendu, comme quoi, je n'étais pas tout à fait invisible à ses yeux depuis le début de cette conversation.

— Et toi, tu sais très bien que tu n'as jamais fait autant de couverts que depuis que je bosse pour toi, avec mon « exubérance » comme tu dis (tout en parlant, elle a déboutonné son chemisier d'uniforme et l'a fait passer par-dessus sa tête sous l'œil ahuri de Bob avant de le balancer par terre d'un geste rageur), tu me sous-payes sous prétexte que tu me laisses chanter le mercredi soir, alors que c'est le soir où tu as le plus de monde, mais j'emmerde ton paternalisme à la con, Bob, je n'ai besoin ni de toi, ni de ce job.

Elle a laissé sa jupe rouge tomber à ses pieds avant de conclure :

— C'est toi qui as besoin de moi et un jour, tu regretteras de m'avoir traitée comme ça.

Elle se tenait debout sur le parking les bras croisés sur sa poitrine, image même de l'arrogance, dans une culotte violette détendue, du genre qu'on trouve dans les packs Walmart à cinq dollars, et un soutien-gorge en dentelle noir qui pouvait difficilement être plus mal assorti au bas. Elle avait plusieurs nouveaux tatouages depuis la dernière fois que je l'avais vue.

Bob est resté, tout comme moi d'ailleurs, sans voix pendant plusieurs secondes, puis, sans rien dire, il s'est baissé pour ramasser l'uniforme et a disparu derrière la porte de métal, les épaules un peu plus voûtées que d'habitude.

J'ai remis mon gilet sur les épaules de Scarlett.

— Tu es folle, tu vas vraiment attraper la crève.

— Tu devrais aller retrouver Maman et Ashley, m'a-t-elle dit le visage fermé, je te rends le gilet demain.

— Il faut que tu ailles chercher tes affaires, tu ne vas pas rentrer à moitié à poil !

— Non, je ne remettrai jamais un pied dans ce rade pourri.

— Je vais aller chercher tes vêtements, dis-moi où ils sont, ai-je soupiré.

Elle a hésité, se demandant sans doute si le fait d'envoyer sa grande sœur chercher ses affaires ne risquait pas d'atténuer l'héroïsme de son coup d'éclat. L'aspect matériel de la situation a toutefois eu raison de sa colère. Suivant les consignes de Scarlett, j'ai récupéré ses habits et son sac dans le vestiaire du personnel et j'en ai profité pour prévenir Maman et Ashley que nous allions devoir écourter notre dîner. Maman était furieuse.

— Et voilà, Scarlett arrive à nous gâcher la soirée, même quand elle n'est pas invitée ! Je voulais prendre la tarte aux pommes !

— On peut prendre un dessert toutes les deux si vous voulez et je vous raccompagne après, a proposé Ashley gentiment, je ne suis pas pressée.

J'ai accepté et dix minutes plus tard, je me suis retrouvée seule avec Scarlett dans la voiture, le chauffage à fond.

— Maman ne rentre pas ? a-t-elle demandé.

— Ashley va la raccompagner.

Il s'est alors passé quelque chose de parfaitement inhabituel : Scarlett s'est mise à pleurer. J'étais glacée de la voir s'effondrer, car Scarlett ne craquait jamais. Je me suis mise à haïr Bob d'avoir infligé cette humiliation à ma petite sœur. Je l'ai prise dans mes bras et l'ai bercée doucement, comme quand elle était petite, jusqu'à ce qu'elle se calme.

Je n'ai jamais oublié ce qu'elle m'a dit ensuite. Elle avait les lèvres bleues de froid, son maquillage avait coulé et elle frottait mécaniquement ses mains devant la sortie du chauffage :

— Tu peux me promettre quelque chose, Alice ?

— Bien sûr...

— Un jour, je réussirai vraiment, et même si je dois me battre tous les jours de ma vie pendant vingt ou trente ans, les gens croiront que c'est arrivé du jour au lendemain. Les journalistes diront que c'est à cause d'une chanson qui a fait un tube ou d'un coup de bol, et ça me rend malade. Tous ceux qui me méprisent aujourd'hui diront : « elle a eu de la

chance », « ça a bien marché pour elle », ce genre de connerie dont se bercent les gens qui ne font rien de leur vie. Mais toi, je veux que tu te souviennes que tout ce que j'aurai jamais eu, c'est mon talent et ma volonté, qu'au moins une personne dans le monde sache ce que j'aurai fait pour en arriver là. Toutes ces années où j'aurai bossé jour et nuit, les risques que j'ai pris, mes études et ma santé que j'ai sacrifiées, toutes ces années où je suis allée d'échec en échec et où j'ai dû supporter les regards de ceux qui, comme Ashley ou Maman, pensent que je suis une ratée et une imbécile. Promets-moi que toi, tu sauras ?

Sur le moment, j'ai mis toute mon énergie à essayer de lui faire croire qu'Ashley ne l'avait pas jugée et que Maman n'avait jamais pensé qu'elle était une ratée. Pourtant, aujourd'hui encore, je me souviens avec précision de ses propos et de la fixité de son regard quand elle les avait prononcés, comme si quelque part au fond de moi, j'avais conscience que ce discours était important. Et ce qui est marrant, Bruce, c'est que si ça se trouve, c'est exactement ce qui est en train de lui arriver.

Je me réveille en sursaut. Il me faut quelques secondes pour réaliser où je suis. Au-dessus de ma tête, j'aperçois les branches noueuses du chêne à travers la toile transparente constellée de gouttelettes. Il fait grand jour. Je me suis endormie sans m'en rendre compte avant 21 heures et il est... Un bref coup d'œil à mon téléphone : 8 h 12 ! Le petit déjeuner est dans dix-huit minutes.

Je me lève précipitamment, m'escrime contre la fermeture Éclair de la tente qui se coince dans la toile avant de me jeter littéralement dans la douche. J'enfile à la hâte un jean, un col roulé en laine noire et une paire de Converse. Ce n'est même pas la peine d'imaginer mettre mon tailleur noir dans cet environnement hostile. J'attache mes cheveux dans une queue-de-cheval et manque de me tuer en descendant de mon arbre à toute vitesse. En plein jour, l'environnement est beaucoup moins effrayant, mais je ne m'attarde pas sur le paysage. Je déboule tout essoufflée dans la salle de petit déjeuner, un groupe discute calmement à une table. Je ne vois personne d'EverDream.

Une femme chargée d'un plateau passe devant moi en robe longue et coiffe médiévale, laissant derrière elle un parfum de café et de viennoiseries chaudes. Sur sa poitrine, un badge en plastique indique « Guenièvre ».

— Vos collègues ne sont pas encore là, mais vous avez la table du fond, me dit-elle avec un sourire accueillant.

Je m'assieds précautionneusement dans un fauteuil de bois sculpté à la table qu'elle m'a indiquée, près d'une colossale cheminée de pierre où crépite un feu vigoureux. Je jette un coup d'œil angoissé à mon téléphone. 8 h 37. J'ai sept minutes de retard, soit plus que tous mes retards cumulés sur les quatre dernières années. Pourtant, je suis la première, le monde ne s'est pas écroulé. Le battement d'ailes du papillon n'a pas toujours de conséquences. Pas cette fois en tout cas.

Chris s'assied en face de moi, il a l'air fatigué et je me demande si la digital detox lui réussit si bien que ça.

— Salut Alice, tu as bien dormi ?

— Très bien, je réponds spontanément, j'ai dormi douze heures d'une traite.

Et au moment où je prononce cette phrase, je comprends ce qu'elle signifie. J'ai dormi comme un bébé. Douze heures d'affilée. Sans somnifère, sans réveil en sursaut, sans insomnie. Cinq ans que ça ne m'était pas arrivé. Un sourire involontaire se dessine sur mes lèvres.

— Salut, dit Jeremy en tirant une chaise, ça va Alice ? Tu parais… détendue ce matin.

Il semble surpris, je ne sais pas s'il fait allusion à mon sourire, mon visage reposé ou au jean-

Converse, mais je reprends un visage neutre et Chris éclate de rire.

— C'est la connexion avec la nature.

— J'ai dormi trente secondes, lance Victoire en s'affalant sur sa chaise, pendant lesquelles j'ai rêvé que les marcheurs blancs de *Game of Thrones* me démembraient. Résultat, j'ai l'air d'avoir une pieuvre morte sur la tête.

La relation de causalité entre *Game of Thrones* et la pieuvre n'est pas flagrante, mais elle a effectivement les yeux cernés, elle porte un jogging et ses multiples tresses, d'habitude joliment rassemblées sur le sommet de son crâne, pendent lamentablement de chaque côté de son visage.

— Et moi dix-huit secondes, renchérit Reda qui est apparu en même temps qu'elle, il y avait des bruits terrifiants d'animaux. C'était l'angoisse.

— Les boules, confirme Victoire.

— Les chouettes ? suggère Jeremy avec un demi-sourire.

Guenièvre interrompt ce débat au sommet en déposant sur la table une cafetière, une théière et une panière de croissants chauds dont l'odeur appétissante rassérène un peu les troupes.

— Est-ce que quelqu'un veut des crêpes ? demande-t-elle, elles sont faites à la demande.

— Bien sûr qu'on veut des crêpes ! s'exclame Chris, dont l'enthousiasme semble parfaitement intact.

— Et toi, tu as bien dormi, Chris ?

— Mais parfaitement, répond-il, ça fait un bien fou de se déconnecter, pas de réseaux sociaux, pas d'email, pas d'Internet…

Son ton manque de conviction et je retiens un sourire. Le petit déjeuner est excellent, j'engloutis avec un plaisir non dissimulé un volume de crêpes à la confiture trois fois supérieur à ce qu'est supposé contenir mon estomac. En levant la tête, je constate que Jeremy m'observe, l'air amusé.

— C'est meilleur que les pancakes américains ? me demande-t-il.

Le souvenir des pancakes que mon père préparait parfois le dimanche matin me revient à l'esprit. Le grésillement du beurre qui glisse dans la poêle, l'odeur chaude et sucrée de la pâte qu'il faisait couler depuis la louche en formant des cœurs ratés pour nous faire rire tandis que nous piaffions d'impatience. Ils étaient légers comme un nuage, dorés comme un soleil et inondés de sirop d'érable qui collait sur nos mentons ravis. Le goût de l'enfance qui ne reviendra pas. Rien, jamais, ne sera meilleur que ça.

— C'est différent, dis-je, un peu triste, en détournant les yeux.

Comme prévu, à 10 heures, nous nous dirigeons vers une salle de réunion aménagée dans une ancienne armurerie. Un écran ultra-moderne a été suspendu entre deux armures rutilantes brandissant pour l'une, une épée et pour l'autre, une massue incrustée de clous. Le rétroprojecteur, quant à lui, est accroché à côté d'un instrument de torture rouillé et complexe sous lequel un panneau indique « écraseur de tête – XIe siècle ».

— Tu en penses quoi ? Allégorie du monde de l'entreprise ou Chris cherche à nous faire passer un message ? me chuchote Reda tandis que je fixe l'instrument en me demandant comment diable il peut bien fonctionner.

— C'est vraiment génial, ce concept d'éco-lodge moyenâgeux pour faire des séminaires d'entreprise, déclare Chris avec admiration.

Si le cadre est atypique, l'équipement est classique. Au centre de la table, une cafetière, de l'eau et des verres en plastique et devant chaque chaise, un carnet et un crayon. Un paperboard se dresse dans un coin de la salle. Je dois admettre que tout est plutôt bien pensé.

Chris passe les cinq minutes suivantes à tenter de projeter sa présentation depuis son ordinateur.

— Asseyez-vous, dit-il solennellement alors que nous sommes déjà installés depuis cinq minutes. Je vous ai réunis aujourd'hui afin que nous puissions discuter de l'avenir d'EverDream. Déjà, j'ai l'immense plaisir et honneur de vous annoncer officiellement que l'application est terminée : dorénavant, les chaussettes orphelines peuvent être réunifiées ! Ce sont plusieurs millions d'euros de gaspillage textile qui seront évités grâce à nous !

Tout le monde applaudit à cette bonne nouvelle.

— À partir de lundi, elle sera disponible au téléchargement. Maintenant, il va falloir tout donner pour sa commercialisation. Cette semaine, il y aura donc des ateliers de réflexion le matin pour définir un plan marketing et des activités de team building l'après-midi.

— Quand est-ce qu'on a le wifi ? demande Victoire.

— Même question, ajoute Reda.

— J'ai commencé à réfléchir à une publicité, coupe Chris, je voudrais avoir votre feedback dessus. Je vous invite donc à fermer les yeux et, ensemble, nous allons essayer de nous mettre dans la peau d'une chaussette orpheline.

Je jette un coup d'œil aux autres, histoire de voir s'ils ont sérieusement l'intention de se mettre dans la peau d'une chaussette. Victoire et Reda ont l'air blasé ; Jeremy, les bras croisés sur sa poitrine, étrangement, semble un peu triste.

— Fermez les yeux, insiste Chris, et maintenant imaginez deux chaussettes qui apparaissent sur l'écran. Une voix off commence : Toute votre vie, depuis votre naissance sur une chaîne de production et jusqu'à aujourd'hui, vous étiez deux. Vous et votre âme sœur.

— Chaussette-sœur, corrige Victoire, toujours prête à rendre service.

— Oui ! Très bien ! « Chaussette-sœur », j'adore le concept, s'exclame Chris en écrivant en gros « chaussette-sœur » sur le paperboard. Je reprends. Donc, toute votre vie, vous l'avez vécue aux côtés de votre chaussette-sœur, ensemble vous avez traversé les machines à laver, les sèche-linge, la concurrence déloyale des tongs, les étés coincés dans des placards…

— Les baskets puantes ? propose Reda.

— Pourquoi pas… (Chris écrit « baskets puantes » sur le paperboard). Et vous vous ressembliez, ou plus exactement, vous étiez parfaitement complémentaires, et certes, il vous est arrivé de vous éloigner un peu l'une de l'autre, au gré des cycles de la machine à laver, vous avez eu des accrocs, des périodes de séparation… Mais ça n'a jamais duré, vous vous êtes toujours rabibochées, parce qu'on n'a qu'une seule chaussette-sœur, et grâce à votre chaussette-sœur, pas un jour, de votre vie, vous n'avez connu la solitude.

J'ouvre les yeux. Pourquoi ai-je les mains glacées ? Le dos si crispé ? Je remarque que plus personne ne rigole. Tout le monde se concentre, les yeux fermés. Même Jeremy.

— Et un matin, sans crier gare, poursuit doucement Chris, vous vous réveillez et votre chaussette-sœur n'est plus là. Vous n'avez reçu aucun avertissement, vous n'avez pas pu vous préparer ni même lui dire au revoir, parce que personne ne vous avait prévenue que c'était la dernière fois que vous la voyiez, peut-être même que vous vous êtes quittées énervées, et bêtement vous vous êtes dit « je m'excuserai demain ».

— Mais il parle toujours des chaussettes, là ? me demande Reda à voix basse. J'ai l'impression qu'il s'emballe un peu…

Je lui fais signe que je ne sais pas. Et j'ai une boule dans la gorge. Ma main encercle mon poignet, serre le bracelet de pacotille contre ma peau glacée.

Chris tape du poing sur la table et élève la voix :

— Personne ne vous avait dit que les chaussettes-sœurs pouvaient être séparées ! Ou alors vous avez cru, naïvement, que ce genre d'histoire n'arrivait qu'aux autres chaussettes. Et du jour au lendemain, vous devenez orpheline. Vous ne servez plus à rien, ni à personne. Vous êtes abandonnée au fond du sèche-linge, seule.

Il y a un silence, tout le monde a ouvert les yeux et fixe Chris, en état de choc.

— Alors, qu'est-ce que vous faites ? interroge Chris, qui retrouve brutalement son sourire enthousiaste. Vous téléchargez EverDream et vous pouvez, à défaut de retrouver votre chaussette-sœur, retrouver une chaussette complémentaire, peut-être moins parfaitement complémentaire que votre vraie chaussette-sœur, qui est unique, mais une chaussette qui au moins vous évitera de jeter votre chaussette orpheline et de lutter ainsi, à votre échelle, contre l'immense gaspillage que représentent les chaussettes orphelines. Et là le logo apparaît avec notre slogan : « EverDream réunit les chaussettes orphelines ! »

Son feutre à la main devant le paperboard, il attend nos commentaires. Nous nous dévisageons les uns et les autres, muets.

— Alors ? Vous en pensez quoi ?

— Le marketing, c'est pas mon truc, se contente de dire Jeremy. Je passe mon tour.

— C'est du second degré, en fait ? s'enquiert Reda. Ou alors j'ai pas vraiment réussi à me projeter dans la vie d'une chaussette, mais j'ai rien compris.

Chris écrit « second degré ? » sur le paperboard.

— Franchement, précise Victoire, bien qu'elle soit de toute façon toujours franche, au début j'ai cru que tu avais fumé la moquette de l'escalier, mais même si c'est con, il y a un côté… mignon.

— Alice ?

Tous les regards se tournent vers moi. J'ai la main crispée sur la chaîne à mon poignet. Je dévisage Chris, son sourire sympathique et je sens le poids tomber sur ma poitrine et l'écraser.

— Il faut que je sorte.

J'ai parlé si bas que je ne suis pas sûre qu'ils aient entendu. Je me lève et je sors en courant.

Journal d'Alice

Londres, 26 mars 2012

Bruce,

Désolée, ça fait un moment que je t'ai laissé tomber. J'ai laissé tomber tout le monde. Même quand Maman et Scarlett m'appellent, je ne décroche plus. Je me contente de répondre par texto que je n'ai pas le temps. Je suis tellement fatiguée. Tu n'as pas idée. Le soir, je me couche et je m'endors comme on meurt. Mais ce soir je ne peux pas dormir, j'ai besoin de t'écrire.

On arrive à la fin du processus de FIV. Je vais te raconter ici, rapidement, les deux semaines qui viennent de se dérouler et dont j'ai le sentiment qu'elles ont duré cinq siècles et demi.

Je te passe les détails : les piqûres à répétition sous le nombril, pour que mon usine à ovocytes passe en mode-surproduction. Je ne supporte plus Dolores, ce n'est pas de sa faute, mais à chaque fois que je la vois, j'angoisse. J'ai des bleus dans le bas-ventre, des taches violacées comme si on m'avait rouée de coups pour punir mon utérus de ne pas être fichu de fonctionner tout seul. J'ai gonflé comme un ballon, mes chevilles ont disparu et j'ai dû retirer toutes mes bagues tellement mes doigts ont enflé. « Les hormones », répète Dolores. Prises de sang et échographie à gogo, la routine. Mes organes génitaux sont plus fréquentés qu'une autoroute à l'heure de pointe et le creux de mon coude ressemble à celui d'une héroïnomane en fin de carrière. J'ai tellement l'habitude d'écarter les jambes dans les étriers que lundi, j'ai enlevé ma culotte pour une prise de sang. « Réflexe », ai-je dit hagarde à l'infirmière.

— Essayez d'éviter de le faire dans le métro, a dit Dolores avec son ton de professeur de catéchisme.

J'aurais dû rire, je me suis mise à pleurer. Il faut dire qu'actuellement, la simple vision d'une salière est susceptible de me faire éclater en sanglots.

« Les hormones », dit Dolores.

Ce matin, on m'a mise sous anesthésie locale pour prélever mes ovocytes. « Comme on cueille des pommes mûres », a dit Dolores. À ce micro détail près qu'il est assez rare de ramasser des pommes en s'introduisant une aiguille d'un kilomètre de long dans le vagin. Note, Bruce, que j'ai de plus en plus de mal avec l'humour de Dolores. Sans doute les hormones. Mais il y a un temps pour discuter, et un temps pour écarter les jambes et attendre que ça se passe. Ça fait bien six mois que je n'ai pas mis un pied chez l'esthéticienne, je suis surprise que Dolores n'ait pas trouvé une blague stupide à faire sur le sujet.

Mardi, ils avaient congelé le sperme d'Oliver (tu noteras, Bruce, que le processus est légèrement plus simple pour lui que pour moi). Pas de rapports sexuels dans les quatre jours qui précédaient, avait ordonné Dolores, ce qui tombait plutôt bien, parce que vu mon état, j'avais autant envie de faire l'amour que de m'enfoncer un spéculum dans l'œil.

Ça, c'était hier. Depuis, Dolores m'a rappelée trois fois. Hier à 16 h 10, pour me dire, que j'avais huit embryons viables, ce matin à 9 heures pour me dire qu'on était passé à cinq et ce soir à 20 heures pour me dire que seuls trois avaient survécu.

— Ce n'est pas beaucoup, trois, a-t-elle ajouté l'air déçu.

Je me suis excusée pour ma nullité à produire des embryons, j'ai raccroché et j'ai pleuré de quoi remplir une citerne.

Mais il y a quand même un élément très important qu'il faut que j'écrive ici, pour m'en souvenir dans les moments difficiles : Oliver a été parfait tout le long. Il m'a tenu la main en silence, m'a prise dans ses bras environ mille trois cents fois sur les dernières quarante-huit heures, n'a jamais tenté de jeter un œil entre mes jambes, restant toujours au niveau de ma tête, comme si tout cela était parfaitement normal. Il m'a dit huit mille cinq cents fois qu'il m'aimait et avait stocké des mouchoirs en papier dans toutes ses poches pour parer aux crises de larmes. Il a souri à mes blagues déplacées, jamais à celles de Dolores. Quand on est rentrés de l'hôpital, il a sorti une bouteille de champagne du frigo et il m'a servi une flûte accompagnée d'une Marlboro Light et d'un briquet.

— Dans deux jours, tu ne pourras plus, a-t-il dit.

J'ai bu une gorgée et fumé une bouffée. J'avais trop peur de tout faire foirer. Nous avons passé la soirée enlacés sur le canapé, serrés l'un contre l'autre, amoureux comme au premier jour.

J'ai demandé si la mer était loin à Jehan d'Aiglemont de Montalemberg dit Le Preux (qui en réalité s'appelle Thomas comme sa femme Guenièvre-alias-Jacqueline me l'a révélé). Il m'a indiqué un sentier, deux kilomètres de marche dans la forêt et j'y serai. Le ciel était couvert, prendre un parapluie ne m'a même pas traversé l'esprit et j'ai marché jusqu'à la mer. À bien y réfléchir, je l'aurais trouvée même sans indication, à l'odeur du sel, au chant des mouettes porté par le vent et à la mélodie des vagues qui résonne jusqu'au fond des sous-bois.

Au bout du sentier, j'ai l'impression de sortir d'un tunnel. L'océan Atlantique s'étend devant moi, agité par des courants profonds, comme s'il cachait sous ses vagues sombres un animal en colère qui s'ébroue. Je ressens le même choc que dans le minibus, mais infiniment plus intense.

Machinalement, je sors mon portable de ma poche pour vérifier l'heure. J'ai séché le brainstorming, il faudrait au moins que je revienne pour le déjeuner. L'appareil ne réagit pas. Plus de batterie. Je n'ai pas de montre, je n'ai plus l'heure. Et, contre toute attente, un poids gigantesque disparaît de ma poitrine et l'air s'engouffre brutalement dans mes poumons. Je respire, comme si c'était la première fois depuis une éternité. Je défais ma queue-de-cheval et laisse le vent iodé emmêler mes cheveux. Je m'avance dans le bruissement des hautes herbes qui dansent sur la falaise. Il n'y a pas de plage. Juste des roches tranchantes et noires comme du charbon que la mer vient recouvrir avec fracas d'un linceul d'écume avant de se retirer avec la lente majesté des tout-puissants. Comme hypnotisée, je fixe à mes pieds les courants bouillonnants qui laissent l'eau plus blanche que bleue entre les rochers mouillés.

Puis, je m'assieds face à l'océan, comme quand j'étais petite, sans même sentir les griffures des herbes sèches sur mes chevilles et pour la première fois, je laisse les souvenirs affluer, s'engouffrer dans la brèche que Chris a ouverte avec ce discours qui a résonné comme ma propre vérité. Comme s'il s'agissait de moi, de ma propre histoire et non d'une publicité idiote pour une application absurde. J'ai beau lutter, j'ai beau être forte, la réalité revient à la charge constamment, elle m'use imperceptiblement jour après jour, crise après crise, comme les vagues usent les rocs invincibles sous les tourbillons d'écume. Et j'ai la sensation qu'un jour, bientôt, il ne restera plus rien de moi, de celle que je suis réellement.

J'aime la mer par-dessus tout. La mer est comme la vie. Elle ne se préoccupe pas du plancton, des algues, des cailloux ou des millions d'animaux qu'elle use et qu'elle ballotte au gré des courants, dans le hasard de ses vagues. Elle les submerge, elle les secoue ou elle les transporte, elle les nourrit un jour et les noie le lendemain. La mer s'en moque, elle donne et reprend, frappe au hasard, avec une suprême indifférence. Son dessein est trop grand pour qu'elle se soucie des coquillages brisés qui tapissent le cimetière de ses bas-fonds.

Je n'ai plus l'heure, j'ai dormi sans somnifère, j'ai séché une réunion et bizarrement, pour le moment du moins, pas de crise d'angoisse à l'horizon, même pas une légère nervosité. Juste la mer à perte de vue et un parfum de liberté porté par la brise salée. L'immensité bleu marine de mes possibilités. Pour la première fois depuis des années, je me sens presque bien.

Je dois rentrer. Je jette un dernier regard sur l'océan, rattache mes cheveux et referme mon gilet en frissonnant. Je reprends le chemin de Plouderec, prise d'un inexplicable vertige.

Journal d'Alice

Londres, 28 mars 2012

Scarlett m'a téléphoné plusieurs fois ces deux dernières semaines. Il faut absolument que je la rappelle, mais j'ai été tellement prise dans mes histoires d'ovocytes et d'embryons que je n'avais pas le cœur à parler à qui que ce soit d'autre qu'Oliver.

Une dernière fois, j'ai écarté les jambes.

Une dernière fois, je me suis laissé pénétrer par un cathéter.

Même pas mal.

Ils ont retiré le cathéter et bien au chaud dans mon ventre, ils ont laissé mon bébé.

Tout est oublié. Plus rien n'a d'importance.

Je suis enceinte, Bruce.

Personne ne me pose la moindre question, pas même Victoire. Quand j'arrive, le déjeuner est déjà servi. Je suis restée plus de deux heures sur la plage. Plus de deux heures, sans la moindre conscience du temps écoulé, du temps perdu.

— Poulet rôti ou bar ? me demande Jehan alias Thomas. Je vous recommande le bar, il est tout frais, cuit en croûte de sel, c'est un délice.

Je jette un coup d'œil aux assiettes de mes collègues, ils ont tous pris le poisson.

— Poulet, s'il vous plaît.

Il s'éloigne et la conversation reprend, comme s'il était parfaitement normal que je sois partie en courant en plein milieu d'une réunion et réapparaisse trois heures plus tard, coiffée comme si j'avais mis les deux doigts dans une prise. Je retiens une envie impulsive de les prendre tous dans mes bras et de leur faire un câlin. J'ai l'impression d'être fébrile, j'ai le désir confus de sortir du moule, de courir, de me dépenser, d'oublier mes barbelés, de changer, de faire quelque chose d'inhabituel, mais quoi ?

En dessert, nous avons droit à un kouign-amann maison. Je le laisse fondre sur ma langue en songeant sans la moindre once de culpabilité qu'Angela me tuerait si elle savait ce que je mange depuis que j'habite en France.

— C'est pas possible, il y a plus de beurre dans ce truc que dans le beurre lui-même, commente Reda en se resservant.

Je me lève et me tourne vers mes collègues.

— Quelqu'un veut un café ? Je vais m'en chercher un.

— Oui, moi, répondent en chœur Victoire, Reda et Chris.

— Je vais t'aider, propose Jeremy qui n'a pas sorti un mot depuis que je suis revenue de la plage.

Nous nous dirigeons vers la table en bois où on peut se servir de café et de thé.

— Ça va, Alice ? demande Jeremy.

Pour une fois, j'ai le sentiment que ce n'est pas une question rhétorique, que je pourrais répondre « non », voire qu'il s'attend à ce que je réponde « non », et que c'est la raison pour laquelle il a pris la peine de me poser la question. Il me dévisage, son regard aussi clair que tranchant, et j'ai l'impression singulière qu'il me déshabille l'âme.

— Ça va, dis-je, c'est le discours de Chris qui m'a… perturbée.

En silence, il aligne cinq verres en cartons sur le buffet et s'empare de la cafetière, tandis que je rassemble du sucre et des cuillères en plastique dans un gobelet.

— Juste pour que tu saches, Chris…

Il s'interrompt pour verser le café dans les tasses, comme s'il hésitait à parler et je ne peux m'empêcher d'être intriguée.

— Qu'est-ce qu'il a Chris ?

— Chris a perdu sa petite copine à vingt ans. Accident de scooter… Et son discours sur la séparation, ses histoires de chaussettes orphelines, tout ça, c'était un délire entre elle et lui. Je sais que ça paraît absurde, mais cette entreprise, c'est sa façon à lui de… de se réparer.

— D'accord… Et pourquoi tu me dis ça ?

Il termine de remplir la dernière tasse et lève la tête vers moi.

— Compte tenu de l'intensité de ta réaction, je voulais que tu comprennes pourquoi il avait parlé comme ça.

L'intensité de ma réaction. Je soutiens son regard une seconde de trop, suffisamment pour provoquer sur son visage une expression qui ressemble à de l'incertitude.

— Si jamais tu as besoin de parler… reprend-il.

— Je comprends mieux, merci, mais ça va.

Un bref instant j'ai l'impression qu'il hésite à ajouter quelque chose, puis il s'empare du plateau sur lequel il a déposé les gobelets.

— Jeremy ? je lance sans réfléchir.

Il s'arrête et se retourne, surpris. Et je plante mon regard dans le sien.

— Ta proposition du soir de Divali, elle tient toujours ?

— Ma proposition ?

Peut-être qu'il a bu à cette soirée encore plus que ce que je soupçonne, car il ne semble pas comprendre de quoi je parle. Mes sachets de sucre à la main, je me sens bête et lâchement, je me dégonfle :

— Non, rien, laisse tomber.

Journal d'Alice

Londres, 31 mars 2012

Trois jours déjà que je vis avec toi.

Je n'ose plus tousser, ni même aller aux toilettes. J'ai trop peur que tu tombes dans la cuvette. J'observe ma culotte à la loupe à chaque fois que je l'enlève. Je vis dans la terreur d'y découvrir une trace de sang. Je bois des litres de jus d'ananas, il paraît que ça aide à la nidation. Je fais des prises de sang tous les jours, juste pour vérifier que tu vas bien. Au laboratoire, ils me prennent pour une folle.

Dolores, pragmatique, me répète que le taux de succès d'une fécondation in vitro *est de vingt-cinq pourcent. Mais pas d'inquiétude, précise-t-elle, au pire, il reste deux embryons viables. Ils ont été congelés dans l'azote liquide à moins cent quatre-vingt-seize degrés. Oliver me dit de ne pas m'emballer, de vivre comme avant.*

Comme avant.

Ils ne comprennent pas.

Tu es là. Plus rien, jamais, ne sera comme avant. Le monde entier a changé. Tu fais moins d'un millimètre, et pourtant je pose mes mains sur mon ventre et je sens ta présence, si forte, si lumineuse. J'ai l'impression d'avoir avalé le soleil.

Je t'ai donné un surnom en secret et je le murmure régulièrement quand Oliver n'est pas là. Juste entre toi et moi. Personne d'autre ne le saura. Je dors dix heures par nuit, je mange sain et je souris à tout le monde. J'ai même envoyé des fleurs à Dolores. Je t'emmène à Green Park respirer le bon air et je te fais écouter Beyoncé. Je te dis d'être fort, de grandir et de t'accrocher. Au marché de Camden Town dimanche dernier, j'ai acheté une minuscule paire de chaussettes. Tu es supposé naître en décembre, on ne sait jamais, tu pourrais avoir froid aux pieds.

L'activité de team building de l'après-midi consiste en une session d'accrobranche supervisée par Jehan d'Aiglemont de Montalemberg dit Le Preux. Victoire passe son temps son portable levé vers le ciel, telle une statue de la liberté 2.0, à tenter sans succès de capter un réseau quelconque. Elle est si concentrée sur sa quête d'Internet qu'elle oublie d'accrocher les mousquetons de la corde de sécurité à son baudrier. Jehan, qui n'est pas si preux que son nom le laisse supposer, pousse un hurlement de terreur au moment où elle manque de se jeter dans le vide et Chris, heureusement, a le réflexe de la retenir. Reda, qui a le vertige, hurle depuis le haut de la tyrolienne qu'il ne peut pas se lancer sous prétexte qu'il est dyslexique et qu'il va coller la direction aux Prud'hommes pour tentative de meurtre, tandis que Chris, qui n'a pas pris ses lunettes de peur de les casser, se prend une branche d'arbre en pleine tête à la première épreuve et se retrouve avec une grosse bosse sur le front. Jeremy, quant à lui, s'est judicieusement éclipsé sous prétexte d'un truc à finaliser pour que l'application soit prête lundi.

Nous rentrons perclus de courbatures, couverts de boue et épuisés pendant que Jehan nous relate l'historique de la forêt, dont il semble connaître personnellement chaque arbre. Il est si enthousiaste qu'il nous fait faire un détour de deux kilomètres pour voir un hêtre qui aurait, au même titre que le chêne de Plouderec, connu le roi Arthur. Il s'arrête dessous et commence à nous résumer toutes les légendes locales existantes. Victoire finit par exploser :

— Mais qu'est-ce qu'on en a à battre ! C'est un arbre, ça bouge pas. Ça n'a aucun intérêt !

Jehan la fixe avec stupeur.

— Qu'est-ce qu'on en a à battre ? bégaye-t-il furieux. Sachez Mademoiselle, que les végétaux étaient là bien avant les hommes et, si on y fait un peu attention, ils seront là bien après ! Savez-vous que quatre-vingts pourcent de nos médicaments proviennent des végétaux ? Que les arbres sont notre meilleure ressource pour lutter contre le réchauffement climatique ? Que contrairement à nous, les arbres peuvent être immortels, qu'ils sont capables de stopper leur croissance en hiver pour réactiver leurs gènes et qu'ainsi le vieillissement ne les atteint pas ? Sachez que le houx royal de Tasmanie a 43 000 ans et a connu Néandertal ! Voilà ce qu'on en a à battre ! Et ce n'est pas avec votre wifi que vous auriez pu apprendre ça !

— TecÚiquement, si, marmonne Victoire, mais j'admets que c'est plus intéressant que ce que je pensais.

Elle s'approche du hêtre les sourcils froncés pour examiner son tronc avec méfiance, mais Jehan, hors de lui, a repris au pas de course le chemin de Plouderec.

Comme la visite guidée de la forêt de Plouderec nous a mis en retard sur le planning, l'heure de quartier libre entre le team building et le dîner est réduite à dix-sept minutes. Je prends une douche brûlante à toute vitesse avant de rejoindre la salle des gardes.

Toutes les tables sont au complet, et le bruit des conversations est amplifié par la voûte de pierres. Les autres groupes semblent comme nous en séminaire d'entreprise, comme quoi le concept d'eco-lodge thème Moyen Âge de Jehan et Guenièvre n'est pas si absurde que ça. Le feu brûle dans la haute cheminée de pierre et notre table est encore vide. C'est soirée raclette. Je n'en ai jamais mangé. Des plats de fromages et de charcuteries sont répartis sur la table, la machine chauffe déjà au milieu des assiettes et des bouteilles de vin.

Je joue avec mon poêlon, le regard perdu dans les flammes dansantes de l'âtre, le temps que mes collègues arrivent.

Les verres se remplissent, même Reda se laisse tenter par un peu de vin.

— Vraiment pas Alice ? demande Chris.

Je secoue la tête avec un sourire et me ressers de jambon.

— Je ne savais pas qu'il y avait de la raclette au Moyen Âge, souffle Reda à l'oreille de Victoire.

— Mais non, c'est bien connu, c'est une spécialité bretonne, répond-elle en éclatant de rire.

— C'est la première fois que j'en mange, dis-je.

— Tu parles tellement bien français, parfois j'oublie que tu es américaine, renchérit Chris, tu aimes ?

La bouche pleine, je hoche la tête. Pendant que le fromage grésille dans les poêlons, une troupe de troubadours entame un spectacle. Guenièvre joue du luth habillée en ménestrel, accompagnée par Jehan au tambourin. Puis un conteur déclame entre les tables la légende de Merlin et de la forêt de Brocéliande tandis qu'un jongleur d'un niveau discutable envoie une balle sur trois dans les assiettes de la table la plus proche. Il y a beaucoup de bruit dans la salle et j'ai du mal à suivre la conversation entre Jeremy et Chris en face de moi. Il fait trop chaud et j'enlève mon pull. J'écoute Reda et Victoire.

— Je pensais me faire un tatouage, dit le premier.

— Ah ouais ? Un tatouage de quoi ?

— Un albatros, j'ai un dessin magnifique, d'un auteur de BD que j'adore, mais j'ai peur de regretter. Tu regrettes pas les tiens, toi ?

Victoire considère ses poignets recouverts de symboles incompréhensibles.

— Bof, je sais pas, j'y pense pas.

Reda se tourne vers moi :

— T'en penses quoi, Alice ?

— Je ne sais pas… dis-je, prise de court. Au pire tu l'enlèves au laser ; s'il n'y a pas de couleurs, ça part plutôt bien.

— Je trouve ça plutôt cool l'idée de l'albatros, reprend Victoire, je suis sûre que ça t'irait bien.

Reda rougit du compliment et remplit sa poêle de fromage. Les troubadours passent entre les tables en jouant du luth et tout le monde tape dans ses mains. Ils tentent de nous entraîner dans une farandole endiablée.

— Ah non ! Y'a pas moyen, s'exclame Victoire en repoussant la main d'un ménestrel au nez violacé. Et après, ils vont nous sortir quoi ? Patrick Sébastien ?

Je me laisse entraîner en riant, une main dans celle de Reda et l'autre dans celle de Jeremy et nous tournons dans la salle tandis que ceux qui sont restés assis tapent dans leurs mains (sauf Victoire probablement en train de chercher du réseau). Certains reprennent en chœur un refrain qui m'est inconnu. Quand nous retournons nous asseoir quelques minutes plus tard, Jeremy retient ma main une seconde et plante dans les miens ses yeux si bleus.

— Pour répondre à ta question de tout à l'heure, au sujet de ta proposition, je suis dans la tente 9 et c'est quand tu veux…

Son souffle chaud près de mon oreille fait frissonner ma peau. J'ai la tête qui tourne un peu, comme si j'avais bu. Je souris à moitié.

— Rectification, à la base, c'est ta proposition…

Il sourit.

— Si tu le dis…

Journal d'Alice

Londres, 4 mai 2012

Cinq semaines avec toi.

Je dors treize heures par nuit.

Aujourd'hui, j'ai entendu ton cœur, mon soleil. Je n'ai pas souvenir, dans ma vie, d'avoir entendu plus joli son. Un battement imperceptible, rapide et régulier, les palpitations fragiles d'un cœur de moineau. J'ai failli broyer la main de ton papa dans la mienne, tellement je la serrais fort.

C'est la première fois que je vois Oliver pleurer d'émotion.

J'entends les gouttes tomber sur la toile au-dessus de ma tête. Au loin, étouffée par le silence de la forêt, la musique assourdie me parvient encore. Je n'ai toujours aucune idée précise de l'heure qu'il est mais à vue de nez, je dirais que j'ai quitté la soirée il y a plus d'une heure. J'aurais pu recharger mon portable au château mais je n'ai pas voulu. Ne pas avoir conscience du temps qui s'écoule me redonne une fragile impression de liberté.

Je ne sais pas quoi faire. Théoriquement, c'est simple. Je devrais me contenter de rejoindre Jeremy sous sa tente, puisque c'est objectivement ce dont j'ai envie. En pratique, c'est plus compliqué, et surtout trop dangereux. Mais le danger me fait frissonner, il m'attire irrésistiblement comme un phare dans la nuit. Trop longtemps que je suis trop sage. Pour la première fois depuis longtemps, j'ai envie de me sentir vivante.

Je me lève, enfile mon pull de laine noir et sors de la tente. Ma lampe de poche entre les dents, je me laisse glisser le long de l'échelle et me dirige vers la tente 9. Il fait nuit noire, quelques gouttes restantes de l'averse de l'après-midi glissent des feuilles. J'arrive devant la porte de la tente, la lumière est allumée à l'intérieur et à travers la toile transparente, je peux voir Jeremy, étendu sur son lit, en train de pianoter sur son iPad. J'ai la sensation désagréable de l'espionner et je me racle la gorge.

— Jeremy ?

Il se lève immédiatement et se dirige vers la porte, l'ouvre avec un bruissement de fermeture Éclair. Nous restons quelques secondes face à face, hésitants.

— Rentre, dit-il.

Je me baisse pour franchir l'ouverture et il referme derrière moi. De nouveau, le silence. Je me décide pour la franchise :

— Ce serait bien que tu prennes les choses en main, parce que je n'ai plus trop l'habitude de tout ça…

Il sourit. Un sourire franc, sans la moindre trace d'ironie.

— Je te proposerais bien un verre, mais d'une part, j'ai cru comprendre que tu ne buvais pas et d'autre part, je n'ai rien à boire…

Il passe une main dans ses cheveux bruns.

— On peut mettre de la musique si tu veux, j'ai piraté le wifi du château voisin.

— Non, surtout pas de musique.

Il ne répond pas et je franchis lentement la distance qui nous sépare. Je lui prends la main et lève mon visage vers lui, nos bouches sont si proches que je peux sentir son souffle sur mes lèvres. Sa barbe de quelques jours accentue le trait volontaire de sa mâchoire et je réalise avec étonnement que pas un homme ne m'a autant attirée depuis une éternité.

— Si on fait ça, je murmure, c'est sans aucun engagement, je ne veux pas être en couple, la vie de famille, tout ça, c'est vraiment pas mon truc.

— Ça me va, répond-il simplement.

Alors, je ferme les yeux et colle mes lèvres aux siennes. Il pose ses mains sur mes hanches et même à travers mes vêtements, j'en ressens la chaleur. Il m'embrasse avec douceur d'abord, puis plus intensément. Il caresse ma nuque et m'attire contre lui. Je passe mes mains sous son tee-shirt, tandis que les siennes glissent sous la laine de mon pull, caressent mon ventre et remontent jusqu'au tissu fin de mon soutien-gorge. Mon pull passe par-dessus ma tête et tombe par terre, suivi de près par son tee-shirt, sans qu'on sache trop qui a enlevé quoi à qui, puis il me prend par la main et me tire vers le lit.

— Viens, dit-il.

Et je viens.

Ses doigts effleurent mes hanches alors qu'il tire mon pantalon vers le bas. Il lève la tête vers moi et me contemple. Le désir donne à ses yeux une teinte sombre d'océan avant l'orage, son regard brûlant glisse sur ma peau en même temps que ses mains. Je tombe sur le lit, m'allonge sur la couette et il se penche sur moi. Une vague de chaleur me submerge au moment où ses lèvres reprennent les miennes, si intense que brutalement, ma cage thoracique se contracte, comme aspirée de l'intérieur. Ma respiration se bloque. Il a dû sentir mon corps se tendre, parce qu'il s'éloigne d'un coup. Je suis glacée.

— Ça va ?

Sa voix est rauque.

— Je… je suis désolée… J'ai besoin d'air.

Je le repousse, me précipite sur la porte de la tente et ouvre la fermeture Éclair. Je sors en sous-vêtements sur la plate-forme de bois. *Respire.* Je sens les larmes couler sur mes joues. Plus jamais je n'aurai droit à une vie normale. *Respire.* Mon cœur bat à une allure effrayante dans ma poitrine. Puis, le poids léger d'une couverture qu'on pose sur mes épaules me fait prendre conscience que j'ai froid. Jeremy referme les pans de l'édredon autour de moi avec beaucoup de douceur, sans me toucher.

— On n'est pas obligés, dit-il, ça va aller.

Sa voix est grave, apaisante. Je hoche la tête, mais je pleure. Je répète en boucle comme un disque rayé, la voix paniquée :

— Je suis désolée, je suis désolée…

— Tu n'as pas à être désolée, il n'y a pas de problème.

Il hésite, puis, doucement, il m'attire vers lui et referme ses bras sur moi. L'air s'engouffre dans ma poitrine avec la violence d'un torrent fracassant un barrage. Je respire à nouveau. Et je reste là, en culotte et soutien-gorge sous la couverture qui traîne par terre, à sangloter sur son épaule. Il me caresse les cheveux en répétant au creux de mon oreille que « ça va aller ». Un mensonge. De ceux qu'on utilise pour dissiper les chagrins d'enfants.

Malgré tout, je sens les nœuds qui nouent les muscles de mon dos se défaire un par un et ma respiration devient plus régulière. Je m'étonne de trouver autant de réconfort dans ses bras. Il paraît tellement froid, parfois. De longues minutes plus tard, Jeremy reprend la parole :

— Tu vas attraper la crève, soit tu rentres à l'intérieur, soit je te raccompagne à ta tente…

Je n'ai aucune envie de me retrouver seule dans ma tente après cet épisode ridicule.

— On peut aller à l'intérieur.

— Mets-toi sous la couette, dit-il en refermant la porte de toile, tu vas être gelée.

Je me glisse sous l'édredon, toujours en sous-vêtements, et le remonte jusqu'à mon menton. Je claque des dents. Il s'assoit sur le lit et me dévisage, impassible. Je me demande ce qu'il pense. Probablement que je suis folle et qu'il ne sait plus comment se débarrasser de moi.

— Tu veux parler ? interroge-t-il.

— Parler de quoi ?

— Je ne sais pas… Tu as perdu quelqu'un, non ?

Sa franchise me prend de court. Je ne veux pas lui parler. Peut-être que dans d'autres circonstances, j'aurais pu. Parce que c'est vrai, il n'a pas l'air de tricher, il semble honnête et c'est une qualité suffisamment rare pour être précieuse. Mais je ne peux pas. Parce que s'il savait ce que j'ai fait, il ne ressentirait plus de compassion, plus d'intérêt pour moi et je ne sais pas vraiment pourquoi, mais je supporterais mal de le décevoir.

Ma voix est plus tranchante que je l'aurais voulu.

— Non, je fais des crises d'angoisse parfois, c'est tout. Je suis désolée d'avoir gâché ta soirée.

Il hoche la tête, renfile son tee-shirt et reboutonne son jean.

— Tu n'as rien gâché du tout. Tu veux regarder un film ?

Je reste un instant bouche ouverte. Je ne m'attendais pas du tout à ce qu'il me propose une soirée ciné et pourtant la tranquillité avec laquelle il a fait cette proposition est étrangement rassurante.

— Il n'y a pas de télé…

— Sur mon iPad.

J'hésite une seconde avant de répondre.

— Ça dépend, tu as quoi ?

Il prend sa tablette sur le lit et fait défiler ses films. Il semble parfaitement maître de lui-même de nouveau, son souffle a repris un rythme normal. Je ramène les genoux contre ma poitrine. J'ai beau l'examiner sous toutes les coutures, je n'arrive pas à deviner le fond de sa pensée. Il ne parle pas beaucoup, mais je me sens en confiance. Je ne l'explique pas.

— Alors, déjà téléchargés, j'ai *Requiem for a Dream*, l'intégrale des *Matrix*, *Sixième Sens* et *La Reine des neiges.*

Je hausse un sourcil.

— *La Reine des neiges* ?

— Il y a des parents qui ne sortent jamais sans le doudou ou la tétine, en ce qui concerne Zoé, elle a parfois un besoin absolument incontrôlable de regarder dix minutes de *La Reine des neiges.*

— Pas la peine d'accuser ta fille, je ne te juge pas : tu as le droit d'être fan de *La Reine des neiges*, dis-je, un peu moqueuse.

Un demi-sourire étire ses lèvres.

— Si tu as une autre envie, on peut télécharger ce que tu veux.

— Pas de téléchargement illégal, il faut rémunérer la création, sinon, il n'y aura bientôt plus ni films, ni livres, ni musiques à pirater…

— OK, la justicière masquée, donc je mets quoi ?

— *La Reine des neiges*, tous les autres sont soit trop tristes, soit terrorisants.

— Vraiment ?

— Vraiment.

Il a cette lueur amusée au fond du regard que je commence à connaître. Il clique et me tend l'iPad, puis il s'allonge par-dessus la couette. Il laisse une distance de sécurité de dix centimètres entre nous qui me tranquillise, ma nuque se détend et je laisse ma tête s'enfoncer dans l'oreiller.

— J'aime bien, dis-je en bâillant une demi-heure plus tard, elles sont quand même plus dégourdies que ces gourdasses de Blanche-Neige et Cendrillon.

— Oui, je crois que c'est justement ce qui plaît aux petites filles, à Zoé en tout cas.

Je ne sais pas si c'est la tendresse avec laquelle il prononce le nom de sa fille qui me touche, mais doucement, je franchis les dix centimètres qui nous séparent et pose ma tête sur son épaule. Sans rien dire, il passe son bras derrière ma nuque et remonte la couverture sur moi. Et je finis par sombrer dans le sommeil, en respirant dans son cou une odeur de savon de Marseille et de bois de cèdre.

Je me réveille, toujours en sous-vêtements et complètement enroulée dans la couette. L'iPad est éteint sur la table de nuit et Jeremy dort à côté de moi. Il me tourne le dos, encore habillé. Je contemple au-dessus de ma tête les gouttes de rosées en transparence sur le toit de la tente et les feuilles de chêne qui bruissent. Deuxième nuit sans insomnie ni somnifères. Je me sens étrangement détendue. Le souffle de Jeremy est paisible et régulier. Je déplie la couette et l'étale de manière équitable sur nous deux. J'hésite. J'ai parfaitement dormi deux nuits d'affilée, je n'ai pas idée de l'heure, que peut-il y avoir de plus insurmontable ? Je prends une grande inspiration, puis, j'enlève ma culotte et mon soutien-gorge. Doucement, je viens me coller à lui. Je glisse la main sous son tee-shirt, caresse la peau chaude sous le coton blanc. Il ne bouge pas. Je poursuis mon exploration, lentement, ma main descend vers son ventre, effleure la ceinture de son jean et il tressaille.

— Si c'est pour te faire pardonner de m'avoir piqué la couette toute la nuit, tu n'as aucune chance, marmonne-t-il encore à moitié endormi.

Je ne réponds pas et je continue. Il se retourne alors et remarque que je suis nue. Une étincelle de désir assombrit ses yeux. Pourtant, il ne bouge pas, il me contemple, son visage à quelques centimètres du mien. Je remarque pour la première fois que sa pupille est entourée d'un peu de gris clair qui vient se fondre dans ce bleu limpide qui me fait penser à un lac de montagne l'été. Bêtement, cette petite découverte me donne envie de sourire, comme s'il venait de me confier quelque chose de très intime, un secret connu de lui seul. Je tire sur son tee-shirt pour le faire passer par-dessus sa tête puis, je déboutonne son jean. Il se laisse faire. Il ne me touche pas, mais il ne me lâche pas des yeux, guettant peut-être la première manifestation de stress. J'entends les chants des oiseaux, les craquements de la forêt et le souffle de Jeremy qui s'accélère. Avec précaution, il pose une main sur ma hanche et je sursaute. Aussitôt, il veut la retirer, mais je la retiens et la repose contre ma peau.

— On a tout le temps du monde, dit-il doucement, on n'est obligés de rien.

Je ne réponds pas. Je ferme les yeux et je l'embrasse. Je fais taire la sonnette d'alarme dans un coin de ma tête, celle qui clignote de plus en plus vite en mode « danger », qui m'ordonne de remettre mes barbelés. Je me dis, « juste une fois ». Je veux être une fille normale, sans histoire. Une fille à qui il n'arrive jamais rien et dont le souvenir le plus fou de l'année sera ce moment précis. Il me rend mon baiser et m'attire contre lui, pas avec l'avidité de la veille, mais avec précaution, comme si j'étais fragile, une poupée de porcelaine entre ses mains. La chaleur m'envahit. Dehors, il se met à pleuvoir et le crépitement de la pluie sur la toile emplit la tente. Dans ma tête, la sonnette d'alarme s'estompe peu à peu jusqu'à se taire tout à fait.

Journal d'Alice

Londres, 5 mai 2012

J'ai eu des crampes cette nuit. Si douloureuses qu'elles m'ont réveillée. Il y avait deux taches marron dans ma culotte ce matin. Une plus petite que l'autre. Je me suis dit que la plus grande avait la forme de la Turquie.

Je n'ai fait que pleurer sur le trajet de l'hôpital. Oliver me disait de me calmer, Dolores nous avait prévenus qu'il pouvait y avoir des saignements. Ce n'était peut-être rien.

Elle a dû lui répéter trois fois que ton cœur de moineau ne battait plus. Moi, je ne disais rien. Au fond de moi, je savais déjà.

Hier, j'ai entendu ton cœur pour la première fois. Maintenant, je sais que c'était juste ta façon de me dire au revoir. Tu t'es éteint, dans le plus grand des silences. Personne en dehors de moi ne te connaîtra jamais, petit soleil. Je déteste ce corps qui n'a pas su faire ce qu'il fallait pour te garder.

Oliver, pragmatique, a demandé quand est-ce qu'on pourrait réessayer.

Moi, je me suis tue. Je n'ai pas trouvé de mot pour le chagrin que je ressens. Pourtant, j'ai cherché.

Ils m'ont répété un nombre incalculable de fois qu'une grossesse sur quatre n'arrive pas à terme. Et maintenant, je me demande si une femme sur quatre ressent la même chose que moi : un fragment de mon cœur, celui où j'avais gravé ton nom que personne ne connaîtra jamais, gelé par ton départ et cette certitude immuable que désormais, une petite part de moi, sans son soleil, aura toujours un peu froid.

J'ouvre les yeux. Dernier jour, jour du départ. J'ai passé les trois nuits du séminaire avec Jeremy. Je réalise l'ampleur de mon erreur à l'aune des regrets engendrés par la fin de ce séminaire absurde. Une nuit aurait suffi, mais que ce soient les endorphines du sexe, ou sa simple présence, j'ai dormi comme un bébé chaque fois que je me suis endormie dans ses bras. Je reviens subitement à la réalité. Ce qui a eu lieu au séminaire doit rester au séminaire. Un joli souvenir à ranger entre un album photo de vacances et une tour Eiffel en plastique.

Je me lève et je me rhabille discrètement, tentant de ne pas le réveiller. Sur la pointe des pieds, je me dirige, lâchement, vers la sortie.

— Tu es sûre que tu ne veux pas qu'on en parle, avant de t'échapper comme une voleuse ?

Je sursaute. Raté. Jeremy appuyé sur un coude observe ma tentative de fuite, l'air impénétrable. Je n'ai d'autre choix que de m'arrêter et nous nous dévisageons en silence. Ses yeux bleus scrutateurs semblent lire en moi.

— Tu décides, dit-il. Qu'est-ce que tu veux qu'on fasse ?

J'inspire profondément. Je voudrais tellement que ce soit aussi simple que cette question. Malheureusement, c'est loin d'être le cas.

— C'était cool… je commence.

(Heureusement que nous sommes sous une tente, sinon je me serais probablement tapé la tête contre le mur de lui avoir sorti un truc aussi con.)

— Mais ?

— Mais je ne veux pas être en couple.

— C'est toi qui vois. Et si tu t'ennuies un soir, tu as mon numéro…

J'ai un pincement au cœur, car sous sa désinvolture j'ai entendu quelque chose qui ressemblait à de la déception.

— Ou alors… dis-je.

Il hausse un sourcil tandis que je réfléchis à quelque chose qui pourrait ressembler à un compromis.

— Tu as ta fille une semaine sur deux, c'est ça ?

— Je ne vois pas trop le rapport, mais oui, c'est le cas.

— On pourrait se voir, une semaine sur deux, quand Zoé n'est pas là, le jeudi.

— Tous les jeudis les semaines impaires, vraiment ? répète-t-il amusé.

— Si tu préfères un autre jour, c'est possible aussi, à condition qu'ensuite on s'y tienne et qu'on ne déroge pas aux règles.

Dans ma tête, ça semblait assez logique et cadré. Dit à haute voix, ça manque peut-être un peu de spontanéité. J'ajoute :

— Et autre chose : on peut arrêter quand on veut. Juste un texto : « on arrête. » Pas besoin d'explications.

Il ne répond pas tout de suite. Il ouvre la bouche, comme pour dire quelque chose, puis se ravise. Il se rallonge dans le lit, cale les mains derrière sa tête.

— Va pour le jeudi, une semaine sur deux, alors.

— Oui, les semaines impaires.

Il sourit, mais son sourire n'atteint pas ses yeux.

2019
PRINTEMPS

« Some days I'm so tired, I think of giving up,
Mornings get so gloomy, I can't even wake up,
And then I hear something, the sound of a melody,
They say it's not music,
just the wind blowing through a tree,
But they're wrong, I can hear it
and it's playing just for me. »

Scarlett S.R. and the Blue Phœnix, *Don't Give up on Me*

De : Erika Spencer
À : Alice Smith
Le : 2 mars 2019
Objet :

Bonjour Alice,

J'ai fait quelques recherches, je sais désormais que vous travaillez à Paris, dans une start-up nommée EverDream.
Rappelez-moi, ma patience a des limites et vous les avez atteintes.

Erika Spencer

Journal d'Alice

Londres, 8 mai 2012

Cher Bruce,

Je sors d'une période sombre, mais je crois que je vais un peu mieux. Je fais mon deuil, dit Dolores.

Maman m'appelle trois fois par jour. Un problème de santé l'a empêchée de venir me voir, mais Scarlett est arrivée à la maison hier.

Elle s'est mise d'accord avec Oliver pour me faire la surprise. Je ne sais pas lequel des deux a initié ce projet, mais tu admettras que j'ai de la chance de les avoir tous les deux dans ma vie. Elle a confié son chat, David Bowie, à une copine (elle s'est séparée d'Alejandro) et elle est montée dans le premier avion. Apparemment, elle a même catégoriquement refusé qu'Oliver lui paye son billet.

J'ai ouvert la porte de l'appartement et elle était là, avec ses Converse jaune fluo et son jean déchiré. Elle a ouvert les bras et je me suis jetée dedans. Je ne sais pas laquelle de nous deux s'est mise à pleurer en premier.

Elle m'a préparé du thé pendant que je sanglotais sur le canapé, elle m'a tendu les Kleenex en répétant qu'elle était désolée, que ce n'était pas juste. Elle m'a prise dans ses bras et bercée. Elle n'a pas essayé de trouver des arguments rationnels pour recoller mon cœur, elle ne m'a pas parlé de la femme sur quatre qui fait une fausse couche, du taux de succès des fécondations in vitro, *du nombre de semaines de grossesse à partir desquelles on aurait le droit d'être triste, parce que le bébé est « vraiment » là. Elle ne m'a même pas dit que ce n'était pas de ma faute, parce qu'elle sait que cela reviendrait à supposer que j'ai une raison de me sentir coupable.*

Elle m'a caressé les cheveux en fredonnant une chanson. Une chanson écrite spécialement pour moi dans l'avion pour Londres, qui commence doucement, remplie d'amour et de douceur, et qui devient de plus en plus intense et rythmée pour finir en feu d'artifice. Au début, j'ai pensé que ce morceau ne lui ressemblait pas vraiment, mais elle me l'a joué plusieurs fois sur sa Phœnix, en l'améliorant au fur et à mesure et je me suis alors souvenue de ce qu'elle m'avait dit, petite, sur la plage de Narragansett : qu'elle voulait écrire des chansons qui commencent doucement et qui s'accélèrent ensuite. Cette chanson, Bruce, c'est exactement ça. Elle est magnifique. Je suis tellement fière de ma petite sœur, tu n'as pas idée.

Elle a attendu ce matin pour me parler des deux embryons restants et me demander avec précaution si j'avais réellement envie d'abandonner. Peut-être qu'Oliver lui avait confié mon refus d'avoir cette discussion ou peut-être juste qu'elle s'inquiétait pour moi. Nous marchions dans Green Park, il n'y avait pas grand monde, un vieil homme sur un banc qui lisait The Sun *et des écureuils qui accueillaient le début du printemps.*

— J'ai tellement peur d'un nouvel échec, je suis tellement fatiguée… Et puis il ne reste que deux embryons, Dolores dit qu'on aurait intérêt à mettre les deux d'un coup et si jamais ça plante, je ne crois pas que j'aurai la force de revivre tout ça, les espoirs la déception, l'épuisement…

— Ça pourrait être des jumeaux alors, a-t-elle dit avec douceur. Comment tu les appellerais ?

J'ai secoué la tête.

— Je ne veux plus m'attacher, leur donner des noms, savoir qu'ils existent, ça rend les choses trop difficiles.

— Oh, OK.

Elle a eu l'air un peu triste et je me suis demandé quelle mère refuse de réfléchir aux prénoms de ses futurs enfants.

— Peut-être Fred et George, ai-je alors dit au hasard.

— Fred et George ?

— Oui, tu sais, comme les jumeaux dans Harry Potter.

— Je n'ai jamais lu Harry Potter… *Ce seront des garçons alors ?*

— Je ne sais pas pourquoi, je suis persuadée que oui.

Tout comme je suis persuadée que mon soleil perdu était une petite fille et qu'elle aurait eu les yeux bleus de son papa, mais ça, je n'ai pas encore le courage d'en parler. Même à Scarlett.

Je lève les yeux de mon clavier, où j'étudie avec consternation les chiffres de téléchargements d'EverDream. Trente-neuf téléchargements en quatre semaines. L'idée de l'annoncer à Chris me déprime d'avance.

Quatre semaines que nous sommes rentrés. J'ai vu Jeremy deux fois, le jeudi, exactement comme prévu. Habituellement, ce genre de règle me rassure, mais si je suis honnête avec moi-même, j'attends ce jeudi sur deux l'intégralité du temps que je ne passe pas avec lui. J'ai voulu lui écrire trois millions de fois pour lui proposer un autre soir. Je me retiens. Je rajuste les barbelés autour de mon cœur, qui à force d'être déplacés se détendent imperceptiblement. Et quand l'envie se fait trop forte, je prends un somnifère et je vais me coucher. Ça m'évite de penser.

Nous nous croisons dans les couloirs, il me dit bonjour, comme si de rien n'était, il discute avec Victoire à la machine à café, s'engueule avec Chris dans son bureau, rien de nouveau sous le soleil. Au bureau, il retrouve cet air distant, impossible à interpréter. Il se comporte exactement comme s'il ne s'était rien passé. Sauf le jeudi les semaines impaires.

Nous sommes allés une fois au cinéma et une fois au restaurant. Le lendemain matin, j'ai quitté son appartement à l'aube sous prétexte que je devais m'occuper de David. Il ne pose pas de questions.

Mardi, j'ai déjeuné avec Victoire et Reda. Victoire a déclaré que Jeremy était de mauvais poil parce que Zoé est en vacances chez sa mère et je n'ai pu m'empêcher d'être horriblement déçue qu'il ne m'en ait pas parlé : on aurait pu se voir deux jeudis de suite. Mais il ne m'a ni écrit ni parlé de la semaine. J'ai consulté mon téléphone toutes les dix secondes, j'ai frémi d'espoir à chaque fois que je recevais un sms, tout en maudissant mon comportement de gamine. Puis, voyant vendredi arriver, je me suis résignée. Jeremy se contente de respecter les règles que je lui ai fixées, je ne peux pas lui en vouloir.

Alors que je m'apprête à ranger mes affaires pour partir en week-end, mon téléphone vibre. Je le saisis machinalement et reçois comme un petit choc au cœur en lisant le nom de l'expéditeur.

Jeremy Miller
Salut, tu fais quoi samedi soir ?

Je fixe l'écran, incrédule. Bien que le message de Jeremy soit parfaitement clair, direct et laconique, je ne peux m'empêcher de le relire trois fois, me demandant s'il est plutôt honnête ou plutôt froid, réfléchi ou impulsif. Cette profonde réflexion me prend bien un quart d'heure, après quoi je réalise qu'il va falloir que je réponde. Et comme il semble que dès que Jeremy est concerné, mon cerveau se met à l'envers, je prends une fois de plus la mauvaise décision.

Alice Smith
Rien. Et toi ?

Jeremy Miller
Je pensais regarder le Roi Lion
(loué en toute légalité en V.O.D.)
J'ai besoin d'une alliée pour m'aider à
surmonter la mort de Mufasa et
Zoé est avec sa mère ce week-end…

Je ne réponds pas tout de suite. Pourtant j'ai attendu ce message toute la semaine. Mais j'ai peur. Ce n'est pas ce qui était prévu. Cela risque de tout dérégler. J'ai peur de m'attacher, de commencer quelque chose que je ne serai pas capable de terminer, de lui faire croire qu'il y a un avenir avec moi. Puis je me souviens de cette petite phrase qu'Angela me répétait sans cesse : *la vie est faite d'imprévus.* Alors je prends une grande inspiration et je décide, exceptionnellement, d'accepter l'imprévu.

Alice Smith
OK.

Journal d'Alice

Londres, 10 mai 2012

Hello Bruce, désolée, je t'ai un peu laissé tomber, mais Scarlett part demain et, oui, tu me pardonneras de préférer passer mon temps avec ma petite sœur qu'avec toi, tout Bruce Willis que tu sois.

Scarlett a remboursé tout l'argent qu'elle nous devait depuis des années. Pour être honnête, je n'avais jamais noté ce que je lui avais prêté, mais elle, si. Elle m'a sorti un tableau Excel, avec chaque prêt, la date et le montant. Oliver était scié. Qui aurait pensé que Scarlett était capable de faire un tableau Excel ?! Je n'aurais pas été plus surprise si j'avais subitement découvert qu'Oliver était un expert en calligraphie chinoise sur porcelaine. J'ai essayé de refuser, mais elle a insisté.

— J'avais promis et j'ai les moyens de te rembourser maintenant, avec l'argent que j'ai touché pour mon futur album.

Je suis restée quelques instants sans voix.

— Ils t'ont donné beaucoup d'argent ?

— Oui, trop, même.

J'ai brusquement réalisé qu'à aucun moment pendant les trois jours qu'elle avait passés avec moi, Scarlett n'avait parlé d'elle. Et j'étais tellement concentrée sur mon chagrin, mon histoire, que je ne l'avais pas interrogée sur elle et sur sa vie.

— Tu en es où alors ? Tu ne m'as rien raconté !

— Techniquement, l'album est terminé, mais j'ai décidé d'ajouter cette chanson que j'ai écrite dans l'avion, j'ai prévenu Origin Records, on va l'enregistrer à mon retour. Je voudrais que ce soit mon single.

— La chanson que tu as écrite pour moi ?

Je me suis sentie terriblement flattée. C'est un peu comme si tu me dédiais un film, Bruce, chose qui n'arrivera probablement pas, mais on peut toujours rêver.

— Sauf si ça t'embête, bien sûr, je l'ai vraiment écrite pour toi et…

— Non, non bien sûr, au contraire, ça me touche beaucoup. Tu vas l'appeler comment ?

— Sisters, *a-t-elle répondu.*

Quelques semaines ont passé. Je sonne à l'interphone de Jeremy, consciente de briser de plus en plus souvent les règles, par petits dérapages, pas vraiment contrôlés. J'ai l'impression d'avancer à tâtons sur un lac gelé. Je sais que la glace est trop fine pour me supporter, mais j'avance quand même et, à chaque pas, je me dis « jusqu'ici tout va bien ». Et je fais un pas supplémentaire. Malgré la petite voix qui hurle au fond de moi : *chaque pas, chaque action a une conséquence, comment peux-tu être assez stupide pour l'avoir oublié, après ce qui est arrivé ?*

J'ai envoyé un sms à Jeremy en fin d'après-midi. Je savais par Victoire que Zoé ne dormait pas chez lui ce soir. Ce n'était pas la première dérogation à la règle du jeudi sur deux. Depuis ce samedi soir qui s'est éternisé jusqu'à l'après-midi du dimanche, il y en a eu un certain nombre ces dernières semaines. Dont un week-end ensoleillé passé à deux avec un programme à mettre des étoiles dans les yeux de la gamine qui rêvait de voir Paris que j'étais à onze ans : vélo sur les quais de Seine, pique-nique dans le jardin du Luxembourg, dîner romantique dans le

Quartier latin avec vue sur le Panthéon, et Jeremy qui se moquait gentiment du ravissement que ces clichés touristiques provoquaient chez moi, tout en m'entraînant par la main dans les hauteurs de Montmartre. Il m'a même offert une mini tour Eiffel en plastique accrochée à un porte-clés avec la solennité avec laquelle on présente une bague de fiançailles, ses yeux rieurs trahissant le sérieux de son expression, un genou à même le pavé. J'ai piqué un tel fou rire que les passants s'arrêtaient en souriant pour nous observer dans la rue qui montait vers le Sacré-Cœur.

Mon plus beau week-end depuis longtemps.

Bref, une catastrophe.

L'espace d'un instant, alors qu'il me déposait chez moi le dimanche soir, j'ai failli tout lui raconter. Mais finalement, j'ai préféré ne pas le voir pendant dix jours, terrifiée par la proximité qu'il arrivait à générer entre nous, pour finalement céder de nouveau en sentant l'angoisse et les insomnies revenir avec la solitude.

Cette histoire d'une fois par semaine, les semaines où Zoé n'est pas là, est un barrage de plus en plus fragile à la réalité de ce qu'il s'est mis à représenter pour moi. Depuis que je le vois, je n'ai quasiment plus besoin de somnifères. Quand j'ai du mal à m'endormir, relire ses textos m'apaise. Je ne sais pas comment, il ne parle pas tant que ça et pourtant, il fait tomber mes barbelés. À chaque fois. Alors j'étouffe la petite voix en moi qui me souffle que je ne pourrais rien faire de pire que de m'abandonner à ce confort dangereux et addictif qu'est l'intimité partagée et j'avance sur la glace.

Sur le palier, la porte est ouverte. Je la pousse. Les lumières sont allumées, l'entrée est vide. J'entends un bruit de voix et je remonte le couloir qui embaume le fromage gratiné. En arrivant dans la cuisine, je constate que Zoé est attablée devant un gratin fumant de coquillettes au jambon, une oreille de son âne en peluche dans la bouche. J'ai un mouvement de recul. La table est mise pour trois personnes. Je ne m'attendais pas à ça.

— Fuck, Alice, dit Zoé en m'apercevant.

— Coucou Zoé.

Jeremy s'approche, il veut déposer un baiser sur mes lèvres, mais je détourne la tête et lui fais la bise. Je suis partagée entre la sensation désagréable d'être tombée dans un piège et le sentiment de réconfort que ce simple repas familial provoque en moi. Machinalement, j'éteins la radio.

— Alice, commence Zoé, je voulais te demander : si tu es américaine, pourquoi tu parles français ?

— Parce que je suis moitié américaine, moitié française.

Ma voix est un murmure, je m'assieds avec prudence sur un bout de tabouret.

— Comme la Reine des neiges, alors, elle aussi elle est américaine.

— Je t'ai déjà expliqué, dit Jeremy en prenant son assiette pour la servir, que la Reine des neiges n'est pas américaine, l'histoire originale vient du Danemark.

— Je connais pas, dit Zoé, je préfère qu'elle soit américaine.

Jeremy sourit et lui sert une grosse cuillerée de gratin. Les fils de fromage et la douce odeur de béchamel me mettent l'eau à la bouche en dépit de mon malaise grandissant. Et malgré tout, au fond de moi, je suis heureuse de cette ambiance simple de pâtes au fromage et d'enfant en pyjama. La petite fille qui, elle, ne semble nullement gênée par ma présence, poursuit son interrogatoire.

— Alors tu aimes les burgers ?

— Oui.

— Et le Coca ?

— Oui.

— Et Donald Trump ?

— Non.

Elle souffle un grand coup sur sa cuillère dangereusement remplie avant de l'enfourner dans sa bouche, se collant dans la manœuvre un peu de fromage dans le nez.

— Et Donald Duck ! crie-t-elle soudain la bouche pleine, on aime bien Donald Duck parce qu'il est gentil, pas comme Donald Trump, lui c'est un méchant canard.

Je saisis l'assiette de gratin que Jeremy me tend et ne peux m'empêcher d'éclater de rire.

— Tu as raison, moi aussi j'aime bien Donald Duck.

Je surprends sur moi le regard pensif de Jeremy.

— Pourquoi tu me regardes comme ça ?

— Pour rien, dit-il gentiment, tu devrais rire plus souvent, ça te va bien.

Sa remarque me fait un petit choc au cœur et je fais disparaître mon sourire, gênée. Zoé monopolise la discussion pendant tout le dîner, faisant régulièrement intervenir son âne en peluche. De temps en temps, je croise le regard amusé de Jeremy par-dessus le gratin de pâtes. Puis il débarrasse et se prépare à la coucher.

Je vais m'asseoir sur le canapé du salon. Je l'entends qui lui lit une histoire, elle lui pose des questions et il lui répond. Il est différent quand il est avec sa fille, il sourit plus, il rit même franchement parfois. Je me prends la tête dans les mains. Ce confort que je ressens, ce bien-être à l'idée d'être proche de lui, est une terrible erreur. Il va falloir y mettre fin.

Quand il revient, il tient un Coca Zéro et une limonade au citron vert à la main, il me la tend et s'assoit à côté de moi. Il a pris la peine d'aller acheter cette boisson qu'on ne trouve pas dans tous les supermarchés, parce qu'il sait que je l'aime et cette prévenance, chez Jeremy, par ailleurs loin d'être démonstratif, me touche autant qu'elle m'effraie.

— Tu aurais dû me prévenir que Zoé était là.

— C'est sa semaine et c'est toi qui m'as demandé si tu pouvais passer…

— Victoire m'avait dit qu'elle était chez sa mère.

Il hausse un sourcil, porte la canette à ses lèvres et boit une gorgée. Le silence s'étire un peu, terriblement pesant.

— Qu'est-ce que tu veux vraiment ? demande-t-il calmement.

— Je veux qu'on respecte les règles qu'on s'est fixées.

— Les règles que tu as fixées, corrige-t-il.

— Tu étais d'accord : pas de relation sérieuse, la vie de couple, les disputes et les grandes déclarations d'amour sous la pluie, on oublie.

Il a un haussement d'épaules, une crispation contrariée de la mâchoire sous l'ombre de barbe brune qui recouvre ses joues. Puis il se lève, se dirige vers le coffre à côté du tourne-disque, celui qui contient les alcools forts. Il en sort une bouteille de whisky et se sert un verre. Jeremy ne boit jamais d'alcool devant moi. Une autre de ces petites attentions, comme acheter de la confiture de myrtilles ou éteindre la musique avant que j'arrive, qui font que je me sens beaucoup trop en sécurité en sa présence. Il boit une gorgée, fixe le liquide mordoré et a un rire léger, dépourvu de gaieté.

— Tu sais quoi, peut-être qu'au début ça m'arrangeait ton plan sans engagement, sans attache, sans le moindre impact sur ma vie ou celle de ma fille… Mais plus maintenant. Et pour une fois, je vais exprimer ce que moi, je veux : je veux plus. Je te veux dans ma vie tous les jours, pour de vrai, je veux me réveiller et m'endormir à côté de toi, je veux que Zoé te connaisse et qu'on parte en week-end, qu'on se dispute parce que je n'ai pas descendu la poubelle ou oublié la moitié des courses et qu'on passe des dimanches à regarder des séries débiles sur le canapé… Voilà ce que moi, je veux.

Il est en colère ; son regard, aussi bleu et froid que les glaciers de l'Antarctique, me rappelle notre première rencontre. Et je suis incapable de le soutenir. Tête baissée, je fixe sans le voir le bracelet à mon poignet et mes doigts nerveux qui tirent sur les breloques.

— Tu ne me connais pas, au fond, tu ne sais rien de moi.

Il hausse les épaules, subitement agacé.

— Je sais que tu n'aimes pas les films d'auteur, les fruits de mer et parler de ton enfance, que tu as froid dès qu'il fait moins de vingt degrés, que tu chantes sous la douche, que tu dors sur le ventre et que tu ronfles quand tu es fatiguée, que derrière la distance que tu essayes désespérément de mettre entre toi et les autres, tu es incroyablement sensible et généreuse, que tu es capable de passer des heures à apprendre l'anglais à Reda qui est le pire élève au monde, que tu acceptes Victoire comme elle est, sans jamais lui tenir rigueur de sa franchise, que tu soutiens Chris dans son délire, juste pour lui faire plaisir, que tu t'attaches vite, même si c'est malgré toi. Et tu as beau lutter pour le cacher, je sais que tu es entière et sincère dans ton comportement à défaut de l'être dans tes paroles et je voudrais juste que tu baisses la garde, que tu me fasses confiance, parce que je sais, qu'au fond, tu en as envie.

Un détail dans sa liste me glace et imperceptiblement le bout de mes doigts se met à trembler.

— Ça ne suffit pas ? demande-t-il face à mon silence. Je continue ? Je sais que parfois, tu prends des calmants, ou des médicaments, que tu fais des crises d'angoisse et que la seule chose qui te calme, c'est de toucher le bracelet que tu portes au poignet, que tu fais des cauchemars si terribles, parfois, que tu pleures dans ton sommeil, je sais que tu as des obsessions un peu bizarres quand tu es nerveuse, qu'il faut que tout soit rangé, aligné, parfait, mais dernièrement j'ai eu l'impression que ça allait mieux, je sais que tu ne bois pas d'alcool, probablement parce que tu en as abusé à une époque, je sais que la famille est un sujet sensible, voire tabou, que ce soit parce que tu pleures devant *La Reine des neiges* ou parce que tu changes toute conversation qui s'approche de près ou de loin à ce sujet, je sais que la musique, le rock en particulier, est un déclencheur et que certaines chansons te rendent malade et comme je ne suis pas totalement stupide, je sais que tu as perdu quelqu'un.

— Crois-moi, tu ne veux pas être avec moi, Jeremy.

Malgré ma voix tremblante, j'ai parlé avec une certaine assurance. Il avale d'un trait le fond de son verre et le repose sur la table avec un claquement sec.

— Dis-moi que ça ne marche pas, que tu aimes quelqu'un d'autre ou juste que je te saoule, je peux l'entendre, mais arrête de supposer ce que je veux ou ce que je ne veux pas ! La seule chose que je veux, c'est toi. Je sais que tu as des trucs à régler avec ton passé, mais si tu voulais aller mieux, je pourrais t'aider, ensemble ce serait plus…

Je l'interromps sèchement :

— « Si je voulais aller mieux » ? Qu'est-ce que tu insinues ? Que je ne préférerais pas que tout soit simple ? Tu n'as pas la moindre idée « des trucs que j'ai à régler » comme tu dis, de ce que j'ai à assumer et que j'aurai à assumer jusqu'à la fin de ma vie !

— Je n'en ai pas idée parce que tu ne me parles pas ! s'emporte-t-il. Et c'est d'autant plus absurde que j'ai compris depuis longtemps ce que tu cherches si désespérément à cacher !

Je répète comme un automate en serrant les breloques si fort que je sens le métal s'enfoncer dans mes paumes :

— Non, ce n'est pas vrai…

— Tu te souviens du jour de ton entretien chez EverDream ?

Il a retrouvé son calme, il utilise ce ton posé, parfaitement maître de lui-même qui ne révèle rien de ses émotions et je secoue la tête compulsivement, mais au fond de moi, je sais qu'il est déjà trop tard. Sous mes pieds la glace s'est fissurée et je ne peux pas revenir en arrière. J'aurais dû me méfier, l'écarter de mon chemin au lieu de m'attacher, à la seconde où j'ai senti qu'il pouvait me comprendre.

— Arrête… s'il te plaît…

— Je t'ai demandé si ton nom, « Smith-Rivière », avait un rapport avec Scarlett Smith-Rivière. (Il laisse un silence.) Tu m'as répondu que statistiquement, il y avait des tas de Smith-Rivière aux États-Unis, et tu as précisé que tu avais droit à cette question depuis la maternelle, ce qui est vraiment étrange, parce que personne ne connaissait encore Scarlett Smith-Rivière quand tu étais en maternelle, puisque, si j'en crois sa page Wikipédia, vous êtes nées la même année.

— C'était une façon de parler.

Ma voix est blanche, tremblante et pathétique. Il poursuit calmement, sans me lâcher des yeux :

— Admettons. Tu sais ce qu'on dit d'autre sur la page Wikipédia de Scarlett Smith-Rivière ? Elle est née dans le Rhode Island, comme toi, dans un bled au bord de la mer, comme toi. Et elle avait une sœur dont elle était très proche, et la chanson qui l'a rendue célèbre, *Sisters*, lui était dédiée… Je n'ai pas vraiment besoin de te dire que cette sœur s'appelle Alice, n'est-ce pas ?… Alors, voilà, je respecte le fait que tu ne veuilles pas parler de ton passé, en revanche, pour être honnête, ce que j'ai du mal à accepter, c'est que pas un instant tu n'envisages de me faire confiance.

Je secoue la tête, j'ai du mal à respirer. Je l'ai laissé comprendre tout ça, je me suis trahie mille fois, pas à pas, inexorablement. J'ai mal. Mal de devoir le quitter, mal de ce qu'il fait remonter à la surface.

Je prends une grande inspiration. Je n'ai plus rien à perdre, alors je joue ma dernière carte et lui jette d'un ton glacial :

— Épargne-moi la séance de psy, OK ? Tu veux quoi ? Des applaudissements pour ton travail de Sherlock Holmes ? N'importe qui peut aller sur Wikipédia et en déduire que ma sœur était célèbre, que je l'ai perdue dans des circonstances tragiques… Mais pour être franche, je ne vois pas le rapport avec ce qui se passe entre toi et moi et le fait que, manifestement, on ne veut plus la même chose !

Il se ressert et boit une gorgée, sans me lâcher de ses yeux clairs et je comprends que j'ai perdu. J'aurais dû savoir, depuis le début, qu'il savait, qu'il voyait en moi beaucoup plus que les autres. J'aurais dû le savoir, parce que si je suis honnête avec moi-même, c'est précisément la raison pour laquelle je me suis tant attachée à lui.

— Ce n'est pas du tout ce que j'en ai déduit, dit-il calmement.

Il se lève, se dirige vers la caisse de vinyles posée à même le sol et commence à fouiller. Mon sang se glace dans mes veines alors qu'il revient vers moi.

Il pose le trente-trois tours sur la table basse devant moi et mes poumons se contractent d'un coup.

— La première fois que tu es venue ici, tu regardais ce disque et je t'ai dit que j'étais un grand fan.

Sur la jaquette, les yeux trop maquillés me fixent avec insolence.

Je ne la connais pas, je ne la connais plus.

Respire.

Je ne réponds pas. J'en suis physiquement incapable, j'ai un nœud à l'œsophage, de la terre qui remplit ma gorge comme si je m'enfonçais dans des sables mouvants. Une lueur d'inquiétude traverse le regard de Jeremy et alors que je vacille, il me rattrape. Je tremble de la tête aux pieds. Mes mains se crispent sur ses bras et je ne sais plus si je veux m'y accrocher ou le repousser. Je bégaye :

— Tu te trompes…

Il me coupe doucement, de cette voix grave qui d'habitude me rassure et qui cette fois achève de me détruire.

— Il y a eu ce soir de Divali… tout ce noir autour de tes yeux et tes cheveux lâchés, la ressemblance était tellement frappante…

L'idée que je pourrais ne jamais le revoir après ce soir me tord le cœur. Je suis pétrifiée. Je devrais partir en courant, tant qu'il est encore temps. Mais mes membres ne m'obéissent plus, je ne suis même pas capable de répondre.

— … Et puis tous ces petits détails… le fait que tu ne veuilles jamais écouter de musique, la surprenante conversation que tu as eue avec Reda au séminaire sur l'efficacité du laser pour enlever les tatouages, ton incapacité à comprendre les degrés

Celsius, incompréhensible pour une fille aussi intelligente que toi qui est supposée avoir vécu à Londres…

Et enfin, il répète cette petite phrase toute simple, en apparence inoffensive qui m'avait glacée un peu plus tôt et qui vient faire exploser toutes les barrières construites si soigneusement depuis cinq ans, les couches de mensonges méticuleusement empilées. Et le temps que je me demande où et à quel moment s'est produit le battement d'ailes du papillon qui vient de causer l'effondrement de mon monde, la glace a cédé sous mes pieds et je sombre dans le gouffre sans fond de la réalité.

— Et même sans ça, j'aurais compris qui tu étais la première fois que tu as dormi chez moi : je te l'ai déjà dit, tu chantes sous la douche, Scarlett.

Journal d'Alice

Londres, 15 mai 2012

Voilà, Bruce. Scarlett est partie. Je suis bien entendu horriblement triste et déprimée. Je l'ai accompagnée à Heathrow tout à l'heure. Avant qu'elle ne passe la sécurité, je lui ai donné un petit paquet fait à la va-vite.

— J'ai un cadeau pour toi.

Elle l'a ouvert et y a trouvé un bracelet où pendouillent trois petites breloques. Une en forme de poisson, l'autre de bateau et la troisième est un minuscule phare. Atrocement kitsch, on ne va pas se mentir. Je l'ai déniché au marché de Camden Town avant-hier, il m'a fait penser à Queenstown.

— Je voulais t'acheter quelque chose qui te rappelle notre enfance et le Rhode Island, pour quand tu seras une star.

— C'est très mignon, a-t-elle menti.

J'ai éclaté de rire.

— Ma pauvre, depuis le temps que je te connais, tu crois que je ne sais pas quand tu mens ?

Elle a ri et l'a attaché à son poignet parmi les innombrables bracelets emberlificotés qui recouvraient sa peau tatouée.

— Si jamais tu te sens triste ou seule, grâce à lui je serai toujours un peu avec toi.

Scarlett m'a serrée très fort contre elle.

— Merci, Alice, a-t-elle chuchoté, c'est un cadeau magnifique.

Pour cacher mes yeux humides, j'ai enfoui mon visage dans ses cheveux roses et platine. Ils sentaient la camomille, comme quand nous étions petites. Et j'ai songé que quand Scarlett serait célèbre, je serai la seule personne au monde à connaître ce détail.

— Je sais qu'il est moche, ai-je repris en riant, je t'autorise à ne le porter que quand je te manque.

— Je le mettrai tout le temps, parce que tu me manques tout le temps, a-t-elle répondu.

Elle m'a lancé un de ses sourires qui réchauffent, rare et lumineux comme un rayon de soleil en décembre. Ce sourire qui lui vient de notre père et que Maman ne lui a jamais vraiment pardonné. Il a brièvement éclairé le hall des départs. Puis elle a disparu en haut des escalators pour s'envoler de l'autre côté de l'Atlantique, et enregistrer une chanson qui parle de moi. Je ne la reverrai pas avant Noël, dans plus de six mois… Elle a prévu de venir nous voir à Londres avec Maman. Et qui sait, Bruce, peut-être que la prochaine fois que je verrai ma petite sœur, elle sera une rock star. Ce serait rigolo, non ?

Je ne pleure plus, je ne tremble plus. J'écarte les bras que Jeremy tient toujours serrés autour de moi et fais un pas en arrière. Il me parle, mais je ne l'entends pas. Nous nous mesurons du regard quelques longues secondes qui me semblent une éternité. Je pourrais nier. Prétendre ne pas comprendre. Mais il est trop tard. Je me dirige sans un mot vers l'entrée et enfile mon manteau.

— Où est-ce que tu vas ?

Je remonte la fermeture Éclair. Le tremblement de mes doigts est imperceptible. Je suis encore en état de choc. La crise d'angoisse mettra quelques minutes à arriver, je crois, le temps de réaliser exactement ce qui est en train de se passer. Ou peut-être pas. Peut-être que la vérité est moins angoissante que le mensonge permanent. Jamais je n'ai été aussi lucide.

— Je m'en vais, dis-je simplement.

— Tu ne crois pas qu'on pourrait parler ?

— Non.

— Écoute, je…

— On avait dit qu'on pouvait arrêter, quand on voulait, sans explication, alors voilà : je ne veux plus te voir.

Je l'ai coupé froidement, d'une voix sans émotion, et pour enfoncer le clou, je précise en le regardant droit dans les yeux :

— Plus jamais.

Je vois que je l'ai blessé. En temps normal, j'aurais eu de la peine, mais étrangement je ne ressens rien. Juste un froid immense. Je voudrais rester et pourtant j'ouvre la porte. Mon secret pourrait sans doute être partagé avec quelqu'un comme Jeremy, quelqu'un de loyal, de solide. Puis, de nouveau, il prononce ce prénom que je ne voulais plus jamais entendre, mon prénom, le vrai. Et un poing de glace me broie le cœur. Comme si Alice mourait une deuxième fois. À cause de moi. Je ne me retourne pas. Je sais qu'il ne me suivra pas. Il ne peut pas laisser Zoé seule dans l'appartement. Je n'ai même pas besoin de courir dans les escaliers. Je me contente d'ignorer sa voix qui résonne par-dessus la rambarde. Pas de course-poursuite, de réconciliation sous la pluie. Une page qui se tourne. Encore une fois.

Quand j'ouvre la porte de l'immeuble, il pleut des cordes. Le crépitement des gouttes sur le bitume masque les autres bruits de la ville. Maintenant, je songe, maintenant la crise va venir. Je serai seule, dans la rue. Ce n'est pas grave. Au pire quelqu'un m'emmènera aux urgences. Ou alors, j'arrêterai de respirer. Ce n'est pas la pire des issues.

Mais la crise ne vient pas. Je reste plantée sous la pluie, j'attends d'être terrassée par l'angoisse. Rien. Alors, je rentre chez moi, à pied, sans prendre garde à l'eau qui dégouline dans mon cou. Dans mon sac à main, je sens mon téléphone vibrer plusieurs fois. Probablement Jeremy. Jeremy, que je ne verrai plus. À cette idée, une boule se forme dans ma gorge.

Puis, quelque part entre les rives du canal Saint-Martin et le métro Bonne-Nouvelle, je m'arrête. Dans un renfoncement, un homme joue de la guitare. Ultime moquerie de l'univers qui se rit de moi parce que je n'ai jamais pu respecter ses règles. Une mélodie douce et triste dont je connais chaque note par cœur, qui s'élève sous l'arcade où il s'est abrité comme un chant religieux sous la voûte d'une cathédrale. Oasis, *Wonderwall.* Je m'arrête. Et machinalement, tout bas, mes lèvres forment les paroles si familières que les prononcer est aussi naturel que de respirer :

By now you should've somehow
Realized what you gotta do
I don't believe that anybody
Feels the way I do, about you now.

Le guitariste doit avoir une cinquantaine d'années, il lève la tête vers moi et sous sa barbe plus sel que poivre, il me sourit, sans s'arrêter de jouer.

Et quelque chose se passe. Quelque chose qui ne s'était pas passé depuis des années. Le clapotis des gouttes, dans les flaques, rythmique, le ronronnement des voitures et la note aiguë d'un klaxon occasionnel, le tempo des pas des passants sur le pavé détrempé. Le son d'un orchestre vivant autour de moi. La musique qui m'enveloppe, celle que j'entendais avant, celle qui s'est envolée le 22 décembre 2012 quand ma grande sœur, mon Alice, mon âme sœur, m'a laissée toute seule dans ce monde en noir et blanc.

Je reste jusqu'à la fin de la chanson. Quand il a terminé, l'homme range la guitare dans son étui et je fouille dans mon sac à main. Je n'ai qu'un billet de cinquante euros dans mon portefeuille. Je le lui donne. Il me dévisage, trop stupéfait pour me remercier.

— Merci, dis-je.

Puis, par réflexe, je porte la main à mon poignet, je glisse mes doigts sous le manteau à la recherche des breloques. Rien. Je remonte ma manche, je regarde dans celle de mon pull. Comme une folle j'enlève mon manteau sous la pluie, puis mon pull, vingt fois j'attrape mon poignet, je retourne les manches de mes vêtements de mes mains tremblantes, sans prendre garde à l'eau qui transperce le voile fin de mon chemisier de coton, je regarde autour de moi comme une droguée cherchant sa seringue. Rien. Le bracelet est tombé. Quand ? Je ne sais pas. Je ne l'avais pas quitté depuis ce jour où Alice me l'avait offert à l'aéroport en souvenir de mon séjour à Londres. Hébétée et trempée jusqu'aux os, je fixe mon poignet nu dans la lumière tremblotante d'un réverbère, je ne sais pas trop combien de temps. Est-ce que c'est un signe ? Un signe qu'elle m'a définitivement quittée, que je l'ai trop trahie pour qu'elle puisse me pardonner ? Que je suis vraiment seule, maintenant. Puis la réalité me frappe. L'avantage d'être découverte, c'est que je n'ai plus à me cacher. Plus de règles à respecter, plus besoin d'être quelqu'un d'autre. Enfin, je peux redevenir moi.

Alors, lentement, je ramasse le pull et le manteau tombés sur le sol. Je les renfile sans me soucier de l'eau et de la boue qui les ont tachés et reprends mon chemin.

En bas de chez moi, je m'arrête au Franprix. Je vais directement à la caisse.

— Absolut, dis-je au caissier en désignant la vitrine derrière lui.

Il examine du coin de l'œil mes vêtements trempés, je dois avoir l'air d'une folle. Mais il se retourne, ouvre le cadenas, fait coulisser la vitre et en sort une bouteille de vodka qu'il pose sur le tapis roulant. Puis il s'apprête à refermer la vitre.

— Je les voudrais toutes, dis-je.

Il s'arrête net et me dévisage. Il doit avoir une vingtaine d'années, son visage aux joues encore rondes est constellé de cicatrices d'acné.

— Comment ça toutes ?

— Toutes les bouteilles de vodka Absolut.

Il me dévisage, l'air parfaitement ahuri et rougit brutalement sans répondre. Je pousse un soupir.

— C'est un supermarché ou un musée ici ?

— Un… un supermarché, balbutie-t-il.

— Donc je voudrais acheter les bouteilles de Vodka Absolut dans la vitrine derrière toi, s'il te plaît. Il y en a huit.

J'ai toujours été bonne en maths. C'est le seul compliment que mon père m'ait jamais fait.

Puis je sors ma carte bleue de mon portefeuille et la pose sur le tapis roulant. Après un silence, il me tourne le dos et saisit les bouteilles. Il les dispose dans deux grands sacs plastique, dont il me précise qu'ils coûtent trente centimes pièce. Je paye et sors. Il ne répond pas à mon « au revoir ».

Chez moi j'allume toutes les lumières. Je pose une bouteille sur la table basse du salon. Je vide le contenu de mon congélateur, balance les surgelés dans l'évier, puis j'aligne les sept bouteilles restantes à la place des légumes congelés.

David Bowie m'observe dans un coin de la cuisine. Ses yeux étirés sont remplis de méfiance. Je lui embrasse le crâne, il émet un miaulement interrogatif.

— Ce serait trop long à t'expliquer, mon chaton.

Dans la salle de bains, j'avale deux Lexomil avec un grand verre d'eau. Puis je reviens dans le salon. À quatre pattes derrière le canapé, je rebranche la sono que l'agence n'est jamais venue récupérer. Et j'arrache le tissu aux motifs africains qui recouvre les cartons arrivés des États-Unis que je n'ai jamais ouverts. Je les écarte et les renverse jusqu'à ce que je trouve celui que je cherche. Il est tout en hauteur et soigneusement fermé, sur le côté, en dehors du scotch rouge indiquant « Fragile », il n'y a qu'une lettre inscrite au feutre noir : « P ». J'arrache le scotch et me penche au-dessus. J'ai des frissons comme si j'avais de la fièvre. J'attends quelques secondes, en silence, sans oser la toucher. Puis, doucement, je sors la guitare du carton. Assise sur le canapé, j'ouvre l'étui recouvert d'autocollants. Mes mains caressent amoureusement les paillettes de mauvaise qualité, puis mes doigts effleurent les sept lettres inscrites au tipex au dos, un peu effacées par les années, mais toujours lisibles.

Phœnix.

Je n'ai pas peur de la déferlante d'émotions. Je n'ai plus peur de la crise d'angoisse. Je n'étouffe pas. Bien au contraire, je n'ai jamais respiré aussi librement. Je prends la bouteille de Vodka sur la table, laisse le bouchon tomber par terre et j'avale trois longues gorgées au goulot avant de la reposer. L'alcool est tiède, je grimace, mais la chaleur m'envahit. Des années que je n'avais pas bu, pas senti la douceur traître du poison se répandre dans mes veines. C'est la plus lâche des fuites, je le sais bien. Puis je joue une note sur l'instrument désaccordé. La première corde, la plus grave. Elle résonne, totalement fausse, dans le salon tout blanc. Alors, je souris à travers mes larmes et murmure :

— *Welcome back, Baby.*

Extrait d'une interview de Scarlett Smith-Rivière, *Rock Collections*, septembre 2012

— *Et où est-ce que tu trouves ton inspiration ?*

Scarlett S.R. : (rires) Si je te réponds franchement, on va encore dire que je suis dingue…

— *Essaye, pas de jugement…*

Scarlett S.R. : OK… Il y a cet endroit où je me retrouve parfois, après la fin du monde. Une sorte de plage, mais tout est noir, le sable, le ciel et l'océan… Je ne sais plus trop où s'arrête la terre et où commence le ciel. Je suis seule et j'ai froid. (Silence.) Je ne pense à rien ni à personne… Et puis, j'entends une déferlante gronder à faire trembler le ciel… Une vague immense, noire. Je ne la vois pas, mais je la sens et son souffle glacial pénètre jusqu'au fond de mon âme. Une violence inouïe, la somme de toutes mes colères, tout ce qui me révolte depuis toujours, toutes les humiliations que la vie te fait subir… (Silence.) Pas que mes souffrances, celles des autres aussi… Pour être honnête, je n'ai jamais vraiment compris comment de tant de rage et de noirceur pouvait naître de l'art, mais je sais que la beauté vient de là. Et je dois me battre. Si je n'ai pas peur, si je ne mens pas, alors j'arrive à apprivoiser la vague noire, à en faire quelque chose de bien, de la musique, de la poésie. Mais si un jour je la laisse me submerger sans rien faire…

— Alors quoi ?

Scarlett S.R. : (rire) Alors, l'obscurité m'engloutira… Et il n'y aura plus que le silence, enfin.

De : Saranya Godhwani
À : Alice Smith
Le : 3 avril 2019
Objet : Running

Hello
Je t'ai attendue à la grille des Tuileries ce matin. Je t'ai appelée quatre fois, mais je suis tombée sur ton répondeur.
Rappelle-moi.
Bisous

De : Angela Srinivasan
À : Alice Smith
Le : 4 avril 2019
Objet : News

Allô le pays des Merveilles, ici la Terre…
Tu as bien reçu mon dernier email ? Tu ne m'as pas répondu :-(
Donne-moi des news, tu n'es même plus connectée sur WhatsApp…
J'espère que tout va bien.
Love,
Angela

De : Jane Thompson
À : Alice Smith
Le : 6 avril 2019
Objet : Loyer

Bonjour Mme Smith,
Je n'ai pas reçu votre virement concernant le loyer d'avril. Comme vous payez toujours scrupuleusement le 1er du mois, je me permets de vous relancer.
Cordialement,
Jane Thompson

2019

ÉTÉ

« Safe and happy are the only things I can be,
I can't lose, I can't fail, I can't be lost or lonely,
There's nothing I'm scared of, with you by my side,
'Cause I know you'll save me when I fall, every time. »

Scarlett S.R. and the Blue Phœnix, *Sisters*

J'ouvre les yeux et je vois le ciel. Pas un coin de cheminée, pas un morceau de toit d'ardoises parisien, pas un éclat de béton ou le bord d'un bac à géraniums. Juste un carré de ciel d'été, parfaitement bleu. Aussi limpide que le ciel de Narragansett au mois d'août.

Suis-je morte ? J'ai une migraine si dévastatrice que j'ai l'impression que mon cerveau a fondu dans ma boîte crânienne et une nausée épouvantable. Peut-être est-ce justement ça, l'enfer. La pire de tes gueules de bois jusqu'à la fin des temps.

J'écarte les bras, je sens l'épaisseur de ma couette sous mes paumes. Je suis dans mon lit. Il a l'air de faire beau. C'est la seule information que j'ai sur le monde extérieur. Je ne sais pas quel jour on est, je ne sais pas si le soleil qui frappe le velux au-dessus de ma tête est celui du matin ou de la fin d'après-midi, ou si une guerre a été déclarée depuis que j'ai refermé la porte sur moi et mes huit bouteilles de vodka. Le simple fait que je me pose ces questions est la preuve d'un degré de lucidité beaucoup trop élevé. David saute sur le lit et miaule plaintivement, je passe une main sur sa fourrure.

— Hello mon bébé.

Ma voix est rauque. Je tends la main vers la table de nuit et saisis une boîte de médicaments au hasard. Le premier flacon est vide. Je tâtonne à nouveau et renverse les fioles en plastique qui roulent par terre. Contrariée, j'émerge de sous la couette et récupère tous les flacons renversés sur la table de nuit ou sur la moquette. Je les retourne un par un et constate avec effarement qu'ils sont tous vides. Je sors du lit et, à quatre pattes, tâte la moquette sous le lit, à la recherche d'un cachet, un seul, qui aurait roulé par terre. Rien. J'attrape une bouteille de vodka, vide aussi. Lentement, je me rassois sur le lit et aligne soigneusement les flacons en plastique sur la table de nuit. Je jette un coup d'œil autour de moi pour la première fois. Les bouteilles ouvertes traînent ici et là, une conserve de raviolis à moitié entamée a roulé jusqu'à l'armoire, laissant derrière elle une trace sanglante de sauce tomate sur la moquette et l'une des deux lampes de chevet gît sur le sol, son abat-jour déchiré. Le chaos. Et pourtant, cela ne provoque rien en moi. *J'ai déjà été là. Je suis revenue cinq ans en arrière. Je m'étais juré que ça n'arriverait plus. J'avais promis à Alice d'arrêter de boire.* Trop de lucidité. Je me lève. Dans la salle de bains, la boîte à pharmacie est renversée dans la baignoire. Il ne reste rien, à l'exception d'une boîte de Doliprane. Au prix d'un effort surhumain, je me dirige jusqu'à la cuisine, ouvre le congélateur. Vide aussi. Je fixe le fond du tiroir à surgelés, hébétée.

Un miaulement me fait sursauter. David grignote les croquettes échappées d'un paquet éventré qui s'est répandu sur le carrelage. Heureusement, dans mon délire, je n'ai pas oublié de nourrir le seul être vivant sur lequel je puisse vraiment compter.

Il grogne, mais me laisse le serrer dans ses bras. Je remplis un bol de lait et un bol d'eau et les pose sur le carrelage. Il s'échappe de mes bras pour se désaltérer.

Combien de temps s'est écoulé ? Je porte la main à mon front, il ruisselle de sueur et pourtant j'ai froid. Mes mains tremblent. Par-dessus le bar de la cuisine à l'américaine, j'aperçois Phœnix, abandonnée sur le canapé. Deux bouteilles vides sur la table basse. Je me frotte les yeux, j'ai l'impression que mes neurones sont passés à la machine à laver. J'ai tellement mal au crâne que je ne peux plus penser. Comment se fait-il que je n'ai pas fait de crise de panique ? Pas même le début d'une gêne respiratoire, rien.

Puis j'entends des coups sur la porte d'entrée, l'écho d'une conversation sur le palier. Je me rappelle brusquement le souvenir d'autres coups de sonnette, de voix m'appelant encore et encore, de poings sur la porte. Ça pourrait être hier ou il y a deux semaines. Je n'en ai aucune idée. Je n'ai pas ouvert. On trafique la serrure. Je soupire. Ils vont entrer. Puis une pensée absurde traverse mon esprit. Comme un éclair fugace qui illuminerait brutalement une chambre obscure.

C'est peut-être Alice.

Clairement, je suis encore bourrée. Titubante, je me dirige toutefois vers la porte d'entrée. Je croise mon reflet dans le miroir et je sursaute. Je me souviens m'être maquillée et du noir entoure mes yeux, comme autrefois, tellement de noir… Il a coulé un peu sous l'œil droit. Je penche la tête sur le côté, surprise de ne ressentir ni dégoût, ni colère, mais, au contraire, le soulagement qu'on ressent en apercevant une vieille amie dont on n'avait pas eu de nouvelles depuis longtemps. De nouveaux bruits derrière la porte. J'ouvre d'un coup sec. Le serrurier qui se tenait à genoux derrière manque de tomber à mes pieds. Je dois être morte pour voir des anges à ma porte. Puis je réalise que d'une part, si j'étais morte, je serais en enfer, il n'y aurait pas d'anges, et que par ailleurs, il est peu probable d'y croiser un serrurier.

Un silence. Angela, particulièrement élégante dans une robe bleue assortie à ses sandales, la bouche légèrement entrouverte, me dévisage avec un mélange de soulagement et d'ébahissement. Puis elle semble retrouver ses esprits, contourne le serrurier toujours à genoux par terre d'un pas décidé, et me prend dans ses bras.

— Alice, tu m'as fait tellement peur, murmure-t-elle.

Je ne réagis pas tout de suite à son étreinte. Mais à la seconde où je laisse ma tête se poser sur son épaule et où je ferme les yeux, son parfum familier aux notes acidulées d'agrumes et de vanille m'apaise. Il semble que les cocktails Xanax-Vodka, à trop forte dose, fassent perdre complètement la notion du temps, car je ne sais pas trop combien de temps nous restons enlacées sur le palier. Le raclement de gorge du serrurier nous ramène à la réalité.

— Excusez-moi, dit Angela en anglais de sa voix chaude et autoritaire, je vais vous régler.

Elle rentre dans l'appartement, tirant d'une main sa valise à roulettes tandis qu'elle me pousse dans le couloir de l'autre. Elle sort son portefeuille, paye l'homme qui la remercie et claque la porte.

Elle pose une main fraîche sur mon front, fronce ses épais sourcils et ses grands yeux bruns se remplissent d'inquiétude.

— Tu as de la fièvre, constate-t-elle.

Elle traverse la pièce principale et je la suis, terrifiée à l'idée qu'elle pourrait s'éloigner de nouveau. Elle s'arrête une demi-seconde sur le seuil de ma chambre et j'ai honte des bouteilles de Vodka sur le sol, du désordre et de la saleté qui y règnent.

— Je vois que ça va mieux, au niveau de l'alignement et de la maniaquerie, constate-t-elle, pince-sans-rire.

Puis elle pousse un imperceptible soupir.

— Bon, une chose à la fois.

Elle se dirige dans la salle de bains, et j'entends des placards qui s'ouvrent et se referment et l'eau qui coule sur la faïence de la baignoire. Quelques minutes plus tard, elle revient avec un verre d'eau et un Doliprane, qu'elle me tend. Quand j'ai pris le cachet, elle m'emmène dans la salle de bains.

— Je t'ai fait couler un bain, ne me remercie pas, ce n'est pas pour ton bien, mais pour le mien, tu as l'odeur de quelqu'un qui ne s'est pas lavé depuis l'invention de l'eau courante.

Elle me laisse seule et je fais passer mon débardeur par-dessus ma tête. Il est couvert de sueur. Je laisse mon jean tomber sur le sol. J'ai des frissons. Je me glisse dans l'eau brûlante où Angela a manifestement versé l'intégralité du tube de mousse, je ferme les yeux et la chaleur détend un peu mes muscles courbaturés. J'entends Angela qui téléphone tout en s'agitant dans la pièce voisine.

Elle frappe deux coups à la porte.

— Je peux rentrer ?

Elle dépose sur le lavabo une serviette propre qu'elle a trouvée dans le placard de ma chambre. Ses écouteurs branchés dans les oreilles, elle continue de parler au téléphone.

— Abbie t'embrasse, lance-t-elle avant de refermer la porte, comme si toute cette situation était parfaitement normale.

Je reste dans mon bain jusqu'à ce que l'eau tiédisse, puis je m'enveloppe dans le peignoir avant de rejoindre la chambre. Les cadavres de bouteilles, de flacons de médicaments et les conserves entamées ont disparu. Angela a changé les draps et a sorti un pyjama. Elle est à genoux par terre, avec mes gants de vaisselle roses, dans sa robe parfaitement coupée, et frotte avec énergie la tache de sauce tomate sur la moquette. David l'observe avec intérêt. Il a toujours adoré Angela. D'un autre côté, qui n'adorerait pas Angela ?

— Tu as faim ? me demande-t-elle. Depuis quand est-ce que tu n'as pas mangé ?

Je secoue la tête.

— Honnêtement, je n'en sais rien.

— OK, couche-toi, je vais aller te chercher quelque chose.

J'enfile le pyjama et me glisse entre les draps qui sentent bon la lessive. Je me positionne dans le lit de manière à voir à nouveau ce carré de ciel bleu, si pur. Je constate qu'il fait plus sombre. On doit être le soir. Un quart d'heure plus tard, Angela revient et pose devant moi un sac en papier que je considère bouche bée.

— Toi, tu es allée me chercher un McDo ?

— J'ai eu l'impression que la soupe vegan du traiteur du coin n'aurait pas été suffisante pour soigner le genre de gueule de bois dont tu souffres actuellement. Et si jamais tu dis à Abbie que j'ai mis les pieds dans un McDonald's, je te décapite.

Pour la première fois depuis ce qui me semble une éternité, je trouve la force de sourire. Je sors un Big Mac du sac, réalise que j'ai une faim de loup et j'avale le menu maxi best of jusqu'à la dernière frite. Angela rassemble ensuite les emballages et part les jeter à la poubelle après avoir ouvert le velux au-dessus de ma tête pour chasser l'odeur de friture.

Lorsqu'elle revient, elle s'assoit sur le lit à côté de moi et me caresse les cheveux.

— Essaye de dormir, souffle-t-elle, demain on ira voir le médecin.

— Tu peux rester ?

— Oui, je ne vais nulle part.

— Comment tu as su ?

— Ton copain Jeremy a appelé Saranya, qui a fini par m'appeler et comme je n'avais pas de nouvelles depuis deux semaines, j'ai paniqué et pris le premier avion.

Un black-out de deux semaines… Voilà qui est rock'n' roll.

— Je voudrais Phœnix.

— Qui ?

— Ma guitare.

Sans rien dire, elle se lève, va récupérer la guitare dans le salon et la dépose à côté de moi. Je pose ma main sur le manche. Et Angela, perplexe, secoue la tête.

— Je ne t'ai jamais posé de questions, ma chérie, mais à un moment, il va quand même falloir qu'on parle.

Je suis encore à moitié dans les vapes et je n'ai même pas la force de hocher la tête.

— Demain… et aussi… Jeremy n'est plus mon copain, je murmure avant de sombrer dans un sommeil de plomb.

— Je suis contente de vous revoir, Alice.

— Merci.

— J'imagine que vous n'êtes pas là juste pour une ordonnance, cette fois ?

— Non.

— Eh bien, dites-moi, de quoi voulez-vous parler ?

— De… De ma sœur…

— Je vous écoute.

— Je ne sais pas par où commencer.

— Comme toutes les histoires, par le début. Comment s'appelle votre sœur ?

— Alice.

La psy plisse les yeux sans comprendre et jette un coup d'œil à son agenda pour vérifier qu'elle ne se trompe pas.

— Ma sœur aînée s'appelait Alice, j'explique doucement, et moi je suis Scarlett.

Et cette simple petite phrase qui pesait sur mon cœur le poids de toute la culpabilité du monde déclenche un soulagement immense que, je réalise, j'attendais depuis des années.

— Scarlett, d'accord… Mais… fait-elle l'air perdu.

— C'était le 22 décembre 2012, je... Alice...

Incapable de continuer, je me mets à pleurer. Elle me tend une boîte de mouchoirs en papier et même si elle essaye de garder un air neutre, je vois bien qu'elle ne comprend rien.

— Qu'est-ce qui est arrivé le 22 décembre 2012, Scarlett ?

— Ma sœur est morte, dis-je entre deux sanglots, à cause de moi.

— Mais comment... pourquoi ?

Je me mouche bruyamment, une fatigue immense m'envahit. Et moi qui me demandais, la dernière fois que j'étais venue ici, comment on pouvait pleurer chez le psy, maintenant je sais. J'ai envie de disparaître sous une couette pour le restant de ma vie, mais je dois aller jusqu'au bout. Si la vérité ne sort pas, elle m'étouffera de l'intérieur. Ma voix est un murmure, à peine audible quand je lui réponds :

— Parce que j'étais en retard.

Journal d'Alice

Queenstown, 12 décembre 2012

Bruce, je suis à la maison !

Maman et Scarlett devaient venir à Londres pour Noël, mais nous avons dû rentrer en catastrophe aux États-Unis pour enterrer Richard, le père d'Oliver. Crise cardiaque foudroyante. Mon pauvre Oliver est très malheureux, mais ça l'a un peu consolé de retrouver ses sœurs.

Il est resté en Californie avec Ashley et Kelly pour régler les problèmes liés à la succession de leur père. Gentiment, il a beaucoup insisté pour que j'en profite pour passer par Queenstown. Scarlett est rentrée il y a quelques jours à la maison et il sait que je me fais du souci pour elle. Je lui avais confié que j'étais triste de ne pas fêter les vingt-sept ans de ma petite sœur au Beach Café autour du traditionnel chocolat chaud offert par Jimmy.

Nous aurions pu décider de changer nos plans et passer les fêtes de fin d'année à Queenstown, mais

Maman, qui prépare son séjour depuis des mois, voulait absolument voir Londres à Noël.

Évidemment, on s'en est occupé à la dernière minute et je ne te raconte pas la galère pour trouver des billets d'avion. Avec les fêtes qui approchent, les prix explosent. Bien sûr, j'ai dû tout gérer, Scarlett traîne toute la journée en pyjama devant la télévision et éteint la radio de la cuisine dès qu'une de ses chansons est diffusée, soit à peu près une fois par heure, ce qui exaspère Maman qui aime la garder allumée en bruit de fond en permanence. C'est quand même dingue, son disque cartonne, elle a tout ce dont elle a toujours rêvé et… elle fait quand même la tête ! Je ne comprendrai jamais les artistes, Bruce…

Compte tenu du prix des vols au départ de Boston, on partira de New York. Et même comme ça, je n'ai pas réussi à nous mettre tous dans le même avion. J'ai déniché une place providentielle pour Scarlett sur le vol d'Oliver qui fait escale à New York le 22 décembre en revenant de Los Angeles. Et je partirai le lendemain avec Maman, qui refuse de voyager sans moi, ce qui, tu t'en doutes, a généré une énième dispute avec Scarlett. Ce n'est pas plus mal, je passerai la journée à New York avec Dakota. Ça m'amuse d'imaginer Scarlett et Oliver, côte à côte pendant sept heures de vol. Peut-être qu'ils en profiteront pour discuter sincèrement, pour une fois…

Bref. Détails logistiques sans importance, ce n'est pas pour ça que j'ai repris ce journal.

Des mois que je n'ai pas écrit. J'espère que tu ne m'en veux pas, Bruce, même si franchement, dans la mesure où tu es un acteur hollywoodien, multimillionnaire à qui tout réussit, y compris l'absence de cheveux, je trouverais ridicule que tu m'en veuilles pour si peu. Je t'ai emporté dans ma valise, parce que je veux reprendre l'écriture. Je vais mieux, Scarlett a réussi son pari et même si elle n'a pas encore la notoriété de Liam Gallagher, elle est en bonne voie pour devenir la star du rock qu'elle ambitionnait d'être. Maintenant, je sais que la prochaine histoire que j'ai à te raconter va être heureuse : Oliver et moi avons pris la décision d'utiliser les deux embryons restants pour refaire une tentative de fécondation in vitro *juste après Noël.*

Cette fois, j'ai la certitude que ça va marcher. Pour la simple et bonne raison que même à des milliers de kilomètres, je ressens déjà leur existence et leur détermination à vivre. C'est une conviction, je ne l'explique pas et bizarrement, Oliver, tout cartésien qu'il est, ressent exactement la même chose.

Depuis que je leur ai donné un nom, lors de cette promenade avec Scarlett à Londres, Fred et George font partie de notre vie. J'ai enfin compris que tout ce parcours, ces moments de découragement et de désespoir, n'étaient que le chemin qui devait nous mener jusqu'à nos enfants. Comme le dit la citation de Paul Éluard sur la couverture de ce cahier : « Il n'y a pas de hasard, il n'y a que des rendez-vous. » Et tout ce temps, j'avais rendez-vous avec Fred et George, simplement, je ne le savais pas encore. Mes tout petits bébés. Ma raison d'être. Papa et moi avons hâte de vous rencontrer.

Angela, les mains crispées autour d'un mug de thé fumant, est assise sur le canapé, le dos loin du dossier, si droit qu'on le devine contracté.

— Et donc, tu es Scarlett Smith-Rivière, répète-t-elle pour la troisième fois.

Je hoche la tête. Elle s'est assise le plus loin possible de moi, l'air incertain, comme si elle ne me connaissait plus du tout, comme si toutes ces années de mensonges avaient fait de moi une parfaite inconnue. Je vois bien que je l'ai blessée. J'ai trahi ma meilleure amie, la seule personne au monde qui m'ait toujours soutenue depuis qu'Alice m'a quittée. Je prends une grande inspiration. Je songe qu'elle aurait pu se lever, partir, face à cette mascarade dont elle a fait l'objet, claquer la porte et ne plus jamais vouloir entendre parler de moi. Mais malgré tout, elle reste. Elle a fait du thé. Elle s'est assise sur le canapé. Tout n'est peut-être pas perdu.

— La Scarlett Smith-Rivière qui a chanté *Sisters* ? Celle qui est morte tragiquement juste avant de devenir une légende du rock et qui a eu dix Grammy à titre posthume ?

— Quatre, pas dix.

— Ah, d'accord.

Elle me dévisage, l'air un peu sonné. Elle ouvre la bouche comme pour dire quelque chose, la referme, contemple son thé les sourcils froncés, espérant peut-être y trouver la solution aux milliers de questions qui s'entrechoquent sous son crâne.

Pour Angela, officiellement, j'avais perdu ma sœur. J'avais fini par lui avouer cette vérité partielle, en lui faisant promettre de ne plus jamais aborder le sujet. En voyant le mélange d'incompréhension et de chagrin dans ses yeux noirs, je réalise que j'aurais dû lui faire confiance depuis le début.

— Mais… Et Alice alors ? demande-t-elle après un silence, c'est un pseudo ou tu as vraiment une sœur ?

J'entends le timbre strident sonner la fin de la récréation dans la cour de l'immeuble. Du brouhaha, quelques ultimes cris d'enfants, puis le silence. Je revois Alice, sa queue-de-cheval tressautant de gauche à droite alors qu'elle courait sur la plage.

— Oui, j'avais une sœur, elle s'appelait Alice et elle est vraiment morte.

Ma voix a tremblé légèrement. Sur le visage d'Angela, la perplexité laisse brusquement place à une immense tendresse. Sans rien dire, elle pose sa tasse sur la table basse, franchit la distance entre elle et moi et prend mes mains dans les siennes.

— OK… Raconte-moi, souffle-t-elle, sa bienveillance retrouvée.

Je hoche la tête, bois une gorgée pour reprendre contenance. Puis, les yeux baissés sur nos mains enlacées, enfin, je lui raconte la vérité sur ce qui est arrivé ce mois de décembre où j'ai perdu Alice, ma personne préférée au monde.

Mon premier album était sorti fin juin. Harry, mon nouveau manager désigné par le label Origin Records, était surexcité. Ma chanson *Sisters*, poussée dès sa sortie par l'animateur le plus hype du moment, tournait en boucle à la radio. En quelques semaines, tout le monde fredonnait *Sisters* sous la douche, pendant qu'on m'envoyait en tournée à travers les États-Unis. Cette période, aujourd'hui encore, reste un peu floue. Pour tenir, je buvais beaucoup. Trop, sans doute. Mais j'étais persuadée d'aller bien, je le répétais continuellement à Alice quand j'arrivais à l'avoir au téléphone. Toutes les salles de concert étaient pleines et pourtant je ne m'étais jamais sentie aussi seule.

Un micro-événement, anodin en apparence, a changé la donne. J'étais rentrée épuisée à New York après des semaines de tournée. Harry me répétait alors continuellement que pour le moment, j'avais juste fait un tube, mais que j'étais « à un battement d'ailes de papillon » de devenir une légende ou de disparaître du jour au lendemain. Il suffisait d'une anecdote, un mini-fait d'armes, un détail dont s'emparerait la presse pour que j'explose d'un seul coup ou qu'on m'oublie complètement.

J'avais beau être rentrée chez moi, je continuais à boire souvent. Ce n'était pas si grave, comme je l'expliquais à ma sœur sur Skype, je buvais uniquement quand je sortais. J'omettais de lui préciser que j'avais des soirées tous les soirs. L'alcool m'évitait de réfléchir et m'aidait à m'endormir. J'ai toujours eu l'insomnie facile, contrairement à Alice.

Tous les matins vers midi et demi, depuis que je m'étais installée dans cet appartement de Greenwich Village que l'avance sur mon disque m'avait permis de louer, je descendais acheter un bagel et un café au lait au coffee shop du coin de ma rue. Ils me rappelaient ceux du Beach Café de Narragansett. Je n'y dérogeais jamais. Je n'ai jamais supporté les règles, les contraintes et les obligations, mais j'ai toujours trouvé qu'il y avait quelque chose de rassurant dans la routine, à condition de se l'être fixée soi-même. J'avalais ce petit déjeuner en marchant, je me promenais une demi-heure au Washington Square Park et en général, je ne ressortais pas de la journée. Je jouais de la guitare affalée sur mon lit défait sans y mettre le moindre soupçon d'âme, obsédée que j'étais par la question qui me taraudait depuis quelque temps : *Et maintenant, qu'est-ce que je vais faire ?*

Et puis un jour, sur le trajet entre le coffee shop et le parc, à l'angle de la 4e Rue et de Mercer Street, alors que je portais un vieux jean et des Converse on ne peut plus discrets, que je n'étais ni sur une scène, ni à la sortie d'un concert, quelqu'un m'a reconnue dans la rue. New York était particulièrement ensoleillée pour une fin d'automne et je mordais dans mon bagel avec enthousiasme quand j'ai entendu une voix inconnue appeler mon nom. Je me souviens du sourire admiratif de l'adolescente. Elle avait un piercing dans le nez et une chemise en jean sous un blouson ouvert. Elle m'a parlé de Phœnix. Comment diable pouvait-elle connaître ma Phœnix ? Dans ma bouche, le bagel a pris un goût de cendres. Puis, elle a sorti son téléphone portable et elle m'a prise en photo. Sans même me demander. Comme si je n'étais pas une personne, mais un foutu monument aux morts ou une assiette de frites à poster sur Instagram. J'ai eu le sentiment qu'on venait de m'arracher ma culotte, là, un beau matin de novembre ensoleillé, en plein milieu de Mercer Street.

Par la suite, la scène s'est reproduite de plus en plus souvent. Du marchand de bagels au caissier du Whole Foods, tout le monde finissait par comprendre qui j'étais. J'ai commencé à me sentir mal. Comme si un étau se resserrait autour de ma gorge chaque fois que quelqu'un me regardait un peu trop fixement. Il m'a fallu quelque temps pour mettre un mot sur le malaise permanent qui me collait à la peau avec la persistance d'une mauvaise odeur : j'avais peur. Toutes ces années j'avais eu un but. Un unique objectif. Je ne m'étais jamais posé de questions. J'avais travaillé, comme je n'ai jamais vu personne travailler. J'avais tout sacrifié, tout donné. Depuis ce jour où j'avais entendu Liam Gallagher chanter *Wonderwall*, tout mon être, corps et âme, avait tendu vers cet unique objectif : devenir une « star du rock », comme disait Alice. Expression qui m'a toujours semblé puérile dans ma bouche comme dans la sienne, mais qui au final résumait assez bien la situation. Depuis quelques mois, je jouais les funambules sur cette mince frontière qui sépare l'avant de l'après et les années de galère du succès et de la célébrité. Je m'y accrochais comme une naufragée à une bouée de sauvetage, tentant de ne pas me laisser emporter par le courant. Je n'avais plus la moindre envie de passer de l'obscurité à la lumière. Origin Records s'emballait, des gens s'étaient mis à graviter autour de moi les yeux avides, flatteurs comme un essaim d'abeilles qui flairent l'apparition d'un rayon de miel. « Ça » allait arriver. Pour être honnête, je n'avais jamais douté ni de mon talent, ni de ma capacité à travailler suffisamment pour réussir. La fausse modestie n'a jamais été mon truc, j'y ai toujours vu une forme assez fourbe d'hypocrisie. Mais, au pied du mur, j'ai eu une révélation terrible que j'étais loin d'avoir anticipé : je me foutais du succès. Pire que ça. Je n'en voulais pas. Je m'étais trompée d'objectif : je ne voulais plus être une star du rock. Je voulais faire de la musique. Et ce but-là, je l'atteignais tous les jours depuis des années. Depuis que j'avais commencé à apprendre le nom des notes sur un clavier en carton, depuis les premiers exercices de respiration que Mme Hamilton m'avait enseignés pour faire sortir ma voix. Ma vie tout entière n'était que partitions, notes et mélodies. Mon quotidien se résumait à la musique. Je n'avais en réalité jamais rien voulu d'autre. Surtout pas le succès, et encore moins la célébrité. Je n'arrivais plus à penser à rien. Trop de gens autour de moi, trop d'événements, trop de lumière. *Et maintenant ?* Aussi angoissants qu'un couteau sous ma gorge, ces deux mots commencèrent alors à tourner dans ma tête. Deux charognards dont l'ombre me suivait partout où j'allais. *Et maintenant ?*

Harry, mon manager, m'avait donné la seule réponse intelligente à cette question :

— Maintenant, tu écris un deuxième album.

Associé à un certain nombre de conseils sur ce que devait contenir ce deuxième album pour être « bankable » et la date à laquelle il devrait être terminé. J'ai alors compris qu'en plus de mon humanité, je venais de perdre ma liberté de créer, ce qui a achevé de me terroriser. Et de toute façon, serais-je capable d'écrire encore ? Et si les gens n'aimaient plus ma musique ? Si je les décevais ?

Je n'avais plus la moindre idée. L'inspiration s'était envolée. La peur me paralysait. Moi qui ne m'étais jamais posé de questions, qui me contentais de me lever le matin et de mettre toute mon énergie dans la seule chose qui comptait vraiment pour moi, ma musique, je n'étais plus capable de jouer ou de chanter une seule mesure, sans même parler d'écrire. Harry m'a envoyée chez un psy qui m'a prescrit des antidépresseurs. Le monde a repris quelques couleurs fades et artificielles. J'ai eu l'impression d'aller mieux. J'ai écrit deux chansons. Tout le monde m'a dit qu'elles étaient uniques, brillantissimes, excellentes, que j'avais du génie, qu'ils n'avaient jamais vu ça ! Folle de joie d'avoir retrouvé mon talent, je les ai envoyées à Alice. Elle m'a rappelée une heure plus tard.

— C'est quoi ces merdes ? Dis-moi que ce n'est pas toi qui as écrit ça ?

Je lui ai raccroché au nez, furieuse de savoir qu'elle avait raison. Elles étaient nulles. Maintenant que j'étais devenue une machine à cracher du dollar, plus personne ne me dirait la vérité. Cette constatation a creusé ma déprime. Je suis retournée chez le psy. Je me suis abrutie d'antidépresseurs et de soirées alcoolisées.

En décembre, *Sisters* se maintenait toujours dans le top 50. Harry m'appelait tous les jours. Il m'annonçait des chiffres que je n'osais pas écouter.

Je raccrochais avec l'impression d'être enterrée vivante sous des montagnes de billets de banque. J'avais du mal à respirer. C'est à cette époque que j'ai fait ma première crise d'angoisse.

Il fallait que je me reprenne en main. J'ai alors décidé de rentrer à Queenstown, loin des excès et de l'agitation de Manhattan. Je voulais retrouver le calme, marcher sur la plage et boire des chocolats chauds recouverts de mini-marshmallows à la terrasse du Beach Café en regardant les mouettes. J'attendrais, dix ans s'il le fallait, que l'envie et l'inspiration reviennent, portées par le murmure du vent et la musique des vagues au rythme lent des ferries qui emmènent les touristes à Block Island.

De retour dans ma ville natale, je me suis teint les cheveux en châtain, ma couleur naturelle, j'ai supprimé le maquillage, le blouson en cuir et tous les signes distinctifs que je portais depuis l'adolescence. Les inconnus ont arrêté de m'aborder dans la rue. En revanche, les gens que je connaissais, après m'avoir demandé un autographe, se sont remis à me dire ce que nous entendions souvent petites et que j'avais fait disparaître à grands coups de cuir, de khôl, de fards à paupières sombre et de tatouages : c'était fou ce qu'Alice et moi on se ressemblait.

Puis le père d'Oliver est mort et, en revenant de son enterrement, Alice est rentrée à Queenstown pour me faire une surprise ou, plus probablement, parce qu'elle s'inquiétait pour moi. Dans la mer agitée du succès, où soudainement tout le monde essayait de m'agripper quitte à me noyer, ma sœur était ma seule bouée de secours. Elle le savait bien.

Pendant ces deux semaines providentielles, nous avons eu douze ans à nouveau. Nous avons fêté mes vingt-sept ans autour d'un chocolat au Beach Café. Je garde le souvenir d'Alice heureuse et reposée. Sereine, même, pour la première fois depuis des années. Elle avait pris avec Oliver la décision de retenter une fécondation *in vitro* dès leur retour à Londres, en janvier. Sa fausse couche les avait rapprochés. Oliver avait été tellement présent pour elle… Pour la première fois, je l'entendais parler du bébé comme d'un projet commun. Ce n'était plus son échec personnel. Elle avait compris que, dans cette histoire, ils étaient deux.

Elle parlait tout le temps de ses embryons congelés, elle leur avait donné des prénoms, Fred et… je ne me souviens plus du deuxième. Ou elle les appelait « les jumeaux », comme s'ils étaient déjà là, comme s'il n'y avait aucune chance que la procédure plante une deuxième fois. Elle répétait qu'ils étaient le sens de sa vie, sa raison d'être… Soit exactement ce qu'il ne fallait pas faire, au risque d'être cruellement affecté en cas d'échec, si j'en croyais les forums sur le sujet.

Le 21 décembre, j'ai été invitée pour une interview dans le magazine *Rolling Stone.* Harry était surexcité, tu vas rentrer dans le top 10, affirmait-il. Il m'a appelée à l'aube, ce qui, pour moi à l'époque signifiait n'importe quelle heure avant 13 heures. J'étais en pyjama, en train de boire un litre de café devant *Desperate Housewives,* dans l'espoir de faire passer la gueule de bois permanente des derniers jours. J'étais épuisée. J'avais beaucoup maigri et je supportais de moins en moins la pression de cette nouvelle vie. J'ai toutefois promis à Harry que je serais là.

J'ai pris le train qui allait de Queenstown à New York la veille de mon départ prévu pour Londres afin de me rendre à l'interview. Ma sœur devait retrouver ses copines à Penn Station. Ma mère ne voulait pas garder David, même une nuit, j'ai donc dû passer par mon appartement pour y déposer mon petit chat. J'avais le temps, le rendez-vous était en fin d'après-midi. Je ne me souviens plus trop de l'enchaînement exact des événements. J'ai bu une bière, j'ai joué de la guitare, j'ai fait ma valise pour le grand départ du lendemain… Je n'ai jamais regardé l'heure et j'ai débarqué comme une fleur devant les locaux du magazine sur la 6e Avenue avec une heure et demie de retard. Je ne compte plus le nombre de fois où je me suis dit qu'il aurait suffi qu'une fois dans ma vie, je fasse l'effort d'arriver à l'heure pour tout changer.

Harry était fou. Il avait essayé de m'appeler dix fois, mais je n'avais plus de batterie. Je n'avais jamais de batterie à cette époque, j'affirmais que le pragmatisme tuait la créativité. Lui qui avait toujours été un mentor compréhensif et respectueux m'a traitée d'imbécile irresponsable. Et puis, c'était quoi cette nouvelle couleur de cheveux ? Ce nouveau style de première de la classe ? Je voulais pas venir en tailleur pendant que j'y étais ? C'était *Rolling Stone*, pas *Psychologie Today*, merde ! Les cheveux roses, c'était ma marque de fabrique, j'avais intérêt à aller chez le coiffeur dès le lendemain.

Je lui ai répondu d'aller se faire foutre et je suis rentrée chez moi. J'ai retrouvé Alice à l'appartement, toute contente de revoir Dakota le lendemain. Je me sentais mal d'avoir déçu Harry. Aussi ai-je ressenti un soulagement absurde quand, en milieu de soirée, son nom est apparu sur l'écran de mon téléphone. Il avait par miracle réussi à déplacer l'interview le lendemain à 17 heures. Il passerait me chercher chez moi à 16 heures et j'avais intérêt à être prête et habillée comme une artiste et non comme une première communiante qui va se confesser, merci.

Sauf que je ne pouvais pas aller le lendemain à 17 heures à l'interview de *Rolling Stone*, parce que j'avais un avion juste après et même avec mon sens approximatif des horaires, je savais que j'avais une chance sur deux de le rater. Alice a affirmé qu'il était impossible de changer les billets, elle n'avait déjà pas réussi à tous nous mettre sur le même vol. Je n'ai pas répondu à Harry, consciente qu'il risquait de ne pas me pardonner cette deuxième défection.

Nous sommes allées nous coucher et, la nuit portant malheureusement conseil, je me suis réveillée avec la pire idée de ma vie.

Journal d'Alice

Queenstown, 22 décembre 2012

Hello Bruce !

Bon, au final, malgré toutes mes bonnes résolutions, je t'ai encore laissé tomber. Dernier jour à New York, aujourd'hui. Figure-toi que Scarlett, habillée d'une culotte et d'un tee-shirt Metallica, m'est tombée dessus ce matin alors que je buvais mon café :

— Alice, j'ai un fucking good plan ! s'est-elle exclamée comme elle le disait à huit ans et demi.

— Je m'attends au pire…

— Tu prends l'avion aujourd'hui à ma place, et moi je prends ton vol demain à la tienne.

J'ai éclaté de rire et me suis étouffée avec mon café.

— Mais oui, bien sûr… Je sais que tu ne prends pas souvent l'avion, mais il y a des contrôles, tu ne peux pas refiler ton billet à n'importe qui.

— Non, non, écoute, en plus c'est absurde que ce soit moi qui voyage avec Oliver ! Tu mets mon blouson en cuir, un kilo de khôl sur les yeux, je suis châtain sur mon passeport, donc… C'est une énorme opportunité pour moi, cette interview. Demain je me la joue sobre, je prends ton vol avec Maman et on se retrouve comme prévu à Londres, pile à l'heure pour Noël. S'il te plaît, Alice, si je le rate, je passe les fêtes toute seule…

L'idée l'enthousiasmait, une règle de plus à enfreindre, une façon d'injecter un peu d'excitation dans la léthargie qui semblait l'avoir envahie depuis qu'elle touchait au succès. Elle m'a suppliée et m'a empêchée de boire mon café jusqu'à ce que je lève les yeux au ciel et pousse un soupir.

— Tu sais quoi, OK, à une condition.

— Laquelle ?

— Je veux que tu te calmes sur l'alcool, les calmants tout ça… J'aime pas ce milieu et je me fais du souci pour toi.

— OK, promis.

Elle m'a donné son passeport et ses fringues. Nous sommes allées acheter une bombe de coloration pour cheveux rose vif dans un magasin de déguisements de Soho. Et nous avons passé la soirée à rire et à nous faire des mèches. Elle, pour ne pas avoir l'air d'une première communiante à son interview chez Rolling Stone et moi pour passer pour elle à l'aéroport.

Je sais Bruce, tu penses que c'est une idée stupide, mais je suis heureuse de surprendre Oliver qui sera probablement ravi de me voir débarquer dans l'avion à la place de Scarlett. Et puis, de toute façon, qu'est-ce qui pourrait bien arriver de grave ?

Sur la table basse, le thé d'Angela est froid depuis longtemps. Je me suis interrompue dans mon explication pour respirer. Parce que je sais que le plus difficile reste à venir. Et que pour la première fois, je vais devoir en parler à haute voix. Je prends une grande inspiration et j'entame la fin de notre histoire, la dernière ligne droite de notre vie ensemble, à ma sœur et à moi.

Quand je suis rentrée chez moi, après l'interview. Alice n'était plus là. Elle avait laissé sur le lit une robe noire, une paire de bottes, son manteau et son passeport, sur lequel était collé un Post-it rose avec un cœur dessiné à la hâte au bic. Je l'emmène encore avec moi partout où je vais, soigneusement rangé dans mon portefeuille.

J'ai pris une douche, puis, en faisant ma valise, j'ai trouvé au pied du lit un épais carnet avec une couverture turquoise à pois jaunes. Dessus, une citation était imprimée : « Il n'y a pas de hasard, il n'y a que des rendez-vous », Paul Éluard. Je l'ai ouvert et j'ai vu l'écriture serrée et régulière d'Alice sur des pages et des pages. Son journal. Je l'ai mis dans ma valise sans le lire, en prévoyant de le lui rapporter le lendemain.

Vers 19 heures, j'ai reçu un texto :

Alice Smith-Rivière
OMG, ça a marché !
Ils m'ont complètement prise pour toi
et on a été surclassés en classe business !!!!

J'ai répondu un pouce levé et un smiley qui sourit.

Elle m'a renvoyé un cœur.

Lui aussi, je l'ai toujours dans mon téléphone.

Je me suis couchée vers 22 heures. Ce qui était exceptionnel. Je me souviens de m'être réveillée en sueur quelque temps après, mon cœur battait à tout rompre. Je me suis levée comme une somnambule et j'ai avalé un shot de vodka et un Lexomil, puis, mon cœur s'est calmé et je me suis rendormie.

Le vol JFK-Heathrow s'est écrasé dans l'océan Atlantique cette nuit-là à 23 h 56. Aujourd'hui encore, la cause de l'accident reste indéterminée. Ma seule consolation est de savoir qu'Alice était avec Oliver, son amour de lycée, le seul homme qu'elle ait jamais aimé malgré leurs hauts et leurs bas et qu'ils sont partis ensemble, la main dans la main. On n'a rien retrouvé. La liste des passagers disparus a été publiée le lendemain dans tous les journaux. Mon nom est apparu à la place de celui de ma sœur.

Voilà comment, officiellement, je suis morte à vingt-sept ans, comme Janis Joplin, Jimi Hendrix, Jim Morrison et Kurt Cobain. Mauvais endroit au mauvais moment. C'était le fameux battement d'ailes de papillon qu'Harry avait espéré. Les journaux se sont emparés de l'histoire. Une mort aussi tragique pile au moment où je touchais mon rêve du bout des doigts ne pouvait que faire de moi une légende. C'est exactement ce qui est arrivé. La semaine de ma mort, *Sisters* est passé numéro un des ventes. Puis, dans les mois qui ont suivi, j'ai remporté quatre Grammy Awards, touché des millions de dollars et je suis devenue une légende du rock. Le tout, à titre posthume.

Ironic, comme dirait Alanis Morissette.

Angela m'a écoutée sans interruption, l'air concentrée et sans lâcher mes mains, toujours blotties entre les siennes. Je me tais et quelques secondes de silence s'étirent entre nous.

— Je suis profondément désolée, dit-elle.

Puis, sans prévenir, elle me serre contre elle. La chaleur de son étreinte et son parfum amènent des larmes dans mes yeux. Je réalise que c'est la première fois que quelqu'un me présente ses condoléances pour la mort de ma sœur.

— Mais tu n'as pas pensé… continue-t-elle, je ne sais pas moi, à prévenir la police ?

Je hausse les épaules. J'essaye de faire comprendre à Angela l'absurdité de ma situation. Le chagrin, comme une boue visqueuse, avait infiltré le moindre recoin de mon cerveau. J'avais perdu la personne à laquelle je tenais le plus au monde. Rien d'autre n'avait d'importance. Je suis restée terrée chez moi, hébétée, pendant des jours, à me demander ce que j'avais fait, ne sortant que pour acheter de quoi manger pour David et des céréales dont je me bourrais à même le paquet pour ne pas mourir de faim. C'était de ma faute. Ma sœur était morte à cause de moi. Le reste n'était que détails administratifs. Un nom erroné sur une liste de passagers. Rien d'important. Ce n'est que quand j'ai surpris mon visage placardé en première page d'un magazine people, que je me suis souvenue de ce léger détail : le monde entier me croyait morte.

— Mais… et ta famille ?

— Je suis allée voir ma mère, elle était folle de chagrin, elle m'a dit… que…

J'avale ma salive pour tenter de faire disparaître la boule dans ma gorge qui menace d'exploser. Ma mère, évidemment, n'avait jamais pris son avion pour Londres le lendemain du crash. Elle essayait d'appeler Alice depuis plusieurs jours quand, enfin, je me suis manifestée. Lui expliquer la vérité a été l'une des choses les plus difficiles que j'ai eu à faire dans ma vie. Voir succéder sur son visage le soulagement de me voir vivante puis l'horreur, quand elle a réalisé ce que cela signifiait pour Alice. Comprendre qu'elle aurait préféré que ce soit moi dans cet avion, à la place de sa fille préférée.

Je poursuis d'une toute petite voix :

— Elle m'a dit que c'était de ma faute… Que je n'avais jamais apporté que des problèmes dans cette famille et que… qu'elle ne voulait plus jamais entendre parler de moi.

S'il m'était resté un morceau de cœur après la mort de ma sœur, ma mère l'aurait broyé ce jour-là. Les yeux d'Angela, horrifiés, se remplissent de larmes. Je repense à la façon dont elle et Abbie s'occupent de leurs enfants, l'éternelle patience, les câlins, la tendresse et les histoires du soir. Mais Angela ne peut pas comprendre ce que j'ai réalisé beaucoup trop tôt : j'étais pour ma mère un rappel permanent de l'homme qu'elle aimait passionnément et qui l'avait abandonnée en laissant une lettre sur la table de la cuisine. « Deux enfants si rapprochés, le couple en prend un coup », expliquait-elle à ses copines au téléphone... Pas besoin d'un diplôme d'Harvard pour comprendre le sous-entendu.

— Et tous les gens que tu connaissais, la famille de ton beau-frère ?

Je hausse les épaules.

— J'ai déménagé, changé de numéro, fermé mon compte Facebook et j'ai coupé les ponts avec tout le monde. Certaines des copines d'Alice continuent d'envoyer un email tous les ans pour son anniversaire. Je n'ai jamais répondu à personne, ils ont fini par laisser tomber. Quant à la famille d'Oliver, ils avaient perdu le père et le fils à quelques semaines d'intervalle. Si ça se trouve, le silence d'Alice a été un soulagement pour eux, un chagrin de moins à gérer. Et puis, j'ai attendu que quelqu'un comprenne, me dénonce, me reconnaisse. Rien n'est arrivé et comme une partie de moi n'avait pas vraiment envie de ressusciter des morts, je n'ai rien dit et je suis devenue ma sœur.

— Et après ?

— Après j'ai appelé Londres pour mettre fin au bail de l'appartement d'Alice et d'Oliver. Officiellement, j'avais tragiquement perdu mon mari dans l'accident d'avion qui avait fait la une des journaux, le propriétaire a accepté de me renvoyer les affaires personnelles de ma sœur et je lui ai dit de garder tout le reste. J'ai rangé Phœnix dans un carton et je me suis mise à haïr la musique. Sans cette interview et mes rêves de grandeurs, Alice ne serait pas morte.

— Et tu t'es mise à la finance… complète Angela.

— Oui… Pendant un an, enfermée chez moi, je n'ai fait que ça. Étrangement c'est ce qui m'a sauvée, la rigueur des chiffres, les formules propres, nettes, aux résultats prévisibles. Et puis, c'est quand j'ai retrouvé un travail en finance que je t'ai rencontrée et c'est à partir de ce moment-là que j'ai réussi à reconstruire un semblant de vie normale, fondée sur cet absurde mensonge.

Angela a dû rentrer à New York. Connaissant Andrew, son supérieur hiérarchique qui m'a virée du jour ou lendemain pour une crise d'angoisse, c'est déjà un miracle qu'il lui ait accordé deux semaines de congé. Elle m'appelle cependant tous les soirs et me force à allumer ma webcam afin de vérifier que je mange bien les plats bios qu'elle me fait livrer par un traiteur vegan déniché dans le VIIIe arrondissement. Parfois je me dis qu'Alice, là où elle est, m'a envoyé Angela pour la remplacer. Angela a ordonné à Saranya de passer me voir trois à quatre fois par semaine. Cette dernière est même arrivée à l'heure au moins deux fois, signe plus qu'inquiétant du désordre universel. Tout le monde se fait du souci pour moi. Je suis partagée entre la culpabilité et un soulagement immense à l'idée de ne plus avoir à mentir. J'ai aussi révélé la vérité à Saranya. J'ai cru qu'elle allait faire un AVC. En état de choc, elle n'a pas parlé pendant au moins quatre minutes. Puis, elle a téléchargé mon album sur Spotify et m'affirme l'écouter en boucle depuis.

Je n'ai pas mis les pieds au travail depuis trois semaines quand je pousse de nouveau la porte vitrée de The Space. En revanche, je suis allée chez le psy tous les jours. J'ai promis à Angela. Il paraît que j'ai des choses à régler. Victoire et Reda sont déjà là. Ils m'accueillent avec effusion, veulent savoir ce qui s'est passé et m'affirment que si j'ai besoin de quoi que ce soit, je ne dois pas hésiter à les solliciter.

— Ça va, très grosse fatigue, dis-je, touchée par leur prévenance.

Reda me tend alors un sachet en papier. Je le remercie, surprise, et l'ouvre avec précaution. À l'intérieur, un bagel cannelle-raisins.

— Il est cuit à l'eau, comme à New York, précise-t-il, c'est un vrai de vrai, je suis allé le chercher à l'aube dans une boulangerie au fin fond du 18e qui est supposée faire les meilleurs bagels de Paris !

— Et moi je t'ai acheté du cream-cheese, renchérit Victoire.

Joignant le geste à la parole, elle sort de sa sacoche militaire une barquette de cream cheese et un couteau à beurre. Je ravale la boule d'émotion qui me serre la gorge et balbutie un remerciement.

— On va chercher des cafés et on revient, déclare Reda, voyant que j'ai du mal à contenir mon émotion.

— Mais non, tu vois bien qu'elle va pleurer, répond Victoire.

— Justement, dit Reda en levant les yeux au ciel.

Victoire le suit en grommelant qu'elle ne comprendra jamais rien aux normes extravagantes de cette société absurde et j'utilise une des serviettes en papier glissées dans le sac de mon bagel pour m'essuyer discrètement les yeux.

Le bagel est sucré et moelleux, il a le même goût de cannelle et d'amitié que ceux du Beach Café de Narragansett. Ou alors c'est le café partagé avec Reda et Victoire qui me fait l'effet d'un shot de douceur. Peut-être que je pourrais arrêter de lutter, maintenant. Défaire une bonne fois pour toutes les barbelés qui enserrent mon cœur, accepter qu'ils me font plus mal qu'ils ne me protègent.

En jetant mon gobelet en plastique dans la poubelle, je demande l'air de rien :

— Jeremy n'est pas là ?

Le coup de coude que Victoire balance à Reda ne m'échappe pas. Pourtant, il a dû la briefer sur la question, parce qu'elle réussit à se taire.

— Il est parti en week-end prolongé avec Zoé, il revient après-demain.

Nous retournons à nos bureaux. Puis, comme si les trois dernières semaines n'étaient jamais arrivées, je me replonge dans les comptes de l'entreprise.

Un peu plus tard, je frappe au bureau de Chris. À travers la vitre qui nous sépare, je constate son absence totale de réaction. Ses yeux perdus dans le vague derrière ses lunettes semblent fixer un point au loin, au-delà des toits d'ardoises que quelques rayons de soleil viennent réchauffer. J'hésite, puis, je pousse doucement la porte de son bureau.

— Chris ?

Il tourne son regard vers moi, malgré son élégant pull en cachemire et ses Stan Smith flambant neuves, il a l'air d'un enfant perdu. Il ne s'est pas rasé depuis plusieurs jours et quelques poils de barbe hirsutes recouvrent ses joues pâles. J'ai mal au cœur pour lui, mais plus tôt je lui annoncerai la nouvelle et plus vite il pourra faire le nécessaire. Je referme la porte derrière moi et viens m'asseoir face à lui.

— Alice, comment ça va ?

— Ça va beaucoup mieux. Je suis désolée d'avoir disparu trois semaines à l'improviste, je…

— Ton amie m'a prévenu que tu étais malade, ne t'inquiète pas, dit-il gentiment, l'air toujours un peu ailleurs.

Son bureau est en désordre, un gobelet de café vide traîne près d'un totem en bois tropical dont il m'a raconté une fois qu'il venait du Guatemala et qu'il lui portait chance. Des Post-it griffonnés entourent son écran éteint comme une corolle de pétales fanés. Dans tout ce bazar, mon regard est attiré par une photo encadrée à laquelle je n'avais jamais fait attention jusqu'ici. Elle est un peu pâlie par les années, trois ados dans les années 1990. Malgré leurs joues plus rondes et imberbes, je reconnais Chris et Jeremy, ils doivent avoir une quinzaine d'années. La troisième personne est une jeune fille au look un peu grunge, aux yeux vert clair et aux cheveux noir corbeau. Elle a un bras amical passé autour du cou de Jeremy et la tête appuyée sur l'épaule de Chris, qui la serre contre lui. Chris suit mon regard.

— C'est Sandra, explique-t-il, c'était la meilleure amie de Jeremy et elle était devenue ma petite copine au lycée. Elle est morte à dix-sept ans dans un accident de scooter.

Je reste un instant sans voix et j'ai le cœur qui se serre. Jeremy n'a jamais mentionné qu'il était aussi proche de Sandra, alors même qu'il m'a parlé d'elle et de sa relation avec Chris.

— Elle ne nous faisait porter que des chaussettes orphelines, explique Chris, parce que tous les gens qui s'aiment vont par paire et qu'elle ne voulait laisser personne de côté, pas même des chaussettes. C'est pour elle que je voulais monter EverDream.

Au moins, maintenant je sais pourquoi Jeremy a investi dans EverDream, alors même qu'il ne croyait pas au projet. Ce n'était pas uniquement pour soutenir Chris, c'était en mémoire de son amie d'enfance aux yeux verts qui voulait réunir les chaussettes-sœurs. Chris repose la photo avec précaution à côté de son écran.

— Tu es venue me parler des comptes, j'imagine ?

Je lui tends les résultats financiers du mois précédent que j'ai pris soin d'imprimer.

— Je t'ai envoyé un email ce matin et…

— J'ai vu.

Et il m'indique une feuille au-dessus d'une pile de livres de développement personnel. Pour une fois, Chris a lu un de mes emails, il a même imprimé le document en pièce jointe. Je baisse les yeux et prends une grande inspiration.

— Je suis désolée, Chris, mais compte tenu du nombre de téléchargements depuis le lancement, il faudrait…

— Cinquante-sept ! m'interrompt-il. Cinquante-sept téléchargements ! Dont quatre à partir d'adresses emails créées par ma mère pour me soutenir et le reste des gens de la boîte ou des amis.

Il a l'air en état de choc et je tente de le consoler :

— Au moins, ta famille te soutient.

— Combien de temps nous reste-t-il ?

— Avec les salaires, le loyer ici et les différentes factures de prestataires externes qu'il nous reste à payer, il faut fermer dans les dix jours grand maximum. Après tu ne pourras plus payer les employés d'EverDream.

Il ferme les yeux et se prend la tête dans les mains, décoiffant un peu plus ses épais cheveux désordonnés.

— Dix jours… souffle-t-il.

J'ai mal pour lui et je retiens ma main qui, par réflexe, voudrait se poser sur son bras pour le réconforter.

— Je ne sais pas quoi te dire, peut-être que le marché n'est pas…

— Il n'y a rien à dire. C'était une idée débile, de toute façon personne n'y croyait. Tout le monde se fout complètement des chaussettes orphelines. Tu sais ce que m'a expliqué un des banquiers à qui on a demandé de l'argent ?

— Non…

— Qu'il n'avait que des chaussettes noires identiques et qu'il ne les rangeait même pas par paire, ce qui lui permettait de ne jamais avoir de problème de chaussettes orphelines… C'est simple, c'est la chose la plus triste que j'aie jamais entendue ! Je suis un loser, c'est tout, je ne réussis jamais rien.

Je caresse machinalement la peau de mon poignet, là où le bracelet manque, et lui réponds avec douceur :

— Non, tu es un artiste, et tous les artistes sont des losers jusqu'au jour où ils réussissent. Tu sais, dans les médias, on nous rabâche les histoires des gens qui réussissent en une nuit, le conte de fées des Temps modernes, c'est ça : réussir par hasard, sans mérite ni travail. C'est le pire des mensonges. Quel que soit le domaine, les gens qui réussissent du premier coup sont des exceptions. Et d'ailleurs c'est pour ça qu'on parle d'eux parce que leur histoire tient du conte de fées.

Il pousse un soupir découragé.

— Si tu savais toutes les boîtes que j'ai montées… Plus personne ne veut investir sur moi. Je suis l'image même de la médiocrité. Je suis ridicule.

— Tu sais qu'aux États-Unis, dans la Silicon Valley, plus un entrepreneur a d'échecs à son actif, plus il a une chance de trouver un investisseur.

— C'est absurde, marmonne-t-il.

— Non, c'est logique. D'abord parce que plus tu as entrepris de projets, plus tu as accumulé d'expérience, et n'importe qui, qui a un jour décidé de faire quelque chose de sa vie, de prendre un risque, de se lancer dans l'inconnu, sait pertinemment que la réussite, surtout quand elle est facile, n'apprend rien, et que l'échec en revanche est la meilleure des écoles. Et puis, toutes ces défaites, ça révèle beaucoup de choses positives sur ton caractère…

— Oui, que je suis un loser.

Je ne sais pas pourquoi la vision de lui si abattu me brise le cœur. J'ai besoin qu'il se relève, qu'il me prouve que tout n'est pas voué à l'échec, à la fatalité du destin, que les choses, parfois, peuvent marcher. Alors, je me lève et lui réponds d'une voix plus affirmée :

— Non, ça prouve que tu ne lâches pas, que tu es passionné, persévérant, bosseur, déterminé, que tu es capable de te relever de tes chutes. Il faut que tu continues, Chris, tu es fait pour ça, créer des choses, des entreprises… Un jour, ça marchera, tu verras, tu…

— C'est théorique tout ça, des bêtises de livres de développement personnel à l'américaine ! Moi j'accepte la médiocrité, tous les jours, tout le temps ! Je suis nul !

— Non. Ce n'est pas théorique, c'est la réalité ! Un loser n'a jamais été quelqu'un qui ne réussit pas, c'est quelqu'un qui n'essaye pas. Les losers, ce sont ceux qui clament qu'ils vont faire quelque chose et ne se lancent jamais, ceux qui baissent les bras au premier obstacle et abandonnent, ceux qui acceptent comme une fatalité tout ce qui ne va pas dans leur vie, et se plaignent continuellement sans jamais agir pour rien changer. Voilà ce que c'est, la médiocrité ! Mais pas toi, Chris, tu n'as pas que des qualités, tu es beaucoup de choses, mais tu n'es pas un loser !

J'ai parlé avec une intensité inhabituelle. Mes deux poings sont serrés si fort que mes ongles se sont enfoncés dans mes paumes. Chris me dévisage avec un mélange d'étonnement et de curiosité comme s'il venait de découvrir une facette de moi qui lui était parfaitement inconnue.

Puis il hoche la tête et murmure après un silence, comme s'il se parlait à lui-même :

— Alors il faut croire qu'il n'y a pas assez de poésie dans le monde pour sauver les chaussettes orphelines… Peux-tu prévenir les autres qu'on fera un point en salle de réunion mercredi quand Jeremy revient ? Et si possible, ne leur dis rien, je préférerais leur annoncer moi-même la fin de l'aventure.

— OK, et si je peux faire quoi que ce soit…

Il secoue la tête et se tourne de nouveau vers la fenêtre, l'air encore plus abattu que quand je suis arrivée. Je me lève et quitte la pièce la tête basse, le moral dans les chaussettes. Au moment où je vais refermer la porte, il me lance, les yeux fixés sur la photo devant son écran :

— Et merci Alice, merci pour tout.

Mercredi arrive à la fois beaucoup trop vite et bien trop lentement. J'attends le retour de Jeremy avec un mélange d'appréhension et d'impatience. L'incessant ballet de mes contradictions me fatigue moi-même. Je prends mon café du matin avec Victoire et Reda qui se chamaillent continuellement puis me prennent à partie pour que j'arbitre sur qui a raison et qui a tort. Je ne leur ai pas dit que Chris nous convoquerait tout à l'heure pour déclarer la fin de l'aventure EverDream. J'ai mal au cœur pour eux, mais je respecte sa volonté de leur annoncer en personne. Je travaille comme si de rien n'était, comme si ça servait à quelque chose.

Quand nous revenons à nos places, une voix joyeuse me lance de loin :

— Fuck, Alice !

Je sursaute et me retrouve nez à nez avec Jeremy et Zoé qui tient un gros livre sous son bras.

— Salut, marmonne Jeremy, manifestement aussi mal à l'aise que moi.

— Salut, dis-je dans un souffle.

Il ne s'arrête pas et je reste plantée là, ébranlée jusqu'au fond de mon âme par le simple frôlement de sa veste.

— Dis, Alice, commence Zoé, je…

— Laisse Alice tranquille, coupe Jeremy, elle doit travailler.

Et il l'entraîne par la main.

Je prends une grande inspiration et me dirige vers son bureau. J'ai tellement de choses à lui dire que je ne saurais pas par où commencer. M'excuser, peut-être.

— Je peux te parler ?

Il m'indique le siège en face du sien, il a l'air en forme. Le week-end avec Zoé a dû bien se passer, la petite fille quant à elle est rayonnante.

— Maman est revenue habiter à la maison, Alice ! s'exclame-t-elle en sautant à travers le bureau, elle ne part plus au Japon, elle revient avec nous ! On a fait tout un week-end tous les trois, c'est trop génial !

Je reste un instant sans voix, puis, au prix d'un effort immense, je réussis à sourire.

— Je suis contente pour toi Zoé, dis-je, c'est une très bonne nouvelle.

Jeremy sort un euro de sa poche et le tend à l'enfant.

— Va t'acheter un jus d'orange et passe faire un câlin à tonton Chris, Zoé.

— Oui, je sais, parce qu'il est triste aujourd'hui, répète Zoé comme une leçon bien apprise, mais ce n'est pas grave, parce que quand on est triste, après on n'est plus triste. Comme nous, avant on était tristes et maintenant on est heureux, c'est ça la vie !

— Exactement, conclut Jeremy avec douceur.

Je ne suis pas sûre d'être d'accord avec cette analyse, mais je me tais. De toute façon j'ai trop mal au cœur pour parler. Zoé disparaît, son livre toujours sous le bras, et je reste seule avec lui. J'ai conscience que derrière la paroi de verre du bureau, Reda et Victoire ne prennent même pas la peine de faire semblant d'être occupés, ils ne perdent pas une miette de notre conversation. Ces deux-là passent beaucoup trop de temps à observer la vie de l'open space et comprennent beaucoup trop de choses à mon goût, mais je n'arrive pas à leur en vouloir.

— Je croyais que tu ne voulais plus jamais me voir, fait remarquer Jeremy.

Machinalement, je tiraille sur ma manche, mal à l'aise. Il me contemple de ses yeux limpides et impassibles de la couleur d'un lac de montagne et je ne peux plus rien lire dans son regard. Cette constatation me fait mal au cœur. Avant, il me laissait lire le fond de sa pensée dans ses yeux. Je me rappelle avec un pincement au cœur ces quelques semaines où les cachets étaient superflus et où pour la première fois depuis longtemps j'ai frôlé du bout des doigts quelque chose qui ressemblait au bonheur.

— Je ne savais pas... Sandra... que vous étiez amis... Chris m'a raconté.

C'est sorti tout seul. Sans rapport avec la conversation. Je ne sais pas pourquoi, maintenant que je connais la blessure de Jeremy, je ressens une envie de le consoler, de lui expliquer que je comprends. Je connais la douleur lancinante de ce genre de cicatrice qui ne se referme qu'en apparence, les gouffres d'obscurité et de solitude qu'elle dissimule sous l'illusion de la guérison.

— Il y a beaucoup de choses qu'on ne s'est pas dites, je crois, répond-il après un silence.

Cette fois, j'entends les regrets dans sa voix. Je hoche la tête. J'ai des milliards de choses à lui avouer maintenant, je pourrais parler pendant des mois. J'aurais voulu qu'il m'interroge, qu'il me demande ce qui s'était passé. J'aurais voulu poser la tête sur son épaule et qu'il me console, comme il l'a fait à plusieurs reprises. Mais il ne fait pas un geste vers moi. Tout en lui exprime la distance qu'il veut mettre entre nous, la contraction de sa mâchoire, l'expression neutre de son regard et son blouson qu'il n'a même pas pris la peine d'enlever.

Il est trop tard de toute façon. J'ai trop prié le plafond mansardé de notre chambre à Queenstown pour que mon père revienne pour prendre le risque d'éteindre le sourire éclatant que le retour de sa mère a fait naître sur les lèvres de Zoé. J'essaye de sourire, j'ai envie de pleurer. Et je ne peux m'empêcher de me demander si, lui aussi, avec ses yeux aussi bleus que ceux de Liam Gallagher, ce ne serait pas Alice qui me l'a envoyé.

— Je voulais m'excuser… Je n'ai jamais voulu en arriver là. Et tous les moments passés ensemble, ils comptent pour moi, ils ont vraiment compté.

— OK.

Et ce mot me ramène à l'une de nos premières conversations, quand je me suis excusée pour mon entretien et qu'il m'a, exactement du même ton flegmatique, répondu un simple « OK ».

— « OK », comme sans rancune ?

Il sourit, même si ses yeux sont remplis de tristesse.

— « OK », comme je n'en veux jamais aux gens de dire ce qu'ils pensent, même quand ils ont tort.

Je hoche la tête.

— Merci, je murmure.

— Et en ce qui concerne ton secret, il est en sécurité avec moi.

Je referme doucement derrière moi avec le sentiment d'avoir laissé mon cœur derrière la porte vitrée. En revenant à mon bureau, je croise Zoé, une canette de jus d'orange posée sur son livre en guise de plateau, elle avance précautionneusement dans l'open space en se parlant à elle-même, louchant sur la frange qui lui retombe dans le nez.

— Tu as besoin d'aide, Zoé ?

— Ah non, mais j'ai quelque chose pour toi !

Je rattrape de justesse la canette qui manque de tomber dans le geste enthousiaste de la petite fille. Elle ouvre son livre et mon cœur s'arrête. Entre les pages du roman, en guise de marque-page se trouve mon bracelet à breloques.

— Tu l'as oublié à la maison, alors je te l'ai gardé, explique-t-elle en me le tendant.

Le simple contact du métal sous mes doigts fait remonter un flot d'émotions. *Grâce à ce bracelet, je serai toujours un peu avec toi.*

— Merci Zoé, j'y tenais énormément.

J'examine la fine chaîne dorée. Le fermoir est cassé, mais c'est facilement réparable, je le range avec précaution dans mon portefeuille.

— Attends, dis-je à la petite fille, je vais te faire un nouveau marque-page. J'attrape une feuille et une paire de ciseaux et lui découpe un marque-page. Je le pose entre les pages de son livre et mes yeux sont attirés par une petite phrase. Ou plus exactement par deux prénoms qui me sautent aux yeux.

— Ça va Alice ? demande Zoé. Tu es toute blanche. C'est *Harry Potter* qui te fait cet effet-là ? Toi aussi, Fred et George sont tes personnages préférés ?

À peine rentrée à la maison, je me précipite sur le tiroir de ma table de nuit, je l'ouvre et j'en sors le carnet dans lequel Alice tenait son journal. La citation sur la première page me nargue. « Il n'y a pas de hasard, il n'y a que des rendez-vous. » Paul Éluard, un poète français. Pourquoi ma sœur a-t-elle choisi cette citation ? Les coïncidences ne sont que des événements avec une faible probabilité statistiques, disait-elle. Je le feuillette, je cherche la page. Pensive, je caresse distraitement David qui saute sur mes genoux.

— Tu crois aux coïncidences, toi ?

Il miaule, il bâille, il s'en fout. Je n'ai pas lu le journal d'Alice depuis plusieurs années, même si souvent, le soir, je le sors et je caresse la couverture à la couleur un peu passée. Je le feuillette, je trouve la page que je cherchais. Fred et George. Comme dans *Harry Potter*. C'était le nom qu'Alice avait donné aux deux embryons congelés qui lui restaient. Ceux qu'elle était si certaine de rencontrer « en vrai » un jour. Sauf qu'elle n'a jamais pu faire la fécondation *in vitro* prévue à son retour à Londres en janvier, puisqu'elle n'est jamais arrivée à Londres. Je me rappelle la lettre de l'hôpital, arrivée peu après mon emménagement à Paris. Le bracelet dans *Harry Potter*, cette citation… On peut choisir de voir des signes, là où d'autres ne voient que des coïncidences. La vie est suffisamment surprenante pour donner matière à interprétation. Mais ça fait quand même beaucoup de coïncidences et elles pointent toutes dans la même direction : Fred et George. Et évidemment, j'ai une idée. Une idée dangereuse, illégale et complètement absurde. Une idée qui risque de mettre l'univers très en colère contre moi, pendant très longtemps. Le genre d'idée, je crois, qu'Alice essaye de me souffler depuis un moment déjà. La seule chose que ma sœur voulait, le seul souhait qu'elle avait pour elle et Oliver, c'était que Fred et George voient le jour. Et enfin, je comprends qu'il y a peut-être un moyen pour moi de racheter la mort de ma sœur.

De : Erika Spencer
À : Alice Smith
Le : 22 avril 2019
Objet :

Alice,

Cet email est votre dernière chance. Sans réponse de votre part et le virement que je vous avais demandé, je révélerai à la presse votre véritable identité.
Compte tenu des délais de transfert et des éventuelles autorisations nécessaires de la part de votre banque, je vous laisse trois semaines. Pas un jour de plus.

À bon entendeur,
Erika Spencer

Je n'ai pas dormi de la nuit. L'idée que, peut-être, je peux racheter mes péchés ne me lâche plus, mais l'énormité de l'engagement me retient. Qui ferait un truc aussi dingue ?

Je relis l'email d'Erika ; pour la première fois, ses menaces ne m'effraient plus. Erika Spencer me fait chanter depuis plusieurs années. C'est étrange, venant d'une ancienne fan. Ancienne blogueuse rock devenue journaliste. Elle voulait faire un reportage sur moi après ma mort, raison pour laquelle elle m'a contactée la première fois, pensant s'adresser à ma sœur. J'ai eu beau l'éviter, elle m'a harcelée jusqu'à ce que je fasse l'erreur de lui accorder un rendez-vous. C'était avant que je me fasse enlever mes tatouages au laser et que je prenne l'habitude de ne plus porter aucun maquillage et de toujours m'attacher les cheveux afin d'être sûre qu'on ne me reconnaisse pas. Erika cultivait une obsession sur moi depuis des mois, elle était fanatique de mes chansons, avait adopté mon style, elle connaissait toute ma vie mieux que moi, elle était allée interviewer mes anciens profs et camarades de classe, et elle m'avait dédié un blog où elle prétendait me connaître personnellement. Une folle. Quand, enfin, elle m'a rencontrée, elle a rapidement compris que je n'étais pas Alice.

Après avoir passé un an, ma fameuse année sabbatique, enfermée chez moi à apprendre des bases en finance, je venais de retrouver du travail, le CV d'Alice avait convaincu plus d'un recruteur et je gagnais bien ma vie. Je commençais à m'attacher à Angela. J'ai voulu éloigner Erika de ce semblant de vie que j'étais en train de me construire. Alors, bêtement, j'ai proposé de lui faire un chèque en échange de son silence. Elle est revenue, une fois, deux fois, dix fois, demandant toujours plus.

Un jour, elle m'a poursuivie jusqu'à mon bureau de Wall Street. J'en ai fait une crise d'angoisse devant un client en plein milieu d'une présentation. Cet épisode m'a coûté mon job. J'ai vidé mes comptes pour lui donner mes économies et je me suis enfuie en France, en espérant qu'elle ne viendrait pas m'y chercher. J'aurais dû savoir qu'elle ne lâcherait pas aussi facilement la poule aux œufs d'or.

Je pourrais la payer. Les droits de *Sisters* tombent tous les ans sur un compte en banque auquel j'ai toujours refusé de toucher. Mon ancien manager, Harry, ainsi qu'un notaire, me prenant pour Alice, ont essayé de me contacter à plusieurs reprises, pour m'expliquer que cette fortune me revenait. Je n'ai jamais rappelé.

J'ai trois semaines pour effectuer les démarches administratives pour récupérer l'argent. Dans trois semaines, Erika me dénoncera et je redeviendrai définitivement Scarlett.

Je ferme les yeux, caresse le bracelet de nouveau à mon poignet et inspire un grand coup. Alors, je prends la décision la plus importante de ma vie, la seule possible, celle qu'Alice, si elle était encore là, aurait voulu que je prenne. Je dois agir avant qu'Erika ne me dénonce et que le monde entier apprenne que Scarlett Smith-Rivière est ressuscitée des morts. Parce que, pour la première fois depuis des années, j'ai un vrai fucking good plan, et pour l'exécuter, j'ai besoin d'être Alice pour quelque temps encore.

Je me réveille en sursaut dans mon siège d'Eurostar. La pluie qui ruisselle sur la vitre brouille le paysage. Un mélange mouillé de gris béton et de rouge brique. Le train traverse déjà la banlieue de Londres et ne va pas tarder à arriver à Saint-Pancras.

Je peux encore reculer.

Au pied du mur, mon plan me semble plus vraiment fucking good du tout. Mais je ne sais pas faire les choses à moitié et j'ai une dette envers ma grande sœur. Je prends un taxi noir à la sortie de la gare. Et pour la millième fois, je ressors de mon sac à main la lettre de l'hôpital chiffonnée, reçue des mois plus tôt.

— On est arrivés, m'annonce le chauffeur en anglais.

Je sursaute et lui tends ma carte bleue. La pluie a cessé. Le Queen Victoria Private Hospital se dresse devant moi, coincé entre une église de briques rouges et une maison victorienne, comme tombé là par erreur avec ses grandes baies vitrées et son architecture ultra-moderne. Je prends une grande inspiration et me dirige vers l'entrée. Les portes s'ouvrent devant moi, le hall est blanc, impeccable, une rangée de chaises confortables pour attendre, une table avec des magazines et une plante verte. Des médecins en blouse discutent devant une machine à café.

À l'accueil, une jeune femme blonde au chignon impeccable me sourit. Je lui dis que j'ai rendez-vous avec le professeur Stone et lui donne mon passeport. Elle l'examine puis effectue une recherche sur son ordinateur.

— Alice Smith-Rivière, à 14 h 15, c'est parfait. Département fécondation *in vitro* au deuxième étage. Bonne journée.

Elle me tend le passeport avec un grand sourire et je la remercie avant de me diriger vers l'ascenseur. Je ne sais pas s'il faut croire aux coïncidences, si tout est déjà écrit, si chacun façonne son destin ou si le hasard et la chance gouvernent l'univers et le tracé fragile de nos vies. La seule chose que je sais, c'est que j'ai rendez-vous avec Fred et George. Et cette fois, je n'arriverai pas en retard.

De : Scarlett Smith-Rivière
À : Erika Spencer
Le : 15 mail 2019
Objet :

Chère Erika,
Vous avez vu ? J'ai une nouvelle adresse email.
Je réponds donc depuis cette adresse aux questions de votre dernier message : Oui, j'ai bien récupéré mon argent (il y en avait énormément, ça paye vraiment très bien d'être une star du rock décédée, avec ça, vous auriez presque pu vous acheter une conscience !), oui, j'ai bien réalisé que vous attendiez mon virement et non, je n'ai pas l'intention de vous le faire.
Faites ce que vous voulez, je m'en fous. En revanche, la prochaine fois que vous m'approchez, je porte plainte.

Bien cordialement,
Scarlett.

PS : ah oui, et j'oubliais le plus important : je vous emmerde.

Je suis enceinte depuis cinq mois en pratique, cinq ans et demi en ressenti. Je pèse approximativement 637 kilos et je passe le plus gros de ma journée les mains posées sur le ventre à sentir les mouvements des jumeaux quand je leur chante les Beatles. La procédure de fécondation *in vitro* était loin d'être agréable, mais tout s'est passé avec une facilité déconcertante. À chaque étape, la clinique privée a vérifié mon passeport, sans jamais envisager que ça pouvait ne pas être le mien. La gynécologue d'Alice, Dolores, ayant pris sa retraite, personne n'était susceptible de me reconnaître.

Alice avait raison sur presque tous les points. Le fait que Fred et George, contrairement à leur petite sœur devenue étoile des années plus tôt, verraient le jour. À un petit détail près toutefois : Fred et George ne sont pas deux garçons, mais un garçon et une fille. Ce qui n'a pas grande importance, puisqu'en France, Fred se décline au féminin. Ce sera donc Frédérique et George, tout aussi joli.

Tous ceux qui savent ce que j'ai fait (à l'exception de Victoire qui m'a trouvée « très pragmatique et efficace »), Angela, Saranya et Reda, pensent que je suis folle à lier. Mais ils ont quand même promis de m'accompagner à la clinique et de m'aider après l'accouchement. Maintenant je sais quels noms inscrire dans la case « à contacter en cas d'urgence ».

Erika Spencer a mis sa menace à exécution. Les journaux people ont repris l'info, je me suis fait particulièrement discrète pendant un mois, je me suis coupé les cheveux et j'ai changé d'appartement. La nouvelle a fait un peu de bruit, avant de retomber comme un soufflé vegan fait par Angela. Info ou intox ? Personne ne le sait vraiment. Depuis, je n'ai plus entendu parler d'Erika. Harry m'a envoyé un email sur l'adresse d'Alice. Sobre. Il ne savait pas si les rumeurs étaient vraies, mais si j'étais vivante, il espérait que j'étais heureuse et je ne devais pas hésiter à le contacter le jour où je voudrais me remettre à la musique. Il espérait toujours ce deuxième album.

Je n'ai pas répondu.

Je suis à la terrasse ombragée d'un café, au bord du canal Saint-Martin. Saranya doit me rejoindre. Les feuilles orangées se reflètent dans l'eau verte et une péniche avance paresseusement sous le soleil froid de cette fin septembre. J'essaye de toujours voir Paris avec les yeux de la petite fille américaine que j'ai été et de ne pas trop m'habituer à sa beauté, pour garder l'émerveillement des débuts. Pour le moment, ça fonctionne plutôt bien.

Saranya arrive essoufflée, elle n'a que douze minutes de retard, ce qui tient du miracle, mais depuis que je suis enceinte, elle se comporte avec moi comme si j'avais six ans et demi et que j'avais besoin de soins constants.

— Tu es seule ? demande-t-elle en scrutant les alentours.

— Oui, pourquoi, on attend quelqu'un ?

Le serveur s'approche pour lui demander ce qu'elle veut, mais elle secoue la tête.

— Rien, merci.

Elle est rayonnante, ses yeux pétillent dans son visage encadré de boucles brunes.

— Tu as l'air de bonne humeur… dis-je avec un sourire.

— Oui, figure-toi que Jeremy m'a présenté ton ancien boss : Chris.

Comme à chaque fois que Saranya évoque Jeremy, qu'elle voit régulièrement, mon cœur se serre un peu. Le souvenir est encore douloureux, même si je n'ai pas eu de nouvelles de lui depuis plus de six mois maintenant. Ce n'est toutefois pas le sujet de la conversation et je hausse un sourcil, surprise.

— Et tu sors avec Chris ?

Elle me dévisage avec stupéfaction avant d'éclater de rire.

— Bien sûr que non, quelle idée ! Il est beaucoup trop bavard pour moi. En revanche, tu te souviens de mes questionnaires, pour assortir mes petits vieux ?

— Oui…

— Eh bien, en gros, on va en faire une application, pour que les personnes âgées se trouvent des copains qui ont les mêmes centres d'intérêt dans leur quartier.

— Un site de rencontres pour personnes âgées ?

Saranya met quelques secondes à répondre, car elle tape un texto, continuant de regarder autour d'elle, comme si elle cherchait quelqu'un.

— Voilà, mais un site de rencontres amicales et qui prend en compte les affinités des uns et des autres…

— Et tu vas monter ça avec Chris ?

— Exactement, on est associés ! Tu as devant toi une future brillante entrepreneuse qui va révolutionner le quotidien des personnes âgées.

— Tu vas quitter ton travail à la maison de retraite ?

— Tu rigoles ? J'adore mon travail et tous mes petits vieux sont hyper excités par cette idée d'application, tu n'imagines pas. Ils ont tous investi quelques euros et ils me donnent plein de conseils, c'est génial, j'ai l'impression de leur avoir fait gagner dix ans avec ce projet !

J'éclate de rire, je suis heureuse pour Chris, Saranya et les petits vieux de la maison de retraite.

— Il va bien Chris ?

— En pleine forme. Il a réussi à convaincre ma directrice de le laisser faire une conférence intitulée « Lutter contre la médiocrité et se relever de ses échecs », il a même décidé d'écrire un livre sur le sujet… Il a tellement d'idées et d'enthousiasme, c'est inspirant, franchement, il faudrait plus de gens comme ça.

Pour la troisième fois, Saranya se retourne et examine la foule.

— Mais qu'est-ce qu'il fiche ? marmonne-t-elle.

— Mais qui ? Tu as un autre rendez-vous ?

À peine ai-je prononcé ces mots que je sursaute. Sur la petite table de café, une ombre masculine et terriblement familière se découpe.

— Ah, te voilà ! s'exclame Saranya.

Jeremy passe une main indécise dans ses cheveux bruns. Ses yeux stupéfaits s'arrêtent sur mon ventre proéminent. J'avais interdit aux autres de lui parler de ma grossesse et manifestement, il est tout aussi désorienté que moi.

Saranya se lève de la chaise qui fait face à la mienne.

— Assieds-toi, ordonne-t-elle.

Il obéit, trop surpris pour résister, et je me tais, incapable de dire quoi que ce soit.

— Voilà, reprend Saranya, je n'ai pas besoin d'un questionnaire pour savoir que vous êtes faits l'un pour l'autre et je ne me trompe jamais. Je sais que vous n'êtes ni l'un ni l'autre de grands bavards, qu'on échange beaucoup avec un regard, un silence bla-bla-bla, mais il y a un moment pour se regarder comme des merlans frits et un moment pour s'expliquer. Jeremy est de nouveau célibataire, et bien qu'il ne veuille pas l'admettre, tu lui manques énormément. Alice est enceinte de jumeaux, et bien qu'elle ne veuille pas l'avouer non plus, n'arrête pas de penser à toi, Jeremy. Avec ça, vous avez de quoi entamer une conversation. Maintenant, parlez !

Et sur ces bonnes paroles, Saranya replace ses lunettes de soleil sur son nez, tourne les talons et s'en va d'un pas décidé sous nos regards stupéfaits.

Jeremy et moi nous dévisageons, interdits pendant quelques longues secondes. Ses yeux sont toujours aussi bleus et limpides. Il n'a pas changé, la barbe un peu plus courte peut-être, n'est plus qu'une ombre sur sa mâchoire. Il porte un jean et un tee-shirt gris clair tout simples. Les passants défilent devant nous, à la table d'à côté deux jeunes filles mortes de rire récitent par cœur les répliques d'un film. Nous ouvrons simultanément la bouche pour dire quelque chose. La refermons aussitôt pour laisser l'autre commencer.

— Je suis content de te voir, dit-il enfin.

Six petits mots de sa voix grave et posée qui me font fondre. Je hoche la tête.

— Tu es enceinte de combien ? demande-t-il prudemment en désignant mon ventre.

Et j'imagine les calculs derrière le regard bleu tentant de déterminer s'il pourrait ou pas être le père et s'il ne l'est pas, combien de temps j'ai mis à retrouver quelqu'un après lui. Je sais que cette fois, je ne m'en sortirai pas sans une véritable explication. Alors je prends une grande inspiration et je me lance :

— Il y a quelques années, j'ai perdu ma sœur et depuis, il faut que tu saches que je suis un peu cassée…

Ma voix s'étrangle. Sur la table d'à côté, les filles se sont mises à parler volley-ball, un couple passe serré l'un contre l'autre, un petit garçon les suit en demandant quand est-ce qu'on arrive. Jeremy se penche vers moi, et, avec délicatesse, vient poser ses mains autour des miennes, comme si c'était ce qu'il avait de plus précieux au monde. Alors, enfin, en reprenant du début, je lui raconte toute la vérité.

Cinq ans plus tard

Par la fenêtre du Beach Café, j'observe les ferries qui avancent lentement sur la mer bleu marine, j'écoute le cri des mouettes et le fracas des vagues sur la jetée. Je porte le chocolat chaud à mes lèvres et avale une gorgée, je laisse affluer les souvenirs.

Après trois ans dans une grosse entreprise industrielle en France, Reda a réussi à se faire muter aux États-Unis. Il habite à Odessa, au fin fond du Texas. J'ai essayé de lui expliquer qu'Odessa n'avait rien à voir avec New York, mais il n'a rien voulu entendre. Il a remplacé sa casquette des Yankees par un chapeau de cow-boy et a pris le premier avion pour Houston. Contre toute attente, il adore les Texans… J'en déduis que son niveau d'anglais n'a pas dû beaucoup s'améliorer depuis nos pauses *coffee*. Victoire a créé un algorithme qui analyse les comportements sociaux et propose la réponse adaptée à tout type de situation et de culture. Elle ne l'utilise jamais elle-même, ne voyant pas l'intérêt de ne pas dire les choses telles qu'elles sont, mais elle connaît un franc succès notamment auprès des expatriés qui cherchent à adopter les cultures locales.

Chris et Saranya ont eux aussi sorti leur application qui a généré plusieurs dizaines de milliers de téléchargements depuis sa sortie. Ils n'ont pas gagné un seul euro puisqu'ils ont décidé de la laisser gratuite. C'est une autre façon de réunir les chaussettes orphelines, explique Chris quand il est interviewé sur le sujet aux journalistes ébahis. Il continue par ailleurs de monter des boîtes foireuses. Encore plus maintenant qu'il est devenu millionnaire grâce à son livre *Plaidoyer pour l'échec ou comment la médiocrité a failli m'avoir*, qui a été traduit dans dix-neuf pays et vendu à des millions d'exemplaires dans le monde. Malheureusement, il refuse d'en écrire un autre. Il faut dire qu'il s'est disputé à mort avec son éditeur, qui avait refusé, sous prétexte que cela n'avait aucun sens et était sans rapport avec le sujet, le titre original de son ouvrage : *La Vie rêvée des chaussettes orphelines.* Dommage, c'était un joli titre.

Il y a deux ans, j'ai fait refaire mon passeport français, à mon vrai nom. Pour le plus grand bonheur de l'employée de l'administration qui avait suivi l'histoire de ma résurrection dans les journaux, je suis officiellement redevenue Scarlett. J'ai pris le patronyme de ma mère et j'ai abandonné celui de mon père. C'est donc sous le nom de Scarlett Rivière et avec la nationalité française que je suis revenue aux États-Unis pour la première fois. J'ai retenu ma respiration au moment de passer l'immigration et je me suis sentie fière d'avoir bluffé le système, comme quand j'étais adolescente et que je testais tous les moyens possibles et imaginables d'enfreindre les règles du lycée.

Je suis allée voir ma mère, je voulais que Fred et George connaissent leur grand-mère. Je sais qu'Alice l'aurait souhaité. Comme quand j'étais petite, la porte sous le porche n'était pas fermée à clé. Je tenais les jumeaux par la main, leur présence me donnait du courage. J'étais terrifiée. Rien n'avait changé, ni les feuilles dorées des érables centenaires, ni les rideaux fanés devant les fenêtres à guillotine, ni le grincement du hamac qui tanguait sous le porche. Seul le drapeau américain ne flottait plus au vent depuis que Trump avait été élu. J'ai poussé la moustiquaire et je suis entrée par la cuisine. Ma mère travaillait sur son ordinateur, comme autrefois. Elle a levé la tête vers moi, puis son regard est tombé sur Frédérique. À deux ans, Frédérique était déjà le sosie d'Alice. J'ai l'impression de la revoir dans chacun de ses sourires. Ma mère a retiré ses lunettes le temps de frotter ses yeux fatigués par l'écran, puis quand elle a compris qu'elle ne rêvait pas, elle a éclaté en sanglots. Nos relations restent distantes, mais au fil des années, elles deviennent presque cordiales. Une fois par an, à l'automne, je lui amène ses petits-enfants. Elle en est totalement gaga.

À travers la vitre, je vois Jeremy courir sur la plage, poursuivi par Fred et George. Leurs cris joyeux arrivent jusqu'à moi, portés par le vent. Maman est assise sur le muret de pierre, elle les observe en souriant.

Jeremy a mis quelques jours à se remettre du choc de l'annonce de ma grossesse. Deux et demi très exactement, les plus longs de ma vie. Il est revenu sonner à ma porte pour me dire qu'il devait se rendre à l'évidence : il était incapable de vivre sans moi. Après tout, la vie est faite d'imprévus et lui aussi avait déjà une fille. On ne serait qu'une énième famille recomposée parisienne. C'est donc lui qui m'a accompagnée à la clinique, lui qui m'a tenu la main dans la salle de travail, alors que je hurlais des obscénités en américain. C'est dans ses bras que la sage-femme, pas vraiment au courant de la situation, a collé Fred et George quelques minutes après leur naissance. Il lui a fallu moins d'un quart de seconde pour oublier que nous n'étions pas leurs parents biologiques. On n'a plus jamais utilisé le mot « famille recomposée ». On est une famille, c'est tout.

On habite dans le XVIIIe arrondissement, un appartement mansardé avec des poutres et vue sur le Sacré-Cœur. « Une vraie arnaque à touristes américains », a constaté Jeremy la première fois que nous l'avons visité. On l'a pris quand même. Les deux premières années avec les jumeaux ont été difficiles. On a vécu la première enterrés sous les couches et le linge sale, l'œil hagard et cerné, nos vêtements recouverts de taches de compote et de vomi, et la deuxième à essayer de rattraper notre sommeil en retard. Seule, je ne crois pas que j'y serais arrivée. Zoé a totalement adopté son demi-frère et sa demi-sœur. Elle les appelle les deux demis, voire les pintes, car ils ne se détachent jamais l'un de l'autre, et a décidé de leur apprendre toutes les bêtises possibles et imaginables afin qu'ils honorent les héros d'*Harry Potter* auxquels ils doivent leurs prénoms. Ils font preuve de beaucoup trop d'imagination en ce qui concerne les fucking good plans. C'est fatigant mais assez drôle. Zoé commence tout juste une crise d'adolescence qui s'annonce aussi explosive que la mienne. Je ne dis rien. Plus elle crie, et plus je lui fais des câlins. Je sais ce que c'est d'essayer désespérément d'attirer l'attention d'une mère absente.

Souvent, je pense à Alice. Je sais qu'une partie de moi restera toujours orpheline de ma grande sœur, comme les chaussettes que Chris voulait tellement rassembler. Alors, je caresse le bracelet à mon poignet et je la remercie de m'avoir fait le plus beau cadeau que la vie pouvait m'offrir : une famille pleine de chaussettes dépareillées et débordante d'amour pour combler le vide immense que son départ a laissé. Une famille parfaite, qui est devenue tout mon univers. Je voudrais qu'elle sache à quel point mes enfants sont merveilleux et surtout à quel point ils sont heureux, qu'elle voie Zoé, en grande sœur attentive, prendre soin d'eux comme elle-même prenait soin de moi quand on était petites. J'aurais voulu qu'elle soit la première à savoir que j'ai repris la guitare et qu'avant-hier, dans un café de Brooklyn, j'ai revu Harry, mon ancien manager et que je lui ai donné une nouvelle démo sur une clé USB. Ce deuxième album qu'il attendait depuis plus de dix ans. Je voudrais qu'elle sache que je n'ai plus peur et que je suis heureuse. Que si un jour je me perds à nouveau, je viendrai ici écouter le murmure du vent et regarder les ferries qui emmènent les touristes à Block Island. Maintenant, je sais que c'est là que je me sentirai toujours chez moi, à la terrasse du Beach Café de Narragansett, où je partageais autrefois les chocolats chauds avec ma grande sœur, là où son nom et le mien sont gravés dans le bois pour l'éternité.

Liste de chansons géniales qui commencent doucement et qui s'accélèrent ensuite

(par Scarlett Smith-Rivière, 13 ans
76 Fieldwood Drive, Queenstown, R.I. 02879)

Tina Turner - *Proud Mary*
Queen - *Don't Stop Me Now*
Nirvana - *Lithium*
Supertramp - *C'est What*
Aerosmith - *Dream On*
Alanis Morissette - *Ironic*
Billy Paul - *Your Song*
Nina Simone - *Feeling Good*
No Doubt - *Don't Speak*
Queen - *Bohemian Rhapsody*
Deep Purple - *Child in Time*
Led Zeppelin - *Stairway to Heaven*
Lynyrd Skynyrd - *Free Bird*
Metallica - *Enter Sandman*
Foo Fighters - *This is a Call*
Green Day - *Basket Case*
Björk - *It's Oh So Quiet*
The Who - *Behind Blue Eyes*
Pulp - *Common People*
Bruce Springsteen - *Thunder Road*
Blur - *Song 2*

Remerciements

Merci à Vincent, mon mari parfait et hypocondriaque, d'être toujours aussi solide, fiable et féministe, de supporter la courbe sinusoïdale de mes humeurs d'artiste maudite, d'avoir accepté de regarder The 100 avec moi jusqu'à la fin et surtout de m'avoir fait le plus beau bébé du monde en 2018.

Merci à ma Maman de n'avoir rien en commun avec celle d'Alice et Scarlett, d'avoir su multiplier par quatre son amour maternel et ce malgré la capacité de destruction, le désordre, le bruit et la fureur que mes trois frères étaient capables de générer autour de moi (puisqu'il est évident que pour ma part, je n'ai jamais été que sagesse, exemplarité et sérénité mouhahaha).

Merci à mon Papa de m'avoir appris que tous les rêves étaient réalisables, à condition de se lever tôt le matin et de travailler sans relâche à atteindre ses objectifs.

Merci à Olivier, Clément et Paul d'être, aujourd'hui encore, les frères les plus cool au monde et de me fournir régulièrement en idées absurdes pour mes romans. Merci à ma belle-sœur Camille, de supporter très régulièrement notre présence envahissante, de nous inviter aussi souvent et de nous organiser des tas d'activités, sans (trop) nous crier dessus quand on est insupportables.

Merci à mon oncle et ma tante, Anne et Martin, pour mes nombreux séjours dans le Rhode Island, les cheesecakes, les balades en bateau et les merveilleux repas de Thanksgiving qui m'ont permis de tomber totalement amoureuse de cette magnifique région des États-Unis, et tout particulièrement à Anne pour sa relecture et ses remarques sur ce texte, qui m'ont permis de ne pas raconter n'importe quoi (ou tout du moins pas totalement).

Merci à mon immense belle-famille et tout particulièrement à mes beaux-parents, Maryse et Emmanuel, pour leur enthousiasme à la sortie de chacun de mes romans.

Merci à toute l'équipe des Éditions Charleston : à Laury-Anne Frut, mon éditrice, pour son soutien, sa patience et les 72 029 028 essais de couverture, à Karine Bailly de Robien et Pierre-Benoît de Veron pour leur confiance, à Caroline Obringer pour son énergie et sa passion, à Christine Cameau et à

Alice Bercker pour leur travail d'édition attentif et soigneux sur ce texte, à Virginie Lancia, Églantine Gabarre, Aurélien Fleureau et Laure Paradis pour tout leur travail de promotion autour de mes chaussettes orphelines.

Merci à Sophie Henrionnet, Marianne Levy, Tonie Behar et Carène Ponte, pour leur lecture attentive de ce roman et leurs conseils avisés et bienveillants, pour leur soutien au quotidien et les grandes discussions sur l'écriture.

Merci à Frédérique Gay et à DapÚé Pollard d'avoir pris le temps de répondre en détail à mes questions concernant la fécondation *in vitro*.

Merci à tous ceux qui défendent de près ou de loin mes histoires et mes personnages auprès des lecteurs, ceux qui m'écrivent, me soutiennent et me motivent au quotidien : libraires passionnés, blogueurs et blogueuses, amis et membres de ma famille plus ou moins proches qui recommandent ou offrent mes romans.

Et enfin, merci aux lecteurs et lectrices, d'avoir passé ces quelques heures avec Alice et Scarlett et d'avoir lu jusqu'ici les élucubrations de mon cerveau fantasque. C'est grâce à vous que je peux exercer aujourd'hui ce métier que je considère depuis toute petite comme le plus beau du monde.

Merci de m'avoir lue jusqu'ici !

Pour en savoir plus sur mes autres romans et mon univers, n'hésitez pas à me suivre et à me donner votre avis sur les réseaux sociaux :

Instagram :
@Marie_Vareille

Facebook :
facebook.com/vareille.marie

Mon site :
marievareille.com

La communauté Charleston a aimé !

Chez Charleston, nous sommes convaincus que, loin d'être une aventure solitaire, la lecture est une invitation au partage. Nous échangeons constamment avec nos lecteurs et lectrices, et nous sommes fiers de la belle communauté d'amoureux des livres que nous formons tous ensemble. Chaque année, nous choisissons au sein de cette communauté vingt lectrices et lecteurs qui nous accompagnent tout au long de l'année, et découvrent nos romans en avant-première. Voici leurs avis !

« Un roman profond sur la filiation qui ne nous laisse pas indifférent. Une vraie pépite ! »

Harmony, *La fille Kamoulox*

« Marie Vareille nous livre une fois de plus une intrigue passionnante que l'on n'a pas envie de quitter. »

Élodie, *Eliot et des livres*

« Une écriture très agréable, sensible. Des personnages qui vous prennent par la main et vous entraînent dans le tourbillon de la vie. »

Marion, *Loeildem*

« Ce roman est aussi drôle et pétillant qu'il est émouvant et déchirant. »

Élodie, *Auchapitre*

« On ne peut que s'attacher à l'héroïne. Un énorme coup de cœur. »

Michelle, *A book is always a good idea*

« Une aventure rocambolesque et profondément humaine ! »

Laura, *Devoratrix Libri*

« Un roman qui nous emporte avec lui et que l'on a beaucoup de mal à lâcher ! »

Maud, *Les Tribulations d'une Maman Mammouth*

VOUS AVEZ AIMÉ CE ROMAN ?

Découvrez tout de suite
les premières pages du nouveau roman
de Marie Vareille !

Déjà disponible

ABIGAËLLE

Maintenant

Gabriel n'est pas celui que vous croyez. Je suis bien placée pour le savoir, je suis sa petite sœur et le lien de sang qui nous unissait enfants ne s'est malheureusement jamais distendu. Ce n'est pas faute, pourtant, d'avoir tout fait pour l'éloigner de moi. Aujourd'hui encore, et bien qu'il ait quarante ans passés, il ne peut s'empêcher de me rendre visite au couvent deux samedis par mois. Il me raconte sa vie dans les moindres détails, sans jamais s'enquérir de la mienne. Je suis la seule à qui il montre son vrai visage. Il sait bien que s'il me venait l'idée de trahir ses secrets, ma parole de folle ne vaudrait pas plus que le vent qui souffle sur le terrain boueux où se dressait autrefois notre maison familiale. J'ai entendu sœur Marie-Clotilde annoncer l'autre jour qu'on y construirait bientôt un parking.

J'ai hâte. La perspective de ces vagues de goudron brûlant engloutissant ce qu'il reste de mon enfance m'emplit de ravissement.Depuis vingt-sept ans, j'habite à l'abbaye Sainte-Marie-de-la-Saône, à Genevigny. Je m'ennuie beaucoup. Enfin, cela pourrait être pire. Je pourrais être dehors, à affronter le vrai monde, les vraies gens. De mon lit, je vois le ciel et les branches majestueuses d'un chêne plusieurs fois centenaire. Les religieuses assurent aux visiteurs qu'il a abrité une sieste de Jeanne d'Arc sur son chemin pour libérer Orléans des Anglais. Publicité pour les touristes ou réalité historique ? Je n'ai jamais pu le déterminer. Bref, là n'est pas le sujet. Restons concentrés. Le sujet, c'est mon frère. Gabriel. Enfin, je crois. Démêler les fils de tout cela n'est pas simple pour moi, compte tenu de mon état.

Une certitude, toutefois : mon histoire débute et se termine par un enterrement. Autant vous le dire tout de suite, cela vous évitera les mauvaises surprises, et puisqu'il faut bien commencer par quelque chose, commençons ici : l'enterrement. Ce jour-là, personne n'a adressé la parole à Gabriel. Personne ne l'a pris dans ses bras. Personne ne l'a consolé. Moi, encore moins que les autres, évidemment. Mes souvenirs sont flous, certains détails m'échappent. Qui était mort, déjà ? Impossible de me le rappeler. Amnésie post-traumatique, affirmerait le Dr Hassan. Certes, l'identité du défunt est une information substantielle quand on se rend à des obsèques, mais que celui qui n'a jamais eu de trou de mémoire me jette la première pierre.

Gabriel, le jour de l'enterrement, n'avait plus d'âge. Son regard était fixe, sec. Je n'y ai lu aucune émotion. Sa seule réaction a été un léger frisson au choc sourd de la première pelletée de terre sur le bois de pin. Il avait froid, malgré le soleil d'août qui tapait sur le crâne dégarni et luisant de notre père. Mon père, d'ailleurs, pleurait quasiment sans discontinuer depuis trois jours. Je l'observais en silence. Ses larges épaules voûtées par le chagrin tressautaient de sanglots mal contenus qui donnaient à son corps massif l'allure d'une poupée de chiffon. Ma mère ? Étrangement, je n'ai aucun souvenir d'elle ce jour-là. J'avais douze ans et demi. J'ai dû perdre quelqu'un de très important, parce qu'après l'enterrement, je n'ai plus jamais été la même. Rien de plus efficace qu'une tragédie pour vous catapulter sans préavis dans les névroses de l'âge adulte.

Beaucoup de gens de notre petite commune bourguignonne assistaient à l'enterrement. La tête penchée vers le sol, ils murmuraient : *tragédie, tristesse, drame.* Comme si chuchoter ces mots la voix imbibée de chagrin faisait d'eux des gens bien. Comme s'ils n'avaient aucune responsabilité dans la tragédie-tristesse-drame en question. Si on m'avait demandé mon avis, je ne les aurais pas invités. Mais personne ne m'a demandé mon avis, évidemment.

Gabriel, mon père et moi tenions chacun une rose rouge dont le fleuriste avait retiré les épines. J'ai gardé les yeux fixés sur la tige lisse et inoffensive pendant la messe en pensant qu'il faudrait enlever les épines des gens comme on ôtait celles des fleurs. Je n'ai pas réagi quand la main tiède de Gabriel s'est faufilée dans la mienne pour y glisser une boîte d'allumettes. Je l'ai conservée toutes ces années. Le soleil rouge dessiné dessus est si délavé qu'il est désormais à peine visible, et il ne reste plus qu'une allumette à l'intérieur. Je n'ai jamais pu me résoudre à la jeter, je ne sais pas trop pourquoi.

Je ne voulais pas regarder dans le cercueil. Je ne voulais surtout pas voir qui était allongé là. Savoir était trop douloureux. Peut-être que c'est la raison pour laquelle je ne parviens pas à m'en souvenir aujourd'hui. Dans l'église, je n'ai osé relever la tête qu'au moment où j'ai entendu le son du couvercle de bois qu'on refermait. Trop tôt. J'avais eu le temps d'apercevoir quelque chose. Un morceau de tissu atrocement familier. Du bleu azur imprimé de pâquerettes. Le foulard de Maman ? Que faisait-il dans ce cercueil ? Non. Penser à autre chose. Effacer très vite avant que l'image ne s'imprime.

Le Dr Hassan, la psychiatre que je fréquentais autrefois sur demande de l'administration scolaire, a toujours expliqué que « ce n'est pas une solution de déformer les vérités qui ne nous conviennent pas ». Avec le recul, peut-être avait-elle raison. Le problème des mensonges, c'est qu'ils finissent toujours par avoir des conséquences. Comme cet enterrement, par exemple. Pauvre Dr Hassan. Elle s'en est tant voulu de ne pas avoir su démêler la vérité du mensonge dans ce que je lui racontais. On ne peut pas lui reprocher. Moi-même, j'ai toujours trouvé extrêmement difficile de faire la différence entre ce qui se passait dans ma tête et ce qui arrivait dans la réalité. Notez que j'admets souffrir d'une légère tendance à combler certaines lacunes ou à remplacer des éléments déplaisants de la vie par des élucubrations de mon imagination. Je sais des choses que je ne devrais pas savoir, je me souviens parfois d'événements auxquels je n'ai pas assisté et il est donc fort possible que je les invente. Je ne crois pas pour autant être folle, contrairement à ce qu'*ils* disent. Je me considère même comme tout à fait saine d'esprit, la plupart du temps en tout cas.

Ma famille n'a jamais semblé aussi unie que devant ce cercueil. Nous étions blottis ensemble dans l'hypocrisie et la douleur comme dans la chaleur d'un feu de cheminée. Je me rappelle m'être demandé si quelqu'un allait faire remarquer à quel point l'étalage de ce chagrin et de ces roses sanglantes était déplacé. Mais non. *Tragédie. Tristesse. Drame.* Voilà tout. Avec le recul, je suis toujours sidérée que personne n'ait été choqué de nous voir transgresser une règle de politesse des plus élémentaires : on ne vient pas aux funérailles quand on a assassiné la personne dans le cercueil.

C'est tout de même la base.

Après l'enterrement, Gabriel a fourré dans son sac à dos quelques vêtements, l'intégrale des Pink Floyd, la totalité des économies de la voisine, Mme Michelez, et le fusil de chasse semi-automatique de Papa. Avec la délicatesse surprenante qui lui est propre, mon frère a enveloppé l'arme dans du papier bulle qu'il a fait tenir à l'aide de mes élastiques à cheveux. Ceux que je préférais quand j'étais petite, les jaunes avec des arcs-en-ciel. Il a aussi volé tous mes journaux intimes, ces cahiers dissimulés dans le local de la chaudière qui sentait le moisi et où il avait pour habitude de m'enfermer. Il a crié qu'il allait chez un copain et qu'il serait là pour le dîner. Il n'est plus jamais revenu à la maison.

Les doigts toujours serrés autour de ma boîte d'allumettes, je l'ai regardé s'éloigner. Le canon de l'arme à feu recouverte de papier bulle dépassait de son sac à dos entrouvert. Il ne s'est retourné qu'une seule fois, en arrivant au square du bout de la rue où il m'emmenait parfois pour fumer les cigarettes qu'il volait au PMU. Il a fixé quelques secondes la fenêtre de ma chambre. Je savais qu'il pensait à moi et, pourtant, j'étais certaine qu'il ne mettrait plus jamais un pied chez nous. Au fur et à mesure que sa silhouette rapetissait, je respirais mieux, soulagée, comme jamais je ne l'avais été, de savoir mon grand frère et ce fusil le plus loin possible du foyer où nous avions grandi. J'ai fermé les yeux et, de toutes mes forces, j'ai prié pour qu'il m'oublie.

Dieu a ignoré mes prières, évidemment.

CAHIER D'ABIGAËLLE, EXTRAIT

1990

Le docteur Hassan a dit que je devais ranger mes pensées et que les pensées, c'est plus facile à ranger par écrit que quand on parle. Du coup, elle m'a donné ce cahier pour m'aider à ranger mon cerveau. Ici, je peux tout dire, parce que personne a le droit de lire. Ça s'appelle le respect de mon intimité (ça veut dire seulement pour moi). Il faut raconter les choses dans l'ordre. Parce que j'ai beaucoup trop d'idées dans ma tête. Parfois, elles se cognent dans tous les sens, comme des tas d'oiseaux qui seraient enfermés dans une toute petite pièce. C'est pas drôle, les pauvres. Après, j'arrive plus à finir ce que je voulais dire. Les débuts et les fins des phrases se mélangent comme des lettres dans la boîte de Scrabble quand je la secoue. J'aime pas quand ça fait ça. Je bégaye, je m'embrouille et mes amis m'insultent de débile mentale. Le docteur Hassan dit que les vrais amis traitent pas leurs amis de débile mentale. Elle dit aussi que je suis pas une débile mentale. Elle dit que c'est même tout le contraire.

Elle dit : statistiquement, Abigaëlle, seuls 0,1 % des gens sur Terre ont un cui supérieur ou égal au tien.

Elle dit aussi : mais même quand on est très intelligent, c'est dangereux de jouer avec les allumettes.

Le cui, ça veut dire que je suis une petite fille très intelligente, comme les oiseaux qui ont tout compris à la vie, qui pleurent jamais et qui passent leur journée à chanter et voler.

Et c'est pas beaucoup, 0,1 %.

J'essaye de croire le docteur Hassan et de plus penser que je suis débile mentale, parce que ça me rend triste, mais certains jours, c'est difficile. Même la voisine, Mme Michelez, murmure souvent (ça veut dire parler tout bas comme pour dire un secret) en me tapotant le crâne qu'on doit être sept ou huit là-dedans. Ce qui est juste une façon rigolote et un peu plus polie de dire que je suis folle. J'aime pas ce mot. C'est un mot qui fait peur. Je préfère être débile mentale que folle. Pourtant, Mme Michelez est gentille. Elle propose toujours à Maman de passer prendre une tasse de thé chaud ou un petit chocolat. Mme Michelez, je l'aime bien. Même si ça lui arrive aussi d'avoir des courts-circuits dans le cerveau. Comme la fois où elle a sonné à notre porte en plein milieu de la nuit pour demander si on avait des herbes de Provence. C'était drôle, mais aussi un peu triste, je sais pas pourquoi. Surtout qu'on avait pas d'herbes de Provence, parce que Papa trouvait ça dégueulasse, cette manie de Maman de mettre de l'herbe partout. On est pas des moutons.

Voilà, ça me reprend, ça part dans tous les sens.

Je me concentre.

On habite à Genevigny (c'est en Bourgogne), dans un papillon dans une résidence de standing avec mon frère Gabriel et mes parents. J'ai oublié de dire que je m'appelle Abigaëlle Lemonnier et j'ai sept ans. C'est l'âge de raison. C'est Papa qui dit ça aux gens : « papillon dans une résidence de standing ». C'est de l'anglais. En fait, c'est pas un vrai papillon, juste une maison avec d'autres maisons autour qui lui ressemblent et une route au milieu. Il y a des géraniums aux fenêtres et les pelouses sont bien vertes comme dans Astérix chez les Bretons. *Sur le palier du premier étage, à la place d'un morceau de mur, il y a un grand vitrail plein de couleurs avec des arbres et des oiseaux. C'est du lard moderne. C'est beaucoup mieux qu'un mur, un vitrail. Ce vitrail, c'est mon endroit préféré. Je m'allonge par terre avec mon doudou qui est un lapin et qui s'appelle Albert et je regarde le soleil qui passe à travers les arbres et les oiseaux dessinés sur le verre. Ça fait comme des traits d'or entre les feuilles dans une vraie forêt. Il y a des taches de lumière partout sur le sol, sur mon visage et sur mon tee-shirt. C'est comme voler au milieu des étoiles.*

Profession de mon grand frère Gabriel : dix ans, garçon, il me met des torgnoles.

Profession de mes parents : Maman est une fée. Même Papa le dit : c'est la fée Néante. Avant, elle était aide-soignante, mais elle a arrêté pour devenir fée après ma naissance parce que de toute façon elle gagnait pas un rond et Papa pouvait pas prendre le risque qu'elle en profite pour faire sa pute avec les médecins de garde. On la lui fait pas, à Papa. Maintenant, Maman a beaucoup de chance parce qu'elle a plus besoin de travailler. Elle se repose tout le temps et s'occupe de nous et de la maison. Elle fait le ménage et la cuisine en écoutant toujours la même chanson. C'est une chanson qui fait pleurer. Elle est en anglais. Ça me fait des vagues dans le ventre, cette voix et ces notes. C'est du bonheur liquide qui coule dans mes bras et mes jambes. Et ça fait un peu mal au cœur aussi, je sais pas pourquoi. En tout cas, c'est la plus belle chanson du monde, c'est sûr.

Après, il y a mon Papa. Il est super intelligent, mon Papa. Lui, il travaille en tant que personne dans un bureau. Une fois, je lui ai demandé ce qu'il faisait comme travail, mais au bout de onze secondes, je me suis mise à compter les poussières dans un trait de lumière parce que j'aime bien faire ça. Il a remarqué que je l'écoutais pas, alors il a rigolé et a dit : allez, va jouer. Avec moi, il est toujours gentil, mon Papa. Il me tape jamais. Samedi dernier, il m'a emmenée au cinéma voir Maman, j'ai raté l'avion *avec Gabriel et il nous a acheté du pop-corn et des glaces, ce qui était pas très raisonnable alors que Maman avait demandé d'être raisonnable.*

On peut faire des tas de choses quand on travaille en tant que personne dans un bureau. Par exemple, le travail du docteur Hassan dans son bureau, c'est de froncer les sourcils. Et aussi de m'écouter raconter ma vie ou de me regarder faire des dessins en hochant la tête. Ça s'appelle être un charlatan de psy, m'a expliqué Papa. C'est des conneries de bonnes femmes, mais c'est l'école qui veut que j'y aille à cause des allumettes, de mon bras cassé quand j'ai sauté du toit et d'autres trucs dans mon comportement absolument inacceptables, a dit la directrice, mais j'ai pas envie d'en parler parce que ce serait trop long et je commence à avoir mal à la main d'écrire. En tout cas, Papa, il a un vrai travail, lui. Il se repose pas toute la journée comme Maman à faire le ménage, la cuisine et le linge. Sur la fiche de début d'année, pour son travail, il m'a dit d'écrire « cadre ». Comme pour un tableau au musée. Ça m'a fait rire toute seule devant ma table et mes amis m'ont insultée de bizarroïde. Je sais pas exactement ce que ça veut dire, « cadre », et je m'en fiche un peu. Papa a aussi un collègue qui s'appelle ce connard de Lemarchand dans son bureau. J'aime pas ce connard de Lemarchand parce qu'il fait toujours sa tafiole et alors ça met Papa de mauvaise humeur. Moi, je peux deviner si Papa est de bonne ou de mauvaise humeur quand il claque la portière de la voiture. Parce que j'aime pas quand Papa est de mauvaise humeur. Maman non plus. Elle devient toute blanche. Gabriel, je sais pas. Faudra que je lui demande. En tout cas, le travail de Papa, c'est du sérieux. Il permet de nous nourrir et de faire subsister cette famille de bons à rien qui sans lui dormirait sous un pont à cause de ma fée Néante de mère. Et alors on ferait moins les malins, c'est sûr.

J'essaye d'être claire, parce que c'est grave, ce qui s'est passé. Il est capital, comme dit le docteur Hassan (ça veut dire très important), que je reconstitue l'enchaînement des événements qui nous a amenés à ce problème de mon bras cassé parce que je me suis prise pour un oiseau et que j'ai sauté du toit. Maintenant j'ai un plâtre. Mais personne a voulu faire des cœurs dessus comme sur celui de Céline. Ça me rend triste. Alors j'ai demandé à Gabriel qui sait très bien dessiner parce qu'il a presque onze ans et il m'a fait la forêt du vitrail sur mon plâtre. C'est joli, mais je préfère des cœurs. Les cœurs, ça veut dire de l'amour. Et Maman, elle dit que l'amour, on en a jamais trop. Je suis bien d'accord. Moi, je suis amoureuse de Céline. Je sais pas pourquoi ça fait rigoler tout le monde quand je dis ça.

Je m'en rends pas toujours compte, mais des fois, j'oublie des choses. Enfin, c'est ce que dit le docteur Hassan. Quand mon cerveau a pas envie de comprendre quelque chose, il le cache très profond dans ma tête et c'est comme si j'avais tout oublié. C'est la mnésie à cause des tresses trop matiques. Parce que je suis tombée du toit. Parfois, je crée même des nouveaux souvenirs à la place. Le docteur Hassan dit que c'est comme planter des fleurs là où on a enterré quelque chose de très laid ou qui fait très peur. Mais c'est quand même là. Enterrer ses souvenirs, c'est comme ignorer (ça veut dire qu'on y pense pas) une petite coupure qu'il faut nettoyer. Alors ça peut s'infecter et aller dans tout mon corps. Quand ça arrive, ça fait très mal, parce que les infections, plus c'est profond, plus c'est dangereux. C'est pour ça que Gabriel s'est fait opérer de l'appendicite. C'est comme pour mon bras cassé. Parfois, je sais pourquoi j'ai sauté du toit. Mais si j'essaye de raconter, je sais plus. C'est enterré.

Le docteur Hassan dit : est-ce que tu ne sais plus ou est-ce que tu n'as pas envie de te souvenir, Abigaëlle ?

J'essaye de répondre, mais j'ai mal à la tête, j'ai du mal à respirer, j'ai peur. Alors, j'enterre et je plante des fleurs dessus. Des tulipes. J'aime bien les tulipes.

Le docteur Hassan dit que c'est important de faire la différence entre le vrai et le faux.

Comme si c'était simple. C'est comme vouloir séparer les blancs des jaunes d'une omelette déjà cuite.

Maman fait plus d'omelettes aux lardons. La dernière fois, Papa a jeté le plat sur le mur parce qu'il s'est quand même pas marié pour bouffer des omelettes à tous les repas. J'aimais bien les omelettes, moi. Il y a encore une petite tache de gras sur le papier peint. On dirait la Corse.

Le docteur Hassan dit : ce n'est pas si compliqué, la vérité, ce sont les faits.

La vérité, ce sont les faits.

La vérité, ce sont les faits.

La vérité, ce sont les fées.

Ma maman est une fée, elle dit que tout va bien. De pas s'inquiéter. L'essentiel, c'est de s'aimer. Mais parfois elle dit aussi : ça va mal se terminer.

Moi aussi, plus tard, j'aimerais être une fée. Mais ça existe pas. Sauf Maman. Donc je serai probablement plutôt bibliothécaire parce que j'adore lire, ou alors peut-être charlatan de psy comme le docteur Hassan. Ce serait pas mal, parce que, comme ça, j'aurai des amis qui viendront me parler dans mon bureau. En tout cas, quand je serai grande, je serai toujours gentille avec les débiles mentaux et les fous comme moi, parce que je sais qu'ils ont pas d'amis et ça les rend tristes.

On va à table. J'y vais parce que sinon Papa va s'énerver et le plus important, surtout, c'est de pas énerver Papa.

DE LA MÊME AUTRICE

PEFC™ PEFC/14-38-00277

Cet ouvrage est composé de matériaux issus de forêts gérées durablement certifiées PEFC™.
Le Programme de reconnaissance des certifications forestières (PEFC™) est le plus grand organisme mondial indépendant de contrôle pour une gestion durable des forêts. Pour en savoir plus, consultez le site www.pefc-france.org

Achevé d'imprimer en mars 2024
par Novoprint
Dépôt légal : mai 2024
Imprimé en Slovaquie